피와 기름

피와 기름

단요 장편소설

래빗홀
RABBIT H●LE

이아름에게

일러두기
....
본문에서 인용되거나 간접적으로 참조된 성경 구절은 기본적으로 개역개정 역본을 따른다. 그러나 조강현이 극을 이끌어나가는 초점자로 기능하는 구간에서는 개역개정 대신 공동번역 역본이 사용되었다. 각종 고유명사에 대한 표기법 차이 역시 위의 기준을 따르나(가령 조강현의 내적 독백에서는 예레미야의 아버지가 '힐기야'가 아닌 '힐키야'로 칭해진다), 성경과 무관한 고유명사(텔레비전, 포클레인 등)의 경우 표준국어대사전을 따른다. 작중인물들의 나이 표기는 만 나이를 따른다.

차
례

#1
탕아

The prodigal

"요새 어쩌고 사냐?"

김 형이 그렇게 물었을 때, 우혁은 반가움과 반감을 동시에 느꼈다. 가족에게도 변변한 충고를 듣지 못한 세월이 여러 해였고 그는 이제 서른넷이었다. 직업은 없었다. 아직 만회할 여지가 있다고 생각했지만, 가끔은 돌아오지 못할 탕아가 되어버린 것이 아닌가 두려워졌다.

"말도 마세요, 대책 없죠."

"너 좆같이 사는 거 아니까 사정을 자세히 읊어보라고."

그러나 솔직히 이런 질문을 받는 건 자존심 상하는 일이었다. 일단 우혁은 자신이 좆같이 사는 부류 중에서는 나름대로 건실한 편이라는 확신이 있었다. 급한 빚을 돌려막느라 아버지에게 오천을 빌리고 지인들에게 도합 천삼백가량을 빌렸을 뿐이지 인간의 밑바닥마저 드러낼 정도는 아니었던 것이다. 다만 금융권 빚은 정확한 규모를 몰랐는데, 모두 더해보려 마음먹을 때마다 숨이 턱 막혀왔기 때문이다. 그래도 개인 회생 절차를 알아볼 의향이 있긴 했다. 본가에서 빈둥거리는 나날이 계속되다 보니 시간의 흐름이 아득해질 뿐이었다. 심지어 편안하다 못해 느른한 느낌마저 들었다. 어머니의 체크카드와 선불폰에 기대어, 쭉 식물처럼 살아가더라도 괜찮지 않을까 하는……. 어딘가의 우편함에는 빚 독촉장과 고지서가 쌓이고 있으리라 짐작했으나 주소지를 도대체 무엇으로 적었는지 긴가민가했으므로, 위기의식은 옮겨붙을 곳 없는 성냥불마냥 매가리 없이 사라지곤 했다. 바로 이 상태, 포식자 앞에서 고개를 처박은 타조처럼 무위도식하는 상태가 우혁의 마음을 들었다 놨다 했다.

"저번에 통화로 말한 게 다예요. 여기저기 다니다가 본가 돌아온 지 세 달쯤 됐어요. 기운이 영 없어서 쉬고 있는데, 되는대로 일자리 구하고 개인 회생 알아보려고요. 은행 빚은 다 합쳐서 얼마인지 기억이 잘 안 나긴 하는데. 일단 휴대폰 명의부터 살린 다음, 새마을금고 가서 통장 새로 만들어야 해요. 원래 계좌는 싹 압류 들어와서 묶였거든요."

"지금까지 연락은 어떻게 했어?"

"방에 누워만 있으려니까 심심해서 말 걸어봤죠."

"아니, 자기 명의 휴대폰도 없는 놈이 연락을 어떻게 했냐고. 방법을 묻잖아."

"엄마가 회선 뚫어줬죠, 뭐……. 소액결제깡 하지 말라고 선불폰으로……."

"나한테도 돈 빌리려고 나온 거 아니지? 준희가 너 이름 듣고 펄펄 뛰더라. 한 삼백 떼였다던데."

"돈 때문이었으면 진작 말 꺼냈죠. 이제 머릿속 퓨즈가 완전히 끊겼는지 뭘 해도 비실비실해요. 내일 죽는다 해도 그러려니 할 것 같아. 그리고 준희도, 준희 연락 일부러 씹은 거 아니에요. 휴대폰 요금 밀려서 그래요. 빌린 돈 삼백을 다 떼먹은 것도 아니고요. 그중 이백은 예전에 갚았어요. 급한 거 막고 지인들한테 돈 돌려주느라 아버지한테 오천 구한 게, 작년 초였거든요. 중간에 일이 꼬여서 이렇게 되긴 했는데 나머지도 사정 되면 바로 말 꺼내보려 그래요. 이젠 진짜 제대로 살아야겠다 싶어서."

"너희 부모님도 고생이다, 야. 하나 있는 아들이라는 게 이래서."

"형이 그렇게 말하면 화날 것 같은데."

우혁은 얼굴을 찌푸렸다. 부모님 대하기 면구스러운 것과 별개로 제삼자가 이러쿵저러쿵 말을 얹을 건 뭐란 말인가. 그것도 오래간만에 얼굴 한번 보자며 불러놓고. 게다가 그가 이렇게 된 데에는 김 형의 지분이 상당했다.

"알지, 씨발, 알지. 아니까 책임질 수 있는 부분까지는 책임지려는 거야. 눈깔 뒤집지 말고 가만히 들어. 너 그 또라이 기질 못 죽이면 내가 해줄 수 있는 게 없어."

"대뜸 부모님 들먹이는 것만 아니면 성질부릴 일도 없어요. 나는 사람들이랑 함부로 싸우는 스타일이 절대 아니야. 형도 알죠."

"그러니까 그 또라이 기질이라는 게……. 됐다, 하던 이야 기나 하자."

김 형의 사정은 이랬다. 운영 중인 학원이 발 넓은 학부모들 사이에서 입소문을 탄 덕분에 한 명을 더 뽑아야 한다는 거였다. 다만 일손이 달리는 분야가 다종다양한 까닭에, 무엇이든 시키면 할 수 있는 제너럴리스트가 필요하다고 했다.

"짧게 줄이면 총무 겸 조교 할 사람이 필요하다, 이거 아니에요?"

"야, 총무는 절대 아니지. 너한테 돈 만지는 일 시킬 생각 없다."

"그러면 뭔데요?"

"너 예전에 대학 다닐 때 과외 돌렸지 않냐. 인문논술. 그러다가 강의도 뛰면서 돈 좀 벌었던 걸로 기억하거든."

"사람 부족하니까 일단 오라고 해서 뭣도 모르고 들어간 거예요. 논술 대목 시즌에 딱 두어 타임 뛰고 관뒀어요. 그것도 너무 오래전이라."

"그 후로 과외는 계속 뛰었잖아. 지금도 대형 학원 쪽에 모의고사 납품하고 있지 않나."

"과외 다 끊고 게임만 한 지 몇 년 됐죠. 국어 문항 납품이야 부업인데, 4문항 한 세트 작업해봐야 기껏 몇십 받아요. 노트북 전당포에 넘기고 통장까지 막힌 다음에는 일 자체를 못 하는 중이고. 사교육 판은 거의 모른다 봐야죠. 2, 3년만 쉬고 와도 판세가 확 바뀌어 있는데……."

"하여간 전임강사 시키려는 거 아니야. 조교 업무랑 행정 처리 주로 하면서 겸사겸사 땜빵만 맡으면 돼. 강사랑 성향 안 맞으니까 다른 학원 알아보겠습니다 하는 학생들 있잖아. 그런 애들 서넛 모아서 수업 진행하고, 그게 또 적성에 맞으면 타임 수 늘리고. 너도 제대로 된 회사 취직하긴 글러먹었는데 세후 이백오십 받으면서 시작하면 노난 거 아니냐."

"아니, 아무리 그래도 그렇지. 마음이야 고맙다만 내가 지금 그게 될지 모르겠는데."

김 형과의 악연은 대학 동아리에 들어가고부터 시작됐다. 봉사 활동이나 창업 동아리의 경우 매해 뒷물이 앞물을 밀어내기 마련인데, 하필 우혁이 들어간 곳은 철학 학술 동아리였던지라 동아리 방에는 졸업할 가망 없는 선배들이 괴괴하게 뿌리내리고 있었다. 열두 학번 위인 선배까지도 본 적이 있었다. 그중에서 김 형은 우혁과 여섯 살 터울로 그나마 젊은 축이었고, 형 자신도 스스럼없는 성격이었으므로 둘은 금방 친해졌다. 그 후 김 형은 우혁에게 강원랜드와 마닐라 카지노를 알려주더니 자기 혼자 일반인의 세계로 훌쩍 떠나버렸다.

우혁은 그 사실을 떠올릴 때마다 열불처럼 끓어오르는 배신감에 심호흡해야만 했다. 정신을 차리고 산업의 역군으로 거듭난 것은 잘된 일이지만, 사람을 껍데기만 남긴 채 안에서부터 죽여놨으면 책임을 져야 한다. 그 책임이란 같이 필리핀에 가서 80만 페소쯤을 날리는 것이다. 계절마다, 혹은 달마다 출정을 반복하면서 손실액을 늘려가다가 기껏 차린 학원마저 잃는 것이다. 그렇게 생각하던 시기가 길었다. 이번 연락에도 억하심정이 작용했을 것이다. 신입생 시절로 돌아가기에는 너무 멀리 왔으니 물귀신 노릇이나 해볼까, 하고. 그런데 뜻밖의 제안을 듣게 되어 한 대 얻어맞은 기분이었다.

　"어차피 데카르트든 플라톤이든 고등학생 상대로 떠들 정도로는 알고 있지 않냐. 인문논술이 수학 같은 과목도 아니고, 머리 잘 굴러가고 글 잘 쓰면 끝이지. 정 안 되면 뒷방에서 첨삭하고 잡무나 맡아."

　"아버지가 접때 나더러 그러던데요. 눈빛이 다 죽은 게 귀신 같다고."

　"아니야, 너 놀고먹느라 때깔이 괜찮아. 딕션도 멀쩡하고. 면도한 다음 피부 관리 가볍게 하고, 옷만 사람처럼 입으면 돼. 도박도 끊었다면서."

　"지금이야 쉬고 있죠. 그런데 재발하면 어쩌게요?"

　"일도 제대로 못 할 지경 되면 자르고 다른 사람 구해야지. 아무리 책임진다 해도 다 큰 새끼 수발들어줄 생각은 없다."

강사로 구르다가 친한 사람들을 끌고 나가서 자기 학원을 차린 인간이다. 계산기는 충분히 두드렸을 테고, 스페어 강사 노릇이 가능한 데다가 잡다한 일까지 시킬 머슴을 월 이백오십에 쓸 수 있다면 수지맞는 장사였다. 잘은 몰라도 이것저것 떠맡을 미래가 뻔히 보였다. 변수랄지 김 형이 사정을 봐준 부분이랄지 하는 게 있다면 그건 우혁이 10년 사이에 폐급이 되어 있을 가능성이었는데, 그쯤은 감수할 만한 리스크였다. 감수할 만하다고 생각했으니 전화 통화를 몇 차례 하다가 밥을 사주겠다며 불렀을 것이다.

"지금부터 준비 시작해서, 내달 초에 시범강의 한번 해라. 일단 바로 삼십 보내줄 테니까 머리 자르고 옷 사 입어. 깔끔하게. 너 나이가 얼마인데 그 이상한 반팔 후드 티에 청바지……."

"현금 아니면 못 받아요. 그냥 엄마 카드 쓸게요."

◆◆◆

학원에는 국어만 맡은 강사가 김 형까지 포함해 둘이었고 국어와 논술을 병행하는 강사가 하나, 논술만 전담하는 강사가 하나 있었다. 논술은 고등반만 있는데 조만간 중등반을 새로 열 계획이라고 했다. 그래서인가 논술 전임은 낙하산 신입을 눈에 띄게 경계하는 기색이었다. 우혁이 강사들 앞에서 시범강의를 선보일 때부터 언짢은 기색을 내비치더니 제시문 해석을 걸고 넘어졌던 것이다. 학계의 최신 견해니, 발산적 사고니 하는 말로 치장했지만 경쟁자를 견제하려는 속내가 뻔히 보였다. 한편 국어 실전 모의고사 출제 이력이 거슬리는지 국어 강사도 떨떠름한 표정을 짓긴 마찬가지였다. 그나마 나머지 한 명과 학부모 출신 상담실장이 뜨뜻미지근한 지지를 보내준 덕분에 낙하산은 무탈히 착륙했다. 눈빛이 이상하다거나, 조만간 사고 칠 사람처럼 보인다거나 하는 원색적인 비난마저 각오하고 들어온 판이었으니 이 정도면 판정승이었다.

물론 시범강의는 10라운드짜리 경기의 첫 판에 불과했다. 직설적으로 대화가 오가진 않았으나 정체성을 확실히 하라는 요구가 살갗으로 느껴졌다. 경쟁자인지, 머슴인지. 학원장의 학교 후배라는 포지션마저 그들의 심기를 건드리고 있음을 쉽게 유추할 수 있었다. 강사들이 툭툭 던지는 농담에서 은근한 핀잔을 읽어낼 때마다 우혁은 예송 논쟁의 역사적 의의를 떠올렸다. 효종이 승하했을 때 상복을 몇 년간 입어야 하느냐 하는 문제로 나라 전체가 갈라져 싸웠던 일. 선왕의 적장자라면 3년이고 아니라면 1년인데 효종이 인조의 적장자가 맞느냐 하는……. 주권의 정당성은 왕조 국가의 중차대사라지만, 유교 문화 바깥에서 자란 현대인에게는 고작해야 장례식 규칙 따위로 다툰 사건 이상도 이하도 아니었다. 그는 학원가가 하나의 조선이라고, 자신은 불운하게 조선에 떨어진 시간 여행자라고 생각했다. 누가 이기든 아무 상관도 없을 신경전에 심력을 낭비하고 있으니.

무엇보다도 계약서를 잘못 썼다. 이백오십을 모두 월급으로 퉁친 탓에, 스페어로 맡은 수강생이 늘어나더라도 득 될 게 없었던 것이다. 역할마저 애매모호한지라 강사들이 떠맡기는 잡무를 거절할 방법도 마땅치 않았다. 김 형이 선심 쓰듯 성과급을 들먹이긴 했으나 속았다는 느낌을 지우기 어려웠다. 진퇴양난이었다. 아침 10시에 출근했다가 밤 11시에 퇴근한 날이면 차라리 3교대 공장이 낫겠다 싶었지만, 구인 공고 목록에서는 학원보다 여건이 좋은 곳을 찾기 어려웠다. 하지만 현실을 인정하고 나면 피가 펄떡펄떡 뛰었다. 온종일 똑같은 혈관을 맴돌며, 심장에서 출발해 심장으로 되돌아오는 삶을 견딜 수 없다는 듯이. 첫 월급을 받은 날, 그간 잊고 지냈던 감각들이 되살아났다. 바로 저기에 돈이 공기처럼 흐르는 세계가 있다. 이곳에서 이백오십은 한 달의 시간과 같지만 그 세계에서는 불어 내쉬는 숨결만도 못하다. 다행히 반년만 참으면 목돈이 쌓인다. 아니, 대리 베팅 사이트에서 소액으로 자잘하게 시작하면, 혹은 주말에 당일치기로 강원랜드라도 다녀오면…….

우혁은 일단 준희에게 100만 원을 송금하면서 사과 메시지를 보냈다. 최악의 상황을 대비해, 날려버릴 돈의 총액을 한껏 낮추고 싶었던 것이다. 생각난 김에 다른 친구들에게도 자잘한 빚을 갚았더니 딱 30만 원이 남았다. 운만 따르면 열 배, 스무 배도 될 수 있는 금액이었다. 운만 따르면—그는 니코틴 패치를 붙이듯 카지노 게임 앱을 깔았다가 지웠고, 텔레그램을 설치해서 인터넷 바카라 사이트를 알아보다가 그만두었고, 카드를 뒤섞듯 강원랜드 테이블 예약 화면과 은행 대출 화면을 교차시켰다. 30만 원으로 1000만 원을 따낼 가능성과 억대의 돈을 날려온 과거를 교차시켰다. 바카라 시뮬레이터에서 17연승을 거둔 후 진짜로 베팅했더라면 얼마를 벌었을까 계산해보았고, 지금 이 자리에서 아무것도 하지 않음으로써 실시간으로 돈을 잃어간다는 불안에 몸부림치기도 했다. 그리고 자신에게 궁극적으로 필요한 것은 돈이 아니라 생명이라고도 생각했다. 이 도시에는 너무도 희박한 생명. 혹은 죽음.

에어컨을 21도로 맞춰놓았는데도 등판에서 땀이 질질 샜다. 침과 눈물로 쏟아낼 수분이 모두 살갗으로 치솟아 올라가는 듯했다. 거의 밤을 지새우다시피 한 다음 가까스로 출근했다. 사무실에는 서면 첨삭을 기다리는 논술 답지가 한가득 쌓여 있었다. 논제는 작년도 Y대학교 논술고사 기출 문항을 변형한 것으로, 세 개의 국어 제시문과 한 개의 영어 제시문으로 구성되어 있었다. 그리스 비극의 구조와, 자기실현적 예언과, 경제학과 사회학의 상호 연관성에 대한 짧은 글들. 미래를 예상하는 작업에는 현재를 움직일 힘이 깃들기 마련이었고, 그래서 살부(殺父)의 혐의를 지고 버려진 아들은 자기 아버지를 죽이게 되었다. 유명인의 예견이 유행을 불러왔다. 정치인은 승리를 장담함으로써 선거에서 이겼다.

반면 우혁은 자신의 미래를 도무지 내다볼 수 없었으므로, 조롱당하는 느낌에 기분이 나빠졌다.

그 조롱은 제시문이 아니라 자신의 내면에서 시작되었다는 자각이 두 배로 성가셨다.

한마디로 말해서 개 같았다.

첨삭을 하는 둥 마는 둥 하다가 프리셀 게임을 최고 난도로 시작했다. 30분이 걸려 한 판을 겨우 깼더니 등 뒤에서 낮은 목소리가 들려왔다.

"이 새끼…… 아니, 최 선생. 직장에서 게임을 하면 돼, 안 돼?"

"프리셀인데요."

우혁은 심드렁하니 내뱉었다. 김 형은 상체를 수그려 우혁의 목을 조르듯 끌어안더니 귓전에 속삭였다.

"프리셀이든 뭐든 카드 가지고 노는 꼴 한 번만 더 걸려봐. 가만 안 둬."

"다음 달 보너스 제대로 안 챙겨주면 바로 관두고 필리핀 갈 거니까 그렇게 알아요."

"어쭈, 꼴에 협박을. 네 경력에 사무직으로 이백오십 꽂아주는 일자리 있나 찾아봐라."

"좆같네."

"점심이나 먹으러 가자."

김 형은 점심시간마다 우혁을 끌고 다녔다. 이유는 두 가지였는데, 일단은 여름방학 시즌인지라 점심시간을 끼고 오전 타임에 강의하는 강사들이 여럿 있었기 때문이다. 반면 우혁은 목요일 오후 타임 강의를 빼면 계속 사무실에 있었으므로, 이곳저곳 데리고 다니기 편했다. 물론 특별 관리를 하겠다는 의도 역시 있을 것이다. 우혁은 엘리베이터 앞에 옹기종기 모인 학생들을 물끄러미 바라보다가 비상계단으로 내려가자며 김 형에게 눈짓했다. 어린애들 앞에서는 돈 이야기를 피하고 싶었다.

층계참에 달린 창문은 밀폐 구조인지라 환기가 거의 되지 않았다. 공기가 한낮의 열기로 후끈 달아오른 탓에 공간 전체에 희부연 막이 한 겹 덧씌워진 듯했다. 우혁은 빨리 해결하고 내려가자는 생각으로 대뜸 본론을 꺼냈다.

"보너스 안 줄 거면 강사들 단도리나 쳐요. 내가 자기네 파이 먹으러 들어온 줄 아는 것 같아."

"페이가 비율제라서 그렇지, 뭐. 담당 학생 하나 줄면 이삼십이 턱턱 까이니까. 나도 계속 달래고는 있는데 어쩌겠냐."

"그냥 사정 오픈하지 그래요. 재활 훈련하러 온 거지 정규 강의 가져갈 일 없다고. 난 오픈해도 괜찮은데."

"진짜 괜찮아?"

"어차피 지금도 거의 머슴처럼 부려먹히는데, 자잘하게 스트레스 받으면서 지낼 바에는 대놓고 머슴인 게 낫죠."

우혁은 마음에 담아뒀던 불만을 차례대로 털어놓았다. 논술을 맡은 박 선생은 초면에 그렇게나 시비를 걸어놓고 이제는 수업 연구 초안을 떠넘기다시피 한다는 것, 다른 강사들도 이것저것 시키는데 거절할 명분이 마땅치 않다 보니 일거리가 한없이 쌓인다는 것, 집에서 준비해 오는 것까지 합하면 근무 시간이 하루에 열서너 시간쯤 되리라는 것. 낭비할 시간도 없이 바쁜 건 좋은 일이지만, 이대로 가다가는 자신이 박 선생을 들이받을 게 분명하다는 것. 소원 수리에 거의 15분가량 쓴 것 같았다. 김 형은 귀담아듣는 티를 내더니 이번 달 보너스를 확실히 챙겨주겠다며 약속했다. 여름방학 시즌이기도 하고, 소규모지만 강의도 한 타임 뛰는 중이니까 지금보다는 더 받는 게 맞다고도. 그러더니 김 형의 표정이 갑자기 심각해졌다.

"그나저나 새벽에 게임했냐?"

김 형은 눈치가 빠르다. 그도 그럴 것이, 육감이 없으면 학원 강사 노릇은 못 한다. 게다가 같이 이곳저곳 붙어 다닌 세월이 있으니까 우혁의 패턴쯤은 진작 파악했을 것이다.

"무슨 소리야, 안 했어요. 사람을 뭘로 보고."

우혁은 태연한 척 대답했지만 말끝에 쇳소리가 섞여 나왔다. 그 공격성이 무심코 흘린 자백처럼 느껴져 오한이 돌았다.

"잠 부족한 게 눈에 보여서 그런다. 어제는 월급도 들어갔고."

"어젯밤에 재발할 뻔한 건 사실인데, 참느라 못 잔 거예요, 참느라. 나도 노력 많이 해요."

김 형은 상체를 슬쩍 뒤로 빼더니 우혁을 꼼꼼히 뜯어봤다. 의심스러운 피의자를 취조하는 형사 같았다. 그는 김 형의 자세가 바로잡히고서야 겨우 안심했다.

"그건 잘했다. 혹시 수면제 필요하면 말하고. 여기 근처에 자판기 하나 있거든."

"자판기요?"

그렇게 묻는 순간 클랙슨이 길게 울렸다. 건물 외벽을 통과하느라 둔탁해지고 희미해지긴 했지만, 이상하리만치 서늘한 느낌이 담긴 소리였다. 곧이어 다른 자동차들마저 발작적으로 울어대기 시작하더니 어느 순간 뚝 멈췄다. 우혁은 무슨 상황인가 싶어 창문을 넘겨다보았지만 시야가 나오지 않았으므로 단념했다. 어차피 내려가면 자연스레 사태가 파악될 것이며 무슨 상황이든 자신의 소관은 아닐 터였다. 대도시의 대사건이란 어지간하면 그런 식이 아니던가. 김 형도 비슷한 결론에 이르렀는지 유리창에서 시선을 떼고 원래 주제로 되돌아왔다.

"서울대 나온 양반이 하는 정신과인데, 가서 잠이 안 온다고 하면 졸피뎀이랑 자낙스에 다른 거 몇 개 섞어서 줘. 기다리는 시간만 빼면 처방전 받아서 나오는 데에 30초쯤 걸릴걸."

"진짜 자판기네."

김 형은 계단을 내려가는 동안 병원에 얽힌 가십을 주절거렸다. 병원장의 나이는 40대 중후반. 콘서타든 디에타민이든, 필요한 약이라면 군말 없이 내어주는 전략으로 입지를 굳힌 후 몇 차례 확장 이전을 거쳤다. 뒷소문에 따르면 입시 컨설턴트 몇몇과 친하게 지내면서, '공부 잘하는 약'을 찾아다니는 학부모들을 병원으로 끌어들인다고도 했다. 경영학의 언어를 빌리자면 공격적 마케팅을 통한 외연 확장이라고 평할 법했다.

"병원장이 스카이, 메디컬 보낸 학생이 수천 명은 될 거야. 그런데 그 아들내미가 지금 고등학교 3학년이거든. 대학을 어디로 갈지 궁금하지 않겠냐. 아니, 자기 아들한테는 약을 얼마나 먹일지부터가……."

"애는 뭐 하고 싶어 하는데요?"

"자기 나와바리 물려주려면 의사 시켜야지. 기복이 있긴 한데, 지방 의대까지는 무난하게 갈 성적이라더라."

여기는 병원과 약국이 학원만큼이나 많은 이상한 동네였다. 하나의 외계 행성이었다. 역삼중학교에서 시작되어 휘문고등학교로 끝나는 선분을 지름 삼는 원이 지층과 맨틀을 이루고, 그 안쪽 은마니 래미안 대치팰리스니 하는 아파트에서 쏟아지는 인간들의 에너지가 내핵과 같은 열기로 끓어오르는 곳. 이곳의 사람들은 삶의 모든 측면을 지극한 인공물로 대체함으로써 새로운 자연을 창조하려는 듯했고, 그 정중앙의 교차로는 가장 세속적인 십자가였다. 4차선로와 7차선로가 마주치는 자리에서 뻗어 나오는 노면 표시선. 그 곡선들이 이루는 형상은 마치 동방의 별과 같아서…… 밤 10시가 넘어 퇴근하면 저녁 타임 수업을 마친 학생들이 편의점에서 저녁을 해결하는 모습을 볼 수 있었다. 그게 한쪽 벽면을 메우다시피 했다. 자기 몸의 절반만 한 캐리어를 곁에 세워놓고 교차로 신호등이 바뀌기를 기다리는 초등학생들도 곧잘 보였다. 우혁은 그게 마냥 비인간적이라고 평하고 싶지 않았다. 거기에는 분명히 이글거리는 에너지가 있었고, 학생들의 삶 또한 어떤 의미로인가 생동하며 폭발했다. 그 폭발의 벡터가 우혁 자신의 것과는 완전히 다를 뿐이었다.

1층까지 내려갔을 때, 우혁은 무심코 입을 열었다.

"형은 이런 생각 해본 적 있어요? 사람이 흔히 생명력이나 활력이라고 부르는 것들은, 사실 아무 힘이나 대중없이 묶어놓은 거 아닌가 하는……. 여기 애들이 학원, 학원, 학원만 쳇바퀴처럼 오가느라 걸어 다니는 시체 꼴이 됐다지만, 사실은 쳇바퀴를 굴리거나 시체가 되는 데에도 에너지가 필요한 것 같거든."

"그건 너무 당연한 이야기지. 사람들은 말이 달리는 것과 자동차가 움직이는 게 다르다고 생각하는데, 물리학적으로 말해서, 그건 모두 운동이야. 질량과 속도의 곱이야. 여기 애들이 시체라고 치면, 한국에 제대로 살아 있다고 말할 수 있는 사람이 딱히 없어."

"그렇죠, 물리학적으로는 모두 운동인 건데. 그런데 내가 하려는 말은 그게 아니라, 어쨌든 인간과 트럭은 다르지 않느냐는 거예요."

"그야 그렇지."

"그러면 생명이라는 것도 사실은 종류가 다른 게 맞죠? 국어에서 100점을 맞아도 수학은 9등급일 수 있는 것처럼, 어느 관점에서는 살아 있지만 달리 보면 아예 속에서부터 죽어 있을 수 있다거나 하는……."

"그것까지도 너무 당연한 소리지."

"솔직히 말해서 나한테 쳇바퀴를 굴릴 힘이 있는지 모르겠어요. 형한테도 예전에 말한 적 있지 않나. 나는 원시인으로 태어나서 매머드 사냥이나 하다가 머리가 깨져 죽었으면 행복했을 사람이라고, 애진작 그렇게 됐어야 했는데 어쩌다 보니 살아 있다고……."

내용과 별개로 말투는 진지하지 않았다. 애당초 무슨 일이든 진지하게 받아들였다가는 더 이상 살 수 없을 것처럼 느껴질 때가 많았다. 그러나 김 형은 영 탐탁잖은 표정이었다.

"덥다. 나가자."

1층 방화문이 열리자 몸의 감각이 함께 트이는 느낌이 들었다. 습기와 먼지로 이루어진 차폐막을 빠져나와 진짜 세상에 발을 들이는 느낌. 정남향으로 난 입구를 통해 들어온 햇빛이 매끈한 바닥 위로 통통 튀어오더니 방화문 앞 철제 문턱에 가로막혀 고였다. 강의 지류가 하천으로, 물길로 흐지부지 줄어들다가 끝내 초라한 물웅덩이 하나로 전락하듯이. 그 흐름을 거슬러 오르자 바깥은 빛의 원천이었다. 작열하는 열기가 교착 상태에 빠진 자동차들을 감싸 돌며 그 둘레에 반투명한 아지랑이를 일으키고 있었다. 정체의 출발지는 십자로 정중앙이었다. 2415번 초록색 지선 버스를 중심으로 소용돌이치듯 정지한 자동차들의 패턴은 심리 치료용 만다라 그림을 연상시켰다. 으스러지듯 꺾여 올라간 자동차 보닛이 곧 시작될 공연을 예고하듯 번쩍거렸고, 바닥에 흩뿌려진 유리창 파편들 역시 햇빛을 이리저리 난반사함으로써 조명을 더했다.

"야, 아까 그 소리가 이거였구나. 난리 났다."

"난리 났네요."

김 형이 헛웃음 섞인 감탄을 터뜨리자 우혁도 따라 했다.

"이게 다 얼마짜리 사고냐. 기본이 아우디에 벤츠, 제네시스…… 저기 마세라티도 있네."

"여기 스쿨존 아니에요? 일부러 갖다 박아도 이러긴 어렵겠다."

"누가 먼저 박았든 변호사들만 노났지."

학원가 한복판에 펼쳐진 다중 추돌 사고 현장은 잘못 편집된 영화의 한 대목처럼 맥락이 결여되어 있었다. 하늘에서 거대한 손이 내려와 망가진 자동차들을 집어 올리고 교통 흐름을 복구하더라도 그러려니 할 듯했다. 한편 우혁은 전기차들이 갑자기 진동하며 폭발할 가능성 또한 헤아려보았고, 불길이 옮겨붙기에는 먼 곳으로 시선을 옮겼다. 비교적 질서 정연할 뿐이지 거대한 기계들이 뒤얽혀 있다는 점에서는 이곳이나 저곳이나 큰 차이가 없었다. 승용차 지붕에서 앞창으로 꺾여 내려가는 곡면이 젖은 조약돌처럼 반들거렸다. 땀에 찌든 아이들이 조약돌 사이를 지나다녔고, 어떤 조약돌에서는 사람이 내렸으며, 그러는 와중에도 물때 낀 건물들은 평소와 같은 무심함으로 사거리를 내려다보고 있었다. 그 무심함은 단순히 무기물적이기만 한 것이 아니라 잡다한 감상들이 숨막히는 온도와 압력으로 변성된 결과인 듯했다.

우혁은 불현듯 저 매끄러운 기계들 속에서 신음하고 있을 사람들을 상상했다. 자동차 보조 핸들에 부딪혀 머리 가죽이 찢어진 남자를, 좌석과 좌석 사이의 좁은 공간에 기괴한 각도로 꺾여 들어갔을 학생들을 머릿속에 그려보았다. 그리고 아무 일도 일어나지 않았다는 양 평소와 같은 걸음걸이를 유지하는 행인들을 바라보며 잠시 전율했다. 8월의 모든 습기와 더위가 한 점으로 모여들어 뱃속에 스민 뒤 살짝 아래로 내려가는 듯했다. 피보다 진득하고 숨결보다 더운 응어리가 그 자리에서 살아 펄떡거렸다. 어젯밤에 그토록 시달렸던 열기가, 마지막 판돈을 모두 테이블에 쓸어 넣고 카드가 쪼개지기를 기다리던 찰나의 영원이, 더 오래된 기억들이 우혁의 정신과 육신을 단단히 밀착시켰다. 환상에 가까운 감각이 엄습했다. 갈비뼈가 등줄기를 향해 꺾이며 격통이 골을 울리는데, 반사적으로 입을 크게 벌려 숨을 들이켜자 공기는커녕 거센 물줄기만 쏴아아 쏟아져 들어오고, 코가 얼얼하고 눈알이 빠질 듯 아프고 눈알이 정말로 하나 빠진 듯도 하고……. 이게 정말로 겪었던 일인가? 이 플래시백은 도대체 어디에서 출발했단 말인가?

하여간 이 지긋지긋한 감각. 지긋지긋하도록 반가운 감각. 두근거리는 가슴을 가라앉히기 위한 심호흡은 언제부터인가 헐떡임으로 변해 있었다. 어깨를 떨던 우혁은 단단한 게 발치를 건드리는 것을 깨닫고 아래를 보았다. 뜯겨 나온 전조등 덩어리가 참수당한 머리통처럼 나동그라져 있었다. 이것마저 반가웠다. 그는 허리를 슬쩍 구부리고는 슬랙스에 접어 넣었던 셔츠 밑단을 꺼내어 바지춤을 가렸다. 그리고 웃음을 참으려 애쓰며 고개를 돌려 김 형의 얼굴을 마주 보았다. 그는 대로변에서 발작이 터진 정신증 환자의 보호자 같은 표정을 짓고 있었다. 우혁은 마흔 줄에 접어든 고용주에게 이런 역할을 맡긴 게 미안했으나 복수의 쾌감도 느꼈다.

"점심 어디서 먹으려 했어요?"

"중국집. 자주 가던 데."

"먼저 가서 아무거나 시켜줘요. 화장실 좀 다녀오게……."

우혁은 대답을 들을 새도 없이 학원 빌딩으로 뛰어 들어갔다. 막 입구에서 나오던 학생들이 흠칫 놀라 물러섰고, 숨길마음도 없는 듯 종알거렸다. 저 사람 웃는 거 이상하지 않아? 못 들은 척 비상계단 문을 열고 있으려니 진득한 시선이 등줄기를 쿡쿡 찔러댔다. 다행히 3층 화장실에는 아무도 없었다. 그는 대변기 칸으로 들어가 문을 닫아걸고 바지와 속옷을 무릎 바로 위까지만 내렸다. 억눌려 있던 용수철이 튀어오르듯 팽팽해진 성기가 치솟았다. 손을 움직일 때마다 고통에 가까운 쾌감이 넓적다리 아래에서부터 밀려 올라오더니몸 전체로 퍼졌다. 바로 이거다. 자신이 그렇게나 도박에 매달렸던 까닭도, 김 형이 또라이 기질이라 불렸던 것도, 형이갑자기 현실로 돌아간 이유도 모두 이거다.

형은 마지막 출정을 마치고 이렇게 말했다.

야, 나는 이제 끝이다. 앞으로는 평범하게 살려고.

어쩌다가 그런 생각을 다……. 준희 결혼한다는데 그거 때문이에요?

아니, 너처럼 될까 봐 무서워서.

중독자라면 누구나 실패를 좋았다. 지금껏 잃은 돈을 복구하겠다는 포부를 호기롭게 읊는 사람이라도 실은 파탄을 원했다. 고깃국물로 사골국물을 대신할 수 없듯 승리에만 만족하기란 불가능했다. 생명줄이 고스란히 드러날 때까지 돈을 긁어낸 뒤에야 비로소 선명해지는 희열이 있었으므로. 우혁은 그 감각에 유별나게 예민한 타입이었고, 죽었다 싶을 정도로 궁지에 몰릴 때면 어김없이 발기했다. 그런 예민성은 중학생 시절, 물이 불어난 계곡에 발을 담갔다가 급류에 휘말린 기억과 맞닿아 있었다. 팔다리의 움직임과 물살을 구분하지 못할 지경인데도 미끈거리는 피가 땀처럼 살갗을 뒤덮은 것만큼은 뚜렷이 느껴졌다. 그 외에는 확실한 것이 하나도 없었다. 코와 입으로 쏟아져 들어오는 물이 공기 같았다. 수면 위아래로 넘실대는 하얀 게 돌인지 팔꿈치 뼈인지 분간하기 어려웠다. 갈비뼈 밑을 훑는 게 심장의 박동인가 죽음의 기운인가도 궁금했다. 통증과 쾌감이 뒤섞였다. 아득했다. 빛도 색상도 없이 아득한 어둠 속에서, 우혁은 허공에서 동전이 떨어지는 환영을 보았다. 동전은 바닥에 부딪혀 몇 차례 튕기고는 양옆으로 계속 흔들렸다. 앞면과 뒷면이 경련하듯 교차하다가 점점 뒷면으로 굳어져갔다. 그러더니 갑자기, 어둠 뒤편에서 뻗어 나온 작은 손이 동전을 붙잡아 앞면으로 되돌렸다.

우혁은 계곡에서 자신을 구해주었던 소년의 얼굴을 떠올리며 사정했다.

그제야 몸의 떨림이 멎으며 현실이 전류처럼 등줄기를 휩쓸었다. 이곳이 서울의 중심부이자, 한국에서 가장 번화한 학원가이자, 자신의 일터라는 현실. 김 형은 중국집에서 자신을 기다리는 중이고, 아까 마주쳤던 학생들은 형의 학원에 다녔고, 사무실로 돌아가면 첨삭을 기다리는 논술 답지들이 있을 터였다. 주제가 뭐였더라? 자기실현적 예언? 이 모든 우연이 공교롭게만 느껴졌으며 이래서야 멀쩡히 살기 어렵겠다는 건조한 판단마저 미래를 견인하는 듯했다. 흔적을 치운 뒤 손을 씻고 있으려니 눈알이 뜨뜻해졌다. 그는 세수하는 척 흐느끼다가 그냥 조용히 울기 시작했다. 그러던 와중 휴대전화 알림이 울렸다. 김 형에게서 온 메시지였다. 중국집이 만석이라 다른 식당에 테이블을 잡았다고 했다.

◆◆◆

광양 옥룡면에는 호남정맥 제일봉인 백운산이 있으며 거기에서 뻗어 나오는 물줄기 중 가장 길고 굵은 것은 광양만에까지 닿는다. 그로부터 가지 쳐 나온 계곡들은 기암괴석이 즐비한 가운데 맑은 물이 쏴아아 흐르고, 양옆으로는 평상을 깐 음식점들과 등산로가 놓인 형세다. 즉 땅도 물도 인간의 소유가 아니지만 계곡은 아케이드형 상가에 딸린 캠핑장처럼 쓰인다. 숯불구이 닭 세 마리와 백숙 한 솥을 25만 원에 구매하면 자연을 점유할 권리가 딸려 오는 곳.

소년 시절, 우혁의 외갓집은 옥룡면에 있었으므로 여름철 피서지는 새해가 시작되기도 전부터 정해져 있었다. 그는

25만 원어치 자연에 만족했지만 이따금 진짜를 꿈꿨다. 물밑 바위틈에 어색하게 끼어든 수박도, 찌그러진 사이다 캔도, 고기 굽는 연기도, 소란스러운 웃음소리도 모두 사라지고 나면 여기에는 어떤 광경이 펼쳐져 있을까. 열다섯 살의 가을날 예상치 못한 기회가 왔다. 외할머니의 장례식을 치르기 위해 외갓집에 들렀고, 사흘째가 되어 발인까지 마친 참이었다. 선산에 관을 묻기 위해 굴삭기를 빌린 상태였지만 아침부터 빗줄기가 거셌다. 어른들은 장비 대여료를 하루 더 내느냐, 오늘 매장하느냐 하는 문제로 옥신각신하다가 장례를 빨리 매듭 짓기로 결론 내리고 선산으로 향했다. 우혁은 그 틈을 타 우비를 챙겨 외갓집을 나섰다.

30분가량 걸어 도착한 계곡은 그야말로 절경이었다. 지금 여기의 바윗돌과 저 위의 구름이, 땅과 물과 하늘이 하나로 접붙어 내달렸다. 계곡 전체가 발을 구르며 허공을 향해 서서 가고 있었다. 쏟아지는 빗줄기가 그 대오에 합류할 때마다 자디잔 물방울들이 쪼개져 나오며 수면 위에 하얀 막을 이뤘다. 차갑게 끓어오르는 물이 증기를 내쉬는 듯했다. 함성처럼 들썩이는 쏴아아 소리. 우혁은 어제 보았던, 평화로운, 평화롭다 못해 짓눌린, 거의 기어가듯 흐르던 계곡물을 떠올렸다. 그리고 문득—비록 당시에는 아버지의 차를 타고 지나온 길의 세목을 정확히 몰랐으나—양재IC 방면 지하 차도를 통과하던 순간부터 경부고속도로 정체 구간의 지지부진함까지를 한순간에 상기했다. 그는 계곡이 비를 만나 본연의 모습을 드러내듯, 도로와 자동차들에게도 은총의 순간이 있으리라 예감했다.

은총이라면 어떤……?

열다섯 살의 소년은 마땅한 답을 찾지 못한 상태로 상류를 향해 걸음을 옮겼다. 빗줄기가 워낙 거센 탓에 우비를 걸쳤는데도 바짓단 밑으로 물이 줄줄 샜다. 가끔은 앞을 똑바로 바라보기조차 어려울 지경이었다. 그럼에도 불구하고 텅 빈 계곡은 매 구간이 새롭게 느껴졌으며 모든 잎사귀와 뿌리줄기들은 눈가에 제각기 다른 빛을 남겼다. 중류 지점을 지난 직후, 계곡이 순간적으로 폭을 넓히며 커다란 물구덩이가 나타났다. 그 자리를 기점으로 물줄기의 기세가 달라지는 광경이 이채로웠다. 아래쪽으로는 물줄기가 밀어붙이듯 내달리는데 그 위쪽은 비교적 경쾌한 느낌이었다. 우혁은 고개를 들어 물안개에 덮인 먼 산골짜기를 바라보았고, 거기에 서서 지금 여기를 내려다보는 자신을 상상했다.

얼마 지나지 않아 계곡이 다시금 폭을 넓히며 산속 호수와 같은 광경이 펼쳐졌다. 맑은 물은 비단처럼 곱게 주름 잡혔고, 물줄기가 바윗덩이를 만나 불쑥 치솟는 자리에서는 탄력마저 느껴졌다. 세찬 빗줄기와 물소리에도 불구하고 그 거대하고 투명한 덩어리만큼은 고요하고 정적인 느낌을 간직하고 있었다. 그것은 단순한 평안이기보다는 모든 소란을 포용하고 또 흘려보냄으로써 유지되는 너그러움인 듯했다. 우혁은 땀과 비로 젖어 미끌거리는 목덜미를, 살갗에 달라붙은 면 티셔츠를 느꼈다. 물줄기들이 태피스트리의 올처럼 엮이며 전체를 이룬다고 느꼈다. 그 가느다란 손가락 같은 물줄기들이 자신을 향해 손짓한다고 느꼈다. 그는 가장자리의 바윗돌에 오른발을 얹어보았다. 왼발도. 그리고 평소 보폭의 절반도 되지 않는 템포로 전진하며 아슬아슬한 끄트머리까지 가서 섰다.

우혁은 아직도, 자신이 무슨 생각으로 최후의 한 발짝을 내디뎠는지 헤아려보곤 했다.

그 동작은 건방진 장난일 수 있었다. 괜히 아무 아파트에나 들어가서 낯선 집의 벨을 누른 후 층계참에 숨어 위기를 모면하듯이, 왼발을 불쑥 내밀었다가 되돌림으로써 일상의 견고함을 재확인하려던 것일지도 몰랐다. 혹은 생동하는 힘에 압도당했을 가능성도 있었다. 착란으로 인해 자신의 존재마저 물처럼 흐를 수 있으리라 믿었을 가능성 또한. 하여간 그는 실수를 저질렀다. 불어난 계곡물에 휘말린 인간은 강물에 얹혀 가는 낙엽과 다를 바 없었다. 얇고 초라하고 가벼웠으며 언제라도 잎맥을 드러낸 채 가라앉을 수 있었다. 바위를 붙잡으려던 노력은 번번이 실패했다. 자세를 바로잡기도 불가했으며 오직 고통을 통해서만 팔다리의 위치를 그려낼 수 있었다. 산을 거슬러 오를 때와는 다른 느낌으로, 그러나 여전히 찬란한 광채를 발하는 한여름의 신록…… 번쩍임 한 번마다 완전히 다른 풍경이 되어버리는……. 돌연 눈앞이 새빨갛게 물들었다. 눈이 반사적으로 질끈 감겼지만 왼쪽 눈은 감기지 않았다.

이내 물줄기가 피를 닦아내며 눈앞을 밝혀주었다. 굵기가 동전만 한 나뭇가지가 보였다. 한쪽 끝은 바위틈에, 다른 쪽 끝은 우혁의 시야 한쪽 가장자리에 붙박여 있었다. 물줄기가 계속 쏟아져 내려왔지만 이상하게도 시야는 같은 자리에 고정된 느낌이었다. 운 좋게 널찍한 바위에 떨어진 걸까? 아니면 영혼이 몸에서 빠져나가려는 걸까? 그 질문을 던지는 순간 물이 우혁을 절묘한 각도로 밀었다. 눈구멍 안에서 무언가 견고하고 두려운 게 꿈틀거리는 느낌이 들었다. 머릿속 버튼을 건드리는 막대기. 몸이 제멋대로 발작하며 눈앞에 붉은 망점을 더했다. 세상이 다시 격동하기 시작했다. 그는 피 묻은 나뭇가지가 빠르게 멀어지는 것을 느끼며, 어떻게든 저기에 다시 두개골을 박아야만 하지 않을까, 살아남으려면 차라리 그렇게라도 해야 하는 것이 아닌가 고민했다. 아마도 1, 2초 정도. 그게 마지막 생각이었다.

계곡의 하류에서, 생각이 다시 시작되었다.

관성에 따라 허우적대던 우혁은 등 뒤를 받친 것이 진흙임을 깨달았다.

통증은 느껴지지 않았다.

깊은숨을 들이마시며 기침을 터뜨렸지만 그런 동작마저
불필요했다.

그저 아주 오래도록 잠들었다가 깨어난 기분이었다.

눈을 뜨자 노을이 밀려오는 하늘이 보였다. 비는 그쳐 있
었다.

우혁은 오른 팔꿈치로 땅을 짚으며 윗몸을 일으켰다. 그러
고는 다른 손으로 눈두덩을 몇 번이고 매만져보았나. 둘 다
멀쩡했다. 몸에서는 상처 하나 찾아볼 수 없었거니와 옷도
그대로였다. 귓전에서 으르렁거리던 물소리를 되새기며, 이게
도대체 무슨 상황인가 궁금해하던 찰나 바위라고 생각했던
덩어리가 흔들리며 일어서더니 그를 향해 다가왔다. 긴 머리
카락을 등줄기까지 길러 묶은 소년이었다. 눈 밑이 깊숙이 들
어간 데다 뺨도 홀쭉한 탓에 해를 등지고 서면 얼굴에 그림
자가 강하게 지는 타입이었는데, 그런 와중에도 눈동자만큼
은 선명한 빛을 발했다. 티셔츠와 반바지는 원래 색을 알아
볼 수 없을 정도로 더러웠고 한쪽 손에 들린 손도끼에서는
물이 뚝뚝 떨어지고 있었다. 마른 몸에, 키는 170센티미터도
되지 않을 듯했지만 이상하게도 다부진 느낌이었다. 사람 가
죽을 뒤집어쓴 멧돼지 같았다. 우혁은 팔꿈치만을 써서 몸을
뒤로 끌다가 퍼뜩 정신을 차리고 일어서려 했다. 소년이 우혁
의 정강이를 걷어차 멈춰 세웠다. 뼈를 울리는 격통에 눈을
질끈 감았다 떴더니 그제야 가죽이 너덜너덜해진 군홧발이

보였다.

"야, 도망칠 필요 없으니 가만있어. 몇 가지만 묻고 보내줄 거야."

소년은 호구조사라도 하듯 우혁의 신상 명세를 거듭 물었다. 나이는 몇 살인지, 여기에 사는지 잠깐 놀러 왔는지, 놀러 왔다면 친척 집이 근처에 있는지, 근처에 있다면 어디인지, 서울로 올라가는 건 언제인지, 어쩌다가 계곡물에 휘말렸는지, 혹시 삶에 고민이 많았는지, 죽으려 했는데 괜히 살아남았다 싶어서 후회되는지, 앞으로는 어떻게 살 계획인지. 우혁은 더 듬거리면서도 최선을 다해 대답했다. 그러는 동안 혼란과 공포는 환희로 탈바꿈했고, 물살에 휩쓸렸을 때의 고통조차도 기껍게 느껴졌다. 틀에 박힌 일상에서 떨어져 나와 강렬한 기적에 몸 담그는 일. 우혁은 그 일을 겪고 있었다.

"너, 나한테 고맙다고 해라."

"고마워."

우혁은 진심으로, 두 가지 의미로 고마웠다. 하나는 덕분에 목숨을 구한 까닭이었고 다른 하나는 그 일에 대해 고맙다고 말할 자격을 얻어냈기 때문이었다. 그 세 음절을 발음하는 순간은 기적을 완성시키는 마지막 절차와 같았다.

"고마우면 너, 외갓집에 낫이 있냐?"

"창고에서 하나 봤어."

"데려다줄 테니, 밤 되면 목숨값으로 낫 하나 챙겨서 마을

폿돌 앞에 가져다 놔라."

"거기서 기다려도 돼?"

"다시 볼 생각 말아. 네가 얼씬거리고 있으면 가까이도 안 갈 테니."

"여기 근처에 살아? 아니면 산에서?"

"네가 알 문제 아니야."

"나는 아까…… 죽었다가 살아난 게 맞지?"

"알아서 생각해."

"고마워."

우혁은 괜히 한 차례 더 말했다. 소년은 짧게 침묵하더니 고개를 홱 돌려 우혁을 바라보았다.

"너, 이거 확실히 알아둬. 이번에는 변덕 한번 부려준 거야. 내가 먹고 자는 곳에서 어린놈이 죽으면 재수 없어서. 다음 에는 일부러 와서 나자빠져도 도울 일 없어."

거친 어조였지만, 우혁은 그 말이 겨누는 상대가 소년 자신 이라는 인상을 받았다. 스스로에게 맹세하면서 우혁을 들러 리로 세워놓은 것이다. 그래서 우혁은 가만히 고개를 끄덕이 는 한편 그런 맹세가 필요한 삶을 상상했다. 누구를 살리고 누구를 죽일지 마음대로 정할 수 있는 삶. 그것은 수능을 치 고 회사원이 되었다가 결혼하는 삶과 무척이나 다를 게 틀림 없었다. 문득 유령 같은 손가락이 살갗을 뚫고 들어와 죽은 사람의 심장을 건드리는 장면이 뇌리에 생생히 떠오르더니 피 흘리던 순간의 감각이 환상통처럼 되살아났다. 전율. 비록 그 전율의 값어치가 소년에게는 낫 하나에 불과할지라도. 우혁은 블록버스터 영화의 엑스트라가 스크린 한 귀퉁이를 가리키며 "저게 바로 나야"라고 말할 때 이런 뿌듯함을 느낄까 궁금해졌다.

"만약 다른 사람한테 말하면 넌 정말로 죽어. 약속해."

산을 완전히 내려왔을 때 소년은 그렇게 말했고 우혁은 세차게 고개를 끄덕였다. 약속은 대체로 지켜졌다. 그는 마을 굣돌 앞에 목숨값을 바친 후 그대로 물러났고, 지금까지 어디 있었느냐며 호들갑을 떠는 가족들 앞에서는 침묵을 지켰다. 그러다가도 입이 참을 수 없이 간지러워지면 외할머니에게 넌지시 백운산에 산신령이 있느냐, 혹은 도깨비가 사느냐 물어봤다. 판에 박힌 대답은 그에게 얄궂은 즐거움을, 혼자만의 비밀을 간직할 이유를 안겨다 주었다. 사람들이 아는 내용은 옛이야기에 불과했다. 자신은 진짜 도깨비를, 산신령을, 신선을 만났다…….

소년이 자신의 변덕을 후회하지 않도록, 우혁은 새로이 받은 생명을 원래의 것보다 훨씬 소중히 보살폈다. 학생의 본분에 최선을 다하면서 이데아니 현존재니 신학이니 하는 주제에도 관심을 가졌다. 물론 모든 면에서 완벽했던 것은 아니었다. 그는 여름마다 백운산 산자락을 서성였으며 비 오는 날의 계곡에 들러 물이 쏴아아 흘러 내려가는 모습을 지켜보았다.

그날을 재연하기 직전까지 간 적도 있었다. 서울 한복판에서는 망치를 들고 자기 머리를 내려치고 싶은 충동을 참아야만 했다. 유혹이 도처에서 스멀거렸다. 달리는 기차에 뛰어들면 소년이 나타나지 않을까? 건물 옥상에서는?

충족되지 않는 갈망은 고통스러운 것이었으므로, 이따금 소년을 향한 고마움이 기우뚱하며 원망으로 변하려 했다. 염치 있는 인간이 되려면 의식적인 노력을 기울여야만 했다. 우혁이 떠올린 대책은, 갈망의 근원을 생각하는 대신 순간순간의 감흥에만 집중하는 것이었다. 그래서인가 죽음과 재생을 향한 집착은 서서히 충돌과 긴장에 대한 것으로 형태를 바꾸어갔다. 이 질서 정연한 도시에서 계곡물에 비견될 에너지를 지닌 물체는 자동차 외에 없었다. 온순하게 주행하다가도 어느 순간 엇나가 사람의 늑골과 비장을 으스러뜨리는 교통 기계들. 그 기계의 전장은 평균적으로 4.5미터, 전고는 1.5미터, 공차 중량은 1.5톤가량. 우혁은 강 양옆의 강변북로와 올림픽대로를 확장된 물줄기로 인식하는 자신을 발견했고, 교통 CCTV를 통해 교통량을 살피며 가볍게 몸을 떨었다. 그리고 세 번의 포기—그것은 운전 실력의 부족 때문이 아니었다—끝에 기어코 운전면허를 따내자, 기쁜 동시에 이제 정말로 사람을 죽이겠구나 싶은 생각으로 참담해졌다. 그래서 김 형을 따라 처음 카지노에 갔을 때는 거의 출구를 찾은 기분이었다. 하지만 역시나 괴로웠다. 도대체 뭐가 문제일까?

도박중독자라서?

사실은 도박이 아니라 스릴에 중독되어 있어서?

죽음을 경험한 후 되살아나서?

평생 갈 경험을 남들과 나눌 수 없어서?

소년이 말하기를, 남들이 이 일을 알게 되면 우혁은 죽으리라고 했다. 하지만 그에게는 심각한 문제가 허다했기 때문에 다시 죽는 상황쯤은 큰일도 아닌 듯 느껴졌다. 그래서 김 형에게 처음으로 습관을 들킨 날, 아마도 스물다섯인가 스물여섯이었을 적에, 그는 소년과의 약속을 어기고 계곡에서의 기억과 어스레한 충동을 고백했다. 설명을 마친 뒤에도 우혁은 살아 있었으며 형의 반응은 묘했다.

"그런데 너 게이는 아니지?"

김 형은 그가 게이는 아니니까 괜찮다고 믿으려는 것처럼, 혹은 차라리 커밍아웃까지는 받아들일 수 있겠다는 것처럼 물었다. 그것은 친한 동생에게 정신증 판정을 내리지 않으려는 노력이기도 했을 것이다. 우혁은 자신이 신입생 시절 철학 동아리와 퀴어 동아리 중에서 고민했음을 알려줄까 고민했다. 당시는 김 형에게 도박을 배우기 전이었으므로, 소년을 떠올리며 자위하는 것이 성애적 충동 때문이라 믿을 수 있었다. 비록 그 전초전이 인터넷 검색창에 절단재접합술을 쳐 넣고 토막 난 살덩어리를 감상하는 것일지라도. 진녹색 멸균 천 위에 놓인, 성별도 나이도 모를 살덩어리는 삶아지기를 기다리는 우족(牛足) 절편처럼 보였다. 우혁은 그것이 자신의 몸이라 상상하며 숨을 헐떡였고, 그 헐떡임 속에서 의학과 기술의 은총은 눈부신 신성의 등가물이 되었다. 그는 되살아났다. 되살아나고 다시 죽었다. 그리고 자신이 오직 휘청거리는 긴장 속에서만 삶을 되찾을 수 있음을 절감했다.

"가능성이야 있겠지만, 게이인지 아닌지가 중요한 사안은 아니죠, 아무래도."

그날의 대화는 그렇게 마무리됐다. 며칠이 지나 김 형에게서 전화가 왔다. 인사말도 없이 본론이 시작됐다.

"아까 자는데 꿈에 네가 나오더라."

"나와서 뭐 했는데요?"

"날 전기톱으로 토막 내서 죽였어. 아무 이유도 없이, 얌전히 있다가, 그냥."

"그런 거 안 해요. 할 생각 전혀 없어요."

이사할 집을 알아보듯 성소수자 커뮤니티에 들락거리던 시절, 우혁은 이성애자들 특유의 반응을 조소하는 글을 읽은 적이 있었다. 자기네들이라고 해서 세상의 모든 이성에게 충동을 느끼는 건 아닐 텐데 동성애자라면 무조건 자신을 노릴 줄 아는 게 우습다고 했다. 그렇다면 이건 뭐란 말인가? 잠재적 살인범을 대하는 일반인의 반응? 우혁은 적절한 반론을 고민하다가 남은 패를 모두 내던지는 심정으로 입을 열었다.

"형, 진짜 솔직히 말해서, 나한테 전기톱이 있어서 누군가를 잘라야 한다면…… 내 왼쪽 다리를 자르고 싶어요. 쓸려 내려갔을 때 그 부분은 심하게 다치지 않았던 것 같거든……. 그래서, 그것만 한 번 더 잘라내면 완전히 다시 태어날 수 있을 것 같은 기분이 들어. 나는 다른 사람한테는 정말아무 관심도 없어."

중얼거림은 대답으로 시작되었지만 정신 차려보니 혼잣말이 되어 있었다. 그래서 우혁은 후회했다.

김 형은 대답하지 않았다.

◆◆◆

"요새는 페브리즈 안 가지고 다니냐. 좀 뿌려라."

"최근에는 이럴 일 없었으니까……."

"상쾌하냐?"

"좀 울었어요."

"내가 너한테 진짜 미안해. 이상한 거 가르쳐서 이렇게 됐나 싶어서."

"형 때문에 이러는 거 아니니까 그 얘기는 하지 맙시다."

"오후에 괜찮겠어? 가서 좀 자는 게 낫지 않아?"

"괜찮아요, 괜찮아요. 보너스 가져가려면 일 열심히 해야지."

"좀 자다가 해라. 시간 나면 심리상담 받아보고. 내가 보기엔 자판기로는 안 돼."

"심리상담은 무슨, 그 돈으로 빚 갚아야죠. 나이도 이쯤 됐
으니 멀쩡하게 살아야 하는데."

식당에 도착하자 이미 음식이 나와 있었다. 김 형은 벌써
절반가량 먹은 상태였지만 우혁은 식욕이 돌지 않는 탓에 수
저 들기를 미적거렸다. 괜히 메뉴판을 뒤적거리다가, 마른세
수를 하다가, 휴대전화 카메라로 얼굴을 살폈다. 눈가와 콧
등이 취한 듯 붉어진 걸 빼면 큰 문제는 없어 보였다. 그는
헝클어진 머리카락을 오른편으로 쓸어 넘겨 정리한 후 벽걸
이 텔레비전으로 시선을 옮겼다. 점심 뉴스가 한창 진행되고
있었다. 김 형이 못마땅하다는 듯 숟가락으로 접시 가장자리
를 탁탁 쳤다.

"다 식는다. 밥이나 먹어라."

점심 메뉴는 평범했고 뉴스는 대체로 나빴다. 타국의 전쟁
과, 한국이 참전할 수도 있는 전쟁과, 정치적 내전에 휘말린
대국(大國)들의 소식이 죽 이어지더니 비극의 규모가 확 움츠
러들었다. 그러나 여전히 비극이었다. 가계 부채가 사상 최고
치를 경신했다고도 했고 어느 역 앞에서 칼부림 사건이 났다
고도 했다. 그러다가 자율형 사립고등학교의 학비가 화두에
오르자 카운터에 기대어 있던 식당 주인이 리모컨을 들어올
렸다. 엄지손가락의 움직임에 맞추어 앵커의 얼굴이 사라지
더니 흉악 범죄와 미제 사건을 취재하는 가십성 탐사 보도

프로그램이 나타났다. 점심부터 이런 프로그램을 편성하진 않을 테니 재방영분일 것이다.

부활을 위해 산 제물을 바치려는 사이비 종교 이야기였다. 제목은 '교주를 죽여라'. 새천년파라 불리는 집단이었는데, 생수를 1000만 원에 팔아먹거나 교주를 위해 환락궁을 차리는 부류와 비교하면 행태가 묘했다. 상업화된 음악 시장에 혜성처럼 등장한 익스트림 메탈 뮤지션이라고나 할까. 그들은 이 세계가 구원받을 기회를 놓쳤다고 주장했다. 20세기 말의 종말론들이 방증하듯, 하느님의 원래 계획은 1999년 12월 31일에 이 땅을 심판하는 것이었다고 했다. 뿔피리 소리와 함께 하늘이 열리며 천상의 대군이 내려오는 것이다…….

또 내가 하늘이 열린 것을 보니, 보라, 백마와 그것을 탄 자가 있으니 그 이름은 충신과 진실이라, 그가 공의로 심판하며 싸우더라. 그 눈은 불꽃 같고, 그 머리에는 많은 관들이 있고…… 하늘에 있는 군대들이 희고 깨끗한 세마포 옷을 입고 백마를 타고 그를 따르더라…….

방송 화면에 〈요한계시록〉 19장에서 따온 구절이 나타나더니 새천년파 출신 폭로자와의 인터뷰가 뒤이었다. 새천년파는 그들의 교주가 재림 메시아로서의 사명을 저버리고 도망쳤기 때문에 구원이 한정 없이 미뤄지는 중이라고 믿었다. 따라서 전 세계의 기근과 빈곤, 질병, 전쟁, 그로 인한 분쟁과 슬픔과 고통은 모두 교주에게 책임이 있다. 주 하느님의 자비를 구하고 과오를 바로잡기 위해서는 사라진 교주를 찾아 그 보혈을 제물로 바쳐야만 한다. 그러니까, 교주를 죽여라. 실패한 종말론 사기극의 말로는 대개 이런 식인가? 아니면 너무 성공적이라서 후속작으로 도주극을 편성하게 된 것인가? 어쨌거나 이 정도면 훌륭한 방송 소재라고 평할 만했다. 교주들이 혹세무민하는 이야기는 너무 많아서 식상했던 것이다.

우혁은 PD들의 기획력에 내심 감탄했고, 자신이 주인공으로 등장하는 탐사 보도 방송을 상상했다. 그러자 김이 확 새서 밥이나 먹기로 했다. 주인장도 방송 내용이 적절치 않다고 생각했는지 채널을 되돌렸다. 마뜩잖은 식사를 마친 후, 우혁은 학원 교무실 한구석의 간이침대에서 잠을 청했다. 일을 시작하고 한 달밖에 되지 않았는데 이러고 있다는 게 놀라울 지경이었지만, 고용주가 자라니 잘 수밖에 없었다. 깨어나 보니 저녁 6시였고 일거리는 훨씬 늘어나 있었다. 그는 낮의 기억을 쓸어내려는 것처럼 일에 매진했다. 저녁은 탕비실 과자와 커피로 대신했다. 누가 퇴근하는지도 모르는 상태로 '들어가세요, 들어가세요'를 반복하면서 업무를 끝마치고 나니 학원에는 그 혼자였다. 11시 30분. 그 짧은 시간 동안 밀린 일을 다 처리했다는 게 놀라운 한편, 프로그램에게 조종 당하다가 자아를 되찾은 기분도 들었다. 그런데 자아라니?

우혁은 자아를 탐색하기 위해 인터넷에 낮의 교통사고를

검색했다. 사고 소식은 대치사거리 34중 추돌 사고라는 라벨이 붙은 채 언론사 이곳저곳에서 유통되고 있었다. 그걸 보자 자신이 탐사 보도 프로그램의 소재가 된다면 김 형이 뭐라고 말할지가 궁금해졌다. 평소부터 이상했다고 할지, 본성은 착하다고 할지, 그나마 남은 우정으로 취재를 거부해줄지. 시청자 반응은 어떨지. 나쁜 생각이 나쁜 생각을 잇달아 불러오더니 먹이를 조여 죽이는 보아뱀처럼 정신을 칭칭 감아 돌았다. 방송사 홈페이지에서 〈교주를 죽여라〉를 잠깐 보다가 이대로는 안 되겠다 싶은 마음에 온라인 카지노 사이트를 찾아 들어갔다. 기분 나쁜 일과 그냥 나쁜 일이 있다면, 차라리 후자를 택하고 싶었다.

그러나 이제는 돈을 걸고 잃는 일에조차 흥미가 동하지 않았다. 점심으로 최고급 스테이크를 만끽한 사람이 저녁의 콘비프 통조림에 만족하겠느냔 말이다. 우혁은 진짜가 드러나는 순간을 봤다. 니코틴 패치를 온몸에 덕지덕지 붙이고 다니던 인간이 진짜 담배를 입에 물듯이, 무알콜 맥주만 홀짝거리던 주정뱅이가 맥캘란 30년 셰리오크를 한 잔 음미하듯이. 그 한 잔은 인고의 시간을 보상할 만큼 황홀했으므로, 그는 온전한 한 병을 꿈꿨다. 미개봉 상태의 맥캘란 30년 셰리오크 한 병, 혹은 34중 추돌 사고의 한복판에서 산산이 찢어질 권리…….

성당이라도 다녀볼까?

우혁은 엉뚱한 생각에 실실 웃었다.

그는 신비 체험을 한 것치고는 강경한 유물론자이자 실증주의자였다. 그도 그럴 것이, 정말로 부활을 겪어본 사람에게 세간의 이야기들은 엉터리로 들릴 수밖에 없었다. 평생 서울 바깥으로 나가본 적 없는 어린아이가 써낸 미국 여행기 같았다. 학문으로서의 신학에도 관심을 가지고 파고들긴 했으나 깨달음은 얻지 못했다. 신흥종교들은 더더욱 경멸스러웠다. 우혁은 그런 사기극에 속아 넘어가는 사람들을 조소하면서도, 자신의 간증 또한 허언으로 인식되리라는 사실에 씁쓸함을 느끼곤 했다. 최선의 전략은 신경을 끄고 침묵하는 것일 수밖에 없었다. 지금의 상황 역시. 그는 미친 짓을 벌일 가능성과 그 책임을 미래의 자신에게 떠넘겼고, 산책이나 하기로 했다.

거대한 십자로는 낮의 소요 사태가 환각이기라도 했던 것처럼 뻔뻔하게 정돈되어 있었다. 우혁은 당장에라도 폭발할 듯하던 전기차가 어떻게 되었을까 궁금해하며 불 꺼진 학원들 사이를 어슬렁거렸다. 그 후 사거리의 오른쪽 위편 블록을 크게 한 바퀴 돌아 처음 사고를 구경했던 자리로 돌아왔다. 가로수 뒤편에 희미하게 빛나는 덩어리가 있어 살펴보자 뜯겨 나온 헤드라이트 덩어리였다. 낮에, 발에 채었던 물건이 미처 수거되지 않았던 모양이었다. 우혁은 기분 전환 삼아 올라간 옥상에서 누군가 쓰고 버린 콘돔을 발견했을 때와 비슷한 인상을 받았다. 반갑기보다는 불쾌했다.

한편 헤드라이트의 후면은 여름의 지열과 습기를 머금어 생물 같은 느낌마저 풍겼다. 미지근한 열을 발하는 갑충. 그 갑충의 플라스틱 커버는 우측 상단이 파손되어 있었다. 화풀이하듯 파손부의 구멍에 엄지를 밀어 넣고 힘주어 비틀자 접착용 실리콘이 뜯어지며 와득 소리를 냈다. 커버 내부에는 두 개의 원형 등이 일직선상으로 배열되어 있었다. 그중 오른쪽 전등은 거의 으스러져 있었으므로, 우혁은 안구가 적출당한 상태로 너무 오래 살아온 까닭에 안와마저 내려앉은 노인의 얼굴을 연상했다. 그리고 한적한 도로를 향해 헤드라이트 부품을 획, 획 던졌다. 단단한 소리가 두 차례 났다가 밤의 정적에 잠아먹혔다.

이제 뭘 하지?

우혁은 이제 올라가자, 하고 중얼거렸다. 컴퓨터를 끄고 자리를 정리한 뒤 집까지 40분가량 걸으면 하루가 끝났다. 하루를 이런 식으로 마무리하고 싶지 않은 게 문제긴 했다. 그는 곧장 교무실로 들어가는 대신 학원 복도를 멍하니 배회했다. 그런데 이번에는 묵상이 길어지기도 전에 불청객이 불쑥 나타났다. 경찰복을 차려입은 2인조가 유리문을 두드리고 있었다. 그는 속으로 욕하며 문을 열었다.

"여기 강사분 되십니까?"

"강사는 아니고 강사 비슷한 건데요."

"신분이 정확히……?"

"보조 강사요."

"도주범을 추적하고 있습니다. 소년 흉악범입니다. 키는 170센티미터에 못 미치고 사나운 인상입니다. 10대 중반 남자앤데 머리카락은 긴 편이고요. 도주하다가 이 건물로 진입한 상태입니다. 다른 곳은 모두 수색해보았고 마지막으로 여기가 남았습니다."

누가 들어올 짬이 있었던가? 산책을 나갈 때 문을 잠그지 않았던 게 화근이었나? 우혁은 시간 순서와 이동 경로를 끼워 맞춰보았다. 비상계단과 엘리베이터로 경로가 엇갈렸고, 경찰들은 살짝 늦게 도착했다 치면 모순될 건 없어 보였다. 도주범이 하필이면 여기를 골랐을 가능성이야 차치하고서라도. 이 건물은 지하층까지를 포함해 도합 6층이고 1층에는 숨지 않을 테니, 계단을 탔다가 3층으로 나올 확률이 20퍼센트는 된다.

하지만 순순히 경찰들을 들여보내려니 석연찮았다. 교무실 컴퓨터 화면 최상단에 띄워놓은 게 대치사거리 추돌 사고 소식이었는지, 온라인 카지노 사이트였는지, 탐사 보도 방송이었는지 긴가민가했던 것이다. 직감이 경고를 보내는 까닭도 있었다. 도박쟁이로 살다 보면 반드시 탑재하고 마는 기능들이 있다. 첫째는 멍청한 척 뻔뻔해지는 것이며, 둘째는 매 순간 즉석에서 거짓말을 뽑아내는 것이고, 셋째는 불법과 합법의 냄새를 기막히게 잘 맡는 것이다.

우혁은 상대가 경찰이 아님을 확신했다. 논리적인 근거를 댈 필요도 없이, 그냥 한눈에 보였다. 하고많은 직업들 중에 하필이면 경찰이나 검사를 흉내 내는 놈들과 잘못 어울리면 인생 종 친다는 것도 알았다. 대개는 나쁜 쪽으로만 깡이 있고, 남을 대하는 태도는 한없이 야비한 자식들이었다. 경찰복을 입은 남자가 처벌을 들먹이면 곧바로 겁먹는 것이 일반인들의 생리니까 그 점을 이용하는 것이다.

"전혀 모르겠는데요."

"혹시 들어가서 확인해볼 수 있겠습니까?"

"싫은데요."

"범인은닉 및 위증은 형사 범죄로서 처벌 대상입니다. 협조 바랍니다."

"진짜 모르니까 내일 해 뜨면 관리실에 문의해서 CCTV 뜯어보세요."

"이런 식으로 나오시면 선생님도 공범으로 간주될 수 있습니다."

그런 대화를 시작으로 실랑이가 이어졌다. 처음에는 법적 수준의 위협이었던 게 나중 가서는 거의 협박이 되어 있었다. 우혁은 시종일관 뚱한 표정으로 응대하다가 문을 안쪽에서 걸어 잠갔다. 놈들은 엘리베이터 가까이로 물러나 서로를 마주 보고 있었다. 힘으로 밀어붙인 다음 내부를 수색할지, 일단 물러날지 상의하는 중일 터였다. 무슨 사정인지는 몰라도 뒤가 구린 일에 얽히게 되어 찜찜했다. 아주 살짝이라도. 그러나 다시 생각해보자 별난 기질쯤은 큰 문제가 아닌 듯 느껴져 기분 전환이 됐다. 세상에는 태연자약하게 남들을 등쳐먹고 다니는 놈들이 많고, 아주 많고, 자신은 아직 구치소에 가지 않았다. 그러면 된 것이다.

그는 멀쩡히 살아갈 수 있으리라는 자신감이 차오르는 것을 느끼며—물론 이 자신감이 기껏해야 한 시간짜리일 것임도 예감하며—퇴근 준비를 위해 교무실로 들어섰다. 자신의 자리에 머리 긴 남자가 정지한 듯 앉아 있었다. 평균보다 작고 말랐지만 다부진 느낌을 주는 몸이었다. 잠깐만, 그게 진짜 경찰이었나? 직전의 대화가 떠오르며 후회가 일었지만 잠시였다. 우혁은 자신의 직감을 믿었다. 이 짓눌릴 것만 같은 힘. 삶이 이쪽과 저쪽의 경계면에서 진동할 때 발생하는, 압도적인 항력. 그는 남자의 등 뒤로 조용히 돌아가 화면을 내려다보았다. 아까 보다가 멈췄던 영상이 재생되는 중이었다. 〈교주를 죽여라〉의 19분 43초부터 58초 구간에는, MC의 단조로운 내레이션과 함께, 소년 교주의 사진이 등장했다.

계곡에서 보았던 소년의 얼굴이 거기에 있었다.

사무용 의자가 느릿느릿하게, 하지만 아무런 망설임 없이 빙글 돌며 앉은 사람의 얼굴을 드러냈다.

그 소년이 바로 눈앞에 있었다.

#2

바알을 섬긴 죄

Transgression

1초도 되지 않는 짧은 시간 동안 우혁의 눈이 소년을 샅샅이 훑었다. 문서를 스캔해 보관하듯 복사본을 만들어 머릿속에 넣었고, 스무 해 전의 모습과 비교했다. 여전히 돌처럼 견고한 인상이었다. 바위라기엔 이목구비가 갸름하고 조약돌이라기에는 날카로운 느낌이 강했다. 특유의 아우라 덕분인지 특색 없는 검은색 티셔츠와 면 반바지마저도 이채롭게 느껴졌다. 다만 그는 소년의 발을 감싼 것이 너덜너덜한 군화가 아니라 평범한 나이키 에어맥스라는 사실에 내심 실망했다. 구매한 지 얼마 되지 않은 듯 흰색 가죽에는 광택마저 감돌았다. 도대체 누가 옷가지를 사 준 것인지, 누구에게서 도망치고 있던 것인지, 어쩌다가 강남 한복판까지 오게 된 것인지가 방송의 내용과 엮이며 더한 궁금증을 이끌어내려던 찰나 소년이 인사를 건넸다. 말투도, 음색도 기억과 똑같았다.

"오랜만이다."

"으응."

반사적으로 대답한 우혁은 변성기가 지나도 한참이나 지난 목소리에 새삼스럽게 놀랐고, 자신이 더 이상 열다섯 살이 아니라는 사실에 씁쓸함을 느꼈다. 서른네 살짜리 보조강사의 존재가 이 극적인 재회를 누추한 것으로 전락시키고 있다는 생각을 지우기 어려웠다.

예전에는 소년과의 재회를 곧잘 상상했다. 꼭 전하고 싶은 이야기는 물론이고 어떤 인사말로 대화를 열지도 미리 정해두었다. 이미 한 번 기적이 일어났으므로 두 번도 가능하리라 중얼거리면서. 작가나 대학교수나 기자 따위를 꿈으로 가졌던 시절이었다. 그게 아니더라도 아버지처럼 공기업에 다니다가 정년퇴직을 맞이해 느긋하게 지낼 수 있을 줄로만 알았다. 출근길 버스 정류장에서 우연히 학창 시절의 첫사랑을 마주치듯, 매일매일의 일상을 착실히 쌓아나가다 보면 느닷없지만 확실한 행운이 나타날 거라고, 그러니 행운 앞에 부끄럽지 않은 사람이 되어야 한다고, 그렇게만 다짐했다. 어울리지 않는 영화에 너무 심취했다. 20대 중반에 접어들면서, 우혁은 자신이 서정적인 드라마보다는 미스터리에 훨씬 적합한 인간상임을 받아들였다. 혹은 크로넨버그가 찍을 법한 그로테스크 호러 영화.

그래서 뭐?

오늘 낮에도 소년을 떠올리며 자위했다.

우혁은 그간의 방종을 고백해야 할지 고민했다. 긁어 부스럼일 가능성과 용서받을 가능성을 계량할 방법이 없었다. 감동적인 재회는 원래부터 글러먹었으니 이젠 자위가 아니라 실전을 시도해보는 편이 나을지도 모르겠다. 아니다. 너 때문에 내 삶이 이렇게 됐다며 외친 다음 확 죽어버리고 싶은 마음이 뒤따라오더니, 이 자리에서 되살아난다면 몸은 물론이고 머리까지 고쳐지지 않을까 하는 생각이 들었다. 그런데 정신이 멀쩡해지면 그게 나인가? 그는 존재론적 질문 앞에서 침묵하다가 소년의 말에 퍼뜩 정신을 차렸다.

"너, 똑바로 살지 않았어. 그렇지?"

뒤에 질문을 붙이고는 있지만 퍽 단정적인 말투였다. 경멸에 가까운 체념도 섞인 듯했다. 우혁에게서 표정과 태도 이상의 내력을 읽어낸 게 분명했다. 심장이 쪼개지는 듯하더니 그 틈새로 홀가분한 느낌이 스며들었다. 어떤 철학자가 규정하기를 관용은 모종의 멸시를 함축한다고, 상대가 얼간이임을 알더라도 그저 용인하는 태도에는 냉소와 방임이 작용할 수밖에 없다고 했다. 소년의 반응은 분명 우중충한 용서였다. 우혁은 머쓱하게, 그러나 너무 우울하진 않은 목소리로 대답했다.

"미안해."

"기대하지도 않아. 뭘 기대하고 살린 게 아니야. 죽으나 사나 죄다 마찬가지야."

"그러니까 넌…… 재림 예수가 맞는 거지? 방송에서 나온 것처럼?"

그때까지도 컴퓨터 화면은 〈교주를 죽여라〉를 재생하고 있었다. 새천년파 집단 자살 사건의 생존자이자 피해자 모임 대표가 인터뷰에 응하는 중이었다. 40대 후반쯤으로 보이는 남자의 이름은 조강현. 생존자라는 직함에 으레 따라붙는 이미지와 달리 돈깨나 있어 보였다. 스피커 음성에 따르면 기업가라고 했다. 소년은 화면을 힐끔 보더니 마뜩잖다는 표정으로 창을 닫아버렸다.

"방송은 엉터리니 잊어라. 내가 일전에 예수 역할을 뒤집어 썼다는 거, 덕분에 날 쫓아다니는 사람들이 생겼다는 것까지만 사실이야. 나는 그저…… 산에서 지내. 벌써 오래됐어."

"아까 도망치고 있었잖아. 남자 둘이 와서, 안에 남자애가 있냐고 묻던데."

"사람 하나 만나러 내려왔다가 일이 꼬인 거다. 네가 본 것만 둘이지 여럿 더 있어. 사거리 전체에 깔려 있으니 나가면 바로 붙잡혀."

"어쩔 거야?"

"일단 여기서 하룻밤 자고 가려 한다. 이다음 날에는 네가 날 설악산까지 데려가줘야 해. 거기에서 백두대간을 타고 중국으로 갈 테니. 굳이 내일일 필요는 없지만 지체할수록 피차 위험해진다."

"북한을 통과해서 중국으로 간다는 거지."

"거기까지 따라오라고 하진 않으니 염려 말아. 너는 빌딩숲 벗어날 때까지만 날 태워주고, 그다음부터는 내가 걸어서 가는 거야. 나는 한국 땅에는 더 못 있겠어. 성가신 인간들은 말할 것도 없고, 최근 들어서는 지리산이든 태백산이든 천지 사방이 등산객으로 한가득이야."

이런 대사를 영화관 스피커가 아니라 소년의 입으로 직접 듣고 있다는 사실이 짜릿한 경악으로 다가왔다. 그것도 한밤 중의 직장에서. 우혁은 한숨짓던 김 형의 얼굴을 떠올리면서 상식적으로 처신하려 노력했지만, 이 상황에서 상식을 고수하는 인간은 일상을 종교처럼 떠받드는 유형일 거라고도 생각했다. 보통은 우연이구나 치고 넘어갈 사건의 연쇄마저도 이제는 일관된 설명 아래 묶일 수 있을 듯했다. 부자연스러울 만큼 장대했던 다중 추돌 사고는 추적극의 일부였을까? 도대체 몇 명이나 되는 사람들이 소년을 쫓아다니고 있는 걸까? 왜? 재림 예수를 향한 환상 때문에?

가능성들이 맞물리며 다종다양한 시나리오를 만들어냈다. 거기에는 좌절한 열심당원들과, 불사를 꿈꾸는 재벌 회장과, 남몰래 가십을 찾는 기자와, 죽어가는 가족을 되살리려는 청년이 있었다. 머나먼 과거의 은원들도. 우혁은 그 통속적이거나 낯선 실루엣 사이에 자신을 끼워 넣었다. 전반적으로는 한없이 거창해질 수 있는 이야기였지만 그가 맡은 역할에는 어려울 구석이 없었다. 일단 이목을 피할 수 있도록 소년의 머리카락을 짧게 정돈해야 한다. 학생이 워낙 많은 동네이니만큼 반팔 후드티를 덮어쓰고 백팩을 메게끔 하면 자연스레 인파에 섞일 것이다. 교무실 간이침대에서 재운 다음 해가 뜨면 2번 강의실에 숨으라고 하자. 내일 오전 타임에는 2번이 비니까. 그 후 소년을 데리고 나와서 양양고속도로를 타면 된다.

너무 안일한 계획인가?

상대는 피해자 모임까지 생긴 광신도 집단인데?

하지만 위험을 무릅쓸 만한 일이었다.

우혁은 거기까지 생각했다가 판단의 초점을 옮겼다. 문장의 주어는 우혁 자신이 되어야 옳았다. 그는 고개를 돌려 교무실 오른편에 줄지어 난 창문을 바라보았다. 어둠에 잠긴 강남의 한 자락이 재가동을 기다리는 거대한 기계장치처럼 느릿하게 호흡하고 있었다. 아주 사소한 볼트와 너트마저 그 사소함으로 인해 불변의 지위를 얻지만 볼트조차 아닌 무언가라면 어떤 권리도 주장할 수 없는 곳. 우혁은 자신이 기껏해야 고장 난 부품을 흉내 내고 있음을 절감할 때마다 격정을 도피처 삼았다. 한낱 목숨만으로도 세속적인 영달만으로도 규정되지 않는, 어쩌면 생명을 버리고서야 비로소 완전해지는 그런 삶을 꿈꿨다. 기꺼이 죽음을 맞이함으로써 성인으로 추서될 수 있었던 시대는 얼마나 은혜로웠던가. 역할의 경중과 무관하게 우혁은 위험해지기를 바랐으며, 열다섯 살부터 서른네 살까지의 고투가 아무런 클라이맥스 없이 종결된다면 더없이 실망스러울 듯했다.

따라서 그는 다양한 이유로 미리 좌절했다. 소년이 대뜸 채무 상환을 요구하더라도 거절할 명분이 없다는 사실, 거절하고 싶지조차 않다는 사실, 다만 지금의 선택에 여전히 공장제 낫 이상의 가치가 없으며 또 그래야만 한다는 사실이 우혁을 괴롭혔다. 서른네 살은 현실적인 문제를 진지하게 받아들여야 할 나이였다. 그에게는 특히 전력투구가 필요했다. 무탈하고 평안한 삶을 위한 전력투구. 재활 훈련을 하러 왔을 뿐이라고 밝히긴 했지만, 솔직히 정규 강의를 열지 못한다면 미래가 없었다. 최소한 강사 이력서를 쓸 정도의 커리어는 만들어둬야 했다. 지방의 제조업 공장이라도 젊은 피를 바라기 마련이다. 책깨나 읽었을 뿐 변변한 기술 없이 30대 중반에 접어든 인간을 써줄 곳이 학원가 외에 어디 있겠느냔 말이다.

우혁은 김 형이 안겨준 기회에 대해서도 생각했다. 도박을 가르친 입장에서 도의적인 책임을 느끼는 것과 별개로, 그건 엄연한 자선이자 후원이었다. 그 너그러움이 광신도들에게 습격당할 위험까지 아우를 리가 없었다. 우혁은 평생의 은인에게 치명타를 입힐 가능성을 떠올리며 몸을 살짝 떨었다. 그리고 최악의 가능성, 이라는 말을 곱씹었다. 사태의 기묘함이 최악의 저변을 밑도 끝도 없이 넓혔다. 김 형이 염두에 둔

최악의 사태란, 급전이 필요한 보조 강사가 대뜸 학원 전자
기기들을 중고로 팔아넘기더니 잠적하는 수준일 터였다.

　그는 김 형의 눈앞에서 부활의 기적을 재연하는 상상도 해
보았으나 가당찮은 일이었다. 소년의 협조를 구할 방법은 둘
째 치고, 명백히 현실적인 사람을 신비와 영성의 구렁텅이로
빠뜨리고 싶지 않았던 것이다. 비록 그 신비야말로 현실 위의
현실일지라도.

　현실이라는 개념에는 정말로 다양한 층위가 겹쳐 있다.

　10년 전이라면, 내가 스물네 살이면 좋았을 텐데…….

　혹은 어엿한 직장인이라도 되었더라면…….

　이 일의 여파로 인해 학원에서 쫓겨날 가능성이 두려워지
는 한편, 자신이 대기업에 다니는 직장인이었더라면 결심이
훨씬 쉬웠으리라는 생각이 들었다. 포기의 가치는 상실의 무
게와 상응했지만 우혁의 삶은 판돈이 되기에는 너무 가볍고
초라했다. 최소한 아직은. 대치동에서 1타 강사라도 되었다면
모를까. 심지어 그런 주제에 신세 진 인연이 많았다.

　우혁은 갈피를 잡지 못하고 중얼거렸다.

　"모르겠어. 너무 늦거나 이른 것 같아. 네가 아니라 내가.
내 입장이."

　"정 부담스러우면 말아라. 나도 다른 방법 알아볼 테니. 내
가 죽을 일은 없다만, 일이 꼬이면 네가 위험해질 수도 있으
니 억지로 시키고 싶진 않아."

"부담스럽다는 말이 아니야. 겁먹은 것도 아니고. 그냥……."

소년에게는 우혁의 도움이 딱히 절실하지 않았으므로 그에게는 채무를 온전히 갚거나 관계를 선택할 방법이 없었다. 가망 없는 부채 의식뿐이었다. 소년의 우호적인 태도 때문에라도, 이 느낌은 영원할 듯했다.

"뭐든 해줄 수 있다고는 말하지 않겠다만, 원하는 게 있으면 말해봐라. 함부로 떠들어대지만 않는다면 나는 상관없어."

"이를테면 어떤……?"

"소원은 네가 생각해내야지. 가족 건강이라도 살펴줄까? 혹은 돈 나올 구석을 봐줄 수도 있고."

우혁의 가족이라면 부모님뿐이었다. 두 분 다 정정한 편이었지만 연세가 있는 만큼 어디든 삐걱거리고 있을 게 분명했다. 그러니까 어엿한 사회인답게 실리라도 취해야 하는 것인가? 하지만 우혁은 더 이상 빚지고 싶지 않았으므로, 진정성에, 줄곧 빚을 쌓아만 왔던 환상에 또다시 기대를 걸었다.

"아니야. 나는 그냥 이야기를 듣고 싶어. 네가 지금까지 어떻게 살아왔는지, 정체가 정확히 뭔지, 신선인지 도깨비인지 재림 예수인지 아니면 다른 건지, 나를 어떻게 찾아왔는지, 내가 여기에 있다는 걸 알았는지 우연인지, 천국과 지옥이 있는지, 그런 것들."

소년은 잠시 침묵했다.

"넌 바라는 게 쓸데없이 많아. 다는 못 대답해줘."

"그러면 되는 데까지만. 오늘 모두 이야기할 필요도 없어."

"일단 이건 확실히 알아둬라. 나는 재림 예수가 아니야."

"알았어."

"여기로 온 건 절반만 우연이라고 하자. 나는 세상 돌아가는 꼴을 알아. 복권 번호를 알아맞힐 수준은 아니래도, 사람을 보면 그 사람이 나를 얼마나 믿는지, 무엇을 바라는지, 무엇이 필요한지, 내가 무엇을 해줄 수 있을지 대강 보이는 거다. 내 일도 마찬가지야. 이 건물로 들어가야 해서 여기로 도망친 거고, 3층으로 빠져나와야 해서 3층으로 온 거다."

"또?"

"이대로면 넌 지옥에 가게 돼."

"널 도우면 좀 나아질까?"

"더 나빠지기만 하니 지옥이 무서우면 말아라."

겁줄 의도가 있다기보다는 건조한 사실을 읊는 투였다. 끓는 물에 손을 담그면 화상을 입기 마련이라 알려주듯이. 하지만 이상하게도 그 대답을 듣자 이 동행에 무언가 의미심장한 것이 걸렸다는 느낌이 움텄고, 스무 해 동안 끌어온 아집을 마무리 지어야겠다는 판단도 확고해졌다. 사태가 심각해지더라도 학원에까지 불티가 튀지는 않으리라는 계산 역시 있었다. 어쨌거나 학원은 대치동 한복판에, 판검사와 고위 공무원들의 자식이 즐비한 곳에 위치했다. 자칫했다가는 소년을 희생 제물로 바치고 대환난을 불러오기도 전에 대한 민국 검찰의 힘을 맛보게 될 판이었다. 우혁은 거기까지 생각한 다음 조용히 웃었다. 첫째로는 이 구도가 리바이어던이 신을 집어삼키는 아이러니를 기묘한 방식으로 재현한다고 느꼈기 때문이고, 둘째로는 자신의 불균등한 지적 역량 때문이었다.

어째서 나는 정치철학과 신학을 아는데 정신 차리고 사는 법은 모르는 것인가?

그것은 인간 정신의 유구한 신비였다.

하여간 결심이 섰다.

우혁은 소년에게 계획을 설명했으며 소년도 동의했다. 가장 먼저 할 일은 사무용 가위를 꺼내 와 머리카락을 자르는 것이었다. 이발사의 솜씨를 따라가긴 역부족이었지만 더벅머리 비슷한 게 완성되긴 했다. 그는 바닥에 떨어진 머리카락을 치우다가 문득 떠오르는 게 있어 물었다.

"그때 목숨값으로 낫 하나 가져오라고 했잖아. 어디에 쓴 거야?"

"잡풀과 덩굴 베는 용도로 썼지."

"그리고?"

"잘 쓰다가 녹슬어서 버렸다."

소년은 간이침대에 눕자마자 곧장 잠들었고, 우혁은 그 앞에 우두커니 서서 묵상에 잠겼다. 예수는 히브리인 목수로 살 적에 망치와 끌과 대패를 써서 일했다. 농사를 지었더라면 낮도 썼을 것이다. 그런데 예수가 잠을 자던가? 예수는 사람의 몸을 지녔으므로 당연히 그렇다. 하지만 도깨비라면 어떤가? 그리스와 로마의 신들은? 한편 내가 떨어질 지옥은 게헨나인가 한랭지옥인가 타르타로스인가?

그런 것들은 알 수가 없었다. 다만 지옥을 택함으로써 생명의 빚을 청산하게 되었다는 사실, 소년이 자신 앞에 있다는 사실이 빛나는 해방감을 안겨다 줄 뿐이었다. 눈부실 정도가 아니라도 백열전구쯤은 됐다. 우혁은 그 빛에 소망이라는 이름을 붙이고 싶었다. 사후야 어떻든 간에, 이 대책 없는 삶을 정돈할 수 있으리라는 믿음. 혹은 의지. 집까지 걸어가는 데에는 40분가량 걸렸다. 우혁은 김 형에게 사정을 간략히 설명하는 메시지를 보낸 뒤 휴대전화로 〈교주를 죽여라〉를 보기 시작했다.

◆◆◆

집에 거의 도착할 무렵 김 형에게서 통화가 가능하냐며 답신이 왔다. 예상한 반응이었고 욕먹을 각오까지 미리 해두었지만 막상 그 상황이 닥쳐오니 숨이 턱 막혔다. 재림 예수와 광신도들의 추적극…… 따위는 방송 화면을 직접 보여줘도 믿을까 말까 한 사안이었다. 게다가 김 형은 낮에 이미 우혁의 형편을 봐줬다. 일방적으로 신세 진 주제에 염치없는 짓을 거듭하고 있는 것이다. 하지만 별다른 도리가 없었으므로, 우혁은 층계참에서 전화를 걸었다. 지지부진한 문답이 계속되던 끝에 형의 목소리가 엄해졌다.

"넌 강의도 뛰는 놈이 설명하라는 게 무슨 의미인지 모르냐?"

"형, 내일 얼굴 보고 설명할게요. 통화로 하기엔 진짜 애매한 사안이라서. 소란 피울 친구 아니에요. 그냥 자리만 차지하다가 갈 거예요. 그것만 해결되면 다음 달, 다다음 달 월급 안 받아도 돼요. 1년은 보너스 생각도 안 하고 최저 시급으로 일할 수 있어."

"야, 씨발, 내가 돈 얘기 했어? 무슨 상황이냐고 묻잖아. 무슨 상황이길래 생판 모르는 애가 학원에서 자고 가냐고. 새벽에 나랑 장난해?"

"죄송합니다."

"또라이 기질 있는 거, 사고 현장 보고 그러는 건 익스큐즈가 돼. 물론 나니까 이해해주는 건데 거기까지는 일단 된다고. 그런데 업무에는 영향이 없도록 처신해야 하는 거 아니냐. 제대로 설명하는 게 아무것도 없는데 내가 이걸 어떻게 받아들여야 돼? 네가 생각해도 이상하잖아?"

"예."

"그러니까 말을 하라고. 뭐가 어려워서 설명을 안 해."

이쯤 되니 솔직해질 수밖에 없었다. 우혁은 잠시 뜸 들이다가 입을 열었다.

"예전에 백운산 계곡 이야기 했던 거 기억하죠. 죽을 뻔했다가 살아난 수준이 아니라 문자 그대로 죽었다가 되살아났는데, 도깨비인지 신선인지 하는 걸 만났다고. 걔예요. 사람들한테 쫓기고 있대서, 잠깐 숨겨줬다가 내일 바로 설악산까지 데려다주려 해요."

"도깨비고 자시고, 그런 게 왜 대치동에 있어?"

"아는 사람 만나러 내려왔다가 그렇게 됐다는데요."

"그걸 지금 믿으라는 거냐."

"그래서 설명 못 했어요."

"난 너한테 도박 가르친 걸 맨날 후회해."

"예."

"학원에 너 데려온 건 후회하지 않게 해라."

"죄송합니다."

"우혁아, 네 문제는 그거야. 죄송하다고 한 다음 또 하는 거. 정상적인 상황이면 죄송하다는 말을 할 일이 안 생겨. 정상적인 사람은 너처럼 이상한 짓을 하지 않는단 말이야. 멀쩡하게 살면 그게 바로 대답이야. 그런데 너는 입으로만 죄송하다고 한 다음 행동은 똑같이 해. 심지어 미친 짓을 하는 이유도 남달라서 막을 수가 없어. 그냥 하는 거야. 정신 나간 건 넌데 왜 내가 미치는 기분이 들까? 이유가 도대체 뭘까?"

"죄송합니다."

적절한 답변은 아니라고 생각했으나 다른 말이 떠오르지

않았다.

"내가 너한테 무슨 말을 더 하겠냐."

스피커가 긴긴 한숨을 토해냈다.

"늦었다. 오늘은 일단 자고, 내일 얼굴 보면서 이야기하자."

김 형은 정말이지 상식적이고 선량한 사람이다……

세상 사람 모두가 상식적이고 선량한데 자신만 이 꼴이라서 우혁은 조금 울었다.

울면 문제가 해결되나?

김 형의 말대로 미친 짓을 하지 않으면 된다.

하지만 멈출 수가 없으니까 눈물이 나는 것이다.

이성은 정념의 노예라던데 자신이 딱 그 꼴이라고, 우혁은 생각했다. 그리고 노예의 본분을 받아들이고자 마음먹었다. 시간은 새벽 1시 30분. 아버지는 환갑이 넘고부터 잠이 부쩍 없어진 데다 여름철이라 바깥출입을 줄였으니만큼 아직 깨어 있을 공산이 컸다. 그는 심호흡하며 현관문을 열고 들어갔다. 서재에서 새어 나오는 빛줄기가 불 꺼진 거실에 활선을 놓고 있었다. 두 번째 심호흡. 아버지는 안락의자에 눕듯이 기대어 책을 읽다가 우혁이 들어온 것을 깨닫고 미간을 좁혔다.

"이 밤중에 웬일이냐."

"아버지, 내일 차 타고 나가실 일 있습니까."

"어디 안 간다. 갑자기 왜 그러냐."

"파주 인쇄소에 다녀와야 해서 차 좀 빌리려 합니다."

"네가 갑자기 인쇄소를 왜 다녀와? 도박중독자 수기라도 써서 출간하냐?"

"학원 교재 발주 넣은 거 가져와야 합니다. 인쇄소 사정으로 일정이 밀렸는데 당장 모레가 커리큘럼 시작이라, 저녁에 찍자마자 바로 가져오랍니다. 원장님이 자동차 렌트라도 해서 다녀오라셔서."

"인쇄소는 서울에도 있는데 왜 하필 파주에 맡겼대냐?"

"인터넷 최저가 업체로 골라서 그렇죠, 뭐. 원래 파주에 인쇄소가 많기도 하고요."

"그 원장이라는 인간은 자기 차가 없어?"

"원장님은 강의하시고 파주는 잡일하는 머슴이 다녀와야죠. 대뜸 자기 차 맡기기도 애매하고요. 저야 일 시작한 지 겨우 한 달 차인데."

"인쇄소에서 퀵으로 바로 쏘면 될 것을."

"책이 A4 크기로 150부니까 퀵 비용으로 6만 원은 나갑니다. 야간이니 추가금 붙고요."

"대치에서 학원을 하는데 6만 원이 돈이냐."

"사업하려면 뭐든 아껴야죠."

"그런데 너는 면허가 있대봐야 장롱면허지."

"그래도 짬짬이 운전대 잡고 다녔습니다. 어차피 좌회전 우회전, 전진 후진, 깜빡이 넣고 끼어들기만 알면 운전할 수 있는 거 아닙니까."

우혁은 아버지의 한숨 소리가 놀라울 만큼 김 형을 닮았다고 생각했다. 혹은 특정한 종류의 한숨을 불러일으키는 인간형이 존재하는 것인가?

"길게 말할 것 없고, 휴대폰에 은행 앱 깔아놨지. 열어봐라. 이체 내역을 보자."

그제야 우혁은 아버지가 떨떠름한 반응을 보인 이유를 깨달았다. 당신께서 걱정하는 것은 주먹구구식 학원 운영이나 아들의 운전 실력이 아니었다. 도박중독에 시달리는 아들놈이 월급을 허랑방탕하게 날린 다음 급전을 위해 차를 끌고 나갈 가능성이었다. 비록 제도권 금융은 타인 명의 자동차로 담보대출을 잡아줄 만큼 허술하지 않았지만, 제도 바깥에서는 모든 게 가능했다.

우혁은 아버지가 그 사실을 자신보다 훨씬 기민하게 인식하고 있다는 점에 살짝 놀랐고, 죄의식을 느꼈다. 그는 무심코 죄송하다는 말을 꺼내려다가 김 형의 면박이 떠올라 입을 다물었다. 순순히 휴대전화를 꺼내 이체 내역을 해명하는 게 최선이었다. 첫 월급은 친구들에게 빚을 갚는 데에 썼으니 개과천선의 알리바이가 충분할 것이다. 비록 그게 재발을 막으려는 몸부림이었을지라도. 그는 우선 30만 원뿐인 통장 잔고를 보여준 뒤 메신저 앱을 열었다. 아버지는 돋보기 안경을 가져오더니 친구들과의 대화 내역을 모두 읽었고, 금액 총합이 맞아떨어지는지도 확인했다. 그러고는 고개를 들어 우혁을 빤히 바라보았다.

"내일 파주 가는 거 말이다, 내가 운전해도 되냐?"

"아버지 연세도 있으신데 아들놈 일로 고생시켜야 되겠습니까."

"우혁아, 아버지로서 진솔하게 이야기하마."

"예."

"나는 널 안 믿는다."

"알고 있습니다."

그는 이번에도 죄송하다고는 말하지 않았다.

"그러니까 너도 무슨 일인지 솔직히 털어놓아봐라."

"진짜로 내일 저녁에 차 끌고 나가야 하는데요. 저녁 타임 강의 마친 다음 바로 다녀올 겁니다."

"정말?"

입을 꽉 다문 우혁은 아버지를 뚫어져라 마주 보았다. 빌려달라는 말을 꺼내지 않은 것은 최소한의 양심이었지만, 차가 필요하다는 것만큼은 진실이었다. 팽팽한 분위기가 계속되던 끝에 아버지가 또 한숨을 쉬었다.

"키 줄 테니 미리 연습하고 가거라. 보험이 가족까지 커버하긴 하는데, 넌 좀……."

우혁은 자신도 자신이지만 그런 자신에게 덜컥 차 키를 맡기는 아버지도 대단한 위인이라고 생각했다.

죄송합니다.

감사합니다.

그는 곧장 주차장으로 내려가 아버지의 구형 은색 제네시스에 몸을 실었다. 샌들우드 향 방향제가 베이지색 인조가죽과 조화를 이루며 어두침침한 차내 공간에 이질적인 유기성을 부여했다. 그는 대로변으로 빠져나오자마자 속도를 시속 50킬로미터 선으로 높였다. 인간에게는 불가능한 속도와 차내의 고요가 함께할 때마다 우혁의 심장은 더없이 간질거렸다. 양재IC 방면 지하 차도를 통과하며 차창을 내렸다. 바람 부는 소리가 폭포수 쏟아지듯 했다. 폭포 바로 앞에서 바위에 두 발을 디디고 선 채, 낙하하며 부서지는 물줄기를 하염없이 바라보는 상태.

어느덧 중부고속도로 초입이었다. 양양고속도로 대신 여기를 택한 데에는, 설악산이 아닌 백운산 쪽을 향해 운전대를 잡은 데에는 소년기의 기억이 작용했을 것이다. 새벽의 주행이 단순한 예행연습 이상이라는 사실이 즐거움을 배가시켰다. 우혁은 차창에 팔꿈치를 걸치며 가속페달을 지그시 눌렀고, 철제 프레임과 뼈와 밤의 공기가 접붙어 하나가 되는 것을 느꼈다. 다리가 후들거렸다. 그것은 갈래갈래 흩어져 있던 삶의 충동들이 비로소 하나로 모이는 순간의 전율이기도 했다.

◆◆◆

신갈IC를 지나 조금 더 내려갔다가 내일 일정을 떠올리며 방향을 틀었다. 집으로 돌아가자 4시가 넘어 있었다. 그는 소년에게 건넬 반팔 후드 집업과 볼캡, 백팩을 챙긴 후 씻고 한숨 잤다. 길어봐야 세 시간가량 눈을 붙였을 뿐인데 이상하게도 경쾌한 기분이 들었다. 우혁은 김 형과의 통화 내역을 살피면서 활력의 근거를 거듭 확인했고, 이 상태가 최소한 오늘 밤까지는 계속되기를 기원했다. 그 기원이 무색하게도 교무실에 들어서자마자 학원의 일상이 우혁을 덮쳤다.

"최 선생, 일찍 나왔네요?"

"아, 예. 좋은 아침입니다."

박 선생은 고개를 까닥이더니 곧장 본론을 꺼냈다.

"어제 애들 답안 첨삭해놓고 간 거 2차로 한번 봤어요. 잘하셨던데, 저번에도 말씀드렸다시피 너무 원론적, 형식적으로만 접근하지 말고 강의에서 강조했던 풀이 전략 위주로 꼼꼼히 살펴봐주시면 좋지 않을까, 저는 그런 생각입니다. 아무래도 강의는 제가 하다 보니."

이 짧다면 짧은 대화 앞에서, 다양한 감상이 우혁을 통과해 지나갔다. 영화의 매 장면 사이사이에 이런 식으로 보험 광고가 등장한다면 관객 모두가 영화관을 박차고 나가리라는 생각, 그러나 어엿한 사회인이라면 허구의 이야기보다는 보험 광고에 주목하는 편이 옳다는 생각, 그럼에도 불구하고 자신은 설악산에 가려 한다는 생각, 한편 나는 당신의 풀이 전략에 동의하기 어렵다는 생각, 하지만 보조 강사 주제에 어쩌겠냐는 생각…… 따위였다. 그는 일부러 헤헤 웃었다.

"아, 예. 신경 쓰겠습니다."

"그나저나 어제 원장님이랑 무슨 일 있었어요? 최 선생 오면 바로 2번 강의실로 보내라던데, 분위기가 심상찮아 보여서."

"상의할 부분이 있어서요. 그럼 잠깐 가보겠습니다."

"무슨 일인지는 몰라도, 잘해요."

이건 분명 격려라기보다는 엄포였다. 원장 끈으로 들어왔다는 걸 피차 아는데, 그 끈마저 헐거워지면 당신 입지가 어떻게 되겠느냐 하는……. 우혁은 꾸벅 고개를 숙이는 것으로 답을 갈음한 후 2번 강의실로 향했다. 8시 52분. 아침 타임 강의를 듣는 학생들이 1번과 3번 강의실을 채우고 있었지만 떠드는 소리는 들리지 않았다. 다들 잠깐이나마 눈을 붙이거나 숙제를 급히 마무리 짓거나 휴대전화를 들여다보고 있을 것이다. 그 질서 정연한 침묵이 왜인지 마뜩잖았다. 그는 학원 건물이 고목처럼 불타오르며 그을린 다람쥐들을 뱉어내는 장면을, 인간과 철근콘크리트의 총합이 불길로 인해 더욱 거대해지는 순간을 상상했다. 그리고 이런 상상이나 하고 사니까 자신이 매번 욕을 먹게 되는 것임을 느꼈다.

2번 강의실 문을 열자마자 김 형이 욕했다.

"최우혁 이 새끼야, 왜 이렇게 늦었어!"

"아직 9시도 안 됐는데요. 오전 타임 강의하는 것도 아니고 10시까지만 오면……."

"너 설마 새벽에 그래놓고 정시 출근할 생각이었냐?"

"죄송합니다."

김 형은 강의실 중간의 의자에 비스듬히 걸터앉았고, 소년은 바로 뒷자리에 멀뚱히 자리 잡고 있었다. 언제부터 기다렸는지 모르겠으나 상황 자체는 대강 정리된 모양새였다. 김 형도 형 나름대로 물어본 부분이 있을 것이며 소년은 적당히 대답했을 것이다. 어젯밤에, 메신저의 프로필 사진을 보여주면서 다른 강사들이라면 몰라도 이 사람에게는 협조적으로 나올 필요가 있다고 일러두었던 것이다.

"일단 이것부터 묻자. 오늘 계획이 어떻게 돼?"

우혁은 소년에게 눈인사한 후 백팩을 열어 내용물을 꺼냈다.

"얼굴 가릴 만한 옷 가져왔거든요. 볼캡 쓰고 후드 뒤집어 씌우면 얼굴이 거의 가려지기도 하고, 워낙 애들이 많은 동네다 보니까 이 정도면 알아볼 사람 없지 싶어요. 저녁 타임 강의 시작되기 전에, 학생들 온 사방에서 쏟아져 나올 때 같이 나와서 차 타고 양양고속도로로 빠지려고 그래요."

"차는 갑자기 어디서 생겼냐?"

"아버지한테 빌렸죠."

"문득 이런 생각이 든다. 내가 그래도 네 아버지는 아니라서 다행이다 하는······."

"그렇군요······."

틀린 말도 아닌지라 우혁은 순순히 수긍했으나 그게 오히려 심기를 긁은 모양이었다. 김 형은 아무 말도 없이, 눈을 게슴츠레 뜬 채로 우혁을 뚫어져라 바라보았다. 마음속으로 숫자를 열넷까지 세고서야 대화가 재개되었다.

"차 끌고 왔어?"

"아침 시간에는 막히니까 일단 걸어왔어요. 어차피 차 끌고 오면 집에서 여기까지 10분 살짝 넘게 걸릴 테니까, 점심 시간에 잠깐 다녀오려고 해요. 차 댈 곳이야 어제 퇴근하면서 봐놨고."

"그나저나 설악산이라고 했지. 설악산이면 강원도, 강원도면 양양고속도로. 그쪽으로 나가려면 올림픽대로 방면 지나야 하는데 저녁에 막힌다. 테헤란로에서부터 서울 넘어갈 때까지 쭉 막혀."

"맞는 계산인지는 모르겠는데, 너무 일찍 가거나 너무 늦게 가면 눈에 띄지 않을까 싶어서요. 교통량 많을 때는 오히려 따라붙기 어려울 것 같아요. 추적이 붙는다는 가정 하에."

"뭐라 한마디 해주고 싶은데 나도 잘 모르겠어서 말이 안 나온다."

김 형은 고개를 설레설레 내저었다. 우혁에 대한 감정과 별개로, 도주극 자체는 기정사실로 받아들이는 모양새였다. 납득시킬 부담이 줄어 다행스러운 한편 의아하기도 했다. 소년이 어디까지 밝힌 걸까? 김 형은 어제 점심에 잠깐 보았던 탐사 보도 방송을 기억하고 있을까?

"그나저나 예상 밖인데요. 난 형이 이것저것 물어볼 거라고 생각했거든."

"야, 안 그래도 그게…… 나가서 이야기하자. 옷 갈아입으시라 하고."

가만히 듣고만 있던 소년이 허락을 내리듯 고개를 끄덕였다. 우혁은 냉큼 백팩을 넘겨준 뒤 김 형을 따라나섰다. 아침 9시의 층계참은 한낮에 비하면 시원한 편이었지만 반대급부로 곰팡이 냄새가 훨씬 쾨쾨했다. 우혁은 이 시간이 어제의 대화와 기묘한 거울쌍을 이루는 것을 느끼며 입을 열었다.

"둘이서 무슨 이야기 했어요? 나는 사실…… 형한테 이거 납득 못 시킬 각오까지 하고 왔거든. 정신 나간 사람 취급받아도 어쩔 수 없다, 하고."

"나는 믿기로 했다. 이유는 일단 두 가지야."

"예."

"첫째, 난 네 돌발 행동을 막을 수 없다는 사실을 깨달았다. 화를 내봤자 너는 계속 죄송하다고만 할 테고, 그러면 나는 더 화가 날 거야. 나도 이제 슬슬 혈압 관리를 해야 할 나이인데. 그래서 민사소송을 걸 일만 아니면 바람이 부는구나 생각하기로 했다. 오늘은 바람이 갑자기 지랄맞게 불고 번개도 치는구나……."

"예……."

"둘째, 나는 어젯밤에 네 연락을 받고 이 자식이 드디어 미쳤나 싶었다. 혹은 텔레그램에서 불법 알바 받아서 하느라 거짓말을 늘어놓는 거거나. 아침 되자마자 학원으로 달려왔더니 진짜로 남자애가 앉아 있더라. 도깨비인지 고등학생인지 보자, 싶어서 임진왜란도 직접 구경하셨냐 물어봤더니 자기는 그런 건 잘 모른대. 그러면 뭘 아느냐. 나는 예전에 중국을 거쳐 한국으로 왔다. 그 전에는 유럽과 중동을 돌아다녔는데 그때 이런저런 사람을 만나봤으며 피오레의 요아킴과도 알고 지냈다. 그러면서 이런저런 얘기를 하는데 이게 역사책을 읽고 소설을 쓰는 건지, 실화인지 분간이 안 되는 거야. 그래서 인터넷에서 아무 라틴어 문구나 찾아서 읽어보라고 시켰지. 읽더라. 그냥 다 읽어."

우혁은 잠시 침묵했다—유사품조차 찾아낼 수 없어 환상통과 비슷한 처지로 전락해버리는 기억들이 있다. 그런 기억을 움켜쥔 사람은 어디서 살아가든 이방인이 되고 만다. 그 시야를 공유할 상대가 생겼다는 것은 분명히 반가운 일이었다. 비록 김 형이 이국의 풍경을 직접 보지 못했을지라도. 때늦은 낭만에 사로잡혀 있으려니 김 형이 생뚱맞지만 정곡을 찌르는 질문을 던졌다.

"그런데 도깨비가 왜 라틴어를 하냐?"

"산에서 만났고 한국인처럼 생겼으니까 신선이거나 도깨비인가 보다 한 거지, 정체는 몰라요. 그리고 예전에는 다른 나라에 있었다니까."

"그러니까 유럽에서 온 게 도깨비 맞아? 혹시 예수 같은 거 아니야? 사람도 부활시키는데."

우혁은 내심 놀랐으나 태연한 척 대꾸했다.

"예수가 동양인이면 이상하죠. 그리고 형도 알겠지만 예수는 셈족이라서 희랍어랑 히브리어만 하고 라틴어는 못 했어요. 그, 신약성경도 희랍어로 적혀 있잖아요."

"너도 미국 가본 적 없는데 영어 하잖아. 예수 강생이 2,000년 전 일인데 그쯤 살았으면 라틴어도 배울 수 있는 거 아니냐. 1,900년 전에 배웠어도 지금까지 잘 써먹겠다."

"아니, 2,000년은 성경 내용이고요. 성경 내용으로 따질 거면 다른 부분에도 똑같은 기준을 들이대야지. 부활해서 하늘로 올라간 양반이 대치동엔 왜 또 내려왔으며, 한국 중학생처럼 생긴 이유는 무엇이고, 왜 남의 차를 빌려 타야만 하느냐 이런……."

"그야 그렇다만."

"그나저나 형은 욕심이 없는 스타일인가?"

"욕심이라니?"

"도깨비든 예수든 외계인이든 신기한 게 나타나면 덕을 보려 하는 게 보통이라고 생각하거든. 아니면 아예 나처럼 되거

나. 그 점에서 욕심을 안 부린다는 거죠."

"일단 나도 돈에 목매는 사람이 아니라는 점을 못 박아두고……. 우혁아, 나는 너 덕분에 무척이나 보수적인 사람이 됐어. 이건 백운산 계곡 이야기를 처음 들었을 때부터 시작된 생각이야."

"그래요?"

우혁은 자신이 여러 의미로 현실과 불화하는 사람임을 인정했지만 그게 여당과 야당 중 하나를 골라서 표를 주는 일과 무슨 관련인지 이해할 수 없었다. 가장 급진적인 정치인조차 그보다는 제정신일 게 분명했기 때문이다. 그가 갈피를 못 잡는 것을 느꼈는지 부연 설명이 이어졌다.

"보수적이라는 건, 정치 성향의 문제가 아니라 낯설고 이상한 걸 함부로 건드리지 않는다는 의미야. 내 분수를 알고 신중해졌단 말이야. 그게 좋든 나쁘든 상관없어. 사실 좋은 일이 더 위험할 수 있다고 생각해. 가령 나는 네가 정말로 부활을 경험했다는 걸 믿고, 그게 엄청난 은총이라는 것도 인정해. 그런데 요즘 세상에 그 정도의 은총을 받는 건, 처음 들른 카지노에서 슬롯머신 잭팟을 터뜨리는 것과 비슷한 불행이야. 저주나 마찬가지야. 어쨌든 사람은 취직을 하고 돈을 벌고 부모님 노후를 대비해야 하는데, 예수인지 도깨비인지 모를 것만 쫓아다니면 그럴 수가 없거든. 이쪽과 저쪽이 있는 거지. 이쪽은 사람들이 사는 세상이고, 저쪽은 그냥 저승이야. 그게 도박판이든 종교적 열반의 경지든 간에. 나는 너만 큼은 아니지만 꽤 오래 저승에서 방황한 축이야. 정신을 차리고 이쪽으로 넘어오면 당장 가족의 태도부터가 변해. 내가 유령 꼴을 벗어나 남들과 똑같은 인간이 된 걸 느껴. 나는 바로 그 눈빛을 볼 때마다, 이게 맞는 길이구나, 하는 확신을 얻는단 말이야. 그런데 만약 이 자리에서 기적을 접한다면, 나는 너랑 같이 종교를 만들게 될지도 몰라. 사실은 지금 본 것만으로도 충분해. 라틴어를 줄줄 읊는 고등학생이 대치동에 있을 리 없으니까—여기에 넘어가지 않으려면 아무것도 모르는 수밖에 없어. 비유하자면, 나는 로마 시민권자로 살다가 죽고 싶을 뿐이지 사도 바울이 될 마음은 없다는 거야. 그건 너무…… 거창해."

우혁은 눈을 끔벅이다가 가까스로 답했다.

"그렇군요."

"너는 의견이 다를지도 모르겠다만, 나는…… 네가 어떻게든 해결을 봐서 평범한 인간이 됐으면 한다. 난 그게 제일 좋다고, 온 세상 사람들이 그렇게 사는 데에는 이유가 있다고 믿는다. 필요한 거 있으면 빨리 챙겨서 다녀와라. 내가 생각하기엔 날 밝고 보는 눈 많을 때가 그나마 안전할 것 같다. 지금 바로 집에 가서 차 끌고 와."

바울에게는 두 가지 특징이 있었다. 하나는 예수를 만난 경험 없이, 오직 은총으로 자신이 사도 직분을 받았다고 주장했다는 것이다. 다른 하나는 로마 시민권자 출신으로 그리스도교인을 박해하다가 어느 순간 회심해 믿음을 전파하기 시작했다는 것이다. 비유로서도, 또한 당시 로마인의 기준으로도, 온 세상 끝까지. 김 형은 전자보다는 후자에 방점을 찍어 말하는 듯했고, 이 세상은 하나의 로마라고도 주장하는 듯했다.

김 형이 사는 세상이 로마라면 그곳의 카이사르는 돈이다.

사람은 무릇 돈을 벌고 모으고 써야 한다. 카지노의 고삐 풀린 흐름에 휘말리는 게 아니라, 격률과 질서를 따르는 방식으로. 그것이 바로 인간이 맘몬과 나눈 계약이다. 인의와 인정을, 소박하고 아늑한 일상을 누릴 방법이다. 돈을 허투루 써버리는 사람은 친지를 실망시키고 만다. 달리 말하면 그 격률과 질서로부터 어긋난 행위는 무엇이든 도박만큼이나 허무맹랑하고 무익하며 해로운 것이다. 그것이 이 세상 바깥으로부터 온 믿음일지라도, 혹은 바로 그렇기 때문에……

그래서 우혁은 예수에 대해서도 생각했다.

예수와 제자들은 저들이 심판의 두려움이 아니라 구원의 기쁨을 퍼뜨리는 중이라 거듭 강조했다. 그 강조의 필요성은 심판과 구원이 뒤엉켜 있다는 가장 역설적인 증거다. 베들레헴의 예수는 강경한 종말론자였지만, 임박한 종말의 뉘앙스는 교회가 온 땅에 스미는 과정에서 점차 희미해졌다. 그리고 최종적으로는 언젠가 밥 한번 먹자는 약속만큼이나 허망한 것이 되어버리고 말았다. 이미 부서진 세계를 살아가는 경우가 아니고서야, 지금 당장 발붙인 땅이 스러지기를 바라는 사람은 얼마 없다.

익숙한 것들로부터 멀어진 사람은 피안을 마주 보게 된다.

내일 당장 종말이 온다고 하면 대형 교회의 목사들은 그 소식을 반길까?

대치동 학원에 아이를 보내는 부모들은?

김 형은?

우혁은 심판이든 구원이든 기꺼이 반길 수 있었다.

묵상은 〈교주를 죽여라〉의 내용으로 귀결되었다. 1999년 집단 자살 사건 당시 15세였던 이도유는 소년 교주이자 재림 메시아로서 새천년파에게 아무것도 요구하지 않았다. 자신을 믿으면 천국에 간다고도 말하지 않았다. 그는 다만 12월 31일의 종말을 확언했으며 모두를 사랑했다. 평범하게 행복했던 사람뿐만 아니라 IMF 사태로 낭떠러지에 몰렸거나, 걸인이었거나, 병들어 죽을 지경이었거나, 집에서 쫓겨났거나, 다양한 이유로 괴로워하는 사람 모두를.

서른두 명의 숭배자들은 넘쳐흐르는 은혜 속에 죽음을 택했으며 열두 명의 아이들만 살아남았다. 사건은 여러 이유로 이례적이었다. 집단 자살 사건 직후 교주가 증발하듯 사라졌다는 것. 희생자들에게서 반항이나 좌절, 슬픔의 증거가 일절 발견되지 않았다는 것. 사후에 남을 아이들을 걱정한 흔적조차 없었다는 것. 그 아이들 중 일부가 새천년파 조직을 재구축해 교주 척살에 나섰다는 것. 그들은 1999년 12월 31일이야말로 마지막 날이었다고, 예수가 아버지의 명령을 거역해 도망쳤기 때문에 세계가 지금에 이르렀다고 믿었다. 타락한 세계가 용서받을 방법은, 조금이라도 일찍 이도유를 찾아내 죽이는 것 외에는 없다고 했다. 그래서 그들은 기꺼이 악역을 자처하고 있었다. 버겁도록 달콤한 일상에 굴종하는 대신…….

소년은 자신이 재림 예수가 아니라 주장했지만 우혁은 절반만 믿었다.

그는 계단을 밟아 내려가며 휴대전화로 대치사거리부터 설악산까지의 경로를 검색했다. 정체 구간이 없다 가정하더라도 두 시간은 잡아야 할 거리였다. 짧은 시간이었지만 소년의 목숨은 우혁에게 맡겨진 것이나 다름없었다. 시동을 걸고 속도를 충분히 높인 다음부터는 진중한 대화가 가능할 것이다.

◆◆◆

곧바로 차를 끌고 돌아가려다가 철물점 위치를 검색했다. 집 근처에 세 곳이 있었다. 우혁은 가장 가까운 철물점에서 접이식 낫과 도끼를 하나씩 사서 뒷좌석에 던져놓았다. 그 후 개포로를 타고 직진하다가 개포동역이 있는 자리에서 오

른편으로 꺾어 올라갔다. 학원 바로 앞에 차를 대놓고 김 형
에게 메시지를 보냈다. 5분이 채 지나지 않아 백팩을 멘 소년
이 고개를 푹 수그린 채로 걸어 나왔다. 뒷문을 열고 곧장 올
라타는 품새가 썩 자연스러웠다. 다른 사람에게는 아들을 태
우러 온 학부형으로만 보일 것이다.

우혁은 등받이에 팔꿈치를 얹으며 뒤를 돌아보았다. 소년
은 자리에 앉자마자 도끼날을 감싼 방수포 천을 끄르고 있
었다.

"필요할 것 같아서 사 왔어. 챙겨둬."

"고맙다."

소년은 무게중심을 재듯 손잡이 잡는 방식을 조금씩 바꾸
어보다가, 다시 천으로 감싸 가방에 넣었다. 그러고는 우혁을
빤히 바라보았다. 두 눈동자 속에 검고 소란스러운 평형이 펼
쳐져 있었다. 도움을 건네려면 주춧돌부터 다시 놓아야 할
것이 명백하므로, 계산적인 유보를 너그러움으로 위장하는
상태. 그 평형이 언뜻 흔들리며 차마 비웃지 못할 실패작을
대할 때의 안쓰러움과 경멸이 드러났다. 그 염증은 우혁만을
겨눈다기에는 포괄적인 인상을 줬고, 인류 전체로 범위를 확
장하기에는 구체적인 듯했다.

우혁은 대뜸 새천년파 집단 자살 사건 이야기를 꺼내고 싶
어졌다.

생존자들을 떠올리면 어떤 마음이 드는지, 자신을 살린 걸

후회하는지도 묻고 싶어졌다.

재림 예수 노릇을 다시 해볼 생각이 없는지도.

이렇게 도망 다닐 바에는 종말을 불러오는 편이 낫지 않겠냐고도.

(우혁은 정말로, 진심으로, 절실히도, 논술학원 보조 강사의 현실로 되돌아가고 싶지 않았다. 그 심리는 특별해지고자 하는 욕망이라기보다는 불가해한 세계로부터 벗어나려는 몸부림에 가까웠다.)

하지만 막상 말을 꺼내려니 적당한 첫마디가 떠오르지 않았으므로, 우혁은 미사대교에 접어들도록 침묵을 지켰다. 한강을 뛰어넘어 남양주와 하남시를 잇는 왕복 6차로 교량이었다. 빛깔 없이 말갛기만 한 하늘과 강물이 착시를 일으켰다. 텅 빈 자리에 희부연 빛만 가득한 느낌. 콘크리트 다리는 아득한 무중력의 공간을 꿰뚫어나가는 듯했으며 두 도시의 땅 끝자락은 천공의 섬 같았다. 여기나 저기나 아파트가 한가득이었다. 이쪽의 섬과 저쪽의 섬을 맞바꾸더라도 풍경에는 변화가 없을 듯했다. 그 거주민들의 삶 역시.

거대하고 각진, 흰 배경 색에 강조 색이 더해진, 17층 혹은 24층 높이의 다면체 기둥 내부의 공간……은 어디에서나 흔히 발견된다. 그것은 한국의 최북단에도 최남단에도 정중앙에도 마찬가지로 있다. 따라서 물리적인 이동은 레고 상자에서 빨간 블록 두 개를 꺼낸 뒤 바꿔치는 것과 똑같다. 마법은 물론이고 마술조차 되지 못한다. 다만 유일하며 치명적인 차이는, 1.5킬로미터 길이의 다리를 넘어 지역명이 달라지는 순간 아파트 매매가가 2억 원가량 하락한다는 것이다. 준공 연도와 면적이 거의 동일함에도 불구하고.

그는 평생토록 도망쳐왔던 세계의 총체가 바로 여기 모였음에 몸서리쳤다. 개념을 물질에 앞세움으로써만 파악될 수 있는 도시의 결절들. 만질 수 없거니와 상상의 대상조차 아니므로 실체와 정신을 동시에 압도하고 마는, 추상화된 객체들. 강남과 남양주의 차이를 궁금해하는 사람에게는 도시의 풍경이 아니라—어차피 죄다 철근콘크리트로 뒤덮인 데다가 도로 위에는 자동차가 굴러다니지 않는가?—부동산 시세가 병기된 지도를 보여줘야만 하는 것이다. 그 점에서 내비게이션 화면에 나타난 아이보리색, 회색, 초록색 구획의 조화는 실존 이상의 실재였다. 우혁은 이 자리에서 전속력으로 난간을 들이받음으로써 실존을 증명하고 싶은 충동을 느꼈지만 그게 시위조차 되지 못한다는 사실 또한 알았다. 보통은 그랬다. 서울 한복판의 다중 추돌 사고 현장도 당장 반나절 뒤에는 아무 일도 없었던 양 말끔해지는데 하남시 외곽의 교량쯤이야 사소하다.

한편 그런 위험이라도 무릅쓰지 않는다면 죽기조차 어렵다는 사실이 그를 다른 방향에서 짓눌렀고, 도시란 죽음의 영향력과 가능성을 저당 잡힘으로써 말끔한 삶을 얻어내는 장소가 아닌가 싶은 생각도 들었다. 생명 자체에 대해서는 생각할 이유가 하등 없으며, 주어진 레일을 따라 내달리기만 하면 그만인……. 물론 김 형은 그런 인생이야말로 가장 큰 지복이라 강변했다. 거기에 동감하지 못하는 것이 우혁의 결정적인 문제였다. 이 깎아지른 수직의 기둥과 판석들, 가장 거대한 종유석 동굴조차 길러내지 못할 돌덩이들은 모두 어디에서 왔단 말인가? 도로를 내달리는 자동차들은 어째서 그토록 조약돌을 닮았는가? 어째서 하나같이 똑같은가? 전기든 수도든 통신망이든 물류 체계든 어느 하나가 어그러진다면 나머지가 한꺼번에 망가질 텐데도, 분명히 무언가가 매 순간 망가지는데도 변함없는 세계의 모습.

표정 없는 괴물이 무지막지한 열과 충격을 집어삼킨 뒤 무감한 숫자를 게워내는 장면이 우혁의 머릿속에 번뜩였다. 조약돌 하나가 쏜살같이 날아가서, 미사대교의 흰 난간과 숫자를 동시에 꿰뚫는 순간도. 그 조약돌에는 서른네 살의 보조 강사와 구원을 불러올 소년이 타고 있다…….

바로 이런 상상을 멈춰야 한다.

이건 기질적인 문제인가, 기적의 후유증인가?

혹은 지금에야말로 결단할 때이기 때문인가?

마음이 계속 오락가락했다. 우혁은 소년을 돕는 상황이 기뻤지만, 과분한 욕심을 부려볼까 고민하기도 했다. 주님께 타락한 어린양의 보혈을 바침으로써 종말의 날을 열어젖힐 권리. 혹은 의무. 운전대를 아주 살짝 우측으로 틀었다가 되돌리자 창밖의 풍경이 그만큼 움직였다가 되돌아왔다. 자신의 목숨이든 세계의 수명이든, 무언가 치명적인 것의 향방이 이 쇳덩이에 걸려 있다는 사실이 선명히 와닿았다. 판돈의 총합에 비하면 지극히 초라한 쇳덩이였다. 부모님이나 김 형에게는 죄송스럽지만, 구형 제네시스 따위는 종말의 날에 아무 의미가 없단 말이다. 그들도 우혁의 결단으로 심판이 도래했음을 깨닫는다면 자랑스러워……

자랑스러워할지 원망할지가 의문이었다.

그는 실제로 종말이 닥쳐오는 미래와 부모님 속만 터지고 끝나는 미래 중 무엇이 더 심각한지 고민해봤다. 누군가의 아들이자 친구인 최우혁이 아니라 공명정대하고 객관적인 재판관으로서.

신중론: 전천년설이든 후천년설이든, 종말과 구원에 대한 주류 가설들은 대환난을 계획안에 포함시켰다. 갖가지 재앙과 전쟁이 땅을 강타한 뒤에야 심판이 이루어지고 죽은 이들이 부활하며 하늘나라가 오는 것이다. 아무리 우혁이라도 대뜸 세계대전을 시작하는 건 망설여지는 일이었거니와, 그 고생을 하더라도 천국에 갈 사람은 많지 않을 듯싶었다. 그뿐만 아니라 은인을 사지로 몰아넣는 건 배은망덕한 짓이었다.

과격론: 하지만 근시안적인 셈법하에서는 판단을 그르칠 수 있었다. 세계 인구는 1960년대 이후 폭증세를 보이며 80억 명에 이르렀을 뿐만 아니라 그중 대다수가 기아, 빈곤,

전쟁, 질병, 다양한 인간적 결함으로 인해 고통받고 있다. 망설임이 길어질수록 훨씬 많은 사람들이 더 오래 괴로워하다가 지옥에 떨어지고 마는 것이다. 그런 비극을 막으려면 담대해져야 하지 않을까?

바로 지금!

"생각대로 될 일은 절대 없으니 헛짓거리 말아라. 한국서 야산 생활 하며 죽었다 살아난 게 다섯 번도 넘어. 그 전엔 훨씬 많고."

소년의 핀잔이 결단을 가로막았다. 우혁은 멋쩍게 웃으며 가속페달에서 발을 뗐다. 한 덩어리로 뭉쳤던 열기가 온몸으로 흩어지며 나른한 아쉬움을 남겼다.

"설마 속마음도 읽는 거야?"

"그랬으면 쫓기는 신세는 안 됐을 거다. 뻔히 보이는 짓을 하고 있으니 말릴 뿐이야. 핸들 만지작대는 꼴만 봐도 알지."

"그렇구나."

우혁은 잠시 쉬었다가 덧붙였다.

"일단 내가 그 후로 어떻게 살아왔든 간에, 계곡에서 겪은 일에 대해서는 고마워하고 있어. 그래서 목숨값은 어떻게든 갚을 생각이야. 그건 믿어줬으면 좋겠어. 하지만 난 방송을 다 봤고…… 내 목숨값과는 별개로, 새천년파의 주장이 순전한 거짓말은 아닐 거라고 생각해."

우혁은 〈교주를 죽여라〉를 복기했다. 이도유는 초등학생

시절부터 눈에 띄는 소년이었지만 주목을 끄는 방식은 지금과 정반대였다. 그가 6학년이었을 때의 담임선생이 나와 인터뷰하기를, 이도유는 떡잎이 나쁜 쪽으로 뚜렷한 부류였다고 했다.

키가 컸어요. 그때 벌써 170센티미터에 가까웠으니까 그 나이치고는 상당히 컸고 운동도 잘했어요. 그런데 집안 사정이 나빴죠. 아버지는 집을 나갔고, 어머니는 사이비 종교에 들어갔던가 할 거예요. 하여간 그런 아이가 중학생, 고등학생들이랑 어울리며 본드를 불고 다닌다면 보는 입장에서야 안타깝지만 도울 방법이 없죠. 그러니까 도유가 교주가 됐다……. 중간 과정이야 모르겠고 당황스러운 느낌도 있지만, 결과는 납득이 가요. 납득은 되는데, PD님께서 말씀하시는 소문 같은 게 사실이라고는 절대 말하지 못하겠다. 걔는 절대 재림 예수나 신동 같은 게 아니다, 그냥 흔해빠진 사이비 종교 얼굴마담이다. 전 그렇게 이야기하고 싶어요.

담임은 초등학교를 졸업한 이후의 이도유에 대해서는 아무것도 몰랐으며 아무것도 믿지 않았다. 반면 새천년파 배교자의 증언은 훨씬 구체적이었고, 그만큼 묘한 뉘앙스를 남겼다.

교주 1인이 유일한 상징으로 기능하며 권력을 독점하는 통상적인 사이비 종교와 달리, 새천년파에는 핵심 인물이 없었다. 노골적으로 금전을 요구하는 사업 모델도 존재하지 않았다. 체계와 직분들이 명징한 규율 아래 맞물릴 뿐이었다. 단체의 공식 입장과 대외적인 이미지만으로 판단할 경우 현재의 새천년파는 종교적 색채가 짙은 교양 교육 공동체에 불과했다.

다만 특기할 점은, 새천년파의 최고 결정기구인 치리회(治理會)가 구 새천년파 출신 인원들에 의해 통제된다는 데에 있었다. 인원은 여섯 명. 6은 조화와 균형을 상징했으며, 동시에 히브리 알파벳 바브(ㄱ)의 숫자값으로 연결과 관계를 의미했다. 그리고 집단 자살 사건 생존자 열두 명의 절반이었다. 그들은 열심당원을 선발하여 특별 교육을 실시했고, 그중 가장 충성스러운 이들에게는 지성소에 들어갈 권한을 부여했다. 지성소는 이도유가 쓰던 물건들과 오래된 비디오테이프가 보관된 작은 방의 이름이었다. 라틴어와 희랍어와 아람어로 강론하고, 두개골이 으스러진 어린아이를 일으켜 세우며, 잘린 팔을 붙이는 소년이 찍힌 비디오테이프. 점묘화를 연상시킬 만큼 조악한 화질과 흔들리는 화면은 도리어 믿을 이유가 됐다.

새천년파가 대외적으로 내세우는 삶의 표준, 신학 공부, 이런 거는 다 부차적인 거예요. 평범한 회원 시절엔 그런 것들을 배우지만 사실은 하나도 안 중요해요. 예를 들면, 물은 H_2O고 거기엔 분자 결합이 있고 쿼크도 있죠. 하지만 인생을 살아가는 데에는 화학 지식이 필요하지 않아요. 목이 마르면 컵을 들어서 물을 마시는 게 다죠. 그게 바로 열심당원들이

다루는 '진짜 문제'고요. 이도유를 죽여야 한다는 것도 마찬가지예요. 치리회 사람들은 '진짜 문제'에 대해서는 길게 설명하지 않아요. 믿을 거라면 믿고, 나가고 싶으면 바로 나가라. 어차피 우리가 옳기 때문이다. 항상 이런 식이거든요. 그런데 그런 태도가 먹혀들어가는 게, 영상을 보면 정말 믿을 수밖에 없어요. 기적은 실제로 존재한다고요. 종말도요. 조작으로는 절대 못 나올 영상들이에요. 솔직히…… 제가…… 지금도…… 기적을 의심한다고는 말하지 못하겠어요. 그냥 치리회의 방법에 동의가 안 돼서 나온 거예요.

열심당원이란 본래 로마에 저항했던 유대인 급진파들을 일컫는 말이었다. 그들은 단검 한 자루로 제국의 관료들과 장군들을 암살하고 다녔는데, 새천년파 열심당원들이 하는 일이 정확히 그랬다. 그들은 이도유와 접점이 있는 사람들을 찾아냈다. 회유했고, 정보를 얻으려 했고, 협박했으며, 종종 납치해 죽였다. 이도유의 거취와 기적의 규칙을 알아내기 위해. 이도유를 고립시키기 위해. 발붙일 곳을 완전히 없앤다면 어쩔 수 없이 하늘 왕국으로 돌아가지 않겠느냐는 논리였다.

물론 종말 앞에서 현세의 삶이 무가치한 것과 별개로, 치리회는 대의를 위해 평범한 사람을 희생시키는 것이 명실상부한 악행임을 알았다. 하느님께서 그런 행동을 좋게 볼 리가 없으리라는 사실 또한. 따라서 그들의 목표는 개인적인 구원이라기보다는 세계의 구원이었다. 제 스스로를 지옥의 제물로 바쳐서라도 더 나은 세상을 불러오겠다는 맹목성에는, 기묘한 선의지와 헌신이 깃들어 있었다—그 헌신이 열심당원들을 최종적으로 설득했다.

조강현의 논평은 이랬다.

마이크 앞에 설 때면, 저는 대개 사업가이자 경영자로서 말하게 됩니다. 그게 제 직분이니까요. 그러나 여기서는 인간 조강현으로 이야기해보도록 하지요. 인간 조강현은 새천년파 피해자 모임의 대표고, 구 새천년파의 생존자 열두 명 중 최연장자입니다. 1997년 2월, 즉 이도유가 처음으로 메시아 행세를 시작했을 때는 20대 초반의 신학도였고요. 진리에 대해 깊이 고민할 시기지요. 그러다 보면 잘못된 길에 빠지기도 하고요. 다행히도 집단 자살 사건이 일어나기 반년 전에 정신을 차리고 빠져나왔지만, 그때 일은 아직도 후회하고 있습니다. 부모 잃은 아이들이 갑자기 열한 명이나 생겼으니 말입니다. 저도 젊은 나이였다 보니 생계를 책임지긴 어렵고, 다들 친척집이나 보육원으로 흩어지긴 했지만, 어떻게든 도움을 주려 애썼습니다. 거의 가족 같은 사이가 됐지요.

그렇다 보니 새천년파 치리회가 결성된 경위도 기억하고 있습니다. 다툼이 많았거든요. 제가 믿지 마라, 잊어버려라, 지난 일이다, 그때는 종말론 사이비가 판을 쳤다…… 계속 이야기를 해도 듣질 않더군요. 아마 그 친구들에게는 믿음이 절실하게도 필요했던 거라고 생각합니다. 부모님은 끔찍한 사건에 휘말려서 돌아가셨고 자기는 천덕꾸러기 신세로 이곳저곳 떠밀려 다니다 보니, 사회에 적응하기가 어려웠던 셈이지요. 마침 사기극에 쓰였던 비디오테이프도 남아 있었고요. 현실적으로 필요한 것과 절실히 바라는 것이 있다고 치면, 인간은 대개 후자를 고르지 않습니까?

다른 사이비와 달리 새천년파는 금전을 요구하지 않는다. 여성 신도를 건드리는 교주가 없다. 천국조차 약속하지 않는다…… 그런 사실들이 남다른 느낌을 주는 건 이해합니다. 세상에는 종교 법인의 탈을 뒤집어쓴 중소기업이 너무 많으니까요. 하지만 종교적 열광은 집단 히스테리와 그 본성을 공유하기 마련이지요. 집단 히스테리는 맹목성을 낳고, 그 맹목성이 성스러움의 환상을 다시금 불러오는 겁니다. 이 과정이 반복되며 믿음의 고리가 강해질수록 원래 세상으로 돌아오기가 요원해집니다. 점점 더 극단적으로 변해가지요.

저는 제가 새천년파 조직에 몸담았다는 사실에 도의적인 책임감을 느낍니다. 초등학생이고 유치원생이었던 아이들, 순진한 피해자였던 이들이 비틀리고 말았다는 사실에는 슬픔을 느낍니다. 피해자 모임을 조직한 것, 피해자들을 물심양면으로 돕는 것은 그런 이유 때문입니다. 이 인터뷰에 응한 것 또한…….

〈교주를 죽여라〉는 작년 가을에 처음 송출됐다. 그때 우혁은 일용직 일자리를 전전하다가, 운 좋게 팔십을 이천으로 불려서 2주간 놀고먹다가, 깡그리 날리고 지방 공장에 생산직으로 들어갔다가, 다시 2주 만에 때려치우느라 바빴던 까닭에 텔레비전 방송은 물론이고 인터넷 커뮤니티조차 살필 겨를이 없었다(물론 물리적인 의미에서의 시간은 썩어나도록 많았고,

직장조차 그를 구속할 수 없었다. 하지만 무제한적인 자유 외에 아무런 대안이 없는 상황은 그 자체로 숨통을 옭아매는 법이다).

거의 1년이 지나서야 뒤늦게 알아본바, 소년 교주 이야기는 대중의 이목을 끌었다. 잡음도 그만큼 심했다. 전국 곳곳의 산에서 소년을 봤다는 증언이 물밀듯 이어졌지만 대개는 지어낸 이야기로 판명됐고, 비교적 그럴듯한 사례들이라도 진위 여부를 가리기가 불가능했다. 새천년파는 방송 내용이 완전한 사실무근이라며 공식 보도자료를 내더니 고소장을 꺼내 들었다. 이렇게 뜬소문과, 음모론과, 법적 송사가 뒤엉키면서 진상은 알 길이 없어졌으며 최종적으로는 서브컬처의 이미지가 소년을 포획했다.

소년은 예티나 네시 같은 크립티드로 간주되어 10대 청소년들의 놀잇감으로 전락했다. 조강현이 돈깨나 버는 기업인이라는 사실마저 그들의 흥미를 자극했다. 소년 교주를 소재 삼은 아마추어 만화와 소설이 수천 개씩 쏟아져 나온 덕분에 검색 결과는 더더욱 혼란스러워졌다. 다만 검색어 통계와 게시판 분위기로 파악건대 이제는 유행이 가라앉아 한물간 취급을 받는 듯했다. 유행은 정말로 빠르게 지나간다. 고소건이 어떻게 끝났는지도 미지수였다. 유일하게 확신할 수 있는 부분은, 그 방송을 계기로 새천년파의 교세가 부쩍 강해졌다는 것이었다. 연예인의 가장 큰 적은 악의적인 음해가 아니라 무관심이고, 신흥종교 또한 그렇다.

여기까지 생각해보니 이 방송을 기획한 게 누구였을지, 조강현은 무슨 생각으로 카메라 앞에 섰을지가 의아스러웠다. 실제로 소년과 함께했다면 그 신성을 의심하기란 불가능할 터였다. 애당초 기적을 목격했으니 신학도의 길을 저버린 게 아니겠는가. 그럼에도 불구하고 책임을 통감하며 피해자 단체 대표를 자청하는 데에는 다른 이유가 작용했음이 분명했다. 요컨대 당시의 열망을 치기 어린 착각으로 치부해버린다면 재림 예수에게 버림받은 충격을 달랠 수 있을 테고, 또, 돈은 썩어나도록 벌고 있으니 현실을 부여잡을 이유가 충분할 것이며…….

우혁은 그런 심리를 자신의 몫처럼 느낄 수 있었다. 계곡에서의 기억이 차라리 환각이기를 빌었던 시기가 길었던 것이다. 하지만 미약한 공통분모만을 근거로 조강현에게 이입하기에는 수상쩍은 분위기가 있었다. 카메라를 정면으로 바라보는 조강현은 잡티마저 완벽하게 모사한 나머지 도리어 위화감을 불러일으키는 밀랍 인형 같았다. 과하지 않을 정도로만 감정에 솔직한 목소리 역시. 곰곰이 생각하던 우혁은 정답지가 바로 뒤에 있는 것을 깨닫고 입을 열었다.

"조강현은 아마도 거짓말을 하고 있을 테고. 그렇지?"

"믿어선 안 돼. 그 놈이 가장 음흉하고 위험해."

"그리고 너도 거짓말을 했겠지."

소년은 침묵했다. 우혁은 짧은 휘파람과 함께 본론으로 넘어갔다.

"그러니까 어제 멈춘 이야기를 다시 시작해보자. 솔직해지는 거야. 어차피 두 시간만 지나면 피차 볼 일 없을 테고, 저 인간들이랑도 모르는 사이가 될 테니까."

"너, 돈벌이 생각을 하는 건 아니지?"

"그럴 리가. 정보를 팔아먹을 거였더라면 새천년파한테 진작 연락했을걸. 봐서 알겠지만, 난 심각한 사회부적응자야. 과외로 돈을 좀 벌었다가 싹 날리고, 공장에 다닐 근성도 없고, 일용직 일로 기껏 모은 돈을 또 날려버리고 그랬지. 지금도 마찬가지야. 이 나이씩이나 돼서 보조 강사 노릇을 하고 있으면 정규 강의 따낼 궁리라도 해야 하는데, 누군지도 모를 애를 설악산까지 데려간답시고 제멋대로 근무 시간을 빼고 있으니 말이야. 자동차는 아버지한테 거짓말로 빌린 거고. 뭐, 난 그래. 난 염치도 대책도 없는 사람이야. 학원장 형의 말을 빌리자면 이쪽과 저쪽이 있는 거야. 돈을 벌고 저축하고 결혼하고 아이를 기르며 살아가는 이승이랑, 완전히 정신머리가 빠진 저승. 계곡에서 되살아난 후로 줄곧 저승의 흔적만 쫓아다녔어. 그리고 이제는 네가 눈앞에 나타났으니까, 저승이라는 게 정확히 어떤 모양인지 알아보려 해."

"흠."

소년은 짧게 신음했다. 마뜩잖은 허락처럼 들리는 소리였다.

"일단 이것부터. 넌 재림 예수가 맞지?"

"평범한 인간인 게 뻔해도, 원하는 이야기만 들을 수 있다면 덜컥 믿어버리는 게 사람 심리야. 기적을 부릴 수 있다면 말할 것도 없지. 나한테 이런저런 재주가 있는 것, 사람들이 날 예수라 믿고 싶어 했던 것, 내가 거기 잠깐 어울려줬던 것, 그래서 한바탕 시끄러웠던 것과 별개로 나는 그냥 나야."

"그렇다면 넌 누구야?"

"방송 봤으면 이름쯤은 알아야지."

"좋아, 서울의 한 초등학교를 졸업한 후 오래도록 실종되었던 40대 남성 이도유. 그렇게 말하고 싶은 거지? 한국 공교육이 라틴어도 가르치는 줄은 몰랐는데."

"말하기 싫으니 넘어가."

자동차는 어느덧 미사대교를 빠져나와 남양주의 끝자락에 진입했다. 허공에 얹힌 길은 이음매도 없이 육로가 되었고, 굳은 듯한 수면 위로 희부연 막을 이루던 햇빛은 이제 나뭇잎과 전속력으로 충돌하고 있었다. 방음벽은 소리를 막기 위해서가 아니라 출렁거리는 신록이 도로를 향해 쏟아지는 상황을 막기 위해 세워진 듯했다. 직진. 도로는 영원히 닿을 길 없는 소실점을 향해 쭉 뻗었으며 그 양옆의 산봉우리만이 낮잠에 빠진 개의 등줄기처럼 위아래로 오르내렸다. 잠시 운전대에서 손을 떼더라도 모든 것이 순조로울 듯했다. 순조롭게 낯선 곳으로 흘러들어 가는 기분. 배 밑에서 즐거움이 움찔거리며 근육을 살짝 굳게 만들었다. 소리 내어 웃은 우혁은 이어 물었다.

"서른두 명이 자살한 것도 껄끄러운 주제인가?"

"내가 죽으라고 시킨 적 없어. 일이 그렇게 될 줄 누가 알아서."

"하지만 제멋대로 죽었다 쳐도 되살릴 수 있잖아."

"선후가 반대야. 내가 잠적한 게 먼저고 인간들 죽은 건 그 다음이야. 나는 그때 계룡산 골짜기에 박혀 있었으니 일이 어떻게 되어가는지 알 수가 없지. 책임을 묻고 싶으면 조강현한테 가서 따져라."

"방송에서는 네가 지시했다던데."

"죽은 건 죄 어른들이고, 산 건 모두 애들이다. 지금 새천년 파랍시고 난리 치는 놈들은 그때 열두어 살 하던 애들이란 말이야. 그런 녀석들이 상황을 똑바로 기억할 턱이 없지. 조강현 한 놈만 스물네 살이었고, 열일곱 살짜리가 하나 있었던가……."

"그러면 종말은 어떻게 되는 거야? 지옥이라거나 천국 같은 건? 어제도 나한테 지옥 얘기를 했었지."

"생각하기도 싫으니 관둬. 대화는 여기까지야."

"아니, 이건 확실히 알아야겠는데. 내일부터 성당에 다닐지 장로교회에 가야 할지 정해야 하거든. 혹시 정교회가 정답인가? 아니면 예수 그리스도 후기 성도 교회?"

"꼴에 종파 이름은 많이 아는구나."

"신학 공부를 살짝 했거든. 형이상학도 들여다봤지. 신실한 성직자가 되긴 글렀고 철학이야 논술학원 일에나 쓰고 말지만, 어쨌든 알 만큼은 알아."

"그러면 설명이 쉽겠구나. 네 잘못은 방탕한 죄가 아니라 바알을 섬긴 죄고, 날 돕고 있으니 이젠 씻을 수 없게 됐다. 뭘 고르든 지옥행이니 살아 있는 동안엔 실컷 놀아."

"아하."

바알은 가나안 사람들이 숭배하던 신의 이름이었지만, 성경에서는 토착신 전반을 일컫는 용어로도 쓰였다. 포클레인과 굴삭기의 관계처럼 유명한 상표 하나가 상품군 전체를 대표하는 보통명사가 되어버린 것이다. 이러한 용법을 따른다면 그리스와 아시리아와 북유럽의 신들은 물론이고 신령 같은 존재 모두가 바알에 포함됐다. 그리고 당연하게도, 그리스도교의 하느님은 바알을 좋아하지 않았다…….

"어디 가서 말하지 말라고 했던 이유가 이거야? 부활 이야기를 하면 죽을 거라고 했잖아. 그래서 오랫동안 혼자만 알고 있었는데, 막상 말해도 죽진 않더라. 그래도 딱 한 명한테만 털어놨어."

"그거야 다른 문제지. 너, 방송을 봤지 않냐. 새천년파가 아니더라도 날 찾아다니는 놈들이 수두룩해. 별것 아닌 근황이라도 알아내려고 인간을 죽도록 괴롭히는 것들이 있어. 잘못 걸렸다가는 문자 그대로 죽는단 말이다."

"잠깐만, 그러면 이번엔 정말로 위험해진 거 아니야? 어제도 경찰인 척 학원 앞까지 따라온 인간들이 있었고, 멀쩡히 설악산에 도착한다 해도 서울로 돌아간 다음부터는……."

"내가 어젯밤에 부탁하면서 돈 나올 구석을 알려주겠다 한 것, 가족 건강을 봐주겠다고 한 것이 괜한 소리가 아니야. 사망 보험금을 가불로 걸어놓으려던 거다. 그런데 네가 깊이 고민하지도 않고 냉큼 돕겠다 했지. 이제라도 받을 마음이 들었으면, 갓길에 잠깐 멈춰라. 내가 주식 종목 몇 개 골라주마."

"주식도 할 줄 알아?"

"어디 주식만일까. 구슬이 붉은 칸에서 멈출지, 검은 칸에서 멈출지도 그럭저럭 보이지. 세상 돌아가는 이치를 깨달으면 안 될 게 없어. 비록 구슬엔 마음이 없지만, 홀에 건 녀석이 5분 뒤에 기뻐할지 슬퍼할지는 알 수 있으니."

"로또는?"

"복권에는 숫자가 너무 많아. 이런저런 것들이 톱니처럼 맞물리는 모습이 보여야 하는데, 숫자만으로는 도통 알 수가 없어."

유리병에 갇힌 개구리처럼, 대화의 주제가 갑자기 세속적인 영역으로 추락했다.

돈…….

지금의 드라이브는 하루짜리 꿈이지만 돈과는 평생을 부대껴야 한다. 돈은 중요하다.

우혁은 소년의 제안을 진지하게 검토했고, 절망과 희망이

한 쌍임을 절감했다. 좌절은 생생한 미래와 가망 없는 현재 사이에서 움트기 마련이다. 소년의 신통력을 믿는 것과 별개로 그에게는 주식 계좌에 넣을 돈이 부족했다. 부모님이 못난 아들놈을 믿고 투자할 리도 없었다. 가능성의 금고에 막대한 유산을 남기더라도 찾아가는 사람이 없다면 별무소용인 것이다.

인망을 쌓지 못한 삶이 후회스러웠다.

하지만 바카라라면 어떨까?

그는 내비게이션으로 지금 위치에서 정선 카지노까지 가는 길을 알아보았다. 정확히 200킬로미터 거리였고, 거기에서 다시 설악산으로 가려면 비슷한 거리를 추가로 달려야만 했다. 당일치기로 다녀오지 못할 정도는 아니었지만 도주 경로에 끼워 넣기에는 과했다. 게다가 다시 생각해보자 카지노 입장을 위해서는 신분증이 필요했다. 소년을 입장시킬 방법이 없다는 의미였다. 우혁은 불가능한 욕심을 부리다가 꼴불견으로 전락하기보다는 낭만이라도 보전하기로 마음먹었고, 짧은 휘파람을 불었다.

"아냐, 아냐, 이왕 이렇게 됐으니 돈은 안 받을래. 후회도 안 해. 후회하면 곧 항복하게 되거든. 난 궁금증만 해결하면 충분해. 하던 이야기나 계속하자."

"하여간 새천년파 놈들이 헛짓거리를 하고 있다는 게 그런 의미야. 번지수가 영판 잘못된 곳에서 재림 예수를 찾고 있으니. 그 자식들은 내가 죽으면 종말이 올 줄로 아는데, 아무 일도 안 일어난다. 나는 되살아나면 그만이니. 다른 몸으로 옮겨 가거나. 벌써 마흔네 번이나 갈아탔지."

"악령 같은 거구나. 그러면 원래 이도유는 어디로 간 거야?"

"여기에. 너랑 대화하는 사람은 여전히 나다. 물론 나는 이도유인 동시에 바르 코크바 장군이고, 정신 나간 페레그리노스고, 이름 없는 게르만 병사고, 사바타이 츠비고, 태평천국의 홍수전이고…… 나, 바로 여기 있는 나지. 그 마흔네 개의 기억에 네가 악령이라 부른 걸 합하면 내가 된다."

"그러면 너는 마흔다섯 번째구나. 이왕 그렇게나 많은 거, 나도 끼워주면 안 되나? 별 차이도 없을 것 같은데."

"염증 같은 놈."

소년은 경멸스러운 듯 내뱉었다. 우혁은 낄낄 웃었다.

"고대인이라 백신의 원리를 모르나 본데, 성스러운 무균실에서 지낸다고 해서 건강을 누릴 수 있는 게 아니야. 사람이 튼튼해지려면 감기에도 걸려보고 몸살도 겪어봐야 하는 법이거든."

"너무 튼튼해서 탈이니 그 점은 걱정 말아라. 내가 세상살이를 너보다 덜 겪어봤을까."

"뭐, 싫으면 어쩔 수 없지. 아무튼 그게 사실이라면 숨으려는 이유를 잘 모르겠어. 남이든 자기 자신이든 부활시킬 수 있고, 기적을 일으키고, 미래를 본다. 2,000년간의 기억까지 있다. 엄청나잖아."

"아무리 그래도 세상을 뒤엎을 정도는 안 돼."

"헛, 반드시 세상을 뒤엎을 필요는 없지. 나라 하나라도 먹으면 좋은 거 아니야? 재밌겠는데. 아니지, 요즘 시대에는 나라가 아니라 삼성 같은 대기업⋯⋯."

"그건 지겹게도 해봤다. 그 이상은 불가능하다는 걸 알아."

소년은 심장이 네댓 번 뛸 동안 말을 멈췄다. 우혁에게는 그 침묵이 까마득한 한숨처럼 느껴졌다.

"나한테 있는 재주는 크게 둘이다. 하나는 병들고 죽은 이를 되돌리는 것. 다른 하나는 세상 돌아가는 꼴을 보는 것. 그런데 이것은 내 능력이라기보다는 악령을 따른 결과야. 너한테 익숙할 예를 빌리자면, 심술궂은 형이 동생의 게임을 지켜보며 여기로 가라, 저걸 골라라 훈수를 두는 거나 마찬가지란 말이다. 할 일을 읊으면서도 왜 그래야 하는지는 알려주지 않아. 결국 객관적으로는 훌륭하지만 나는 원치 않았던 상황에 놓이고 말지."

"곤란하긴 하겠네."

"솔직히 말해 난 악령에게 도움받는 게 두려워. 누군가를 살리는 것조차도. 죽어야 할 인간을 살리면 인과의 흐름이 바뀌기 마련이고, 그러면 거기에서부터 다시 계산해야 돼."

"악령의 정체는 모르는 거야?"

"안다고 바뀔 것도 없어. 나를 괴롭히는 건 악령보다는 인간이란 말이야. 이건 같은 인간으로서 말하는 것이니 똑바로 들어라. 예전엔 나한테 하늘의 명이 온 줄로 알았다. 처음에는 겁을 먹었고, 마음을 다잡은 후에는 소명에 충성하려 했다. 대체로 실패했지. 다른 삶을 시작할 때마다 방법을 바꾸거나 시야를 넓혀보았지만 마찬가지였어. 가장 중요한 순간에 일을 망쳐 사람들을 실망시킨 것도 여러 차례고, 악령에게 반항하다가 잠자코 순종하기를 반복했지. 제 스스로는 세상을 사랑할 수 없어서 나라도 사랑하려는 인간, 날 이용하려는 인간들이 수천수만이었어. 모두 지겨우니 이젠 사라지고 싶어. 다만 사라질 수 없으니 숨으려 해……. 잘될지는 모르겠지만."

"왜, 백두대간을 타고 중국으로 간다면서. 새천년파가 거기까지 따라가진 못할 텐데."

"악령이 슬슬 몸을 갈아치우고 싶어 하는 게 느껴지거든. 주어진 본분을 다하라고, 실패하더라도 도망치지는 말라고, 도망치면 이도유의 삶은 끝이라고 계속 속삭이는 거다. 사실 지금도 불안불안해."

"그렇구나."

짧게만 답한 것은 소년의 말을 허투루 들어서가 아니라 적당한 소감이 떠오르지 않은 까닭이었다. 불완전한 불멸자의 고뇌란 도대체 어떤 식일까. 세계의 끝자락을 주무를 책임으로부터, 혹은 역능으로부터 도망치는 삶은……. 우혁은 그게 백주 대낮의 시가지에서 힘껏 가속페달을 밟는 일과 비슷할 거라고 생각했다. 발목을 까닥이는 동작은 결코 어렵지 않다. 하지만 감히 그랬다가는 소중한 일상을 잃어버리고 만다.

어떤 행동은 액면가 이상이다. 오직 그것만을 태울 목적으로 도화선에 불을 붙이는 사람은 없다. 폭약이 댐을 무너뜨리고, 거센 물줄기가 마을을 덮치며, 수몰된 땅에 저수지가 생기므로 불꽃은 비로소 그 의미를 취득하는 것이다. 저수지를 바라는 인간과 물살에 휩쓸려 죽는 인간이 더불어 있으므로 황홀과 공포가 있는 것이다. 우혁은 너무 많은 폭발 사고에 휘말린 나머지 성냥불에조차 겁먹게 된 사람을 상상했고, 첫 번째 사고는 어떤 식이었을까 의문을 품었다.

"지금까지 마흔다섯 번이나 살았다고 했지. 가장 처음에는 누구였어?"

"제사장의 아들이었지. 어머니는 왕실의 피를 물려받은 여인이었고. 소년 시절, 광야에서 3년간 수행하다가 악령에 붙들렸다. 어찌할 줄 모르는 상태로 고향에 돌아왔더니 분위기가 심상찮지 뭐냐. 독립이니 뭐니 떠들던 놈들이 기어코 일을 낸 거지. 말려도 소용이 없었다. 덕분에 떠밀리듯이 지휘관이 됐다가 포로로 전락했고, 거기에서 황제가 될 자의 눈에 들었다. 글이나 쓰면서 역사가로 여생을 보냈지. 황제는 나보다 스무 해 일찍 죽었고, 나는 예순이 넘어서야 겨우 용기를 얻었다. 그래서, Vae, puto deus fio……."

우혁은 라틴어를 몰랐으나 소년의 마지막 중얼거림이 베스파시아누스 황제의 유언이리라 짐작했다. 소년의 첫 번째 생이 요세푸스였을 것이라고도. 요세푸스는 유대 제사장 가문의 일원이었으며, 기원후 66년의 반란에서는 요타파타 성(城)의 사령관으로 로마에 맞서 싸웠다. 패전이 확실해졌을 때 그는 40여 명의 동료들과 함께 갈릴리 북부의 동굴에 숨었다. 이윽고 비겁한 항복보다는 명예로운 자결이 낫다는 쪽으로 의견이 모이며 제비뽑기가 시작되었다. 마지막 한 명이 남을 때까지 낙첨자들이 당첨자를 죽여가는 사망의 행진.

요세푸스는 자신이 최후의 1인이 되리라 확신했고, 정말로 그렇게 되었다.

포로가 된 요세푸스는 베스파시아누스 장군이 황제가 될 것임을 예언했다.

그로부터 2년 뒤, 제국은 네 명의 황제를 갈아치웠다. 가장 먼저 네로가 실각했다. 이어 황위에 오른 갈바는 측근이었던 오토에게 살해당했으며, 오토는 비텔리우스와의 내전에서 패배하며 91일간의 짧은 치세를 마쳤다. 최종적으로 갈릴리 총사령관이었던 베스파시아누스가 거병했다. 그가 이끄는 도나우 군단은 수도로 진입한 후 곧장 비텔리우스를 끌어내 죽였다.

베스파시아누스는 10년간 재위했고, 사후에는 그의 아들인 티투스와 도미티아누스가 황위를 물려받았다. 그들의 비호 아래 요세푸스는 무수한 저작을 써내며 존경받는 역사가로 자리매김했다.

하지만 티투스는 예루살렘 성전을 파괴한 자였으므로, 요세푸스는 종종 같은 유대 민족에게 비난받았다. 이에 그는 자신이 로마에 굴종한 것이 아니라 하느님의 지시를 따랐을 뿐이라 응수했다. 바로 그 유대 민족의 신이 제국에 이르는 현시(顯示)를 내려주었다고. 한편 제국은 죽은 황제들을 신으로 추대했지만 요세푸스는 로마 시민이 된 후로도 원래의 신앙을 고수했다.

Vae, puto deus fio……

우혁이 기억하기로 그 말은 베스파시아누스의 유언이었으며, 뜻은 '이봐, 내가 신이 되어가는 것 같아……'였다. 그렇다면 요세푸스는 황제의 유언을 들으며 무엇을 느꼈을까? 고매한 학자이자 겁쟁이 변절자로서, 바알의 힘을 받아들인 유대인으로서, 무엇을 결심했을까? 두 번째 삶을 마주하고서는 무엇을 하려 했을까?

질문들이 우혁을 또 다른 이름으로 이끌었다.

소년은 자신이 한때 바르 코크바 장군이었다고 말했다.

요세푸스와 바르 코크바 장군의 삶은 한 바퀴 돌아 대칭을 이뤘다. 요세푸스는 1차 유대 반란의 지휘관 중 하나였지만 열의가 부족했고, 기적과 예언에 기대어 목숨을 부지했다. 반면 바르 코크바는 기적과 예언을 통해 역사를 만들어낸 인물이었다. 그는 3차 유대 반란을 총지휘하며 예루살렘을 로마로부터 탈환했다. 그리고 3년간 유대의 왕이자 메시아로 군림했다. 그러나 반란이 성공적일수록 진압이 가혹해지는 법이다. 로마는 제국군 총 병력의 3분의 1을 투입해 공세에 나섰으며 바르 코크바는 죽었다.

요세푸스가 영면한 100년과 바르 코크바가 자결한 135년 사이의 간극은 물리적인 35년 이상이었다. 이 세상에서의 구원을 바란 이들과, 압도적인 세계의 하중과, 영광에 맞닿는 몰락이 있었다. 그럼에도 불구하고 재건되어 흘러가는 일상들이 있었다. 변화를 집어삼켜 되돌린다는 점에서, 일상이야말로 최종적인 죽음이다. 우혁은 소년이 읊은 이름들, 페레그리노스와 사바타이 츠비와 홍수전과 더 많은 이들의 삶을 천천히 되짚었다. 추종자들의 심리를 상상해보기도 했다. 또다시, 질문이 물밀듯이 쏟아져 나왔다. 조강현과 새천년파는 '실망한 사람들'의 일종일까? 그렇다면 자신은 무엇일까? 도주극을 마치고 집으로 돌아간 뒤에는, 10년이 흐르고 20년이 흐른 뒤에는 무엇이 될까?

소년을 설득해서 종단을 세우는 상상을 하지 않았다면 거짓말이지만, 우혁은 그런 미래를 상상으로만 남겨두기로 했다. 애당초 소년을 둘러싼 다툼은 새천년파와 조강현이 맞붙는 구도였다. 새천년파는 교세가 상당한 종교 법인이고 조강현은 기업가다. 거기에 논술학원 보조 강사가 개입한다면, 한

창 4라운드가 진행 중인 헤비급 권투 경기에 유치원생이 아장아장 걸어 들어가는 것이나 마찬가지였다. 무제한의 목숨을 지녔다 해도 사회의 규칙은 지엄한 법이었다. 기적의 변칙성이 그 규칙을 예상치 못한 방향으로 틀어버릴 가능성도 충분했다. 우혁에게 불리한 쪽으로.

이쯤에서 만족하는 게 최선이었다. 드라이브를 통해 20년간의 여정이 매혹적인 피날레를 맞이했음을 받아들이고, 이만 현실로 돌아가는 것이다.

김 형의 말대로, 서른넷은 멀끔한 일상에 뿌리내릴 나이다…….

형이 또라이 기질이라 부른 것도 고쳐질까?

솔직히 그 부분에 대해서는 회의적이었다. 나무가 자신을 꿰뚫은 화살을 감싸 자라듯, 기묘한 전율과 갈증은 어느새인가 우혁의 일부가 되어버렸던 것이다. 그래도 설악산에 도착하자마자 한번 죽었다 살아나면 완벽히 고쳐지지 않을까 싶었다. 테세우스의 배에 대해서는 생각하지 않기로 했다. 모든 부품을 갈아 끼운 배가 이전의 배냐, 새로운 배냐 하는 문제는 말장난일 뿐이다. 바다에 나가려면 멀쩡한 배가 필요하다는 것이야말로 핵심이다. 부모님과 김 형과 친구들의 안녕을 위해서라도. 말인즉슨 이 사안에서 존재론적 고뇌가 지닌 의의는 은행 빚 미만이었다. 지금의 최우혁과 정상인 최우혁을 맞바꿀 수 있다면 어떻게든 교환을 시도해야 하는 것이다.

다행히도 이 거래는 주식 종목을 점지받는 것에 비하면 훨씬 낭만적인 듯했고, 때마침 철물점에서 사 온 손도끼도 있었다. 우혁은 부탁을 건넬 요량으로 힐끔 룸미러를 보았다. 소년이 묘한 표정을 지은 채 창문을 노려보고 있었다. 생각을 읽고 거절할 준비를 하는 중인가, 싶었지만 완전히 다른 이유에서였다.

"추적이 붙었다. 검은 그랜저야. 아까부터 계속 따라오고 있어."

"그냥 경로가 겹친 거 아니야? 양양고속도로 타고 내려가는 차가 한둘도 아니고."

"이건 내가 봐서 아는 거니까 말 들어. 갓길에 세워라."

우혁은 검은색 그랜저의 위치를 확인했다. 거의 200미터가량 뒤편에서 주행하고 있었다. 그는 반신반의하면서도 시키는 대로 했다. 내려서 꺼낼 물건이 있는 척 트렁크 쪽으로 걸음을 옮기자마자 그랜저도 갓길로 빠지더니 15미터 간격을 두고 멈췄다. 이건 결코 우연이 아니었다. 바로 이 자리에서 추적자에게 붙들리는 장면이 뇌리에 생생하게 그려졌다. 우혁은 거의 반사적으로 운전석 문을 열어젖혔고, 다급하게 시동을 걸었다.

"진짜네."

"기어코 확인해야만 믿으니. 저게 조강현네인지 새천년파인지는 모르겠으나…… 일단 직신이다."

"예언 적중률이 애매한데. 추적이 붙었다는 건 알아도 둘 중 누구 편인지는 모른다니."

"나도 답답하다만 지금은 이 정도가 최선이야. 악령한테 몸을 넘겨주면 반나절은 드러눕게 돼."

자동차가 다시 한 차례 강줄기를 건넜다. 북한강이 서종대교의 투명한 난간 너머로 뻗으며 희부연 빛을 향해 흘러들어 갔고, 한층 높아진 산봉우리들이 성큼성큼 다가오고 있었다. 거리가 멀수록 색이 희미해지지만 높이는 결코 줄지 않는 산봉우리들은 무채색의 세계로부터 차례대로 걸어 나오는 거인 행렬을 연상시켰다.

이 거인들은 얼마나 많은 사건을 목격해왔을까? 은색 제네시스와 검은색 그랜저 한 대씩이 갓길에 멈췄다가 다시 출발하는 것은 어떤 종류의 사건일까? 문득 단조롭던 내비게이션 지도에 가느다란 길이 가지 쳐 나오더니 나가는 곳, 이라 쓰인 청람색 표지판이 등장했다. 양평 방면 국도로 빠져나갈 기회였다. 고속도로를 벗어나는 게 나을까, 오히려 자충수일까 고민하던 사이 선택지가 만료됐다. 표지판은 오른쪽 뒤편으로 빨려 들어가듯 사라지며 시야를 완벽히 벗어났다. 이제 계속 직진, 직진, 직진⋯⋯.

10분 남짓한 시간 동안 그랜저는 일정한 거리를 유지하며 우혁의 제네시스를 뒤따랐다. 섣불리 행동할 마음은 없는 듯했지만 이대로 가다가는 목적지에서 붙잡힐 게 분명했다. 그는 설악IC가 가까워지는 것을 깨닫고 의견을 구했다.

"여기서 가평 방면으로 빠져나갈 수 있어. 어쩔까?"

룸미러에 비친 소년은 명상하듯 눈을 감고 있었다. 내비게이션 우측 상단의 시계가 43분에서 44분으로 변하는 순간 두 눈이 번쩍 뜨였다.

"악령이 뭔가 다른 걸 생각하는 모양이다. 더는 말해주지 않아. 마음 단단히 먹어라."

"몸을 갈아치우고 싶어 하는 건가? 네가 도망치는 중이라서?"

"확실치 않아. 지금 상태가 최선이라 보는지도 모르지."

"어쨌든 부활은 가능하지?"

"나도 도의란 걸 안다. 네가 여기서 개죽음당하게 두진 않아."

가평 방면으로 빠져나가는 1차선 도로가 그의 곁을 스쳐 지나가더니, 200여 미터가 지나 가평 방면에서 들어오는 1차선 도로가 양양고속도로에 합류했다. 동시에 K5가 야심 찬 갈라 쇼를 준비해온 피겨스케이팅 선수처럼 무대로 미끄러져 들어왔다. 평일 낮의 한산한 고속도로에서 단연 눈에 띄는 요트블루 색상이었다. 가마에서 갓 꺼낸 청자 도자기만큼이나 강렬한 색채로 이글거렸으며 당장에라도 산산이 부서지며 파편을 흩뿌릴 듯했다. 우혁은 룸미러에 시선을 고정한 채 뒤편의 교통 흐름을 살폈다. K5는 잠시 도로의 흐름에 순응하는 듯싶더니 곧 본색을 드러냈다. 육중한 푸른빛 덩어리가 불쑥 차선을 바꾸자 다른 자동차들이 돌 맞은 비둘기 떼처럼 반응했고, 검은색 그랜저 역시 흠칫 놀란 기색이었다.

그 움직임을 신호탄으로 자동차들의 차간거리가 어그러지면서 각각의 속도가 불규칙적으로 변해갔다. 난기류에 휘말린 먼지 알갱이처럼 뒤얽히는 자동차들. 당장에라도 다중 추돌 사고라는 결말을 맞이할 듯한데도 아슬아슬한 혼란이 계속되는 것이 놀라울 따름이었다. 대다수가 황급히 갓길로 빠져 관전자를 자처했지만 우혁에게는 선택의 여지가 없었다. K5가 후방 충각 전술을 시도하듯 급격히 가까워졌다. 가까스로 피한 우혁은 그랜저가 뒤로 물러난 것을 깨달았다. 누가 조강현 측이고 누가 새천년파일지 짐작이 갔다. 새천년파의 속셈 또한.

사람을 죽이는 가장 쉬운 방법은 시속 180킬로미터의 속도로 충각 돌격을 감행하는 것이다.

그 전투에서 우세를 점할 방법은, 정확한 각도와 속도로 선공하는 것이다.

우혁은 웃음이 침처럼 질질 새는 것을 느꼈다.

경직된 뺨이 불규칙적으로 경련하며 이가 딱딱 부딪혔다.

진작부터 넓적다리 안쪽이 뻐근해진 상태였다. 높아진 속도가 차내의 공기를 살짝 앗아가며 귀를 먹먹하게 만들었고, 생맥주 거품에 감싸여 둥둥 떠가는 듯한 황홀감이 살갗을 덮었다. 그러다가도 식은땀으로 축축해진 등판이 그를 현실로 끌어내렸다. 우혁은 깃털 같은 영혼으로 공기와 속도의 일부였다. 땀에 젖은 너절한 몸뚱이였다. 그의 존재는 매초 수만 번씩—비유하자면, 32.768킬로헤르츠로—두 개의 상태 사이에서 진동했으며, 그 진동이 결심을 정련했다. 든든한 대부호를 뒷배로 두고 바카라 테이블에 앉는 기분. 우혁 자신은 아무것도 잃지 않을 수 있었지만 승부는 진짜였다. 왼손으로 핸들을 붙잡은 채 다른 손으로는 좌석 등받이를 툭툭 쳤다. 소년이 목받이 너머로 얼굴을 바짝 붙여왔다.

"안전벨트 매고 가방 꽉 잡아. 충돌하면 바로 산 쪽으로 도망가고."

우혁은 블랙박스에 녹음되지 않을 만큼 작게 중얼거렸고, 잠시 심호흡한 뒤 덧붙였다.

"저것들도 부활시켜줘야 된다. 죽으면 과실 비율 계산에 불리해."

K5를 피하고, 룸미러로 후방을 살피고, 시속 180킬로미터로 주행하면서, 어떻게 그런 말들을 또박또박 늘어놓을 수 있었을까? 무의식의 영역으로 밀려난 와중에도 이성은 계속 과실 비율을 계산하고 있었단 말인가? 도대체 시간이 어떻게 흐르고 있는 것인가(그렇다, 시간은 종말까지의 한정된 기간이다)? K5와 자신의 현재 위치를, 그리고 2초 뒤의 위치를 가늠해보기 위해 고개를 트는 찰나 이마에서 떨어진 땀방울이 상아 당구공만큼이나 묵직한 무게로 팔뚝에 얹혔다. 당구공. 당구공들. 큐대를 맞아 내달리다가 다른 공과 충돌하며 절

묘한 각도로 서로 꺾어지고 다시 달리고 충돌하고 꺾어지다가…… 그것이 까마득한 검은 구멍으로 흘러들어 가 자신의 결말을 찾는 순간은 슬롯머신의 한 줄이 멈추며 7을 띄우는 순간과 동일하다. 그는 온몸의 무게를 실어 가속페달을 밟는 동시에 핸들을 한껏 꺾었다.

우혁은 헐떡이며 아, 아, 아, 하고 외쳤다.

머릿속 슬롯머신의 세 줄이 기적처럼 맞아떨어지며 7·7·7을 띄웠다.

잭팟!

압도적인 속도가 굉음으로 화했다. 제네시스의 전면부가 K5의 운전석을 옆에서 들이박았고, 차벽이 서로의 영토를 침범했으며, 넘쳐흐르는 운동량이 두 자동차의 융합체를 차도 가장자리까지 떠밀어갔다. 철제 가드레일이 바깥으로 휘었다. 우혁은 시간이 느려지며 세계가 움츠러드는 것을 느꼈다. 피를 왈칵 게워내는 순간 앞으로 쏠렸던 몸이 뒤로 홱 젖혀지더니 앞유리가 정오의 햇살처럼 아스러졌고, 에어백은 무수한 빛의 발사체가 되었다. 살갗과 근육을 찢고 나아갈 만큼 견고한 빛. 우혁은 목덜미가 참을 수 없이 간지러워지는 것을 느끼며 왼손으로 스윽 문질렀다. 더운 피가, 여름의 더위가, 엔진룸의 열기가 왼손 주름에 모두 모인 듯하더니 후미에서의 충돌이 생각을 가로막았다. 극상의, 지고의…….

어둠.

휘도는 동전을 향해 뻗는 손이 있었다. 소년의 손이었다. 갑작스럽게도 다른 손이 뻗어나와 소년을 붙들었다. 굵고 억센 손이었다. 조명이 이동하듯 그늘이 슬쩍 물러나며 손의 주인들이 보였다. 건장한 남자가 소년의 어깨에 팔을 두른 채 말하고 있었다. 소리는 들리지 않았으나 무심하도록 너그러운 표정은 방학의 마지막 날까지 숙제를 미룬 아들을 대하는 듯했으며, 지금 당장 놀고 싶은 마음은 이해하지만 더 중요한 일이 있지 않으냐 채근하는 듯했다. 그사이 우혁은 주인 가족의 말다툼을 지켜보는 개처럼 께느른한 기분에 잠겨 있었다.

어디에선가 우렁우렁한 외침이, 누가 두루마리를 펴며 그 인을 떼기에 합당하냐 하고 물었다.

그 누군가가 절박하게 답하기를, 아직, 아직이라고 말했다.

어둠이 한데 모이며 문자로 화했다.

눈앞에 나타난 것은 1999년 4월 7일 자 신문 기사였다. 기사는 IMF 사태의 여파와 세기말적 종말론, 사이비 종교의 창궐을 엮어 다루고 있었다. 천천히 읽어 내려가다 보니 문 열리는 소리가 귀를 두드렸다. 고개가 슬슬 움직이며 새로 들어온 사람을 시야에 담았다. 잘 훈련된 마스티프견처럼, 어깨가 딱 벌어졌고 각진 턱이 뚜렷한 선을 그렸지만 표정만큼은 순

종적인 느낌을 주는 남자—스물네 살의 조강현이었다. 조강
현은 사람 좋은 웃음과 함께 큰 소리로 말했다.

"어르신, 남서윤의 아이가 태어났습니다. 딸입니다. 가서 보
시죠. 이름도 지어주시고요."

"이름은 없는 편이 나을지도 모르지. 마지막 날에 현세의
것들은 다 소용이 없어지니. 기쁨이든 슬픔이든……."

"그렇게 생각하실 수도 있습니다만, 여덟 달이라도 인간에
게는 긴 시간입니다. 부탁드립니다."

"그러면 이름은 세희로 하고, 성씨는 어머니 것을 따서 지
어라. 남서윤은 애를 가진 줄도 모른 채로 여기에 왔으니 아
비 성씨를 물어봐야 아무 소용이 없을 것이다. 나도 곧 가서
볼 테니 먼저 가서 전해라."

"'남세희'군요. 알겠습니다."

조강현을 돌려보낸 후로도 두 눈은 신문을 빤히 내려다보
았다. 이윽고 글자들이 종이로부터 스멀스멀 기어 나와 목제
책상에 스몄다. 검은색 무늬를 얼룩덜룩 덧입은 나무 널판들
이 녹아내리며 표범을 닮은 짐승으로 돌변했다. 열 뿔과 일곱
머리가 있는 짐승, 각각의 뿔에 왕관을 매단 짐승이었다. 그
짐승이 세상 바깥을 향해 내달리며 곰과 같은 앞발을 휘두
르자 연극 무대의 배경이 찢겨나가듯 하늘이 갈라지며 그 뒤
편의 용암과 유황이 드러났다. 또한 짐승이 빚어져 나온 자
리에는 네 개의 책상 다리가 건물의 토대 기둥처럼 남았는데,

다시 보자 포도주 틀이 되어 있었다. 천사들이 땅의 포도나무를 수확해 포도주 틀에 넣고 밟자 피가 강처럼 흘러 거대한 바다를 이루었다.

그 모두가 소년이 알던 이들, 혹은 아직 모르지만 언젠가 알게 될 이들의 피였다.

온 세상 사람 80억의 피⋯⋯.

문득 우레 같은 음성이 들려오더니 천사들이 날아와 일곱 개의 그릇을 기울였다. 그릇 하나가 쏟아질 때마다 사람들의 몸에서 종기가 자라났으며 바다의 모든 생명이 죽었고 강과 샘이 피로 변했다. 이글거리는 태양이 그 피를 말리더니 구름마저 불태웠고, 왕좌로부터 다시 큰 음성이 났다.

다 이루어졌다!

소년은 겁에 질린 목소리로, 아니야, 하고 외쳤다. 슥 웃은 남자가 소년에게서 팔을 뗐다. 소년은 벌벌 떨면서도 최선을 다하려는 듯 한 걸음씩을 내디뎠다. 손이 동전을 붙잡아 뒤집었다. 앞면, 다시 앞면이었다.

◆◆◆

우혁은 눈을 떴다. 우그러진 프레임 너머로 햇빛이 비쳐 들고 있었다. 밤새도록 격렬한 파티를 즐긴 후 열일곱 시간짜리 잠에 빠졌다가 깨어난 듯 노곤했다. 속 깊이 치미는 갈증에 무심코 입술을 핥자 짭짤한 맛과 화장품 특유의 불쾌한 맛이 혀끝에 와 닿았다. 박살 난 디퓨저 병이 주의를 끌더니 쇠비린내와 샌들우드 향의 불균등한 조화가 니치 향수의 새로운 라인업처럼 느껴졌다. 톱 노트는 피비린내, 미들 노트는 탄내, 베이스 노트는 샌들우드 향, 요새 유행은 그런 식인가? 응? 품에서 꺼낸 휴대전화는 액정이 깨졌을 뿐만 아니라 온통 피로 뒤덮여 있었다. 차내 역시 피범벅이었다.

현실적인 긴박감이 신비 체험에서 기인한 고양감을 몰아냈다.

이게 도대체 전치 몇 주짜리야?

병원비는?

하지만 몸을 살펴본바 유리 파편에 찢긴 목덜미가 흉터 없이 아물었을 뿐만 아니라 그 흔한 근육통조차 없었다. 기적이 실존한다는 사실에 의기양양해진 우혁은 차 문손잡이에 손을 얹었다. 차내를 벗어나자마자 질펀한 여름 공기가 몸을 감쌌다. 날카로운 절정의 순간으로부터 한 발짝 멀어져 후회를 맞이하는 기분이었다. 차 밑 어스레한 곳에서 엔진 냉각수가 뚝뚝 떨어지고 있었다. 냉각수와 휘발유와 피가 뒤섞여 만들어진 웅덩이는 무지갯빛이 감도는 액체 루비 같았으며, 합일(合一)의 에너지로부터 빚어져 나온 생명처럼도 보였다. 피로 찍힌 발자국이 그 웅덩이에서 출발해 가드레일 너머로 향하고 있었다.

우혁은 변형된 가드레일 바로 앞에 서고서야 자신이 산등성이가 아니라 교각을 지나오고 있었음을 깨달았다. 자칫했더라면 30미터 아래의 개천으로 떨어질 뻔했던 것이다. 그는 물줄기 양옆의, 밭과 컨테이너 주택과 비닐하우스가 있는 한적한 마을을 내려다보면서 소년이 지금쯤 어디를 지나고 있을까 곰곰이 생각해보았다. 그러다가 퍼뜩 정신을 차리고 주변을 둘러보았다. 갓길로 물러났던 운전자들 중 일부가 여전히 그곳에 남아 휴대전화를 만지작거리는 중이었다. 개중에는 좀비라도 만난 듯한 표정으로 우혁을 빤히 바라보는 중년이 한 명 있었다. 곧바로 그 수가 세 명으로 늘어났다.

우혁은 손을 흔들어 팬 서비스라도 해줄까 싶었지만 마음을 고쳐먹었다. 지금은 충돌 현장에 집중할 시점이었다. 제네시스가 K5를 측면에서 들이받으며 가드레일까지 밀어붙였고, 검은색 그랜저는 제네시스 후미에 머리를 파묻은 상태였다. 우혁은 소년의 은총이 그들에게도 닿았으리라 확신했지만 새천년파 운전자와 대면하려니 껄끄러웠다. 그래서 일단 그랜저의 운전석 창문을 툭툭 두드려보았다. 잠시 아무 반응이 없더니 차창이 천천히 내려갔다.

그랜저 운전자의 얼굴을 확인한 우혁은 무심코 중얼거렸다.

"경찰 아니었네."

일전에, 소년이 학원으로 도망 왔을 때 내부 수색을 요구하던 경찰 중 하나였다. 그때도 사칭범일 거라고는 짐작했지만 이런 자리에서 재회하다니 생뚱맞았다. 상대도 어처구니가 없기는 마찬가지인 듯했다. 남자는 고통스러운 표정으로, 한 동안 숨을 몰아쉬더니 토해내듯 외쳤다.

"이런 젠장, 도대체 어떻게 걸어 다니고 있는 거야?"

"예?"

"피가 철철 나잖아."

"피가 좀 많이 나긴 했죠. 그래서, 혹시나 해서 미리 말씀드리는 건데……."

지금 이 말을 꺼내는 게 옳은 판단인가?

하지만 이 자리에서 요세푸스와 바르 코크바 이야기를 늘어놓을 수는 없다.

종말론적 비전 이야기는 더더욱 안 된다.

우혁은 자신의 존재가 세상 앞에 초라해지는 것을 느끼며 수줍은 태도로 말을 이었다.

"사실 제네시스가 아버지 차인지라 사정을 말씀드려야 하는데, 휴대폰이 고장 나서 연락이 안 되네요. 보험도 아버지 거로 적용받아야 하는 상황인데 그쪽 담당자 연락처도 모르고요. 이거 보험 처리랑 손해배상이…… 아니, 솔직히 이게 제 잘못 아니라는 거 아시겠지만 아무리 그래도……."

그리고 할 말이 없어서 멋쩍은 듯 헤헤 웃었다.

입에서 짠맛이 났다.

#3
이미 그리고 아직

Already but not yet

그랜저 운전자와 본격적인 대화를 시작하기도 전에 갓길로 물러나 있던 중년 무리가 다가왔다. 119에 연락했으니 일단 앉아서 기다리라고, 상태가 심각해 보이는데 무리할 필요 없다고 했다. 우혁은 자신이 멀쩡하다고 주장했지만 중년들의 입장은 확고했다. 대형 사고를 겪은 직후에는 뇌가 천연 마취제를 분비하므로 고통에 둔감해진다는 거였다. 그 정도로 피를 흘렸는데 멀쩡할 리가 있냐고도 했다. 보편 상식과 기적 사이의 괴리를 재인식한 우혁은 난간을 향해 털레털레 걸어간 뒤 그대로 주저앉았다. 그리고 돈 문제를 곰곰이 짚어 보았다.

직전의 카타르시스가 거짓말처럼 희미해지더니 헛웃음이 실실 나왔다.

자차와 대물은 둘다 전손이니 과실 비율이 중요했다. 응급실에 실려 가자마자 근육통과 관절 비틀림을 호소해야겠다는 계산이 섰다. 전치 4주라도 얻어내야 했다. 그러나 최종적인 관건은 자동차 보험이 아버지 명의이며 자신은 그 보장 내역을 정확히 모른다는 데에 있었다. 부모님께 이 사태를 어떻게 설명하나 싶은 생각에 등줄기가 서늘해졌고, 상가 부동산을 지나며 얼핏 보았던 매물 사진들이 주마등처럼 눈앞에 휘돌았다. 개포주공 6단지 아파트의 28평형 전세가가 얼마였던가? 5억 5천에서 6억 사이. 만약 자신의 과실 비율이 과반으로 집계될 경우 손해배상액은……

우혁은 부모님의 노후 대비 수준을 검토했고, 아버지가 못난 아들놈을 위해 전세 자금을 빼진 않으리라 판단했으며, K5에게 과실 비율을 떠넘길 방편을 고민해보았다. 목격자들이 K5의 위협 운전을 증언해주더라도 먼저 들이받은 쪽은 자신이었다. 게다가 이 사고에서 그랜저는 순전한 피해자 포지션이기까지 했다. 합의를 유리하게 이끌어나가기 위해서는 임시로나마 조강현 측과 손잡을 필요가 있을 듯했다. 그런데 그게 가능할까? 소년이라는 변수가 어떻게 작용할지 판단이 안 섰다.

거기까지 생각한 순간 중년들이 가까이 다가와 물었다.

"다친 사람한테 미안한데 하나만 물어볼게요."

"예?"

"같은 차에 있던 남자애가 난간 저 밑으로 뛰어내렸어요.

너무 한순간이라서 우린 말리지도 못했는데…… 떨어진 흔적이 없지 뭐예요. 우리가 단체로 헛것을 봤나, 괜한 걱정을 하고 있나 해서……."

잠시 고민하던 우혁은 의기소침한 목소리로 중얼거렸다.

"잘 모르겠어요."

"동승자가 있었던 건 맞지요?"

"그것도 잘……."

고개를 설레설레 내저으면서, 우혁은 앞으로 자신이 이 대답을 무수히 반복할 것임을 직감했다. 잘 모르겠다는 것 외에 어떤 해명이 가능하단 말인가? 당신네들의 몸이 포도주틀 안에 쑤셔져 들어가 피바다를 이루는 것을 보았다고? 혹은 요세푸스와 바르 코크바의 환생─그것을 환생이라 부를 수 있다면─인 누군가가 30미터 아래로 도망쳤다고? 충돌 전 10분간의 블랙박스를 제출하며 K5 운전자의 돌발 행동을 규탄하고, 다른 문제에 대해서는 입을 다물어버리는 게 최선일 터였다.

그렇게 구급차가 왔으며 경찰도 왔다. 질문을 몇 가지 듣긴 했으나 그 내용은 의식이 남아 있는지, 신상 명세가 어떻게 되는지, 가족 연락처를 기억하는지 체크하는 선에서 그쳤다. 피범벅이 되어 웅크린 사람에게 깊은 이야기를 듣기는 어렵다고 판단한 모양이었다. 따라서 정황 설명은 중년들의 몫이 됐고, 우혁은 안심했다. 본격적인 법정 송사가 시작되기 전까지는, 최소한 지금 당장은 응급실에 누워 쉴 수 있었다. 진상을 궁금해하는 사람들을 환자 명패 뒤편에 떼어놓고서…….

그러나 상대가 부모님이라면 이야기가 달랐다.

연락을 받고 응급실로 달려온 부모님은 아들을 보더니 복잡 미묘한 표정을 지었으며 그의 생환이 수사학적 의미에서가 아니라 문자 그대로의 기적일 수 있음을 인지했다. 소년의 존재를 알지 못하는 상황에서도, 거의 본능적으로. 그러나 상식과 어긋난 직관은 인지 부조화를 불러오기 마련이다. 다섯 시간 후 퇴원해 집으로 돌아간 우혁은 회수된 블랙박스 영상과 〈교주를 죽여라〉를 교차 재생하며 신성의 존재를 논증했다. 백운산 계곡 이야기도 빼놓지 않았다. 어머니는 깊은 한숨을 내쉬었다.

"새천년파인지 뭔지에는 언제부터 몸담았던 거니?"

"종교 생활은 해본 적이 없는데요. 저는 있는 사실만 이야기한 겁니다. 차량은 사실상 전손에 온통 피범벅인데 운전자는 멀쩡하다는 게 과학적으로 말이 안 되지 않습니까. 그리고 새천년파는 제가 아니라 위협 주행을 한 쪽입니다."

우혁은 고개를 수그리면서도 기본적인 대전제는 양보하지 않았다. 양보할 수가 없었다. 그는 최선을 다해, 자신이 망나니로 살아오느라 바빴던 까닭에 종교적 열정에 심취할 여력이 없었음을 강변했다. 마뜩잖은 표정으로 우혁을 노려보던 아버지가 입을 열었다.

"재림 예수가 사실은 한국인이고 부활의 기적도 실존한다고 치자."

"예, 정말로 있습니다."

"하지만…… 교재를 가지러 파주에 간다고 했지 않나!"

여기서부터는 항변이 불가능했다. 우혁은 자업자득의 무게를 절감하며 쏟아지는 비난을 감내했다. 아버지 친구들의 자식들, 얼굴도 이름도 모를 30대 청년들의 커리어가 〈마태복음〉의 첫 페이지처럼 줄줄이 이어졌다. 누구는 20대 초반부터 해외 금융사에 취직해서 잘나가는 채권 딜러가 되었으며, 누구는 의사인데 투자에도 재능이 있어서 서울 아파트가 벌써 다섯 채라고 했다. 그림 하나를 1억 5000만 원에 팔아치울 만큼 평단의 주목을 끄는 화가도 있었다.

"그런데 너는……."

하지만 아버지, 현세의 모든 영광은 종말 앞에 아무 의미가 없단 말입니다…….

아버지는 한동안 원색적인 모욕을 가하더니 그만 입을 다물었고, 거실 장식장에서 위스키 병을 쥐어 들고 서재로 들어갔다. 우혁에게서 천천히 고개를 돌린 어머니는 거실 텔레비전에 전원을 넣고 소파에 웅크려 앉았다. 봐야 할 방송이 있다기보다는, 일상의 한 구간을 흉내 냄으로써 무탈한 환상으로 침잠하려는 듯했다. 더없이 냉랭한 분위기 앞에서 우혁은 변명하듯이 자문했다. 내가 도박중독자가 아니라 대기업

직원이었더라면 반응이 달랐을까?

그는 당신들께서 이렇게 환멸할 수 있는 것마저 자신의 공헌이라 소리 높여 말하고 싶었다.

내 인생이 망했으니 망설임 없이 액셀을 밟을 수 있었던 것이고, 액셀을 밟아서라도 소년을 구했기 때문에 대환난이 미뤄진 겁니다!

〈계시록〉에 묘사된 장면들을 직접 목격하고서도 소년이 도망치는 예수가 아니라 믿기는 불가능했다. 소년을 설악산까지 태워준 것은 실제로 지옥의 가장 뜨거운 곳에 떨어질 대죄일 터였다. 우혁은 결단을 후회하지 않았지만 자신으로 인해 종말을 불러올 기회가 저지되었다는 인식에는 막연한 불안을 느꼈다. 몹시 중요한 것을 놓쳤다는 사실만큼은 명백한데 그게 정확히 무엇인지 알 수 없을 때의 기분.

그는 왁자지껄한 텔레비전 소리가 곧장 공기 중으로 흩어지는 것을 느끼며 방으로 들어갔다. 고장 난 휴대전화에서 빼낸 유심 칩을 구형 공기계에 끼워 넣으려는데 손이 잘 움직이지 않았고, 그림자마저 동작에 맞붙지 못하는 듯했다. 내일은 멀쩡히 출근하겠다는 것이 현실적으로 가능한 목표인지 아닌지 종잡을 수 없었다. 현실이 무엇인지부터가 의아스럽기도 했다. 눈 감고 잠을 청하는 것이 최선인 듯했지만 그게 최선이라면 자신은 정말로 최악의 상황에 놓인 셈이었다.

제자리를 뱅뱅 맴돌다가 휴대전화를 주머니에 쑤셔 넣고

밖으로 나갔다. 막연한 걸음을 옮기다 보니 의식의 흐름이 시야를 추월했다. 물때 긴 아파트 복도, 철제 울타리와 나무들로 구획 지어지는 아파트 단지, 개포동의 오른쪽, 서울의 아래편, 한반도의 중앙, 아시아의 한 귀퉁이, 온 땅, 세계, 세계 바깥. 문득 죽음의 순간 보았던 비전이 되살아났다. 분명히 신호등이 바뀌기를 기다리면서 붉은 원을 뚫어져라 노려보던 중이었다. 그 붉음이 제자리에서 몇 차례 휘돌더니 도로를 향해 왈칵 쏟아져 나왔다.

우혁은 뻣뻣이 굳은 목을 가까스로 움직여 주위를 둘러보았다. 개포동역 바로 앞 사거리는 유리 조각이 비죽비죽 솟아 파도 같은 형상을 이루며 그 골짜기 사이사이로 불길이 내달리는 형상이었다. 불길 한가운데에 선 여자. 여자의 얼굴은 **시간을 넘나들며** 점차 어리게 변해간다. 환등기의 슬라이드 필름을 펼쳐놓은 듯 서로 다른 시간 속에 더불어 존재하는 여자들. 손잡은 여자들이 시야 저편으로 사라지더니 목소리들이 두런두런 들려오기 시작한다.

"그랬다가는 면목이 없게 돼. 원칙은 원칙이야. 죽음은 정말로 아무것도 아니야……."

"죽음에 슬퍼해본 적이 있나? 사랑에 기쁨을 느낀 적은? 당연히 없겠지. 너한테는 차와 아파트가 필요한 것과 같은 방식으로 가족이 필요했던 거야. 하지만 고칠 수 없게 된 차는 당장 폐차해야지. 병적인 자아도취자……."

"거기까지만 해. 값은 충분히 치렀어⋯⋯."

"그 여자 앞에서도 똑같이 말해보지 그래. 하는 김에 저 애한테도⋯⋯. 애야, 네가 지금 죽어야 하는 이유는 사실⋯⋯."

색조와 채도가 제각기 다른 사진들을 타일 삼아 만들어진 거대한 모자이크화가 갓난아이의 형상을 그린다. 얇은 담요 같은 살가죽이 뼈를 가까스로 덮었고 두개골은 일그러진 알루미늄 캔보다 연약해 보인다. 짤따란 머리카락에만 윤기가 흐르는데 다시 보자 파리 떼가 더덕더덕 붙어 피를 빠는 중이다. 아이의 입이 벌어지지만 울음소리는 들리지 않고 도리어 가없는 침묵이 사방에서 밀어닥친다. 어떤 소리도 들리지 않는 가운데 녹색 군용 트럭이 사거리에 멈춰 서고, 군인들이 들리지 않는 구령을 내지르며 행진해가는 와중 허공에서 폭죽처럼 죽음이 내려앉고, 한강 변에서 드론을 날리며 노는 아버지와 소년, 다시 보자 폭죽은 에네웨타크 환초 위에서 버섯 모양 구름을 그리며 폭발하는 중이고, 격렬한 진동이 땅에 울리더니 살갗이 녹아내린 주검들이 죽음조차 잊은 듯 도시 한복판을 걷고, 아주 천천히, 다시 어린아이들이 보이기 시작한다. 태어나 자라고 죽어가는 아이들. 남자는 사지가 기묘한 각도로 뒤틀린 여자아이를 조심스레 들어 옮기고 (가느다란 목이 팔 너머로 꺾이듯 기울어진다) 우혁은 네댓 발짝 떨어진 자리에서 그 뒷모습을 지켜본다. 문득 힘 풀린 손이 물건을 놓치듯 아이의 눈꺼풀이 스르르 벌어지며 충혈된 눈동자를 드러내더니 그 상태로 굳어 멈춘다. 맨들맨들한 암회색 포석에 뚝뚝 떨어지는 핏방울. 건물에는 불이 거의 꺼져 있고, **지금 시간이……** 시간을…… 몹시도 큰 음성이 흙과 돌과 강철과 순금을 밀어내며 온 사방에 울렸다.

"가서 하느님의 진노를 땅에 쏟아라!"

그러자 하늘을 찌를 듯 솟은 마천루들의 수천 개 창문, 그 수천 개 창문에서 번쩍이던 수백만 개의 조명들이 유성우로 변해 쏟아졌다. 발밑의 땅이 흔들리며 벌어지더니 까마득한 어둠을 향해 열렸고 직진하던 자동차들이 일제히 뒤로 미끄러지기 시작했다. 소란의 복판을 꿰뚫는 응급차 사이렌 소리. 저 응급차는 여자아이를 데리러 가는 중일까? 혹은 나를? 떨어지는 별의 꼬리가 우혁을 낚아챘다. 그는 산 채로 타오르는 육신을 느끼며 숨을 몰아쉬었다. 한참을 헐떡였지만 장소는 여전히 횡단보도 앞이었고 사이렌 소리라 착각했던 것은 휴대전화 벨소리였다. 시간은 10시 40분. 전화를 받자마자 김 형이 불쑥 물었다.

"야, 이 새끼야. 일이 어떻게 됐길래 이제야 연락을 받아. 진짜 죽었나 싶어서 다섯 번도 넘게 전화했다. 사고라도 났냐?"

높다란 산등성이를 굽이굽이 돌아오다가 드디어 평지로 내려갈 때처럼 머리가 아찔해지더니 감각이 한순간에 밀려 들어왔다. 도시의 소음이 불 꺼진 거실의 그림자마냥 우혁을 감쌌고, 그는 느릿느릿 숨을 골랐다. 고개를 두리번거리면서 건

물과 도로와 자동차들이 여전히 그 자리에 있음을 확인하기도 했다. 경직된 어깨 근육이 동작마다 의식되었다.

"사고, 났어요. 아주 크게요."

"저녁은 먹었고?"

"낮부터 아무것도 못 먹었어요."

"하여간 손 많이 간다. 지금 어디야? 집? 병원? 경찰서?"

우혁은 힐끔 뒤를 돌아보았다.

"개포동역 5번 출구요. 급한 일은 다 처리했어요. 지금은 한가해요."

"근처네. 이자카야 주소 찍어줄 테니까 올 수 있으면 걸어와라. 나도 15분쯤 뒤에 퇴근할 것 같다."

◆◆◆

이자카야까지는 40분가량 걸렸다. 그동안 우혁은 자신이 정신증의 마수에 사로잡혔을 가능성과 환각에 진실이 담겼을 가능성을 견주어보았다. 바로 이 자리에서 새천년파에게 납치당할 가능성에 대해서도. 이런저런 가능성들은 각각의 이유로 치명적이었으며 각각의 이유로 터무니없게 느껴졌다. 다만 휴대전화를 꺼내 보자 중년들 중 하나에게서 메시지가 와 있었으므로, 우혁은 첫 번째 가능성을 목록에서 지웠다. 혹시 모르니 사고 현장 사진을 보내달라고 부탁했던 것이다.

쨍한 햇볕 아래 요트블루색 K5와, 구형 제네시스와, 검은색 그랜저가 뒤엉킨 모습은 운행 도중 레일이 무너져버린 롤러코스터 놀이기구를 연상시켰다. 처참한 동시에 우스꽝스러웠고 비현실감마저 느껴졌다. 제네시스 밑에 고인 피 웅덩이를 보자 당시의 전율이 희미하게나마 되살아났지만 몸에 불을 붙일 정도는 아니었다. 이 상황에서 정욕에 빠져드는 것은 부적절할 뿐만 아니라 염치없는 일처럼 느껴졌다. 그는 자신이 어떤 남자의 몸뚱이를 개포동역에서 이자카야 앞까지 옮겨다 주는 짐꾼이라고 상상하며 묵묵히 걸음을 옮겼다. 김형은 가게 옆 골목에서 전자담배를 피우고 있었다.

"의외로 멀쩡하네? 사고 크게 났다길래 팔 하나쯤 부러졌을 줄 알았는데."

"지금 그게 문제예요. 죽어야 하는데 멀쩡해서."

우혁은 들어가서 이야기하자며 엄지로 이자카야 간판을 가리켰다. 카운터 직원에게 룸이 있느냐 묻자 직원은 2층으로 둘을 안내했다. 김 형이 메뉴판을 확인하고 사시미를 주문하는 동안 우혁은 주변 인테리어를 살폈다. 과민한 반응이라고는 생각했지만, 새천년파 열심당원이 뒤따라왔을 가능성을 배제하기 어려웠던 것이다. 룸은 회색 소파 두 개가 목제 테이블을 사이에 둔 채 마주 보는 구조였다. 소파 등받이 위에 덧대어진 세 뼘 길이의 널판이 칸막이로 기능하며 각각의 룸을 구획 짓고 있었다. 방음을 염두에 둔 설계가 아닌지라

복도 측 미닫이문을 닫자 앞쪽과 뒤쪽 룸에 자리 잡은 손님들의 목소리가 보다 뚜렷이 들려왔다. 한 무리는 방학을 만끽하는 대학생들이었고 다른 무리는 허랑방탕한 삶에 일가견이 있는 중년들이었다. 더 의심할 필요는 없을 듯했다. 우혁은 휴대전화를 꺼내 사고 현장 사진을 보여주었다.

"이 새끼가 밥 먹는 자리에서 이런 걸……. 야, 잠깐만. 이게 사고 현장이야?"

"제네시스 밑에 검은 웅덩이 보이죠. 그거 다 피거든요."

"그런데 내 앞에서 이러고 있는 거야?"

"솔직히 얼떨떨해요. 처음 부활했을 때보다 훨씬 묘한 기분이야. 백운산 계곡에서 되살아났던 건 상황이 상황이다 보니 신비 체험 했다 치고 넘어갈 수 있는데, 이번에는 목격자도 여럿이고 경찰 접수까지 됐거든요. 국가한테 기적을 공인받는 느낌이라고 해야 하나…….

"경찰은 뭐래?"

"일단 현장 조사한 다음 사건 접수 들어갔죠. 추가 조사 일정은 담당 경찰분이 연락 주신대요. 블랙박스는 SD카드만 빼놓고 제출은 안 한 상태고요. 사고 일어나기 전까지 부활이니 뭐니 실컷 떠들어놔서, 영상 파일에서 그 구간은 자르고 보낼 생각이에요. 그리고 내 생각엔 쌍방 과실로 잡힐 것 같거든요. K5 측이 먼저 위협 운전 하는 상황에서 내가 실수로 갖다 박은 거라서."

"실수 맞아?"

김 형이 아무렇지도 않게 정곡을 찔렀다. 우혁은 슬슬 시선을 피했다.

"세상에 어떤 미친놈이 그런 사고를 일부러 내요. 실수 맞으니까 모츠나베도 시켜줘요. 죽었다 살아나서 그런가 몸이 허하네."

"며칠 내내 근태도 엉망인 새끼가 이것도 시켜달라, 저것도 시켜달라야. 명령하는 게 아주 습관이 되어 있어. 그럴 거면 네가 학원장 해라."

"주시면 감사히 받죠. 법무사는 제가 알아볼 테니 명의 이전 서류만 준비하시면……."

"이 미친놈이 굽힐 줄은 모르고."

혀를 찬 김 형은 주문한 음식이 올 때가 됐다는 듯 미닫이문을 빤히 바라보았다. 10초가 채 지나기도 전에 문이 스윽 열리며 철제 카트가 모습을 드러냈다. 점원은 카트의 중간층에서 사시미 접시를 꺼내 탁자에 올린 뒤 다음 룸으로 이동하기 위해 뒷걸음질했다. 김 형이 손짓해 점원을 멈춰 세웠다.

"사쿠라 준마이 한 병이랑 모츠나베 추가요. 참이슬도 한 병."

"사쿠라 준마이와 참이슬 한 병씩, 그리고 모츠나베 추가 확인했습니다."

점원은 주문을 반복해 읊고는 물러났다. 우혁은 걱정을 섞어 물었다.

"술 마시게요? 형은 내일 오전 타임부터 강의 있지 않나."

"안 마실 거면 이자카야에 왜 오냐. 하도 정신이 없어서 주문을 까먹은 거지……."

"그래도 혼자 마시기에는 많지 않겠어요? 나 술 거의 안 마시는 거 알잖아."

"남으면 싸 갈 거니까 걱정 말고. 넌 발등에 불 떨어진 주제에 자기 관리 잘하는 사회인한테 참견질이야. 목격자들 입단속은 제대로 했어? 조만간 인터넷에 목격담 올라올 것 같거든. 제목은 양양고속도로 의문의 교통사고…… 내용은, 죽을만큼 다친 사람이 멀쩡히 살아서 돌아다닌다. 이상하다."

"그러면 오히려 좋죠. 새천년파인지 뭔지 제정신 아니에요. 사람 하나 죽이려고 고속도로에서 자폭 돌격을 하던데, 차라리 관심이라도 끌어놔야 억제가 될 것 같아."

"새천년파?"

그제야 우혁은 김 형이 자세한 사정을 모른다는 사실을 기억해냈고, 대강이나마 설명을 마친 뒤 〈교주를 죽여라〉의 하이라이트 구간을 재생했다. 이도유의 얼굴이 소년과 동일한 것을 확인하자마자 김 형의 미간이 좁아졌다.

"혹시 어제 대치사거리 교통사고도 얘네랑 관련 있는 거 아니야?"

"직접 물어본 부분이 아니라 확실치 않은데, 가능성이야 충분하죠."

"일은 제대로 할 수 있겠냐? 학원 앞에서 칼부림 날까 걱정된다만."

"안 그래도 그 얘기 하려 했는데, 당분간은 재택으로 돌리는 게 맞을 것 같아요. 경찰대 기출문제에 해설 달고, 주간지 교재 만들고 이런 건 컴퓨터만 있으면 어디서든 가능하니까. 논술 답안 첨삭처럼 직접 종이에 해야 하는 건 밤중에 들러서 처리하고요. 납치를 당하든 칼에 찔리든, 애들 눈은 피할 수 있게. 스페어 강의야 주중에 해야겠다만 한 주에 목요일 한 번뿐이고……"

"너 지금 본가에서 지내는 중이지? 부모님이 보면 한 달 만에 잘린 줄 알겠다."

"부모님 관련해서는, 그게 문제가 아니에요. 사고 난 게 아버지 차거든요. 솔직히 내가 이 처지에 제네시스가 어디서 나요. 빌린 거지."

"좆 됐구나."

김 형은 그 한마디로 우혁의 상황을 갈음했다. 가히 명쾌한 요약인지라 덧붙일 말도 떠오르지 않았다. 모츠나베와 술 두 병이 도착한 뒤로도 룸은 한동안 침묵에 짓눌려 있었다. 상황이 이럴진대 맛이 느껴진다는 게 신기할 지경이었다. 테이블에 오른 메뉴를 모두 합하면 10만 원이 넘던가? 우혁은 비싼 음식은 돈값을 하기 마련이라 생각했고, 식충이보다 못한 보조 강사를 위해 턱턱 지갑을 열어젖히는 여유에 감사함과

부러움을 느꼈다. 그리고 환상의 내용과 어제 점심때 보았던 시사 뉴스를 겹쳐 보았다. 80억 명의 절반가량은 식상한 비참에 시달리고 있지만 자신은 한 접시에 65,000원인 사시미를 즐기는 중이고, 그럼에도 불구하고 삶은 자신에게 좋지 않은데, 주변 사람들은 지금의 세상을 그럭저럭 기꺼워하는 듯해서 우혁은 기분이 이상해졌다. 그는 떠오르는 대로 말하기 시작했다.

"소고기다타키도 먹고 싶은데. 새우튀김이랑. 콜라도 한 캔."

"대형 사고를 친 새끼가 뭘 잘했다고 계속 메뉴를 추가해."

"잘한 거 있어요. 아까 낮에 아마겟돈이 올 뻔했단 말이야."

"소고기가 먹고 싶다는 거야, 종말론 이야기를 하고 싶은 거야?"

"종말론요. 〈요한계시록〉에 보면 천사들이 포도주 틀을 밟으니까 피가 막⋯⋯. 운석이 떨어지고, 도시가 쪼개지고, 물고기가 다 죽고, 사람들은 병에 걸려서 픽픽 쓰러지고, 전쟁 나고, 형도 이거 다 알죠. 내가 형 목숨 구해준 거야. 형이랑, 형네 학원에 다니는 애들이랑, 강사들이랑, 박 선생이랑, 그런데 박 선생 이 개새끼는 논리력도 딸리는 주제에 나만 보면 시비를⋯⋯."

말하다 보니 설움이 복받쳐 올라왔다. 우혁은 이를 질끈 악문 채 어깨를 부들부들 떨다가 엔가와를 두 장 겹쳐 간장에 찍었다. 김 형이 그 모습을 보더니 혀를 쯧쯧 찼다.

"얘는 술도 잘 안 마시는 놈이 항상 취해 있는 것 같아. 미친 소리 하지 말고, 메뉴 추가해줄 테니까 조용히 먹기나 해라."

우혁은 소고기다타키와 새우튀김과 콜라를 먹었고 종말론 이야기도 했다. 핵심만 간추렸지만 김 형은 별다른 부연 설명 없이도 잘 이해하는 기색이었다. 그도 그럴 것이, 신학에 대한 이해도만을 놓고 따진다면 대치동 논술 강사의 평균이 교회 신도의 평균을 상회할 공산이 컸다. 칸트든 헤겔이든 대륙 철학자들의 사상에서 신학의 영향력을 제하기란 불가능했던 것이다. 그는 자신이 겪은 환상들에 대해서도 털어놓았다.

"그러니까 나는…… 내가 잘한 건지 모르겠어요. 얌전히 붙잡히는 게 맞았나 싶고 그래."

"이 새끼가 어려운 걸 묻네. 내가 종말론 이야기를 안 하려던 이유가 다른 게 아니야. 기적이 존재한다는 걸 알게 된 것만으로도 머리가 터질 것 같은데, 그것까지 고민하기 시작하면 진짜 내일 강의를 못 나갈 것 같아서 그래. 그런데 이왕 말이 나온 김에 정리해보자. 재림 예수가 한국인이고 한국 시간 기준으로 1999년 12월 31일에 심판이 시작될 예정이었다. 그런데 예수가 할 일을 안 하고 도망 다니는 중이라서 세상이 이렇게 엉망진창이다, 이거지? 질병, 기아, 전쟁, 뭐 그런 거……."

"대충 그렇죠."

"왜 안 하고 있는 걸까?"

"무서워서?"

"네가 본 환상이 모두 옳다는 전제하에 생각해보자. 80억
명의 피가 보였다고 했지. 천사들에게 심판받는 인간이 80억
명 모두일 수 있다……. 그건 굉장히 문제적이지. 구원이라
는 건 원죄 개념이랑 짝패잖아. 예수가 인류의 원죄를 대속
했는데, 정작 예수가 도망치는 중이다. 그러면 대속이 무효로
돌아간다. 결국 가톨릭이든 장로교회든 정교회든 교파를 가
리지 않고 죄다 지옥에 가게 된다."

"비약 같은데요. 하느님이 그렇게 극단적일 리도 없고. 예
수 강생 전에 태어난 사람들이 구원받을 수 있듯이, 대속이
무효로 돌아가더라도 가능성은 있다……. 난 그렇게 생각하
거든요."

"그런데 하느님 원래 극단적이고 인간들한테 별 관심 없잖
아. 아니야? 성경을 문자 그대로 읽고 현실에 적용하면 진짜
하자가 많아서, 이거저거 덧댄 게 신학이잖아. 아우구스티누
스가 《신국론》을 쓴 이유가 뭐야. 고트족 이교도들이 로마를
약탈하는데 하느님은 아무 은혜도 내려주지 않으신다. 왜냐.
말도 안 되는 상황을 설명하려니까 혀가 길어진 거지. 난 배
운 대로 말하는 거야. 너도 알겠지만 이거 굉장히 고전적이고
전통적인 해석이야."

"고전적인 이단과 전통적인 신성모독의 중간쯤인 것 같은
데요. 약간 마르키온과 켈수스를 섞은 스타일의……. 그런데

그렇다 처도, 지금 지적한 부분은 결국 사후적인 거죠. 예수가 도망치고 있기 때문에 죄가 계속 불어나고, 그 불어난 죄로 인해 종말이 계속 미뤄지게 된다. 미뤄질수록 그 상황이 극심해진다. 그래서 두렵다. 여기까진 나도 오케이야. 그런데 나는 좀 다른 게 궁금한 거죠."

두 차례의 환상에는 해석이 용이한 부분과 아닌 부분이 뒤섞여 있었다. 〈계시록〉의 내용을 본 뜬 것, 각종 재난과 참상을 나타내는 것들은 눈에 들어오는 그대로 받아들이면 그만이었다. 그러나 개포동역 앞에서 마주한 광경은 아무리 생각해도 묘했다. 원칙과 면목에 대한 이야기, 비난, 그리고 관절이 비틀려 죽은 아이…… 언뜻 생각하자면 집단 자살 사건의 한 대목인가 싶었지만 그렇다기에는 정황이 맞물리지 않았다. 당시 새천년파 소속 미성년자는 모두 살아남았으며, 아이가 그렇게 다칠 만한 상황은 전혀 없었다. 게다가 가족에 대한 언급은 사건과 완전히 무관해 보였다.

"애당초 도망치기로 결심한 게 1999년의 일이 맞느냐, 사실은 그냥 2,000년 내내 도망치고 있었던 게 아닌가, 그러면 처음에는 왜 도망쳤는가. 한편 1999년 이전과 이후에는 무슨 일이 있었는가. 계속 산에만 있었던 게 아니라 사람들이랑 교류했던 모양인데 정확히 어떤 식이었는가."

"내가 거기에 대고 무슨 대답을 해. 당사자가 있을 때 직접 물어봤어야지."

"자기는 예수가 아니라길래 그냥 믿었죠, 뭐."

"태연하게 남을 속여먹는 새끼가 그런 건 무턱대고 믿어. 도대체 넌 뭐가 문제일까?"

"문제 많죠. 너무 많아서 짚을 수가 없죠."

우혁은 기어들어가는 목소리로 중얼거렸다. 그렇게 말해놓고 보니 자신이 정말로 이상한 질문을 했다는 자각이 들었다.

"알면 됐다. 그런데 재림 예수를 죽이면 심판이 시작된다는 건 새천년파 주장이잖아. 걔가 난간 밑으로 떨어졌는데 아직 멀쩡한 거 보면, 다른 조건이 있는 거 아니야?"

"뭐가 어쨌든 새천년파는 우리보다 더 잘 알지 싶은데요. 같이 지냈던 시간이 1997년 2월부터 1999년 12월까지면, 거의 3년. 3년이면 이거저거 알아내기에 충분하죠. 그 후로도, 이도유랑 만났던 사람들 괴롭혀서 얻은 정보도 있을 테고요."

"그래서 양양고속도로 한복판에서 교통사고를 내려 했다?"

"그게 아니면 설명이 되나요."

"나는 목적 자체가 잘 이해가 안 가네. 기껏 사이비 종교 차렸으면 부동산 사업에 노동 착취까지 하면서 호의호식하는 게 정석인데, 돈 안 될 짓만 골라 하고 있다는 게."

"일종의 정의감이라고 봐요. 우주적인 선행이라고 해야 하나."

"누구 좋으라고?"

"지구 반대편 사람들 아닐까요. 한국이야 선진국 됐다 쳐도 다른 나라들은 상황이 다르니까."

"심판이 시작되면 대환난부터 오잖아. 잘살던 사람들은 망하고, 사정 나쁜 사람들은 더 나빠지는 거 아니냐."

"빚 갚기 무섭다고 계속 이자만 내고 있을 수는 없는 이치라고 보는데요. 80억 명이 싹 지옥에 갈지, 일부는 구원받을지 하는 문제랑은 별개로……."

"그런가."

김 형은 잠시 뜸 들이더니 훨씬 가라앉은 목소리로 말했다.

"야, 그래도, 솔직히 말해서, 대환난은 내가 죽은 다음에 왔으면 좋겠다. 지구 반대편 사람들이야 안타깝긴 한데 살아 있는 동안에는 안 겪고 싶어. 사실은 죽은 다음에도. 심판 전까지는 천국 갈 사람이든 지옥 갈 사람이든 가만히 잠들어 있는다고들 하니까…… 이번 일은 잘한 거 맞아."

우혁은 문득 이것이 새천년파 집단 자살 사건의 전말이 아닌가 생각했다. 녹화 영상에서 스스로 밝히기를, 이도유는 천국행을 약속하기 위해서가 아니라 짧은 현세의 삶을 돌보기 위해 그곳에 있었다. 소년은 구원이 불가능한 목표라는 사실을 진작부터 알았던 것이다. 그래서 그는 시한부 환자를 마주한 호스피스 직원처럼 미혼모와 걸인과 병자와 고아를 돌보다가, 마지막 순간 결단을 미뤘다. 그러나 서른두 명의 추종자들은 대환난을 믿었으므로 기꺼이 죽음을 택했다. 그 결정에는 대환난을 겪고 지옥에 가기보다는 곧장 무저갱으로 굴러떨어지는 편이 낫다는 판단이 작용했을 것이다.

새천년파가 열두 명의 아이들을 살려둔 이유는 무엇일까?

대속이 무효로 돌아가더라도, 죄 없는 아이들은 여전히 구원받기 때문에?

지옥이란 대환난보다 두려운 것인가?

그렇다면 삶은 어떤가?

우혁은 그 열두 명의 절반이 새천년파 치리회가 되었다는 사실을 떠올렸다.

2000년대 초, 사이비 종교의 집단 자살 사건에 연루되었다가 친척집이나 고아원에 맡겨진 아이들이 어떤 대우를 받았을지는 쉽게 상상할 수 있었다. 파멸을 무릅쓰고서라도 심판을 개시하겠다는 일념에는, 지금의 삶이야말로 진정한 고통이라는 판단이 깔려 있을 터였다. 끈끈이에 붙어 죽어가는 벼룩파리에게 대환난을 말해봐야 무슨 대답을 듣겠느냔 말이다. 그 좁쌀만 한 곤충에게 혀가 있다면 이렇게 반응할 것이다─하늘에서 우박이 내리고 바다가 말라붙을 예정이라니 그것 참 대단하군요. 그런데 저는 일단 날개에 묻은 접착제를 떼어내고 싶어요. 여기에 붙어 있느라 두 시간 내내 아무것도 먹지 못했거든요.

세계는 하나의 끈끈이 통이었으며, 그곳에 갇힌 벼룩파리들은 서로를 잡아먹거나 사랑하면서 점차 수를 불렸다. 동족 포식에 만족하는 개체가 있는가 하면 살충제를 얻어맞을 각오로 통을 부수고 나가자며 강변하는 개체도 있었다.

폐쇄된 생태계의 동역학을 상상하던 우혁은 문득 스스로가 얼간이 이상도 이하도 아님을 깨닫고 의기소침해졌다. 통 바깥을 멍하니 응시하다가 끈끈이에 빠져버린 얼간이. 이런 주제에 지구 반대편 사람들의 운명을 걱정하는 것은 분수를 모르는 짓이 아닌가 싶은 생각마저 들었다. 그는 한동안 음식들을 기계적으로 씹어 삼키다가 매가리 없는 목소리로 중얼거렸다.

"그건 그렇다 치고, 형, 나 후회돼."

"잘한 거랑 별개로 후회는 해야지. 그 수준의 대형 사고를 쳐놓고 생글거리고 있으면 네가 인간이냐."

"아니, 그게 아니라, 걔가 태워준 보답으로 주식 종목 찍어 준다고 했단 말예요."

"뭐 오른다고 했는데? 나도 좀 듣자."

"그걸 안 들었어요. 내가 안 들어도 괜찮다고 했어. 그 상황에서 종목 받아 적고 있으면 너무 속물적인 느낌이라서. 그런데 아까 알아보니까 교통사고로 감옥 갈 수도 있다던데, 나 1심에서 법정 구속 되면 어떡하지. 은행 빚도 아직 해결 안 됐고, 징역 살고 나오면 나이도 거의 마흔에, 할 줄 아는 것도 없고, 출소하면 뭐 먹고 살지? 아버지가 합의금도 안 내줄 텐데 그냥 자살할까?"

테이블에 팔꿈치를 얹은 채 턱을 괸 김 형은 미술 경연 대회의 심사위원을 연상시켰고, 우혁을 향한 시선은 가망 없는 출품작을 보는 듯했다. 방향이 빗나간 열정과 어설픈 기술의 혼합물 같은 인간. 김 형이 거기에 안쓰러움을 느낄 만큼 너그럽다는 사실마저 우혁을 괴롭게 만들었다.

"죄송합니다."

"갑자기 뭐가 죄송해."

"덜떨어진 인간이라서······."

"알면 됐고, 자살은 하지 마라. 내가 보기에 너한텐 알코올이 부족한 것 같아. 남은 거 싹 부어줄 테니까 원샷으로 마셔. 중간에 끊으면 내가 너 죽일 거야."

"나, 술 거의 안 마시는 거 알잖아요. 이러나저러나 죽겠네."

"자살은 지옥 가는 죄인 것도 알지? 친한 동생 지옥 가는 거 막아주는 거야."

점원을 부른 김 형은 맥주잔 하나를 부탁하더니 거기에 남은 사케와 소주를 부어 넣었다. 손잡이 달린 잔을 가득 채우는 양이었다. 숨 한 번 쉬지 않고 모두 들이켠 우혁은 한동안 유휴 상태에 들어간 전자 기기처럼 눈을 깜박이고만 있었다. 평소라면 사케의 향만을 골라내 즐기기라도 할 텐데, 지금은 어쩐지 감각이 비눗방울처럼 터져나갔다. 콧등에 닿자마자 곧장. 비눗방울들을 빤히 노려보던 우혁은 그 뒤편에서 김 형의 손이 흔들리는 것을 깨닫고 입을 열었다.

"나 멀쩡해요. 사람이 설마 이걸 마시고 뻗겠나."

목소리가 아주 먼 곳에서 날아와 목구멍으로 빨려 들어오는 듯했다. 반대로 김 형의 단언은 머릿골 안에서 윙윙 메아리쳤다.

"아냐, 너 안 멀쩡해."

김 형이 불러준 택시에 실려 가는 동안, 우혁은 짧은 꿈을 꿨다. 새천년파에게 납치당해 온갖 고문을 겪는 꿈이었다. 그러나 죽음의 순간에 마주한 것은 주마등이 아니라 개포주공 6단지 입구였으며 새천년파 고문 기술자는 어느새 택시 기사로 변해 있었다. 속이 울렁거렸다. 그는 애써 걸음을 옮기다가 그만 토해버렸다. 그러고는 새천년파가 나타나기를 기다리면서 그 자리에 멍하니 서 있었다. 하지만 그건 통장 잔고를 잊기 위해 벽에 머리를 들이박는 것과 비슷한 종류의 자해였고, 긴 기다림 끝에 알게 된 것은 605동 중층 거주자 중 하나가 베란다에서 담배를 피운다는 사실뿐이었다. 꽤 먼 거리인데도 눈이 마주친 느낌이 들었다. 우혁은 남들이 보기엔 자신의 꼬락서니가 도대체 어떨까 생각하다가 도망치듯이 집으로 달려 들어갔다.

푹 자고 일어난 뒤에는 세상이 훨씬 고요해져 있었다. 내면의 소란이 가라앉았다기보다는, 긴박하게 진행되던 무대가 막을 내리고 인터미션에 접어듦으로써 참여자들에게 짧은 휴식 시간을 부여하는 듯했다.

"국과수 확인 결과 2.5리터가량의 혈액이 모두 선생님의 것이었고, 블랙박스 영상에서도 선생님이 치명적인 상해를 입은 정황이 확인됐습니다. 그런데 이렇게 멀쩡히 앉아 계시는 게 의학적, 과학적, 상식적으로 가능하다고 생각하십니까."

조사관은 심각한 표정이었다. 우혁은 혹시 정액도 검출됐나요? 라고 생각했지만 말하진 않았다. 그는 대신 이렇게만 답했다.

"그럴 수도 있죠."

"정말로 그럴 수 있다고 생각하시는 겁니까."

"그렇죠."

"성인 남성의 총 혈액량은 일반적으로 5리터가량입니다. 피의 절반이 쏟아져 나온 셈입니다. 사실상 즉사죠. 다른 관련자들도 골절상 정도로만 끝난 게 신기할 지경이지만…… 선생님의 경우 살갗이 긁혀서 피가 났다, 근육에 무리가 왔다 수준으로 끝날 일이 절대 아니라는 겁니다."

"그런가요?"

"피해 규모와 정도라는 것이 중요한 문제기 때문에 거듭 말씀드리는 겁니다. 이런 말씀 드리기 죄송스럽지만 통상적으로는 중상해를 넘어 사망 보험금까지도 받을 만한……. 물론 선생님께서 그렇게 되셨어야 한다는 말은 아니고, 무사히 살아 나오신 건 거의 기적입니다만……."

"그렇군요."

"혹시 사고 이후로 어지럼증, 난청, 각종 트라우마 증상, 업무 처리상의 장애, 심각한 정신적 둔마 등을 겪고 계신가요?"

"그건 아닌데요."

조사관은 혹시 모르니 정신과 검사를 받아보라며 권유했고, 형사 합의의 중요성을 알려주었으며, 운이 나쁘면 징역형을 살게 될 수도 있다고 말했다. 어느 정도 예상했던 미래였지만 경찰의 입으로 직접 들으니 느낌이 달랐다. 우혁은 화들짝 정신이 들었다.

"진짜로 제가 가해자인가요?"

"정황이 무척 이상하긴 합니다만, 그 자리에서 방향을 꺾어 충돌한 건 선생님이라는 점을 감안하면, 기본적으로는 쌍방 과실이라 봐야겠죠. 과실 비율이 관건인데 선생님께서 유리한 것만은 아니라는 게 핵심이에요."

"일부러 한 게 아닌데요. 원인 제공자는 어디까지나 파란색 K5고, 저는 너무 놀라서 무심코 실수한 겁니다. 블랙박스 영상 보시면 제가 계속 어, 어, 어 하죠. 조사관님도 똑같은 상황이라면 저처럼 행동하시지 않을까요."

"그러니까 지금 주장하시는 부분이, 너무 놀라서 충돌 방향으로 핸들을 꺾으며 액셀을 끝까지 밟으셨다, 그것은 일반적인 운전자의 행동 패턴이다, 이거죠."

"혹시 급발진 아닐까요?"

"급발진이다 이거는 지금 시점에서 제가 드릴 말씀이 없구
요. 두 번째 논점이, 선생님한테는 동승자가 있었어요. 이 동
승자가 사라졌습니다. 목격자들의 증언과 기타 정황을 고려
할 경우 가드레일 밑으로 뛰어내린 건 확실한데 발견되지 않
고 있어요. 관계는 어떻게 되고, 어쩌다가 태운 겁니까?"

"모르겠는데요."

"몰라요?"

"사실 제가 도박 빚 때문에 카드가 막혔고, 계좌도 압류당
한지라 신용 회복을 진행해야 하는 상황이에요. 새마을금고
에서 신규 계좌 터서 겨우 금융 생활 하고 있구요. 그런데 세
상살이가 쉽지 않더라고요. 이번 달 월급 받자마자 여차저차
해서, 이백오십이 하루 만에 삼십으로 줄었거든요. 텔레그램
으로 긴급 알바를 구했죠. 그러니까 전 동승자가 누군지도
모르고, 왜 거기까지 데려가달라 했는지도 알 수가 없죠. 수
고비는 이더리움으로 받기로 했는데 그것도 날아갔고, 아버
지 차도 박살 났고, 휴대폰도 고장 났고……."

면피를 위해 진실과 거짓을 절반씩 섞어 떠들기 시작했을
뿐이지만, 변명이 길어질수록 억울한 감정이 복받쳐 올라왔
다. 우혁은 진심을 담아 흐느끼기 시작했다. 조사관은 잠시
나갔다 들어오더니 물 한 잔과 티슈를 건넸다. 표정에 한심스
러워하는 기색이 묻어났다.

내가 비록 정신머리가 빠졌기로서니 사람을 그런 눈으로 봐?

우혁은 좀 더 펑펑 울었다.

해결된 건 없었지만 기분이 살짝 풀렸다.

경찰 조사를 마치고 나온 우혁은 교도소행이 현실로 성큼 다가오는 것을 느꼈다. 경찰관에게는 나쁜 인상만 심어준 데 다가 형사 합의를 볼 가능성은 차츰 희미해지고 있었다. 상 대측 보험사에 전화번호를 넘겨준 지 시간이 꽤나 지났는데 도 조강현이든 새천년파든 아무 연락이 없는 상태였다. 물밑 거래가 오가고 있는 걸까? 아니면 묘한 변수가 끼어든 것을 깨닫고 전략을 재정립하는 중일까?

둘 중 무엇이든 우혁이 손쓸 구석은 없었다. 눈앞에 닥쳐오 는 일들을 처리할 수밖에. 집으로 돌아오자마자 아버지가 우 혁을 거실 바닥에 앉히더니 2차 취조를 시작했다.

"경찰 조사는 어떻게 됐느냐."

"별 얘기 없었습니다. 그냥 잘 모른다, 어쩌다 보니 그렇게 됐다 정도로만 대응했고요. 워낙 통상적이지 않은 사례다 보 니 확언은 어렵지만 제 과실 비율이 더 높아질 수도 있다고 합니다."

아버지는 눈을 지그시 감더니 한동안 침묵했다.

"우혁아, 이래도 내가 널 쫓아내지 않는 이유를 아느냐?"

"공감과 연대의 힘 덕분이라고 생각합니다."

"그게 도대체 무슨 소리냐?"

"저희 집이 자가에서 전세로 내려앉은 게, 일전에 아버지께서 주택 담보 대출로 비상장회사 투자에 도전하셨다가 삐끗해서 그렇게 된 것으로 알고 있습니다. 그래서, 비록 사안과 정도가 다를지라도, 저희 부자(父子)가 인생의 동지로서 연합할 수 있으리라 짐작해왔는데……."

아버지는 또다시 눈 감은 채 침묵을 지켰다. 그 상태로 한참이 지나고서야 대화가 재개되었다.

"그게 아니라, 네가 아예 코빼기도 보이지 않게 되면 어디서 뭘 하고 다닐지 일절 감이 잡히지 않기 때문이다."

"그렇군요……."

"'그렇군요'가 아니라!"

아버지의 일갈에 우혁은 시무룩하니 대답했다.

"예……."

이것도 잘못된 반응인 듯했지만 그러면 달리 무슨 답이 가능하단 말인가?

아버지는 계속 호통쳤으며 우혁은 시무룩한 태도를 유지했다. 그게 답답했는지 급기야 인신공격이 시작되었다. 모두 옳은 말이라 반박할 마음도 들지 않았다. 그러자 아버지가 제 풀에 지쳐 우혁을 돌려보냈다. 상대가 열다섯 살의 반항아라면 매라도 들겠으나 서른넷이나 먹은 탕아에게는 본원적인 무력감을 느끼는 모양새였다. 우혁은 홀가분한 마음으로 낮잠을 청한 뒤 저녁 9시가 넘어 출근했다. 교무실에는 첨삭을 기다리는 답안지가 쌓여 있었다.

낮에 경찰 측 조사관 앞에서 부린 추태를 감안하면 이상한 이야기지만, 우혁은 근 열흘간 착실한 삶을 영위하고 있었다. 열심히 일했거니와 교통사고 사진은 찾아볼 생각조차 하지 않았다. 세상 무엇도 아쉽지 않다는 듯 허랑방탕하게 지내다가 시한부 판정을 받자마자 인생의 버킷 리스트를 착실히 지워나가는 암 환자라도 된 기분이었다.

그동안의 비틀린 정욕과 충동은 악한 영의 영향이 아니었을까?

악한 영이란 사실 인간 내면의 결함을, 미친 삶을 낳는 충동들을 용서하기 위한 픽션인지도 몰랐다. 제정신으로 만행을 저지른 사람은 눈감아주기 어렵지만, 악한 영의 소행이라면 회심의 가능성을 믿을 수 있으니까……

환각이 가리키는 진실이 있었고 문학적 비유가 드러내는 인생사의 일면이 있었다. 그 둘 사이의 거리가 생물학과 의학의 차이 정도인지, 혹은 한없이 아득한지가 긴가민가했다. 고민하던 우혁은 어쨌거나 자신이 고쳐졌다는 생각에 실실 웃었다. 헤쳐나가야 할 문제들이 태산처럼 쌓인 것과 별개로, 도박 충동으로 밤을 지새우던 최우혁은 사라진 것이다. 그것만큼은 확실한 낭보라고 할 수 있었다.

퇴근 준비를 하던 김 형이 팔꿈치로 그의 등을 툭 쳤다.

"야, 아까 박 선생이 그러는데, 너 웃는 게 기분 나쁘다더라."

"형은 그걸 왜 또 전달하고 그래요?"

"심심해서 시비 거는 거야."

"그렇구나."

"그런데 진짜 첨삭하면서 무슨 생각을 하길래 실실 웃어 대냐."

"사탄의 권세와 악한 영에 대해 생각하고 있었습니다."

"넌 어떻게 된 게 맨날 자기 생각밖에 없어. 그 나이쯤 먹었으면 남 생각도 하고 살아라."

"형 말은 내가 사탄의 혈육이라는 거예요?"

"그럼 네가 선한 영이냐?"

생각이 깊어지던 차에 좋은 질문이 들어왔다 싶었다. 우혁은 모니터 너머로 교무실을 훑으며 김 형을 제외한 나머지가 모두 퇴근한 것을 확인한 뒤 운을 뗐다. 새 사람으로 거듭나는 일과, 부활과, 은총에 대한 간증이 술술 풀려 나오다가 묘한 지점에 가닿았다. 망설이던 우혁은 죽음을 향한 집념이 씻겨 나가듯 사라졌다고, 미미한 열기는 느끼지만 예전만큼은 아니라고 털어놓았다.

"잘된 거 아니야? 소원 성취하고 해탈한 것 같은데."

"그 후로 영상 보면서 몇 번 시도했는데, 여자한테 서질 않아요. 남자도 마찬가지고."

"그건 주님의 은총이 맞네. 누구네 집 귀한 딸 인생을 망치려고……."

"아니, 그런 식으로 말하면 내가 뭐가 돼. 은행 빚도 많고 교통사고도 내긴 했는데 성범죄는 저지른 적 없거든요. 성범죄가 뭐야, 이 분야에서는 거의 산골짜기에 들어가서 도 닦는 수도승 수준이죠."

"그러면 계좌 압류당한 잠재적 전과자랑 만나는 건 괜찮은 일이야? 넌 성범죄 안 저질렀으면 좀비랑도 사귀고 결혼할 거야? 어? 말 나온 김에 이건 확실히 하고 가자. 솔직히 대답해봐. 교통사고, 실수 아니지? 일부러 갖다 박은 거지?"

"아이…… 솔직히 아니죠. 어차피 저쪽도 제정신 아닌데 이때다 하고 들이댄 거죠."

우혁은 첫사랑과의 한때를 고백하는 소년처럼 수줍게 웃다가 소름 끼치는 감각에 움찔했다. 이런 말을 웃으며 하는 걸 보니 아직 완치되지 않은 게 분명했다. 애당초 고쳐진 적이 없었는지도 모른다. 절정 후에 찾아오는 일시적인 소강상태를, 치유와 극복으로 착각해버린 것이다. 미친 삶으로 돌아갈 위험이 도박 충동으로 앓던 밤의 기억만큼이나 공포스러웠다.

하지만 돌이켜보건대 오늘 낮에도 딱히 제정신으로 행동하지는 않았다.

경찰 앞에서 왜 울었을까?

아버지가 고혈압으로 돌아가신다면 내 죄목은 과실치사다.

우혁은 때늦은 후회에 사로잡혔고, 새벽 기운을 빌어 끝장난 인연에게 연락해보려는 남자처럼 휴대전화를 움켜쥐었다.

그리고 김 형에게 양해를 구한 뒤 며칠간의 문자 메시지 내역—소액 대출 권유와 인터넷 도박 광고로 즐비한—을 집요하게 훑고 또 훑었다. 제발 이것으로 끝이 아니길 빌면서. 조강현이든 새천년파든 누군가는 연락하기를 기도하면서.

안녕하세요, 그랜저 차주입니다. 사고 관련하여 만나 뵙고 싶은데 언제쯤 시간 괜찮으실지요. 논의 필요하실 경우 전화 주셔도 좋겠습니다.

기도가 하늘에 닿았는지 휴대전화가 손안에서 잘게 떨었다. 신규 메시지였다. 전일, 전 시간 가능하다고 답하자 내일 오후 2시까지 웨스틴조선호텔 1층 로비로 오라는 통보가 떨어졌다.

◆◆◆

을지로입구역 7, 8번 출구 방면 블록은 롯데 상표로 뒤덮여 있었다. 두 출구의 정중앙에 자리 잡은 롯데리아를 시작으로 롯데면세점과 롯데백화점, 롯데호텔 등이 줄줄이 늘어섰다. 그런데 같은 그룹의 계열사라도 롯데리아는 성격이 너무 다른 브랜드 아닌가? 우혁은 롯데호텔 35층에 피에르가니에르 서울점이 존재한다는 사실을 상기했고, 미슐랭 3스타 파인다이닝을 즐기는 사람과 프랜차이즈 햄버거를 먹는 사람의 거리가 고작 100여 미터밖에 되지 않는다는 사실에 은근한 섬뜩함을 느꼈다. 그 감각은 속물 의식의 발로라기보다는 자신의 처지를 객관적인 입장에서 바라볼 때의 아득함과 비슷했다.

롯데백화점 뒤편에 자리 잡은 웨스틴조선호텔 건물은 곡선이 가미된 테트라포드를 연상시키는 형태였다. 몸통 공간으로부터 뻗어 나온 세 개의 발은 각각의 끝단이 삼각형의 꼭짓점을 맡도록 배열되었으며, 진회색 콘크리트 격자와 곡면 유리가 인상적인 대조를 이뤘다. 로비로 들어서자 최고급 화이트초콜릿을 연상시키는 우윳빛 대리석 바닥이 우혁을 반겼다. 흠집 하나 없는 걸 보니 관리에만도 돈깨나 들게 생겼다. 심지어 1층에 입점한 베이커리는 특색 없는 단팥빵을 개당 5,500원에 파는 중이었다.

이게 현실인가?

지난날 통장을 스쳐 지나갔던 억대의 돈과 오카다 마닐라에서의 환락을 떠올리면서 마음을 가라앉히려 애썼지만 울적해지기만 했다. 회상하건대 당시에도 제대로 즐기진 못했던 것이다. 객실 창문에서 내려다보는 풀장은 아름답긴 했으나 컴퓨터 배경 화면처럼 막연하게 느껴졌고, 현지인과는 대화가 거의 통하지 않았다. 바깥 날씨는 덥고 습했다. 그래서 그는 칩이 바닥날 때까지 게임장을 서성이다가 객실로 돌아와 기절하듯이 잠들곤 했다.

말인즉슨 세상에는 5성급 호텔에 투숙함으로써 미래와 현재를 동시에 놓쳐버리는 사람이 있는가 하면 사치를 일상처럼 누리는 사람도 있기 마련인데, 조강현은 아무래도 후자였다. 보육원 출신의 신학교 자퇴생으로 시작해 금융 트레이더로, 부동산 개발업자 겸 IT 기업가로, 계열사를 여럿 거느린 대기업의 회장으로 발돋움한 인물. 개연성 없는 추진력과 불가사의한 요행이 그를 따라다녔다. 재개발 예정지를 기막히게 알아보는 안목은 통찰이라기보다는 사기 도박에 가까운 듯했고, 비리 의혹마저 불러일으켰다. 그러나 가장 핵심적인 불가사의는 특유의 청렴성이었다. 조강현은 몇 차례 검찰에 불려갔으나 매번 무혐의로 빠져나왔으며 강도 높은 세무조사에도 책잡힌 적이 없었다. 사회 환원과 복지 재단 운영에도 진심 어린 일관성을 보여줬다.

경제지 칼럼이 논평하기를 조 회장의 행보는 기적에 가깝다고 했다. 그건 실제로 기적이었을 것이다. 조강현은 대기업 회장인 동시에 구 새천년파의 중추였고, 피해자 모임의 대표로서 카메라 앞에 나선 바 있었다. 우혁은 방송 출연이 새천년파 치리회를 향한 정치적 메시지일 것이라 판단했다. 소년과 조강현의 인연이 몇 년짜리였을지, 소년이 그 이름을 듣자마자 혀를 내두른 이유는 무엇일지 궁금해하기도 했다. 그렇게 시작된 추측들과 의문들은 이내 우혁 자신에 대한 것으로 바뀌었다.

내가 여기서 맡은 역할은 뭐지?

내가 이 상황에서 뭘 할 수 있지?

나는 이제 어떻게 되지?

우혁은 소년의 도주를 기꺼이 도운 데다가 기적을 겪은 것
치고는 상당히 침착한 상태였다. 이것만으로도 소년과의 친
분이 깊으리라는 추론이 성립할 터였다. 하지만 그의 삶은 소
년의 행적과 거의 겹치지 않았으므로, 표면적인 뒷조사만으
로 관련성을 역산하기는 불가능했다. 달리 말하면 우혁은 이
사태에서 완벽한 미지수였고, 그 불가해함과 변칙성이야말
로 그가 쥔 가장 강력한 패였다. 유일한 패이기도 했다. 조커
한 장만 들고 게임을 시작하는 기분이었다. 처음부터 끝까지
아무것도 모른다며 잡아떼든 터무니없는 거짓말을 시도하든
간에, 잘못 걸리면 밑천이 털리고 마는 것이다.

최대한 신중하게 행동해야겠다는 계산이 섰다. 실질적인
행동 강령으로 기능하기에는 너무 추상적인 느낌이 있었지
만, 지금은 그게 최선이었다. 심호흡한 우혁은 도착했다는 메
시지를 보낸 뒤 엘리베이터 근처를 서성였다. 그동안 가망 없
는 의식이 현실로부터 달아나 오래전에 보았던 스포츠조선
연재소설 속으로 빠져들었다. 섹스와 폭력이 가득한 펄프 픽
션이었다. 주인공은 젊은 조폭으로, 연예계 스캔들에 휘말린
인기 배우를 돕게 된다. 사무적인 만남은 순식간에 연애 감
정으로 발전하고, 배우는 급기야 주인공이 묵고 있는 호텔 방

으로 찾아가는데…….

그는 자신에게도 그런 행운이 있지 않을까 기대했다.

대기업 회장과의 섹스 한 번으로 총체적 난국을 헤쳐나가고 싶다!

우혁은 자신의 삶을 망가뜨린 것이 바로 이런 허무맹랑한 상상들임을 실감했지만 멈출 수가 없었다. 그는 금단증상의 고통을 잊기 위해 더 많은 헤로인을 주사하는 사람처럼 환상에 푹 빠져들었다. 환상이 완전히 현실을 벗어난 직후(우혁은 백일몽 속에서나마 로마 황제가 되어 사산조 페르시아로 원정을 떠났다. 동시대 인물을 대상으로 한 성적 망상보다는 역사적 망상이 훨씬 건강하지 않은가?) 30대 초반으로 보이는 남자가 불쑥 다가왔다. 키가 크고 자세가 곧은 데다가 비즈니스룩에는 구김 한 점 없었다. 이런 젠장, 지금 당장 레진 용액을 부어서 샐러리맨 표본으로 만들어도 될 만큼 모범적인 모양새다. 돌아버리겠다. 날록손을 강제 투여당한 뒤 공공 병원 응급실에서 자기 자신을 재발견한 마약중독자의 기분이 정확히 이럴 것이다.

하여간 우혁은 간신히 티그리스강에서 한국으로 귀환했으며 자아도 되찾았다.

"반갑습니다. 교통사고 합의 관련해서 오신 분 맞으시죠?"

"아, 예. 안녕하세요. 최우혁입니다. 처음 뵙겠습니다."

"어제 연락드린 권오성입니다. 함께 올라가시죠."

엘리베이터는 출입용 카드키를 터치패드에 가져다 대면 해당 층이 자동으로 선택되는 시스템이었다. 16층 1611호. 권오성은 객실 문이 닫히자마자 휴대전화 반납을 요구하더니 휴대용 금속 탐지기를 꺼내 들었다.

"실례합니다만, 보안이 중요한 사안인 점 이해하시리라 생각합니다. 녹음기라도 있으면 곤란하거든요."

"오랜만에 강원랜드 온 기분인데요. 인간들이 자꾸 몰래카메라를 가져와서, 거기 입구에 금속 탐지기를 설치해놓죠. 공항 보안 검색대처럼요."

권오성은 못 들은 척했으며 우혁에게는 녹음기가 없었다. 둘은 그쯤에서 끝내고 안으로 들어섰다. 이그제큐티브 스위트에 해당하는 객실은 침실과 거실이 분리된 구조로, 각 공간은 평범한 호텔의 디럭스 룸보다 살짝 넓었다. 거실 우측 벽에는 가로로 긴 장식장이 설치되었고, 그 맞은편의 흑단 커피 테이블은 베이지색 소파에 둘러싸여 있었다. 좌측 벽에 붙은 3인용 소파가 하나, 테이블 앞뒤로는 1인용 소파가 하나씩이었다. 창가의 1인용 소파에 걸터앉은 중년이 천천히 고개를 들어올려 우혁을 바라보았다. 진회색 더블브레스트 슈트를 걸친 거구의 남자. 조강현이었다. 권오성이 그를 향해 가볍게 묵례했다.

"최우혁 선생님 도착하셨습니다."

그러더니 병든 노인을 수발들듯 우혁을 맞은편 소파에 앉혀놓고 휙 사라졌다. 조강현은 침실 방향을 힐끗 보더니 다시 우혁과 시선을 맞췄다. 그 외에는 아무런 행동도 하지 않았다. 거의 침묵에 끌려다니는 기분이었다. 신경 줄이 바짝바짝 타오르다 못해 반대급부로 무감각해지기 시작했다. 우혁은 자포자기에 가까운 심정으로 테이블에 놓인 탄산수 병을 비틀어 딴 다음 주둥이에 입을 대고 마셨다. 이게 설마 장식용이겠는가?

세 모금을 내리 넘기자 머리가 차가워지면서 조강현을 유심히 살펴볼 여유가 생겼다. 저쪽에서 노골적으로 탐색전을 벌인다면 자신도 똑같이 해야 형평이 맞았다. 양양고속도로에서 본 환상과 대조하자면, 조강현은 정확히 세월만큼만 나이 들었을 뿐 본연의 인상 자체는 여전했다. 얼굴은 마음의 창이라는 말을 문자 그대로 받아들일 경우, 이 대기업 회장의 내면에는 아직 이도유를 어르신이라 부르며 따르던 청년이 남아 있는 것이다. 선이 굵고 각진 턱, 서글서글한 눈매, 짧게 깎은 머리카락, 은근한 미소를 띤 입. 섣불리 폭력을 휘두를 인간으로는 느껴지지 않았다. 그러나 검고 곧은 시선 뒤편에서는 왜인지 불길한 느낌이 스멀거렸다. 우혁은 최대한 멍청한 척 굴기로 다짐하면서 병을 내려놓았다. 기다렸다는 듯 낮고 절제된 웃음소리가 들려왔다.

"뜻밖의 사고로 무척이나 곤란해지셨으리라 생각합니다. 예상치 못한 경험도 하셨을 테고요. 피의 절반을 쏟고는 곧바로 일상생활로 복귀하신 상태신데, 현대 의학으로 그런 기적을 설명하긴 불가능하죠. 선생님을 이 자리에 부른 이유도 거기에 있고요. 그러나 본론으로 들어가기에 앞서 자기소개부터 하는 편이 좋겠군요. 조강현입니다."

조강현은 한 템포 쉬더니 이어 물었다.

"더 설명이 필요할까요?"

"그렇죠, 무슨 일 하는 분이신지 저는 잘 모르니까. 일단 그랜저 차주가 아니시고, 돈이 많으신 건 알겠는데……"

거기까지 말한 순간 고개가 제멋대로 돌아가 조강현의 손목시계를 살폈다. 롤렉스 서브마리너쯤은 걸려 있으리라 예상하면서. 그런데 뜻밖에도 서브마리너가 아니었다. 브라이틀링 내비타이머도 아니고 오데마피게 로얄오크조차 아니었다. 그냥 15,000원짜리 카시오 시계였다. **왜지? 진짜 돌아버리겠다.** 우혁은 탄산수를 한 모금 더 마시고 제정신을 차렸다. 조강현이 기다렸다는 듯 질문했다.

"좋습니다. 그러면 자세한 이야기 나누기 전에, 동승자와 무슨 관계인지 여쭤보도록 하겠습니다. 저희 측 사람들이 학원 내부 수색을 요구할 때 거절하셨던 것으로 압니다만."

"뭐, 그땐 걔가 안에 있는 줄 몰랐죠. 산책하다가 들어왔는데 척 봐도 경찰은 아닌 인간들이 경찰 흉내를 내길래 신경질 좀 부린 거예요. 개인 사정으로 기분이 안 좋기도 했고요. 그런데 교무실에 들어가 보니 실제로 어린애가 있길래 대화를 나눠봤죠. 자기가 도망치는 중인데 설악산까지 차를 태워주면 주식 종목을 골라주겠다길래, 돈도 필요한 김에 오케이 했어요."

"설악산까지 태워주면 주식 종목을 골라주겠다……. 생면 부지의 소년이 그런 제안을 건넨다면 허무맹랑한 소리라고만 여길 텐데, 선뜻 받아들인 이유는 뭡니까?"

"걔가 불러주는 대로만 했더니 바카라 사이트에서 17연승을 했거든요. 더 불렸다가는 출금이 막힐 것 같아서 5만 원 출발로 1300만 원 마감하는 선에서 멈췄는데요……. 그런 업체들은 대박 낸 사람들한테 돈 주기 아까워하거든요. 출금 신청을 하면 계정을 지워버리고 모른 척하죠."

우혁은 헤헤 웃었다. 조강현의 눈이 미심쩍다는 듯 가늘어졌다.

"진담입니까?"

"그렇죠."

"경찰 조사에서는 다르게 진술하신 것으로 알고 있습니다만."

"온라인 도박은 불법인데요. 경찰한테 바카라 이야기를 하면 안 되죠."

"그렇다고 칩시다. 그러나 보편 상식에 비추어 보자면 죽은 자의 소생은 바카라 17연승 이상의 기적일 텐데요."

"그런가요?"

"최 선생님, 지금 이게 논술 강사 직분을 맡은 사람이 할 대답이라고 생각하십니까?"

"무슨 문제인지 모르겠는데요. 그리고 저는 전임강사가 아니라 조교 비슷한 겁니다."

"선생님은 갑작스러운 추격전이 벌어진 상황에서, 당황하지도 않고 이리저리 피해 다니다가 갑자기 방향을 틀어 전속력으로 K5에 부딪혔어요. 동승자는 기다렸다는 듯 뛰쳐나와서 가드레일 밑으로 떨어졌고요. 사전에 협의하지 않았다면, 즉 소생을 약속받은 것이 아니라면 불가능한 결정이지요. 제출하신 10분간의 블랙박스에도 관련 대화가 없는 걸 보면 협의는 그 전에 이루어졌다는 말이 됩니다. 혹은 녹음되지 않을 방법으로 소통할 만큼 머리가 잘 돌아가는 사람이 모르쇠로 나오고 있을 가능성도 충분합니다. 둘 중 뭡니까?"

"그냥 짜증 나서 갖다 박은 건데요. 걔가 살려줬다면 고마운 일이죠."

조강현의 얼굴에 끔찍하다는 기색이 얼핏 스쳤다. 우혁은 눈치채지 못한 척 딴청을 피우면서 전략을 재점검했다. 잔뜩 긴장하며 들어오긴 했으나 지금까지는 꽤나 성공적이었다. 그는 본격적으로 얼간이 흉내를 내기 시작하면 어조와 표정부터 바뀌는 인간이었고, 김 형쯤 되는 상대가 아니고서야 대개 속아 넘어갔다. 멀쩡한 인간이라면 이런 식으로 행동하진 않으리라 믿게 되는 것이다. 그뿐만 아니라 이렇게까지 상식이 결여된 반응이 계속되면 답답한 마음이 들기 마련이다.

짜증이 임계점을 넘어간 다음부터는 제 스스로 패를 까기 시작한다.

물론 이 수법은 종종 역효과를 냈다. 우혁이 자신을 놀려 먹는 중이라 판단한 뒤 완전한 적으로 돌아서는 것이다. 그러나 조강현은 우혁에게 바라는 바가 뚜렷한 듯했고, 소년을 되찾으려는 이유도 쉽게 짐작이 갔다. 그는 조강현이 섣불리 자신을 내칠 리 없다고 판단했다. 테이블의 한쪽에는 초라한 목숨이 판돈으로 걸렸지만 그 반대편에는 제국이 걸려 있었다. 누가 아쉬운 입장일지는 자명했다. 우혁은 한결 홀가분해진 기분으로 조강현의 반응을 기다렸다. 아마도 2, 3분쯤 지났을 것이다.

"그렇다면 가능성은 크게 두 가지입니다. 하나는 선생님이 완벽한 사회부적응자라 원시인에 가까운 행동 패턴을 취하고 있다는 겁니다. 땅 밑에서 해가 기어 나오고 나무가 과실을 맺는 것이 일상적인 기적이듯, 이 원시인은 사람이 되살아나는 기적을 겪은 겁니다. 이 경우 저는 선생님과 볼일이 없습니다. 법대로 처리하면 됩니다. 그리고 다른 하나는 선생님이 나름대로 의리가 있거니와 거짓말도 잘하는 인간이라는 겁니다. 이 경우에 우리는 좋은 거래가 가능할 겁니다. 선생님과 저만 가능한 거래지요. K5 측과 협상이 가능할 거라고 생각하시진 않을 테니까요."

우혁은 순순히 고개를 끄덕였다.

"저는…… 실제로 사회부적응자죠. 뒷조사를 하셨나 본데, 사회부적응자가 아니면 이런 꼴로 살진 않죠. 철학을 배웠다고 사회생활이 되면 소크라테스는 사형당하지 않았을 테고 플라톤이 시라쿠사를 다스렸겠죠."

"이제 좀 사람처럼 말씀하시는군요."

"예, 전 떠드는 일은 그럭저럭 잘해요. 멍청한 척을 하든지, 논술 강사로 강의하든지 간에. 상대가 누구든 안 가리고요. 만약 그런 방면으로 시키실 일이 있다면 협상이 가능할 것 같은데요. 많은 걸 바라진 않아요. 그냥 감옥 가는 상황만 막고, 배상금 살짝 받아서 친구들한테 빌린 돈 갚고, 겸사겸사 아버지 제네시스도 다시 마련할 수 있으면 좋겠어요. 1억은 약간 부족하지 싶고…… 2억 정도면 충분하지 않을까요. 부모님께서 거의 기절하실 뻔했거든요. 나이가 30대 중반인데 이러고 살아서야 안 되죠. 남들은 다 결혼을 한다, 서울에 아파트를 산다 하는데 저는 이 꼴이 났으니까. 만약 회장님께서 판단하시기에 이용 가치가 없다 싶어도, 이런 사정은 살펴주시면 좋겠습니다. 돈 1, 2억에 아등바등하는 소시민 자살시키는 취미는 없으실 거라고 생각합니다. 물론 제가 회장님께 심각한 재정적 타격을 입혔을 가능성에 대해서는 유감이긴 한데요."

"마지막 말씀에 대한 설명을 듣고 싶군요."

"저도 나름대로 알아본 것들이 있거든요. 자퇴한 신학생치고는 불가사의한 행보를 보이셨죠. 저는 그게 이도유의 역능 덕분이었다고 생각하는데요, 그렇지 않나요?"

그제야 조강현의 얼굴에 유쾌한 표정이 떠올랐다. 우혁은 분위기가 슬슬 바뀌는 것을 느끼며 안도했다. 적절한 타이밍에 물러난 셈이었다.

"과거에는 그랬습니다. 다만 이도유가 자기 내키는 대로 사라졌다가 돌아오는 상황이 거듭되다 보니 지속 가능한 체제로 체질을 개선해야겠다는 판단이 섰지요. 다행히 저도 경영에 소질이 있었고요. 지금 당장 이도유를 찾지 못하더라도 타격이 올 일은 없습니다."

"그건 다행이네요."

"그렇다면 솔직한 이야기를 들어보도록 합시다. 이도유와는 어떤 관계고, 어디까지 알고 있지요?"

이제부터는 우혁이 진지해질 차례였다. 신뢰를 얻어내기 위해서는, 최소한 자비라도 구걸하기 위해서는 성의를 보일 필요가 있었다. 그는 백운산 계곡 이야기를 시작으로 인생 내력을 세세히 털어놓았다. 설악IC에서 핸들을 꺾은 경위를 설명하기 위해서는 진정성 담긴 자기 고백이 필요했던 것이다. 그러나 환각 속에서 보았던 옛 기억들은 언급하지 않기로 했다. 각 장면의 정확한 함의는 우혁 자신에게도 미지수였거니와, 최소한의 카드를 남겨두고 싶기도 했다.

그리고 조강현도 이 정도의 설명으로 만족한 모양새였다.

"좋습니다. 당시는 가출이 꽤 길었던 시기였습니다만, 선생님 입장에서는 우연한 만남으로 끝났을 뿐이지 깊은 관계로 발전했던 것은 아니군요."

"실망하셨을지도 모르겠지만 없는 걸 있다고 말할 수는 없죠."

"아뇨, 이 정도만으로도 충분합니다. 단서가 없다는 건 반대로 뭐든 속일 수 있다는 말이니까요. 한 단어로 줄이자면 정보 비대칭이지요. 제가 그랬던 것처럼, 새천년파 측에서도 최 선생님을 예의 주시 중입니다. 무엇보다도 그쪽은 정보가 시급한 상황이에요. 이도유를 회수했는데도 종말을 불러오는 조건을 몰라서 행동을 개시하지 못하고 있으니 말입니다. 그러니까 최우혁 선생님, 저와 일 하나 하실까요?"

"어떤 일이죠?"

"일종의 첩보 업무라고 할 수 있겠지요. 선생님께서 먼저 접촉을 시도하신다면 새천년파 측에서도 거부하진 않을 겁니다. 초반에는 경계가 극심하겠습니다만, 잘만 한다면 이도유 본인과도 만날 수 있겠지요. 어떻게든 제게로 데려오면 업무가 끝납니다. 필요한 부분은 지원해드릴 수 있습니다."

"첩자 역할을 하라는 말씀이시죠. 이도유가 새천년파 측에 붙잡혔다는 건 확실한가요?"

"이도유의 능력에 한계가 있다는 사실을 알고 계실 겁니다. 그 한계를 알았기 때문에 일전에도 섣불리 학원으로 진입하

는 대신 양양고속도로까지 추적을 붙인 것입니다만—하여
간 사람을 풀어서 추락지 일대를 수색했는데 발자국이 중간
에 끊겨 있더군요. 몸싸움이 벌어진 흔적도 있었고요. 상대
가 누구일지는 자명하지요. 예전에는 이도유를 쫓는 세력이
몇몇 더 있었습니다만, 지금은 저와 새천년과 둘뿐입니다. 지
금까지는 함께한 기억이 있어서 서로 사정을 봐주었지만 결
판을 낼 때가 온 겁니다."

우혁은 대화가 예상치 못한 방향으로 튀는 것을 느끼며 짧
게 신음했다. 제안의 내용이야 그렇다 치더라도 동기가 의심
스러웠다. 지금 당장 필요한 것이 아니라면 이도유를 찾아다
닐 이유가 뭐란 말인가? 보다 적극적인 외연 확장이 필요해
서? 물욕이 원인이라기에는 석연찮은 구석이 많긴 했다. 조강
현은 눈에 띄게 청렴한 기업가였지만 소년은 그에게 치를 떨
었다.

생각을 뻗어가다 보니 조강현이 〈교주를 죽여라〉에 출연한
것마저 의아스럽게 느껴졌다. 대기업 회장이 피해자 모임 대
표를 겸하면서 방송에 나서는 상황은 전례가 없지 싶었다. 그
만큼 큰 판돈이 걸렸다는 의미겠지만, 섣불리 제안을 받아들
였다가 가장 치명적인 방식으로 소년을 배신하게 되는 것은
아닐까 두려웠다. 그건 도의보다는 체면의 문제였다. 잃을 게
없을 때는 선뜻 모험을 받아들였다가 달콤한 미끼에 금방 굴
복하는 인간상은 멋이 없는 데다가 비참한 것이다.

이런 상황에서까지 멋을 생각하다니 미친 짓이다.

하지만 내가 언제 제정신이었는지…….

우혁은 이 문제를 확실히 짚고 넘어갈 필요성을 느꼈다.

"그렇게나 중요한 업무를 맡겨주신다면 저야 고마운 일인 데요. 정말 고마운 일인데, 따로 설명을 들을 부분도 있다고 봅니다."

"페이 때문입니까? 형사 합의와 제네시스 한 대로 끝내기엔 큰일이라서?"

"아뇨, 직설적으로 말씀드리자면, 저도 이도유한테서 귀띔 받은 게 있거든요. 회장님더러 제일 음흉하고 위험한 인간이라 그러던데요. 정황만 보더라도, 안전한 사람에게서 도망칠리가 없을 테고요. 새천년파가 곰이라 쳐요. 곰 우리에서 어린애를 빼내는 건 좋은 일이죠. 하지만 곰 우리에서 빼낸 어린애를 사자한테 던져주는 건 헛짓거리고요. 저는 은인을 사자 먹잇감으로 가져다 바치고 싶지 않은 겁니다."

"명분이 필요하다는 말씀이시지요?"

"회장님한테는 무례하게 들리는 이야기일 텐데, 양해해주셨으면 좋겠습니다. 제가 돈이랑 명분 앞에서 기꺼이 돈을 고르는 사람이었으면 이렇게까지 사회부적응자가 되진 않았을테니까요. 도박도 뭐, 돈 때문에 계속했던 게 아니고……. 물론 명분보다는 다른 단어가 어울릴 것 같긴 해요. 체면, 스릴, 아집, 낭만, 충성심, 흥미, 재미……."

"그런 개념들은 현실로 나오는 순간부터 곧장 하나로 얽히게 되지요—무례에 대해서라면, 괜찮습니다. 우려하시는 부분도 짐작이 가고요. 그런지라 이 사안에 대해서는 깊이 설명드리고자 하는데, 최 선생님은 신학에 대해서도 조예가 있으시지요?"

"대충은 알죠. 하지만 신부님이 될 뻔했던 사람 앞에서 조예라는 단어를 들먹여도 될지 모르겠는데요. 신학교 출신이신 것으로 알고 있습니다."

"저야 워낙 오래전의 일인 데다 중간에 그만두고 나온 까닭에, 출신이라 말하기에도 겸연쩍은 수준입니다. 2학년 과정을 마친 후 이도유를 만났지요. 짐작하시다시피 이 사태의 핵심은 종말론이자 그리스도론인데, 두 과목은 각각 신학교 3학년 및 4학년 과정에 편성되어 있습니다. 따라서 작금의 문제에 대해서라면 우리는 딜레탕트 수준의 식견만 공유하고 있는 셈입니다. 저는 그걸 조예라고 부릅니다."

조강현은 비밀스러운 공감대를 공유하듯 상체를 슬쩍 앞으로 기울이며 미소 지었다. 어딘가의 본당 신부가 지을 법한 웃음이었다. 우혁은 그가 무탈하게 신학교를 졸업했더라면 어떤 사람이 되었을까 궁금해했고, 까닭 모를 공포에 어깨를 떨었다. 조강현에게는 사람을 두렵게 만드는 느낌이 있었다. 그것은 물리적이거나 사회적인 위협보다는 더욱 내밀한 영역에 뿌리를 둔 듯했다.

"그런 기준에서라면요."

우혁은 애써 태연한 척 고개를 끄덕였다. 곧바로 강론이 시작되었다. 신학교 과정을 허투루 밟은 것은 아닌지, 딜레탕트 수준이라 겸양을 떤 것에 비하면 성직자 느낌이 났다.

"기초적인 부분부터 따져봅시다. 선생님도 아시겠지만, 신학적 의미에서의 종말론이란 결국 하늘 왕국과 지상의 나라에 대한 이원론적 인식에서 출발하는 것이지요. 신의 주권이 있으면 인간 국가의 주권이 있고, 신의 권세가 있으면 세속의 지배 체제가 있습니다. 〈에페소 서간〉 2장 2절의 말을 빌리자면, '여러분이 죄에 얽매여 있던 때에는 이 세상 풍조를 따라 살았고 허공을 다스리는 세력의 두목이 지시하는 대로 살았으며 오늘날 하느님을 거역하는 자들을 조종하는 악령의 지시대로 살았습니다'……."

"허공을 다스리는 세력의 두목이란 사탄을 말하는 거죠."

"맞습니다. 즉 사탄이란 인격적 존재만이 아니라 신성과 반대되는 세속 질서의 대유로도 이해될 수 있어요. 예수가 살던 시절에는 로마 제국이야말로 사탄의 형상이었고, 이제는 전 세계적인 시장과 관료제가 그 역할을 하고 있다고 보아야 옳을 겁니다. 희랍 성경에 쓰인 용어를 따르자면 코스모스(kosmos)이자 아이온(aion)이지요. 사도 바울이 〈골로사이 서간〉에서 '흑암의 권세'라고 일컬은 것이기도 하고요. 광야 이야기에서 이 점이 잘 드러납니다."

조강현이 언급한 것은 〈마태복음〉 4장에 묘사된 사건이었다. 요단강에서 세례를 받은 예수는 광야에서 40일간 금식하며 기도하고, 그러는 동안 사탄이 다가와 예수를 시험에 빠뜨린다. 두 차례의 겁박과 조롱이 실패로 돌아간 뒤, 사탄은 수법을 바꾸어 그를 매우 높은 산으로 데려간다. 그러고는 온 땅의 영광을 보여주며, 자신과 손잡기만 하면 이 모두가 예수의 몫이 되리라 속삭인다. 예수가 그 유혹마저 거절하자 사탄은 완전히 물러난다⋯⋯.

"이건 신학적으로 말해 가히 상징적인 사건입니다. 그러나 현실적으로 보아, 땅의 영광을 저버리는 것은 죽겠다는 것입니다. 예수께서는 처형장에 매달려 죽어가면서 당신의 아버지 주 하느님을 향해 이렇게 외칩니다. 엘리, 엘리, 레마 사박타니―나의 하느님, 나의 하느님, 어찌하여 나를 버리십니까?

알타이저 같은 사람들은 이미 여기에서 신의 죽음을 읽어냈습니다만, 지금은 보다 정통적인 관점을 빌리도록 하겠습니다. 비교적 온건한 것으로요. 몰트만의 주장에 따르면 이 외침은 하느님과 예수 사이의 실제적인 분리를 나타냅니다. 예수께서는 하느님으로부터 버림받고 깊이 단절되는 경험을 함으로써 비로소 인간의 죄를 짊어진 것이며, 더없이 인간적인 고통을 통해 인간의 편에 온전히 선 것입니다.

바로 여기에 핵심이 있습니다―이런 상황을 상상해봅시다. 부활하신 예수께서 하늘로 다시 올라가고자 하는데, 아무리 생각해도 이 방식은 아닌 겁니다. 하느님께는 천년이 하루 같다지 않습니까? 지금 당장 하늘나라로 올라간다면 언제 다시 내려올지 알 수 없으며, 그동안 얼마나 많은 사람들이 태어나고 죽을지도 셀 수 없습니다. 그들에게는 현세의 삶이야말로 모든 것이지요.

즉 인간의 고통을 진실로 겪어본 입장에서 생각하기에, 이 조물주란 구원의 약속을 안겨준 뒤 기약 없는 기다림을 가하는, 평생에 걸쳐 구원을 믿었음에도 그것을 결국 목도하지는 못하고 비참 속에 죽어가는 인간을 무수히 만들어내는 그런 작자였던 겁니다. 그 구원의 방식 또한 납득하기 어려운 것이었습니다. 의화(義化) 개념이야말로 구원의 핵심 아니겠습니까? 인간은 자기 공로가 아니라 하느님의 은총과 믿음을 통해 의로움을 인정받는다 하는……."

"흔히들 휠체어로 비유를 들죠. 휠체어를 탄 반신불수 환자요. 간병인의 도움을 받아 100미터, 200미터를 가더라도 환자가 스스로 움직인 것은 아니지만, 반대로 도움을 거절하여 발이 묶이는 것은 환자 자신의 책임이다. 혹은 초대받은 파티에 기꺼이 참석하는 건 자기 의지라도, 직접 파티를 열 능력이 있다고 봐서는 안 된다."

"옳습니다. 그렇기 때문에 신앙의 논리하에서는 인간의 공로와 의지가 제값을 받지 못하게 되지요. 휠체어를 밀고 파티를 개최하는 요인은 결국 하느님의 은총이자 역능인 까닭입니다. 하지만 생각해보십시오, 인간 되었으며 버려진 입장에서 이 논리를 받아들이기가 어디 쉽습니까? 불합리하다고 생각할 수밖에 없습니다. 또한 구원받느냐 아니냐 하는 문제가 바로 이 불합리에 달려 있다면, 심판 자체를 철저히 거부하고 싶어질 겁니다.

그 판단이 옳든 그르든 간에, 예수께서는 분명히 그렇게 생각하셨습니다. 결국 그분은 광야로 돌아가 자신에게 온 땅의 권세를 건넬 자를 만났습니다. 사탄과 손잡았습니다. 하늘 왕국이 아닌 땅의 나라를 택하고, 지상의 방식으로 지상을 통치하고자 결단한 겁니다. 그럼으로써 인간의 자율성을 믿고자 하셨습니다. 그리고 최종적인 심판을 무한히 미룸으로써 현세에서의 구원을 이루고자 하셨습니다."

우혁은 조강현의 설명을 정리해봤다. 일단 몰트만이 하느님과 예수의 실제적인 분리를 말한 것까지는 건조한 사실이었지만, 그의 분석에는 정반대의 측면이 수반됐다. 분리를 통해 두 위격이 가장 강력하게 결합되었다는 역설이었다. 몰트만은 둘의 뜻이 최종적으로 일치했다고 말했지 예수가 하느님에게 반기를 들었다고는 말하지 않았다―즉 조강현은 정통적인 관점의 절반만을 인용하고 나머지 절반은 정반대의 논지를 택함으로써 뒤틀린 교설을 성립시킨 셈이었다.

그러나 이도유를 섬겼고 종말 직전까지 가 닿은 입장에서, 그것이 '실제로 일어난 일'이라고 주장한다면 반박할 근거가 없는 것이 사실이었다. 그럴듯한 정황도 여럿이었다. 가령 민족의 배반자라며 손가락질받았을 때, 요세푸스는 더없이 떳떳한 태도를 보였다. 자신은 로마에 굴종한 것이 아니라 신의 지시를 따랐을 뿐이라고, 바로 그 유대 민족의 주인이 제국에 이르는 현시를 보여주었다고……. 한편 인류 역사의 경과 또한 조강현의 설명과 일치했다. 기술이 발전하고 국가 시스템이 정교해지는 동안 '임박한 종말'의 뉘앙스는 희미해졌으며 신비와 영성도 힘을 잃었다. 대신 맘몬의 권세가, 돈의 힘이 종교의 자리를 꿰찼다.

그렇다면 테크놀로지와 금융이야말로 예수의 뜻이란 말인가?

우혁은 분명 온 땅의 사람들이 어린양에게 고개 수그리는 환각을 보았다. 〈요한계시록〉에서, 그 역할을 맡은 것은 본래 머리 일곱 달린 짐승이었다. 사탄에게 권세를 받은 괴물이었다. 따라서 그는 예수가 사탄과 손잡아 지상의 왕이 되었다는 주장은 비교적 쉽게 받아들였지만 세부적인 질문들 앞에서는 길을 잃어버렸다.

바르 코크바는 왜 로마에 저항했는가?

이도유는 또 누군가?

나는 정확히 어떤 경위로 지옥에 가게 되는 것인가?

"그렇다면 이도유는 예수가 맞는 건지……."

"엄밀히 말하면, 아닙니다. 이건 예수 자신이 아니라 사도

바울이 도입한 용어긴 합니다만, 감독(episkopos)이라는 직분
이 존재하지 않습니까? 원래는 식민지를 관리하기 위해 파견
된 로마 행정관들을 일컫는 단어였고, 교회에서는 양떼를 돌
보는 책임 자체를 부르는 말이 되었지요. 이도유가 바로 감독
직분을 받은 자입니다. 가장 낮은 자들과 함께하며 그들의
아픔을 달래고, 땅의 권세가 너무 강해지면 들고 일어나 균
형을 맞추는 역할이지요. 그리고 만약 이 땅이 돌이킬 수 없
을 만큼 타락했다는 판단이 서면, 예수에게 그 결정을 전달
할 권한도 있습니다."

"그간의 노력은 모두 실패한 것 같으니 지상의 왕 노릇은
이만 관두고 하늘나라로 돌아가자, 하느님의 심판을 받아들
이자, 그렇게 제안할 권한이라고 이해하면 될까요?"

"제안이 아니라 결정입니다."

우혁은 천천히 고개를 끄덕였다. 조강현의 설명대로라면
새천년파의 주장과 이도유의 주장이 모순 없이 양립했다. 이
도유는 재림 예수는 아니지만 그에게서 직접 감독 직분을 받
은 자였으며, 종말을 불러올 능력이 있었고, 하느님과 예수
사이에서 선택할 권한마저 쥐고 있었다. 새천년파를 둘러싼
미스터리는 대체로 이 양가적인 상태에서 기인한 듯싶었다.

"대강은 알겠습니다만 이해가 어려운 부분이 있긴 합니다.
제가 만약 예수라면 좀 더 적극적으로 기적을 활용했을 것
같아서…… 기적을 눈앞에서 본다면 당장 교회로 달려갈 사

람이 한둘이 아닐 텐데요."

"생각해보시지요. 아버지에게 반기를 들고 뛰쳐나온 아들이 정작 아버지의 권능을 빌려 쓴다면 얼마나 모양 빠지는 일입니까? 기적을 접한 이들이 교회로 간다면, 그것은 실질 지상의 나라에 만족해서가 아니라 하늘 왕국을 두려워해서가 아니겠습니까?

따라서 명분이랄지 긍지랄지 하는 문제만을 논하자면, 지상의 왕은 인간만의 방식으로 성공해야만 합니다. 마찬가지로 감독 직분에게 주어진 역능은 몰래 커닝 페이퍼를 들여다보는 수준에 그쳐야 하지요. 즉 이도유는 감독 직분에 머무를 수밖에 없으며, 그 이상을 시도했다가는 지상의 권세에 다시금 속박되고 맙니다—이제는 두 종류의 권한을 방기하고 그저 도망치고만 있는 것이고요."

조강현의 말투에서 묘한 뉘앙스를 읽은 우혁은 넌지시 질문을 던졌다.

"그게 불만이신 거죠?"

대답에 앞서 너털웃음이 되돌아왔다.

"저는 한때 신학도였지만 하느님에 대한 신앙을 버렸습니다. 이에 이도유를 믿었으나 그것 또한 답이 아님을 깨달았습니다. 그러나 예수에 대한 믿음만큼은 아직 내 안에 살아 숨 쉽니다. 하느님에게 반기를 들고 이 땅의 질서를 세우기로 한 결단에 대해, 그럼으로써 인간의 의지를 발견하고자 한 도

전에 대해 진심으로 존경을 표합니다.

다만 당신께서 지상의 왕이 되기를 택했다면 그 왕의 대리자도 세우셔야 옳습니다. 감독이 아니라 대리자를, 이 땅의 구심점을 세워야 하는 겁니다. 인간의 자율성을 믿더라도 최소한의 방향성을 부여할 기준은 있어야 합니다. 돈은 즉흥적인 욕망과 친절을 표현하기엔 좋을지라도, 정의와 공의를 드러내기엔 부족함이 있는 수단이기 때문입니다. 그리고 이 목적을 위해서라면 기적의 힘을 기꺼이 빌려야만 합니다. 비록 그것이 기만이자 허위일지라도, 하느님의 권위를 훔쳐 쓰는 수작일지라도, 전 그런 시도가 필수적이라고 봅니다."

이야기가 점입가경이 되어가고 있었다. 우혁은 반신반의하며 물었다.

"그러니까 약간…… 신권 통치가 필요하다는 이야기처럼 들리는데 맞나요? 천국을 양두구육처럼 팔아야만 지상 세계가 제대로 유지될 수 있다? 정교분리 이전으로 돌아가서, 중세 시대처럼 해야 한다? 그리고 이왕 사기극을 벌일 거라면 제대로 해야 한다?"

"그렇게 이해할 수 있겠지요."

"역사를 돌이켜보자면 생각만큼 쉽진 않을 것 같은데요."

"쉽냐 어렵냐는 부차적인 문제입니다. 해야 하는 일이라는 점이 중요합니다. 이 세계는 영원한 죄책감과 부채 의식을 쌓아가는, 가망 없는 세계입니다. 부서지고 상처 입은 세계입니다. 정산을 두려워하며 채무로부터 도망치는 세계입니다—
새천년파는 지금에야말로 대차대조표를 정리해야 한다고 믿
지만, 나는 저 하늘의 주인께서 일방적으로 부과한 빚을 갚
는 게 합당하다고 생각하지 않습니다. 나는 예수를 확고히
따릅니다! 다만 자율성 뒤편에만 숨는다면, 이 세계에 보다
적극적으로 개입하지 않는다면 당신께서는 그 아버지와 별
반 다를 바 없는 비겁자라고 믿을 뿐입니다—나는 예수께
그 문제를 직접 따질 기회를 찾아다니고 있는 겁니다!"

　주어는 어느 순간부터인가 '저'에서 '나'로 바뀌었으며 매
문장에는 힘이 묻어났다. 조강현은 아마 우혁이 눈앞에 있는
지도 모르게 외치고 있을 듯싶었다. 자신의 강론에 압도당한
오순절교회 목사처럼. 가히 몽유병자의 확신이라고 평할 만
한 장광설을 마주한 우혁은 짓눌릴 듯한 감각에 사로잡혔고,
생각했다.

　이 사람도 제정신이 아니군…….

#4

모상 (模像)

Imago Dei

사람이 자기 공로가 아니라 하느님의 은총으로 구원받는다는 주장은 기독교의 핵심 교리였으며, 신학의 분과로는 은총론에 해당했고, 자유의지의 문제와 직결됐다.

　그러나 우혁에게 이런저런 사실들은 결코 중요하지 않게 느껴졌는데, 신학적인 의미에서의 구원은 너무 막연한 이야기였기 때문이다. 자신에게 자유의지가 있다고 느껴본 적도 없었다. 그는 종종 이성적으로 판단하는 척했지만 결정권을 쥔 것은 기분이었다. 충동이었다. 바타유나 베르그송 같은 사상가들의 논지를 빌리더라도, 그런 고찰은 현학적인 정당화 이상도 이하도 아니었다. 그냥 심장이 시켜서 한 것이고 앞으로도 마찬가지일 텐데 거기에 어려운 말을 덧씌워봤자…….

　우혁은 자신이 염치도 대책도 없는 사람이라고, 하지만 이상한 부분에서 충직스러운 덕분에 주변인들에게 버려지지 않았을 뿐이라고, 그런 기질은 아마도 짐승이 먹이 앞에 엎드리는 것과 비슷하리라고 생각했다. 그는 소년을 따라다녔으며 소년이 없을 때는 김 형의 말을 들었다. 그리고 이제는 새로운 주인이 색다른 먹이를 주려 하고 있었는데 이 사람은 원래 주인과 사이가 나쁜 듯했다.

한편 다른 논점도 있었다. 조강현의 기획이 얼마나 효과적일지 긴가민가했던 것이다. 신의 나라와 세속 도시의 중간점으로 좌표를 틀겠다는 것은 망상적일 만큼 야심 찬 주장이었고, 눈앞의 남자는 야심이 좌절되는 즉시 종말을 불러올 인간처럼 느껴졌다.

"여쭤보고 싶은 게 있는데요."

"편히 말씀하시지요."

"진짜 편하게 해도 되나요?"

"그럼요."

"회장님께서는 사람 한 명을 뒤쫓느라 서울에 부하를 쫙 풀고, 무고한 보조 강사를 뒷조사하고, 형사 합의를 미끼로 협박까지 해 오는 인간인데, 과연 신권 통치를 할 자격이 있으신지가 의문입니다."

"저는 특정인이 대리자 역할을 영구적으로 독점할 이유는 없다고 보는 편입니다. 공의회든 임기제 독재관이든, 예수의 뜻이 뒷받침되기만 한다면 구체적인 형식은 크게 중요하지 않아요. 굳이 인간이 아니라 지속되는 기적이라도 괜찮지요.

사람은 기적을 보면 그 너머의 초월을 상상하지 않습니까?"

"하지만 이도유를 데려오면 결국 회장님이 대리자를 맡게 되는 것이 아닌지……."

"제 품성에 대해 말씀드리자면, 성(聖) 토마스 아퀴나스는 《신학대전》을 저술하며 이중 효과의 원리를 제시했습니다. 선을 추구하는 과정에 수반되는 나쁨은 도덕적으로 정당화될 수 있다는 것이 골자이지요. 한편 성공한 기업가와 정치인들의 사례에서 확인할 수 있듯 적절한 마키아벨리즘은 지상 왕국의 미덕이기도 합니다."

우혁은 아퀴나스가 이중 효과의 원리에 몇 가지 제약 조건을 달아놓았을 뿐만 아니라 모든 종류의 이윤 추구—그러니까, 윤리적으로 정당하며 불가피한 것까지도—를 간악한 행위로 규정했다는 사실을 알고 있었다. 조강현도 알 게 분명했다. 그는 이 부분을 지적할까 고민하다가 설레설레 고개를 내저었다.

"죄송하지만 뭐라고 답해야 할지 모르겠는데요."

"최 선생님이 어떻게 여기든 간에, 저는 공의와 정의라는 것을 깊이 생각하는 사람입니다. 그것뿐입니다."

우혁은 조강현의 손목시계를 다시금 확인했다. 그것이 오데마피게가 아니라 카시오라는 사실이 발언을 근거하는 동시에 불안감을 가중시켰다. 그 감각에는 조강현이 오데마피게라는 상표 자체를 모를 수 있다는 가능성이 배경으로 깔려 있었다. 그가 이끄는 사업체들이 이상할 정도로 깨끗하게 운영된다는 점 또한.

그러니까 중세의 스콜라 철학자는 잊어버리고 현대인의 관점에서 보자. 정확히 뭐가 문제란 말인가?

그는 불안의 명세를 읊기에 앞서 자신이 도대체 어떤 게임에 덤벼드는 중인지 계산해봤다. 세상의 일이란 대개 블랙잭이나 바카라라는 것이 그의 지론이었다. 바카라에는 세 가지 가능성밖에 없으므로, 재빨리 결정한 뒤 운에 휘말려가는 것이야말로 미덕이다. 반면 블랙잭에는 최소 250여 개 경우의 수와 그에 따른 행동 강령이 존재했으며, 도박꾼은 카드를 더 받을지 멈출지 결정함으로써 스스로의 선택에 판돈을 걸었다. 그는 블랙잭을 즐기지 않았지만 이왕 블랙잭 테이블에 앉아야 한다면 기본 전략표를 외우고 들어갔다.

웨스틴조선 로비에 발을 들일 때까지만 해도 우혁은 바카라를 예상했다. 하지만 다시 보니 블랙잭이었고, 판돈은 상상 이상이었으며, 손에 쥔 패의 합은 아직 7이었다. 힛(hit)이냐 스테이(stay)냐 묻는다면 힛을 고를 수밖에 없었다.

"좀 더 솔직히 말해보죠. 저는 종말 버튼이 눈앞에 있다면 그냥 눌러버리고 싶은 인간이긴 해요. 세상이 내일 끝장나든 천만 년 뒤에 끝장나든 큰 차이가 없어 보이거든요. 하지만 남들은 그렇지 않다는 걸 아니까, 참죠. 부모님한테나 학원장 형한테나 친구들한테나 미안한 일투성이인데 끔찍하게도 미안해질 일을 하나 더 얹으면 더는 변명할 수가 없을 것 같아서."

"소위 말해 염치라는 것이군요."

"염치 있는 삶을 살아본 적은 없지만, 아마 그런 식이겠죠. 하지만 회장님은 염치보다는 정념과 신념으로 움직이는 사람인 것 같아서, 저는 그 부분이 걱정되는데요. 일이 원하는 방향대로 흘러가지 않으면 이판사판이다 하고 종말 버튼을 눌러버리실 것 같거든요. 차라리 회장님께서 원하시는 게 돈이었더라면 마음 편히 도와드렸을 것 같은데, 뭐랄까, 인간적으로 신뢰가……."

"자세히 말씀해보시지요."

"새천년파 집단 자살 사건 생존자 중에서, 1999년 당시 성인이었던 사람은 회장님 한 분이셨던 것으로 아는데요. 즉 성인 신도 중에서는 유일한 생존자셨던 게 맞죠?"

"맞습니다."

"저는 그게 우연이나 개인의 변덕 때문이 아닐 거라고 보거든요. 회장님은 자퇴생이라지만 어쨌거나 신학교 출신이니까요. 체계적인 수련을 거쳤고 자기주장을 논리적으로 펼칠 수도 있어요. 이런 사람이 가난하고 병든 이들 사이에 섞여든다면 눈에 띄겠죠. 이도유의 오른팔쯤은 쉽게 될 테고, 비약을 섞는다면, 집단 자살을 주도한 뒤 남은 아이들을 거둘 능력도 충분할 것 같은데요. 그렇지 않나요?"

아주 잠깐이었지만 조강현의 눈이 가늘어졌다가 원래대로

뜨였다. 우혁은 그의 자세가 미묘하게 바로잡힌 것을 깨닫고 탄산수를 한 모금 마셨다. 여전히 절제된 목소리가 한 템포 늦게 날아들었다.

"이도유가 뭐라고 하던가요?"

"뭐, 별말을 듣진 않았는데요. 제가 아는 건 두 개밖에 없어요. 제일 음흉하고 위험한 놈이다, 집단 자살 사건의 책임을 묻고 싶으면 조강현한테 가서 따져라. 저는 거기에 기반해서 추론하는 거고요. 하여간 계속 이야기하자면, 회장님을 제외한 생존자는 모두 미성년자였습니다. 적으면 예닐곱 살, 많으면 열 살 이상까지 나이 차가 벌어졌어요. 신학적 배경은 물론이고, 경제적 격차로도 회장님을 이기기란 불가능했다는 거죠. 이러면 성인이 되어 다시 만나더라도 회장님이 주도권을 잡는 게 당연합니다. 그런데 생존자 중 절반이 배신을 택하고 새천년파 치리회를 꾸렸다— 뭔가 큰일이 있었다고 보는 편이 합리적이겠죠. 그 큰일이란 이도유와도 연관이 있을 테고요. 이 부분이 확실해져야만 입장을 정할 수 있지 싶어요."

"고용주 조강현이 아니라 인간 조강현이, 그 인간의 삶이 궁금하다는 말씀이시군요."

"그렇죠."

조강현은 입을 다물었으며 우혁은 자신이 주제넘었을 가능성을 뒤늦게나마 떠올렸다. 블랙잭에서 승기를 잡더라도 상대에게 죽어라 얻어맞는다면 게임 결과는 하등 중요하지 않은 것이다. 우혁은 그 꼬락서니가 될 가능성이 두려워졌지만 후회하지 않기로 마음먹었다. 사태의 핵심 앞에서 눈감아 버리는 상대와는 함께할 수 없거니와, 이 요청으로 파투 날 제안이라면 처음부터 성사될 가망이 없었던 것이나 마찬가지였다.

그러면 형사 합의는 어쩌지?

죽지 뭐…….

아버지, 어머니, 죄송합니다. 자식이 부모보다 먼저 가는 것 이상의 불효가 없다지만 이쯤 되면 상황이 다르다고 생각합니다. 김 형, 제가 잘못했습니다. 친구들아, 못 갚은 빚은 지옥 가는 차비로 삼겠다. 어차피 너희도 마음속으로는 대손 상각 처리를 마쳤을 테니까…… 아마……?

마음 정리는 빨랐지만 침묵은 길었다. 그 상태로 10분가량이 흘렀을 듯싶었다. 조강현은 희미하게 웃더니 일어나 반대편 벽에 설치된 장식장에서 탄산수 한 병을 꺼내왔고, 한 모금을 들이켰다. 녹색 유리병 표면에 맺힌 물방울을 보자 찌를 듯한 갈증이 치밀었다. 우혁은 자신이 마시던 탄산수를 힐끔 보았다. 3분의 1쯤 남아 있었다. 모두 들이켜고 정면을 바라보았다. 조강현의 입이 천천히 열렸다.

"제가 보육원 출신인 건 아시지요?"

악은 크게 두 종류로 나뉠 만합니다. 하나는 가진 사람이 더 많이 얻어내려 할 때 발생하는 것이고, 다른 하나는 거의 가지지 못한 사람이 삶을 동아줄처럼 붙들 때 발생하는 것입니다. 전자와 후자를 동일하게 취급할 수는 없거니와 후자를 전자보다 미워해서도 안 됩니다. 그러나 둘은 종종 뒤섞입니다. 가진 사람의 위에는 더 많이 가진 사람이 있으며, 없는 자의 아래에는 더욱 없는 자가 있기 때문이지요. 그래서 용서와 이해는 몹시도 어려운 일이 됩니다.

보육원은 이 사실을 배우기에 아주 좋은 장소이며, 1980년 대에는 특히 그랬습니다. 수녀원 관할이라도 예외가 아니었지요. 거기에서 정확히 어떤 일을 겪었는지는 이야기하지 않겠습니다. 저는 눈치가 좋았거니와 성장도 빨랐던지라, 힘이 필요한 일에 자주 불려 나간 것을 제외하면 열두어 살 즈음부터는 나름대로 괜찮은 대우를 받았기 때문입니다. 그 시설에 있었던 것치고는 말입니다. 그러니까 저는 스스로의 불행을 연민할 주제는 못 됩니다. 다만 핵심은 이것입니다. 키가 작고, 얌전하게 앉아 있는 법을 모르고, 딱히 성적이 좋지도 않은 아이들은 어떤 대우를 받았을까요?

그 친구들에게는 미안한 이야기지만, 저는 좋은 것과 나쁜 것의 구분이 엄연히 존재한다는 사실, 또한 인간은 좋은 것을 좋아한다는 사실에서 수많은 악이 기인한다고 봅니다. 악은 불행을 낳고, 불행은 다시 악으로 이어집니다. 그러나 호오를 분별하며 자신에게 족한 것을 사랑하는 습성은 인간 행위의 원천이자 선행의 동력이기도 합니다. 이것이 바로 원죄의 정체입니다……

그래서 저는 기합 받는 말썽쟁이들을 경멸하다가도 반성했고, 알량한 우월감을 느끼다가도 갑자기 실망했습니다. 제가 자란 곳을 너무 미워하지 않으려 애썼지만, 시설을 조금이라도 편안히 느꼈더라면 그런 노력은 필요하지조차 않았을 겁니다. 결국 저는 수녀들과 신부들을, 더 나아가 하느님과 예수를 증오하는 동시에 어떻게든 구원과 용서를 믿고 싶어 했습니다. 당시의 제가 신학교를 지망한 데에는 이런 배경이 작용했던 셈이지요. 이는 현실적으로도 훌륭한 대안이었는데, 신학교는 학비 부담이 없을 뿐만 아니라 기숙사도 지원해주었기 때문입니다.

하지만 교리 공부는 근본적인 해결책이 되어주지 못했습니다. 저는 시설의 수녀들을 볼 때마다 너희가 돌보는 아이들이 고통 속에 있는데 하느님 앞에서 떳떳하느냐, 자신이 무엇을 행하고 있는지 아느냐, 나를 특별 대우하는 태도야말로 너희의 타락을 드러내는 것이 아니냐 묻고 싶었습니다. 하느님이 정말로 존재한다면 이들이 그리스도인을 자처하진 않으리라고도 생각했지요. 동시에 제가 그들 앞에서 웃고 순종할 수밖에 없다는 사실에는 굴욕을 느꼈습니다. 그래서 저는 하느님이 계시기를, 그리하여 이들에 대한 심판이 있기를 바랄 수밖에 없었습니다. 입으로는 원수를 사랑하라는 가르침을 외웠지만 심장은 구약의, 진노하는 하느님을 바랐던 것입니다.

내면의 갈등은 신학교에 들어간 후로도 계속됩니다. 2,000년이라는 시간에 걸쳐 이런저런 논리들이 개발되어온 것과 별개로, 그중 저를 진실로 설득한 것은 일절 없었습니다. 날이 갈수록 무력감이 커졌지요. 신학교에 진학하기만 하면 확연한 변화가 있을 줄 알았는데, 오히려 밑도 끝도 없는 수렁에 빠진 듯했으니까요. 신학생들끼리 있을 때는 이방인이라도 된 기분에 사로잡혔고요.

이 느낌은 2학년 말부터 절정에 달했는데, 동기들이 휴학 절차를 밟고 입대를 준비하는 동안 저만 면제 판정을 받았기 때문입니다. 군대에 가지 않는 신학생들은 3년간의 모라토리엄(moratorium)에 들어가 연계된 복지 기관에서 봉사 활동을 수행하게 되지요. 부모님 이야기를 몹시도 손쉽게 하던 그 친구들이 군대로 사라질 때, 홀로, 고아라는 이유만으로 사회에 덩그러니 남는 상황은…… 정말이지 이상한 방식으로 사람을 미치게 만듭니다. 비록 자원입대보다 봉사 활동이 낫다는 점을 머리로 이해할지라도…….

그러니까 1997년 2월에 이도유를 발견했을 때…… 제가 얼마나…… 얼마나 감격했는지 짐작하실 겁니다.

다만 이야기를 시작하기에 앞서 1997년이 지금으로부터 거의 서른 해 전이라는 사실을 못 박아두겠습니다. 당시의 한국 사회는 지금보다 훨씬 술에 너그러웠으며 신학교 또한 예외가 아니었습니다. 일요일, 즉 종일 외출 날이면 잔뜩 만취해 끝기도에 늦는 학사님이 반드시 생겼지요. 저 역시 그런 분위기로부터 자유롭지 못했습니다. 솔직히 고백하자면, 저는 본연의 죄와 불완전성으로 인해 부끄러울 만큼 취약해진 상태였습니다. 그 흠결로부터 모든 사건이 출발합니다.

◆◆◆

　조강현은 어디에서나 믿음직스럽다는 평가를 받는 청년으로, 상대의 호의를 이끌어냄으로써 먼저 요구하는 일 없이 이득을 취하는 법을 알았다. 큰 키와 적당한 사려 깊음, 그리고 신학생이라는 지위가 그 수법을 뒷받침했다. 과묵하다가도 중요한 대목에 한해 유창해지는 화법까지. 그것은 타고난 성품이라기보다는 계산의 산물이었으므로, 그는 종종 호감을 내비치는 상대를 경멸했다. 이 사람들아, 말은 하면 그냥 나오는 거야. 부자들이 헌금함에 턱턱 돈을 던져 넣는 동안 가난한 과부는 고작 두 렙돈을 내놓았는데 예수께서는 과부가 다른 부자들보다 훨씬 많은 헌금을 냈다고 말씀하셨지. 즉 사기꾼의 달변보다 백치의 침묵이 훨씬 값어치 있기 마련인데 너희는 그걸 성경 구절로만 알고 삶에 적용하는 법은 모른단 말이야.

그러나 조강현은 이런 태도가 졸렬할 뿐만 아니라 불합리하다는 사실도 알았다. 어떤 사람이 좋거나 나쁘다 하는 것은 대개 본성이 아니라 상태에 대한 판단이다. 거칠거칠한 나무토막을 공들여 사포질하면 매끄러운 나무토막이 나타나는 법이고, 그걸 보고 나뭇결이 곱다고 말하는 사람은 지당한 반응을 보인 것이다. 한편 공들인 사포질은 새 사람으로 거듭나려는 노력이 아닌가? 그런데 노력이라는 게 도대체 뭔가? 다양한 질문들이 꼬리에 꼬리를 물고 신학의 각 분과를 경주하듯이 가로지를 때마다, 그는 결여의 딜레마를 처절하게 실감했다. 믿을 능력 없이 믿음을 흉내 낸다면 느끼는 것은 흉내의 기술뿐이다. 얄팍한 금박으로 장식된 태엽 인형이 설계된 그대로의 미소를 반복하며 시종일관 사랑, 은혜, 연합, 공의 따위를 읊어대는데 정작 그 안에는 추한 난쟁이가 갇혀 있는 것이다. 사기극을 멈추려면 우선 태엽 인형에서 내려야 하지만, 그랬다가는 난쟁이를 발견한 사람들이 비웃음을 터뜨릴 테고, 그러면 자신은…….

종종 분노가 몸을 뒤틀며 불안으로, 공포로 바뀌려 했다. 사실은 꽤 자주. 그럴 때마다 조강현은 흠결 많은 사람들을 진통제 삼았다. 그럭저럭 매끈한 표면을 지니고 태어난 까닭에 사포질의 필요성을 느끼지 못하는 종류의 인간들이 있었다. 그들은 자신의 결함을 마주하더라도 웃어넘겼으며 부끄러워하더라도 잠깐이었다. 부덕을 행하면서도 수치심을 모르고 자신을 돌아보지 않는다니 얼마나 안타까운가. 거기에 비하면 나는 얼마나 기민한가. 나는 최소한 양심의 경보에 귀를 열어두고 있다⋯⋯. 그러나 양심이 지적하기를, 그런 우월의식은 열등감의 짝패였다. 본질적으로 질투였다. 조강현은 〈갈라디아 서간〉의 구절—믿음으로 말미암아 하느님의 자녀가 된다는—을 몇 번이고 곱씹었으며, 자신에게 진실로 필요한 것은 하느님 아버지가 아니라 조 씨 성을 가진 아버지라고 생각했다.

부모가 있었더라면 나는 신학생이 되지 않았을 것이다⋯⋯. 이토록 절박하게 믿음을 흉내 내지도 않았을 것이다⋯⋯. 결코 그러지 않았을 것이다!

영성지도 신부와의 상담이나 고해성사는 아무 도움이 되지 않았다. 2학년으로 올라간 1995년부터, 조강현은 외출 날마다 바깥 사람을 만나고 다니기 시작했다. 중고등학교 시절의 급우나 은사라고 부를 만한 선생님, 혹은 도서관 같은 곳에서 얼굴을 익혀둔 근무자들 등이었다. 그것은 잘 자란 청년을 장기 채권의 수익률처럼 보여줌으로써 그들의 믿음이 틀리지 않았음을 입증하는 과정이었고, 조강현 자신에게는 노력의 가치를 설득하려는 시도였다. 그러나 결국에는 자해였다. 지인들과의 점심 약속은 더없이 즐거웠지만, 그런 감흥은 가불한 빚 같아서 홀로 남기만 하면 소름 끼칠 정도의 냉기로 변했다. 오후 2시 무렵, 지인의 집을 빠져나와 뱃속의 추위에 이를 떨며 식당으로 달려 들어가는 일이 반복됐다. 식사는 가장 싼 것으로 시켰지만 술값이 그 서너 배로 나왔다. 한여름의 더위를 더위로만 느끼기 위해서는 얼근하게 취할 때까지 마시는 수밖에 없었다. 그는 종종 시설의 수녀들이 책값 하라며 건넨 용돈과 장학금으로 이러고 있다는 사실에 (그리고 시설의 동생들이 자신을 우러러본다는 사실에) 수치심을 느꼈지만 어릴 적의 기억들이—어릴 적에—어릴 적 생각은 하지 말자—하여간 나는 첫 외출 날 선배들에게 술을 배웠는데, 학사님들은 실컷 마시고 다니는데, 내가 이러고 있는 건 씨팔 완벽히 합당한 거야, 그렇지?

조강현은 철물점에서 망치를 사 들고 아무나 쳐 죽이는 망상에 사로잡혔다.

그는 소주 한 병을 모두 비웠다.

망상이 멈추지 않았다.

한 병을 더 마시자 비로소 머릿속이 희부예지면서 분노가 조각조각 흩어지기 시작했다. 바벨탑이 무너진 자리에 남은 벽돌을 탑이라 부를 수 없듯, 미움의 재료가 여전할지라도 하나로 뭉칠 힘은 사라진 듯했다. 아프도록 선명한 빛을 발하던 세상이 훨씬 무뎌졌다. 취할 때만큼은 구김살 없이 행복해 보이는 사람들, 자신을 신뢰하며 아끼는 사람들을 진심으로 사랑할 수 있었다. 주님의 품에서 연합한다는 것은, 믿음으로 충만해진다는 것은 과연 이런 느낌인가? 알코올이 가져오는 안락한 환상 덕분에 그는 매번 기꺼이 신학교로 돌아갔다. 그리고 술이 깨면 어김없이 후회했다.

Benedicamus Domino······ Deo Gratias.

휴학하고 복지 기관 근무를 시작하자 상황이 급속도로 나빠졌다. 사회에서는 매일이 외출 날이고 술 마실 날이었다. 언젠가부터 조강현은 수시로, 멍하니 술 생각에 사로잡히는 자신을 발견했다. 경각심은 먼지 낀 비상등만큼이나 흐릿했으며 갈망은 매 순간 다른 모습으로 닥쳐왔다. 막 깨어나 성호를 긋던 중에, 성무일도를 바치던 중에, 근무하던 중에, 개인 공부를 하던 중에, 아득한 열기로, 초조함으로, 발작적인 구역감으로. 정말로 술을 끊어야겠다는 생각과 삶을 버티려면 지금 당장 마셔야 한다는 충동이 교차했다. 이제는 소주를 주문하기 위해 식당에 들르지조차 않았다. 그는 여유가 생기면 슈퍼에서 35도짜리 싸구려 럼과 생수 한 병을 산 다음 한 모금씩 번갈아 홀짝였다. 자신을 알아볼 사람이 없는 곳이라면 장소는 어디든 상관없었다. 아마도 1996년 가을. 그는 낡은 건물의 입구에 걸터앉아 건너편 은행나무가 흔들리는 모습을 멍하니 바라보고 있었다. 비닐 봉투를 가져와 도로에 떨어진 은행을 줍는 여자의 회색 셔츠가 허공에 둥둥 떠가는 듯했다. 갖가지 빛이 눈알의 표면을 스치다가 그만 존재

너머로 흩어져버리는데 그 색상 하나만 무한히 지연되는 느낌. 그것은 평화, 아마도 평화, 모두 티끌로부터 나와 티끌로 되돌아가니 다 같은 데로 간다. 조강현은 자신이 죽음을 그리워하기에는 너무 젊다고, 그러나 이대로라면 살아 있는 것조차 아니라 생각했다. 그는 종종 공관복음과 〈요한복음서〉의 차이점을 잊어버렸으며 〈다니엘서〉와 〈묵시록〉의 내용을 혼동했다. 근무 도중 화장실로 도망쳐 수통에 담아둔 술을 홀짝이는 일이 여러 차례였다. 주변인들도 슬슬 이상한 점을 눈치챈 듯했지만 조강현에게는 불안해할 여력조차 없었다.

구제할 길 없는 주정뱅이가 흥겨워하는 까닭은 그가 애진작 미래와 현재를 소진해버렸기 때문이다. 미래가 없다면 염려할 까닭도 없다.

스물한 살, 세상 보편의 기준으로도 젊은 나이, 저 여자와 나는 고작해야 두세 살 차이밖에 나지 않을 것이다. 위인지 아래인지는 모르겠으나. 하여간 모라토리엄을 막 시작했을 뿐인데 나는 이러고 있다. 어처구니가 없는 일이다. 이러고 있는데도 동정의 의무는 지키려는 게 아집인지 최후의 보루인지 긴가민가했다. 한 번만 쏙 해버리면 속 편히 짐을 쌀 수 있을 것만 같은데…….

여자, 세상의 절반은 여자고 나는 건장한 남자다. 성경에도 생육하고 번성하라고 나와 있다. 만약 그런다면 나는 화목한 가정을 꾸리고 좋은 아버지가 되고자 애쓸 것이다. 조씨 성을 가진 어떤 소년의 아버지. 딸일 수도 있겠지만. 일단 술부터 끊자. 하지만 술을 끊는다면 신학교를 떠날 이유가 없고, 신학교를 떠나지 않으려면 동정의 의무를 지켜야만……

여자들…….

은행을 줍던 여자가 갑자기 미끄러지며 짧은 꺅 소리를 냈다. 순간 정신이 명료해지더니 책의 낱장에 손끝이 베인 듯 저릿한 느낌이 심장을 움켜쥐었다. 도망치고 싶은 마음뿐이었지만 허벅지에 경련이 이는 탓에 일어서기도 어려울 지경이었다. 조강현은 1년도 되지 않는 시간 사이에 이렇게까지 상황이 나빠질 수 있나 궁금해했고, 자신은 여전히 머리가 잘 돌아간다고도 중얼거렸다. 돌연 오래된 왕성의 폐허가, 그 왕성의 내벽에 자리 잡은 모자이크화가 연상되었다. 가까이서 보면 각석(角石)이 군데군데 빠져 어설프고 추레하지만 멀리서 보기에는 여전히 웅장한 영광의 자취. 세월이 흐르면 그조차 먼지 한 줌으로 퇴락하겠지만, 아직은 아니다. 아직까지는 그런대로 괜찮다. 스물한 살은 세상 보편의 기준으로도 젊은 나이, 허비할 나날도 만회할 나날도 허다한…….

금주를 몇 차례 다짐했으나 바뀐 것은 없었다. 오히려 더 나빠지기만 했다. 1997년 2월, 그는 처참한 기분에 짓눌린 채 국민학교 시절의 은사인 권 선생을 만나러 가고 있었다. 1996년도 가을에 처음으로 연락한 상대였으니 반년 만의 재방문인 셈이었다. 그사이 많은 것들이 나빠졌다는 사실, 저번 달에는 폭음하지 않은 날이 단 하루도 없다는 사실, 바로 전날에는 비틀거리다가 넘어져서 뺨이 찢어졌다는 사실, 그래서 얼굴의 절반에 거즈를 붙이고 있다는 사실, 그러나 만남이 끝나면 또 마시기 시작하리라는 사실이 조강현을 괴롭혔다. 나는 조강현 타대오 형제, 타대오는 곤경에 처한 이들의 힘 있는 수호자, 절망하는 사람들을 돕는 수호성인……. 이번에도 권 선생은 조강현을 기꺼이 반겨주었으며 대화는 뜻깊고 다감했다. 그러나 어쩐지 피상적이라는 인상이 있었다. 텅 빈 선물 상자를 주고받음으로써 관계를 돈독히 하려는 사람들처럼. 혹은 장기 게임처럼. 장기판은 초한전의 재연이라지만 실제로는 플라스틱 기물이 여기저기 자리를 바꾸어 다닐 뿐이다. 아무 일이 일어나지 않으며 감동도 열망도 무상하다. 그 허망함이 뚜렷이 느껴져서인가 평소에는 그러려니 했을 부분들이 의아하도록 낯설게 다가왔다. 당장 반년 전까지만 해도 권 선생의 남편 되는 사람은 중풍을 겪고 편마비가 와서 누워 지내지 않으셨던가? 그런데 왜 현관에는 흙 묻은 남자 등산화와 새하얀 운동화가 있나? 한편 자신이 막 들어왔을 때 소년 한 명이 거실 소파에 드러누워 빈둥거리고 있었는데, 그건 또 누구인가?

조강현은 한동안 긁어 부스럼일 가능성과 기묘한 직감 사이에서 갈팡질팡했고, 슬며시 운을 뗐다.

"조심스러운 질문이긴 합니다만 남편 되시는 분께서는 쾌차

하셨는가요. 들어올 때 신발을 본 게 생각나서 여쭙습니다."

"아—." 외마디 신음은 지금까지의 목소리보다 훨씬 높다란 음색이었고, 크게 벌어진 입은 이 세상으로부터 박리되어 둥둥 떠가는 듯한 인상을 줬다. 권 선생은 현관을 힐끔 돌아보았는데 그런 와중에도 눈동자는 그 반대편의 안방을 살피고 있었다. "그래, 평소 다니던 병원이 일본에서 새 의료 기기를 들여왔다길래 시도해봤는데 감쪽같이 나았지 뭐냐. 쓰러지기 전보다 건강해졌지."

"지금까지 마음고생하신 점 생각하면 정말 잘된 일이로군요. 말 나온 김에 한번 인사드리고 싶은데……. 저번에는 계신다는 것만 듣고 뵙지를 못했다 보니……. 참, 아까 거실에 누워 있던 학생은 친척 아이인가요?"

"그래, 방학 끝날 때까지만 묵다 가기로 했단다."

권 선생은 안방으로 들어가 남편을 불러왔고, 조강현은 그간의 방탕을 곱씹었다. 영혼마저 취할 지경이 되면 별것 아닌 일에도 과민해지고 마는 것인가? 하지만 그때의 공기에는 분명히 힘 같기도 하고 섬광 같기도 한 무언가가 도사려 있었다. 사람 한 명이 감당하기에는 너무나도 강력한 까닭에, 입에 담으려다가 멈칫거리고 마는……. 그는 자신이 고물상 앞마당에 갇혀 있다고 상상해봤다. 산더미처럼 쌓인 폐지와 고철에 포위당해 죽어가는 와중 빛 한 조각이 번뜩였는데 그게 깨진 유리병인지 누군가 잃어버린 보석 목걸이인지 긴가민가했다. 보석일 확률은 아주 낮았지만 그 정도의 요행이 아니라면 지금 상태를 벗어날 수 없을 듯했으므로, 조강현은 기적을 믿어보기로 했다. 손에 쥔 것이 유리 조각으로 판명나더라도 그 열망 자체를 은혜로 받아들이고자 결심하면서.

하지만 은혜를 어떻게 붙잡을 수 있단 말인가?

그게 도대체 뭔가?

갑작스레 풍을 떨치고 일어난 중년의 남자와 그 아내?

혹은 부부의 친척 소년?

그 후 며칠간 권 선생에게 편지를 써보려 애썼지만 첫마디부터 떠오르지 않는 것을 깨닫고 관뒀다. 통화는 더더욱 어려웠다. 그 집으로 꺾어지는 골목 어귀를 서성대다가 그만 걸음을 물리기 일쑤였다. 미련한 짓을 하고 있다는 괴로움에 밤이 깊어지도록 술을 마셔대는 날이 계속됐고, 그럴수록 결판을 내야겠다는 집념이 강고해졌다. 단순한 논리였다. 소년이 정말로 권 선생의 친척 아이라면 병원에 가는 것이고, 신령스러운 존재라면 믿음을 얻는 것이다. 결국 어느 날은 갑작스러운 충동이 치밀어 권 선생의 집으로 가는 골목 안쪽으로 불쑥 들어갔다. 그러고는 전봇대에 기대어 한동안 졸았다. 거의 새벽에 가까워졌을 무렵 조강현은 갑작스러운 인기척에 퍼뜩 눈을 떴다. 새하얀 운동화를 신고 배낭을 멘 소년, 권 선생의 집에서 보았던 그 소년이 골목 반대편을 향해 멀어져가고 있었다. 본가로 돌아가기 위해 새벽차를 타러 나왔을 가능성이 먼저 떠올랐지만, 이 기회를 놓친다면 방법이 없으리라는 판단이 섰다. 허우대가 상당한 청년이 중학생쯤 됐을 소년을 새끼 오리처럼 쫓아다니는 구도가 한동안 계속됐다. 소년은 처음에만 몇 차례 뒤를 힐끔거렸을 뿐, 이내 신경 쓰지 않겠다는 양 이곳저곳 돌아다녔다. 다만 명확한 행선지가 있기보다는 조강현을 떠볼 요량으로만 움직이는 듯했다.

어느덧 동이 터오기 시작했다. 높다란 건물들의 뿌리로부터 주홍색 빛이 번져 나오면서 남색 하늘과 뒤섞였고, 뒤섞인 자리는 홍학의 깃처럼 발간 분홍빛으로 물들었다. 도로를 지나다니는 자동차들이 졸린 눈을 비비듯 헤드라이트를 어렴풋이 밝히고 있었다. 버스 정류장 처마 밑에서는 벌써부터 담배 연기가 몇 줄기씩 솟아 나왔다. 소년은 정류장에서 스무 걸음가량 떨어진 곳에서 멈추더니 그를 향해 돌아섰다.

"너, 도대체 어디까지 따라오려고 그러냐? 나는 인제 동해 바다 구경이나 해보려는데."

조강현은 갑작스러운 질문에 말문이 막혔다. 질문이 이어 날아들었다.

"그 여자한테 뭐라도 들은 모양이지?"

"그 여자라니—." 조강현은 그 어구를 반복한 뒤에야 소년이 권 선생 이야기를 하고 있음을 깨달았고, 영성지도 신부를 처음 마주했을 때처럼 긴장한 자신을 발견하고 흠칫 놀랐다. "아뇨, 결코 아닙니다. 다만 저 홀로 생각한 것이 있을 따름입니다."

그러고는 덧붙일 말이 떠오르지 않아 가만히 서 있기만 했
다. 소년은 그를 빤히 바라보다가 다시 정류장 쪽으로 방향
을 틀었다. 조강현은 급히 소년을 붙잡았다.

"여쭙고 싶은 게 있습니다."

"할 말 없어."

"아무리 생각해봐도 풍 맞은 사람이 여섯 달만에 나아서 등
산을 다닐 수는 없는 것 같습니다. 제가 알기로는 의학이 그렇
게나 발전하질 않았습니다. 그 일과 관련 있으신 게 맞지요?"

"가서 공상과학영화나 보지 그래."

"그런 건 본 적 없습니다. 그리고 뭘 부탁하려는 것도 아닙
니다. 다만―."

"다만?"

"저는 휴학 중인 신학생인데 매일 술을 마시고 신은 믿지
않습니다. 믿어보려 애썼지만 매번 실패했고, 신학을 깊이 배
울수록 신앙과 멀어지는 기분이 듭니다. 솔직히 신앙만이 아
니라 인간됨 자체가 문제긴 합니다. 하지만 신이 진실로 눈앞
에 나타난다면 저는 그게 힌두의 신이든 로마의 신이든 진심
으로 믿고 따를 수 있을 듯합니다. 새사람으로 거듭나려면
그 방법밖에 없는 것 같고, 그럴 수 없다면 지금 당장 죽는
편이 나을 거라고 봅니다. 왜냐하면 삶이 계속 나빠지고만
있는데 저 스스로는 그걸 부여잡을 의지가 부족하기 때문입

니다. 신부님들께서 제게 실망하는 것이 뻔히 보이지만 엿이
나 먹으라는 생각 외에는 아무것도 떠오르지 않고, 무슨 대
화를 해보았자 제가 이 사람들한테 주먹질을 해대지 않는 게
다행이다 싶고, 여자들은…… 여자들이 문제가 아니라 제
가…… 그러니까…… 저는 엉망진창입니다. 예전부터 계속
그랬습니다."

조강현은 줄곧 마음에 담아두었던 말들을 쏟아냈다. 대로
변에서 이렇게 떠들고 있다는 사실이 놀라울 지경이었지만,
차라리 홀가분했다. 소년은 큰 소리로 웃어젖히더니 조강현
을 이끌고 건물 사이 골목으로 들어갔다.

"넌 방황하는 신학도로구나, 그렇지?"

"그렇습니다."

"즉 너는 수천 년간 온 세상 사람들이 거듭한 고뇌가 혼자
만의 것인 줄 알고 짐짓 심각해진 거야. 고민도 해답도 식상
해진 지 오래인데 말이다. 요는 네가 믿느냐 믿지 않느냐 이
거 하나 아니겠느냐. 가서 잠이나 자거라."

"하지만 장막 너머에서 기적이 일어났다면 장막을 들추
어보고 싶지 않겠습니까? 또한 당신께서—." 조강현은 자신
이 미쳐가고 있을 가능성을 마지막으로 가늠해보았다. 이 만
남은 기적일까, 혹은 절실한 소망과 섬망이 맞물리며 나타
난 환각일까? 갑자기 꿈에서 깨어나 기숙사 천장을 바라보
게 되는 것은 아닐까? 그러나 이 순간마저 망상이라면 그에

게 남은 것은 믿음 외에 아무것도 없는 셈이었다. 그는 한 호흡에 남은 말을 모두 쏟아냈다. "당신께서 제 앞에서 이렇게 말씀하고 계시는데 제가 어떻게 돌아갈 수 있겠습니까? 당신께서는 저를 지나쳐 갈 수도 있었고 평범한 학생 흉내를 낼 수도 있었습니다. 하지만 그러지 않았습니다. 저는 이걸 감히 기회라 믿어보고 싶습니다."

"믿으면 어쩔 테야?"

"당장 금주하고 신실한 삶을 되찾겠습니다. 미움을 버리고 모두를 사랑으로 대하며 의를 행하겠습니다. 제가 당신께 드릴 수 있는 것은 이 다짐 하나뿐입니다."

"별 쓸모없는 다짐을 하는구나. 자기에게만 중요한 뭔가를 관두는 것이 남에게 득이 되리라 착각하는 놈은 천치거나 병적인 자아도취자야. 오직 그런 놈들만이 상실이 뭐라도 되는 줄 알지. 가서 하던 대로 술이나 마시고 육욕도 즐겨라. 봐라, 마지막 날이 가까워지고 있지 않으냐……."

소년은 한 손으로 조강현의 멱살을 붙잡았다. 체격만 따지면 이기지 못할 리가 없는데도 그는 속수무책으로 끌려갔다. 다윗의 돌팔매를 맞은 불레셋 장수처럼. 소년은 남은 손을 뻗어 조강현의 뺨에 붙은 거즈를 떼어내고 두어 차례 때렸다. 한 번은 정신이라도 차리라는 듯 강하게, 다음 한 번은 두드리듯 약하게. 도대체 무슨 일이 일어나고 있는 것인가 싶어 얼떨떨해지려는 찰나 소년의 목소리가 코앞에서 낮게 울렸다.

"나는 1999년 12월 31일을 심판의 날로 정했다. 그때가 되면 모두가 괴로워하며 몸부림칠 테니 이 짧은 시간만이라도 즐기란 말이다."

소년은 조강현을 놓아주고는 뚜벅뚜벅 걸어갔다. 얻어맞은 뺨을 문지르던 조강현은 문득 크게 찢어진 상처가 흉터도 없이 아문 것을 깨달았다. 급히 대로변으로 뛰쳐나와 주위를 둘러보자 아주 멀리에 소년이 있었다. 그는 서둘러 달렸고, 소년을 다시금 붙잡았으며, 축객령을 듣기 전에 먼저 외쳤다.

"그렇다면 저는 좋습니다. 저는 눈물이 나도록 좋습니다. 저는 항상 심판을 기다려왔던 사람이지, 내일 세상이 끝나더라도 오늘을 즐길 사람은 아닙니다. 이제 술은 결코 중요하지 않습니다. 저는 당신과 함께 다니면서 마지막 날까지의 시간들을 기억에 담고 싶습니다. 만약 지옥으로 굴러떨어진다 해도 그렇습니다."

"대뜸 지옥을 들먹이는 이유는 또 뭐야?"

"그간 생각과 말과 행위로 죄를 많이 지었으며 자주 의무를 소홀히 하였기 때문입니다."

소년이 씩 웃었다.

"식사나 하며 이야기하자. 그 후에는 담배 한 갑만 사다오."

이른 아침을 먹으며 설명을 듣기로는, 소년은 사람들을 도와주고 신세를 지다가 다른 곳으로 떠나는 패턴을 반복하고 있었다. 여비를 넉넉히 받아둔지라 돈이 궁하진 않은데 혼자 다니면 귀찮은 일이 많다고 했다. 1999년 12월 31일이 되기 전까지 최대한 여러 장소를 구경해볼 생각이라고도. 조강현은 재림 예수가 왜 한국에 나타났는지, 어째서 종말 직전의 목표가 전국 일주로 정해졌는지(이왕 여행을 다닌다면 유럽이나 미국이 좋지 않은가?), 셈족 목수인 예수에게 요셉과 마리아가 있었듯 소년에게도 호적상의 부모님이 있는지 등이 궁금해졌지만 묻지 않았다. 주제넘은 질문을 던졌다가 행운을 놓칠 가능성이 두려웠고, 이 상황을 교묘하게 이끌어보고 싶은 마음도 약간 있었다.

소년은 분명 기적을 행할 줄 알았다. 그러나 권능에 비하면 놀라울 만큼 백치 같은 면모를 보이곤 했다. 초등학생만큼이나 단순한 사고방식과 기묘할 정도의 지혜가 공존한다는 평가가 알맞았다. 소년은 조강현을 부족한 제자처럼 대하다가도 종종 그가 친형이라도 되는 것처럼 기댔다. 그 아이러니는 조강현에게 묘한 환상을 불어넣었으며 여행 이상의 야심마저 심어주었다. 그는 얼마 지나지 않아 소년을 설득했고 경기도 외곽에서 농원을 운영하던 늙은이를 포섭했다. 자식들이 일찍 죽은 후 허무에 사로잡힌 인간이었다. 한번 거점을 마련하자 사람들이 천천히 모여들기 시작했다. 그러면서 농원은 하나의 공동체로, 마을로 발돋움했다.

농원에는 항상 화기애애하고 평온한 분위기가 감돌았다.

건강한 이들은 농사일을 도왔지만 돈이 중요한 상황은 아니었으므로 노동 착취라 할 법한 상황은 벌어지지 않았다. 종말이라는 조건이, 지금 이 순간의 영화가 완벽히 무가치하다는 인식이 평화를 구축했다. 장난감 돈을 걸고 진지하게 싸우려는 사람은 세상 어디에도 없다. 물론 당장의 생활비를 위해서는 그 장난감 돈이 필요했지만, 그마저도 소년이 충당할 수 있었다. 조강현은 종종 자신의 증권 계좌에 늙은이에게 빌린 돈을 채워 넣은 다음 객장에 출근해 소년이 시키는 대로 매매했다. 돈이 순식간에 불어났다. 모두가 행복했다. 컨테이너 방에 홀로 앉아 있다 보면 낯선 고요가 몸의 안팎을 메웠고, 화목한 가정이라는 관념이 그토록 칭송받는 이유를 알 듯했다.

조강현은 새로운 가족들과 마지막 날을 맞이할 수 있다는 사실에 기쁨을 느꼈다.

그러나 종말이 코앞까지 닥쳐온 상황에서, 쉰 명 남짓한 사람들만이 낙원의 모사물을 누리는 상황은 이상하다고도 생각했다.

그는 때때로 새까만 양복을 입은 신학생들 사이에서 홀로 흰 티셔츠와 청바지 차림인 자신을 발견하는 악몽을 꿨다. 도망치려는 찰나 수단을 차려입은 4학년이 그에게 삿대질했다. 이봐, 조강현 타대오 형제, 형제는 이름값을 전혀 하지 못하고 있어⋯⋯.

주님, 주님께서는 왜 세상에 나타내 보이지 않으시고 저희에게만 나타내 보이시려고 하십니까? 얼마나 더 오래 기다려야 땅 위에 사는 자들을 심판하시고 또 저희가 흘린 피의 원수를 갚아주시겠습니까?

그는 시설의 후배들을 떠올리며 괴로워했고, 그들을 빼내 농원으로 데려올 방법을 고민하다가, 세상이 고통으로 가득하다는 사실에 몸서리쳤다. 비참에 우열을 부여하고 값을 매기는 것은 속물적인 태도라지만 불행들 사이에는 명백한 위계가 있었다. 어떤 셈법을 적용하더라도 시설의 후배들이 빈국 슬럼가의 고아보다 불행하다고는 말할 수 없었다. 하지만 그러면 어떻게 해야 한단 말인가? 소년을 데리고 세계 여행이라도 떠나야 하나? 애당초 소년이 여행을 다녔던 이유는 무엇이었나? 1997년 2월부터 1999년 12월 31일까지의 짧은 기간. 대환난이 오면 모두가 공평히 심판받을 테니 그 3년여간의 비참은 사소하단 말인가?

조강현은 영원의 관점에서 보기에 3년은 지극한 찰나일 것이라 되뇌었지만, 만약 그렇다면 시간 바깥의 영원이야말로 철저한 악일 것이라 생각했다. 이윽고 그는 자신이 믿는 힘이 결여된 사람이 아니라 도리어 그 반대임을 깨달았다. 세상에는 가장 순수한 믿음을 추구하는 인간 유형이 존재하며, 그들은 결벽적인 의심으로 인해 최종적으로는 아무것도 믿지 못하게 된다. 진정성과 순수성이라는 관념은 실질 사랑이 불러오는 환각이자 판단 유보의 한 형태이기 때문이다.

조강현은 쉼 없이 추론하고 판단했으므로 환각에 빠지지 못했다.

하지만 현실을 직시할 용기가 있는 것도 아니었다.

또다시 술을 입에 대기 시작한 것은 그 회피책이었다.

한편 1999년 4월, 소년은 눈에 띌 정도로 오락가락하기 시작했다. 사람들을 공중에서 내려다보듯 하다가 갑자기 진짜 열세 살 아이라도 되는 것처럼 어리게 굴었다. 칭얼거리거나, 조강현에게 같이 게임을 하자며 조르거나, 시내로 내려가 빌려 온 만화책을 쌓아놓고 온종일 읽거나, 갑자기 도망쳐 동네 아이들과 놀려 하는 식이었다. 주어진 삶을 모두 소진해 버린 나머지 갓난아기로 되돌아가는 노인들처럼. 반감이 생길 정도는 아니었다. 철부지 동생이라고 생각하면 귀엽게 봐줄 만했고, 그 동생이 자신을 졸졸 따라다닐 때면 흐뭇한 마음마저 들었다. 그러나 재림 예수가 철부지 동생일 수는 없지 않은가……. 병든 이를 일으켜세우며 라틴어로 강론하는 소년과 오락실에서 주먹다짐을 벌이는 소년은 도대체 어떤 관계인가?

그로서도 소년의 배경을 아주 모르는 것은 아니었다. 의심이 본격화될 무렵 권 선생의 집에 찾아가 사정을 따져 물었던 것이다. 선생은 한동안 망설이더니 소년이 자신의 학생이

모상   219

었다고 밝혔다. 6학년 3반 이도유. 집안 사정이 나쁜 데다가 그 애 스스로도 잔뜩 말썽을 부리고 다닌지라 마음이 갔다고, 그래서 몇 번 따로 챙겨준 적이 있다고 했다. 그러다가 가을부터는 아예 학교에 나오지 않았거니와 졸업식 날까지도 소식이 없어서 앞으로는 볼 일이 없을 줄 알았는데, 대뜸 집 앞까지 찾아왔다는 거였다. 며칠만 재워달래서 고민하다가 집에 들였더니, 드러누운 남편을 보고 대뜸 말하기를, 선생님, 제가 고쳐드릴까요. 선생님은 저한테 그냥 잘해준 어른이니까 하는 얘기예요. 선생님 말고는 아무도 없어요.

그 이야기를 들었을 때 조강현은 흩어진 퍼즐 조각들이 맞물리며 하나의 그림을 이루는 느낌을 받았다. 하느님께서 힐키야의 아들 예레미야, 그 어린아이의 입에 직접 말씀을 넣어 예언자가 되게 하셨듯 이도유도 그런 은사를 입은 것이다. 하지만 소년은 예언자 직분에 충실하기에는 불성실한 성격이었으므로, 소리 높여 마지막 날을 외치기보다는 동해 바다부터 구경하고 싶었고, 그때 방황하는 신학생이 나타나서…….
조강현은 이 추론이 옳다면 그런대로 안심할 수 있으리라 생각했지만, 무언가 놓친 부분이 있는 듯싶어 불안해졌다.

소년이 대뜸 조강현의 방으로 찾아와 이렇게 말한 날, 긴장은 공포로 돌변했다.

"내년에는 고등학교에 가고 싶어."

그때 조강현은 농원 전체의 생활비로 나갈 돈을 세고 있었다. 그는 소년을 돌아보았다. 눈가에 약간 축축하고 붉은 기운이 엿보였다.

"내년이라니요?"

"아까 공중전화로 희태 집에 전화했어. 엄마가 받아서 희태한테 바꿔줬는데, 걔도 날 기억하고 있었는데, 말이 하나도 안 통하더라. 친구들은 내년에 고등학교에 가는데 난 아직 초등학생이야. 앞으로도 계속 초등학생일 거야. 졸업식에도 못 간 채 이러고 있기 때문이야. 내가 라틴어나 하늘나라 세상 권세 따위를 암만 잘 안다 해도 고등학생이 못 된다면 아무 소용도 없어. 돌아가고 싶은데 방법을 모르겠어."

"어르신, 무슨 말씀이신지 잘 모르겠습니다. 올해 12월 마지막 날에는……."

조강현은 말끝을 흐리고는 재차 지폐 다발을 셌다. 소년은 이내 평소의 말투를 되찾았다.

"아무것도 아니다. 관둬라."

소년이 홱 돌아 나가자마자 조강현은 서랍에서 술병을 꺼냈다. 몇 모금 마시지 않아 머릿골이 온통 뜨거워졌다. 내년? 하나의 1,000년이 완전히 끝난 뒤에도 세상이 여전하단 말인가? 1999년이 매듭지어진 후에는 2000년이 오며 다시 그 후에는 2001년이 오듯이, 시간에 기약이 없는 만큼 이 세상의 고통도 한없는 것인가? 하지만 그렇다면 소년이 12월 31일의 종말을 그토록 자신만만하게 확언한 이유는 무엇이었던가?

물론 그는 지금의 상태에 더없이 만족했다. 평안이 유지된다는 보장만 주어진다면 종말은 없어도 되겠다는 생각이 불쑥불쑥 떠오를 정도였다. 그럴 때마다 조강현은 성호를 긋고 반성 기도를 올렸으나 그 기도의 필요성이야말로 본심을 증명했다. 종말을 고대하는 에세네파 수도자와 일상에 만족하는 청년이 내면에서 충돌했고, 전자의 기세는 갈수록 미약해졌다. 바깥세상의 비참을 통감할지라도, 혹은 통감하는 까닭에 더더욱 그랬다. 그는 자신이 너무 나약한 듯 느껴질 때마다 성경을 펼쳐 〈묵시록〉의 묘사를 곱씹었다. 지금조차 세상에는 고통이 가득할진대, 대환난과 같은 재앙이 닥쳐온다면 어느 누구도 행복할 수 없을 것이다. 비록 그 이후에 하늘나라의 영광이 도래할지라도. 따라서 심판을 껄끄러워하는 것은 자연스러운 심리였다.

하지만 종말이 유예된 후에도 지금과 같은 일상이 가능할까?

기한이 명시되지 않은 최후는 사람을 조급하게 만들었다. 시한부 판정을 받은 이들은 기꺼이 나누며 살지만 건강한 이들은 죽을 날을 알지 못하므로 도리어 탐욕스러워지듯이. 조강현은 자신이 공들여 쌓은 행복을 포기할 수 없음을 절감하는 동시에 그 행복이 악몽으로 돌변할 가능성을 내다보았다. 그러고는 악몽이 뭉그러지기를 절실히 바라며 쉼 없이 술을 들이켰다. 세상 모든 것을 녹이며 심지어 하느님조차 집어

삼키는 사랑과 은총의 액체. 신학생들이 술자리를 아가페라 칭하던 것은 결코 농담이 아니다. 몽롱한 느낌 속에 떠올랐다가 문드러지는 신학교에서의 기억들, 낡은 건물 입구에 앉아 은행 줍는 여자를 물끄러미 바라보았던 날, 소년과 함께 본 바다는 그에게도 낯설고 황홀한 장소였다, 그러나 그것 또한 먼지로 돌아가고, 시설에서의 유소년기, 즐겁지도 않은 편애를 붙들어놓으려 안달복달하느라 아무것도 즐기지 못하게 된 시간들, 찰나의 영광과 실패, 다시 실패.

마침내 앉은 땅마저 흔들려 산산이 부서졌으며 온통 어둠이었다. 새까맣게 변한 해가 괴괴한 빛을 발하는 한편 그 옆의 달은 피를 흘리고 있었다. 통곡과 비명이 바람처럼 윙윙거리고 그 소리가 불어가는 방향에 맞추어 별들이 흔들렸다. 조강현은 자신이 드디어 미쳤는가 보다 생각하며 일어나 밖으로 나왔다. 설익은 열매가 떨어지듯 별똥별이 우수수 추락하더니 입 벌린 땅 깊은 곳으로 사라졌다. 그런데 문득 주변을 살피자 흰 와이셔츠와 검은 정장 바지를 차려입은 남자와 여자들, 여의도 증권가에서 흔히 마주칠 법한 인간 군상이 한데 모여 높다란 마천루를 올려다보고 있었다. 철근콘크리트와 유리창의 조합물은 마치 옥좌를 떠받치는 단상과 같은 형태로 조직되었으며 가장 위에 올라앉은 것은 거대한 텔레비전 패널이었다. 텔레비전이 한동안 보험과 은행과 정유사와 통신사와 물류 운송사의 광고 영상들을 송출하더니 마침

내 소년의 얼굴을 띄웠다. 이에 군중이 한목소리로 외쳤다.

"구원을 주시는 분은 옥좌에 앉아 계신 어린양이십니다."

그것은 진정한 찬송이라기보다는 호의를 빌미 삼은 협박 같았으며 어딘가 익숙했다. 곧 조강현은 〈묵시록〉의 6장부터 7장까지가 뒤틀린 형태로 재연되고 있음을 깨달았다. 어디에서? 술 취해 잠든 주정뱅이의 머릿속에서? 혹은 현실에서? 그는 내심 대답을 예상하며 옆의 노인에게 물었다.

"이 사람들은 도대체 누굽니까?"

"그들은 어린양이 흘리신 피에 옷깃을 빨아 희게 만들었습니다. 그러므로 그들은 밤낮으로 그분을 섬기는 것입니다. 옥좌에 앉으신 분이 그들을 가려주실 것입니다. 그들이 다시는 주리지도 목마르지도 않을 것이며 태양이나 어떤 뜨거운 열도 그들을 괴롭히지 못할 것이요, 옥좌 한가운데 계신 어린양이 그들의 목자가 되셔서 그들을 생명의 샘터로 인도하실 것이며 그들의 눈에서 눈물을 말끔히 씻어주실 것입니다."

노인은 오래전에 쓰인 말을 반복했으나 하느님에 대한 언급만큼은 잘려 나간 듯 사라졌고, 군중의 속성마저 정반대로 바뀐 듯했다. 사도 요한은 희생자와 종들의 찬미를 목격한 반면 조강현의 눈앞에 모인 것은 여의도의 회사원들이었다. 여의도가 아니라 서양의 어느 거리인 듯도 했지만 그 성질은 매한가지였다. 육중한 쇳덩이들이 맹수처럼 으르렁거리며 그들 양옆으로 내달렸다. 그것들 각각을 뜯어보자 문득 낯선 이름이 불타는 글자로 머릿속에 압인(壓印)되었다. 랄프 로렌, 헨리 스튜어트, 브룩스 브라더스 그리고 애스턴 마틴, 링컨, 캐딜락, 그런데 이게 도대체 뭔가? 이것도 〈묵시록〉에 나왔던가? 그는 8장 이후의 전개를 가까스로 복기하며 텔레비전 패널을 올려다보았다. 사무용 탁자에 앉은 소년이 일곱 개 칸이 있는 계약서에 서명하는 중이었다. 네 개 칸에 이름이 쓰였고 세 개의 칸이 빈 상태였다. 이제 소년이 다섯 번째 칸에 서명했다. 그렇게 일곱 번째 칸까지 채워지면 일곱 천사가 나타날 것이다. 향로에 불을 가득 담아 땅에 던질 것이며 나팔을 불어 땅에 우박을 내릴 것이다……

여섯 번째 칸 앞에서 한참을 망설이던 소년은 웅크리듯이 탁자에 엎드렸다.

이에 군중이 크게 안도했다.

조강현은 그들을 밀치며 마천루를 향해 나아갔다.

소년은 웅크렸지만 손에서 펜을 놓진 않고 있었다.

건물 정문으로 뛰어 들어간 조강현은 엘리베이터 홀로 직행했고, 최상층 버튼을 눌렀다. 강철로 된 직육면체가 수직 운동을 시작하자 사면이 훅 사라지더니 발판만 남았다. 고도가 높아짐에 따라 저 아래의 세상이 점점 멀어지면서 넓어졌다. 도로는 도시로 변했고 도시는 국가가 되었으며 국가들은 곧 땅이 되었다―공중에서, 조강현은 땅의 사람들을 보았다. 누군가가 기뻐하고 누군가가 슬퍼하는 것을 보았다. 그

웃음과 눈물의 총합이, 서로 다른 강줄기가 바다에서 마주치듯 하나의 거대한 힘으로 모여 떠밀려 가는 것을 보았다. 세계는 매 순간 소용돌이치고 출렁거림으로써 무지개처럼 영롱한 빛의 막을 이루었다.

그때 목소리가 우레처럼 울렸다.

"너희가 이것을 바랐다. 너희가 원하여 만들어낸 고통과 희락이 모두 여기에 있다. 죽을 자와 살아남을 자를, 희구할 것과 버릴 것을 너희 스스로 정할 힘이 바로 여기에 있다!"

그 말을 듣고 다시 아래를 보자 정장 입은 사람이 건물로부터 내던져졌다. 땅에는 굶주리고 병든 자들, 나그네 되었으며 헐벗은 자들이 밀집해 있었다. 으깨진 시체에서 옷가지를 벗겨내려는 전투가 한바탕 일어나더니 승리자가 나타나 자리를 옮겼다. 이에 여럿이 짓눌려 죽었다. 무리 중 일부는 떠나간 이를 부러워하기만 했으나 일부는 주검을 수습하러 나섰다. 이때 모두에게 단맛이 감도는 쓴 술이 한 잔씩 주어졌으며 그것은 살짝 취하기에 충분할 정도였다.

목소리가 다시 외침을 발했다.

"이 땅은 믿음이 없더라도 의지로써 행해지는 곳이다, 결코 구원받지 못할 이들에게도 만족할 만한 행복을 주는 곳이다, 좌절과 희락이 하나 되는 곳이다. 서로가 서로를 인간의 방식으로 사랑하는 곳이다—정녕 포기하겠느냐? 온 땅의 나라를 불태우고 모든 바다를 끓어오르게끔 하겠느냐? 그럼으로써 절대자의 본위에 굴종하겠느냐?"

농원의 평화로운 정경이 번뜩이더니 방금 전까지 세던 지폐 뭉치의 감각이 손끝에 와 닿았다. 구역감과 기묘한 전율이 동시에 조강현을 휩쓸고 지나갔다. 고개를 들어올리자 텔레비전 화면을 통해 보았던 그 탁자가 눈앞에 있었다. 소년은 여전히 펜을 움켜쥔 채 웅크려 있었다. 조강현은 맞은편에 앉아 본계약서와 그 부속 합의서를, 책 한 권 분량의 설명서를 천천히 읽기 시작했다. 모두 읽은 뒤에는 첫 장으로 돌아가 놓친 부분이 없는지를 몇 번이고 살폈다. 그리고 결심했다.

조강현은 소년의 손목을 붙잡고 손바닥을 벌려 펜을 빼앗았다.

점멸.

조강현은 소년의 거처에 들어앉아, 그 등을 가만히 두드리는 자신을 발견했다.

한동안 숨을 몰아쉬던 소년은 고개를 들어올렸고, 죽일 듯한 표정으로 조강현을 노려보았다.

"왜 그랬어? 어차피 반년 일찍 끝내도 상관없잖아?"

"어차피 서명하지 않으셨을 줄로 압니다."

"내가 못 할 줄 알아?"

그 질문을 시작으로 소년은 비명 지르듯 외치기 시작했다.

"이런 쌍, 너는 겉으로만 신학생인 척할 뿐이지 그냥 재수 없는 개새끼야. 칭찬이든 뭐든 실컷 누린 주제에 감사할 줄은 모르고 자기를 좋아하는 사람들을 속으로 깔보는 개새끼라고. 그러면서도 끝에 동정심은 있어서 깔보는 상대를 불쌍해하기까지 하지. 내가 그것도 모를 줄 알아? 난 그런 건 세상 누구보다도 잘 알아. 넌 나를 인간 대 인간으로 만났으면 속으로 실컷 비웃기나 했을걸. 그러다가도 적선하듯이 사탕 하나쯤 쥐여주고, 왜냐하면 네가 착한 사람이 된 기분이 드니까, 그렇지? 맞지? 넌 내가 옛이야기도 들려주고 종말도 불러올 수 있으니까 날 따라다니는 거지, 내가 그냥 같이 놀자고 하면 절대 안 그럴 거지? 다들 그렇겠지?"

소년은 큰 소리로 울었고, 조강현은 그를 달래어 재운 뒤 다른 사람들에게로 갔다. 그들 역시 웅크린 채 벌벌 떨고 있었다. 그는 사람들을 정신 차리게끔 한 다음 무엇을 겪었는지 물었다. 건물에까지 들어선 사람은 그 하나뿐이었으며 건물 자체를 본 이들조차 얼마 없었다. 대부분은 세계가 불타 무너지고 신음하는 광경만을 목격했다. 조강현은 두려워하는 사람들을 안심시킨 후 내일 마저 이야기하자며 대화를 매듭짓고 밖으로 나왔다. 그리고 자신 홀로 땅의 모든 나라를 내려다보고 계약서까지 읽은 데에는 예수의 뜻이 작용했으리라 짐작했다.

조강현은 소년의 거처를 힐끗 보았다.

소년의 판단은 정확했다. 어떤 이유로든 그에게는 진심이라고 부를 만한 것이 부재했으며 다만 고결한 본심을 가지고 싶다는 갈증만이 있을 뿐이었다. 갈증을 축이기 위해 끝없이 고뇌했으며 가능하다면 실천에도 옮겼다. 하느님을 흠숭해서가 아니라 자신을 치장하기 위함이었으므로, 또한 그것이 자신의 힘이라 믿었으므로 결국 기만이었다. 순명할 줄 모르며 제 자신의 힘을 믿어 교만한 인간. 그러나 스스로, 기만을 행하기로 결단하는 데에는 나름의 가치가 있지 않은가? 타고나기를 공허한 것, 돌이킬 수 없을 만큼 비틀린 것, 사라지고 잃어버린 것을 충당하려는 의지가 오히려 벌받을 구실이라면 자신은 어떻게 해야 한단 말인가?

하늘나라의 질서대로라면 그는 구원받을 가망이 없었지만 지상의 통치자는 거기에 마땅한 값을 매겨주려는 모양이었다. 평생토록 고통이었던 것이 한순간 풀려나 빛으로 화했고, 아주 오래된 의문 역시 답을 찾았다. 세상은 어째서 악과 고통으로 가득한가? 주 하느님은 공의와 정의로 다스리시는데도 어째서 심판은 영영 유예되고만 있는가?—인간에게는 지상의 나라를 스스로 가꾸어나갈 의지와 힘이 있으며, 악은 그 힘의 이면이자 부산물이고, 고통은 희락의 다른 형태이기 때문이다.

조강현은 자신이 땅의 사람이라고, 하느님의 종은 될 수 없을지라도 예수의 뜻을 따르는 데에는 어느 누구보다 뛰어날 수 있다고 믿었다.

드디어 그에게 믿음이 있었다.

◆◆◆

"앞서 몰트만을 언급하며 사람의 아들과 하느님 아버지 간의 단절을 언급했지요. 그것이 비유나 상징에 그치는 것이 아니라 실제로 일어난 일이었다고도 말씀드렸습니다. 예수께서 하늘로 돌아가는 대신 맘몬과 손잡음으로 인해, 지상은 신의 섭리와 예정으로부터 벗어나 피조물들의 손에 맡겨지게 되었던 겁니다. 당신께서 고통을 즐기기 위해 지상의 통치자를 자처하신 것이 아니라는 사실이 중요합니다. 다만 인간 본연의 결함을 통해 결함을 극복할 수 있다고, 그 변화는 느리면서도 즉각적인 까닭에 고통 이상의 가치가 있다고 믿으시는 겁니다.

즉 저는 정통적인 입장들과는 어긋난 방향에서 자유의지와 악의 문제를 이해한 셈입니다.

그렇다면 질문이 하나 생깁니다. 예수께서는 어째서 감독이 자기 본분을 다하려 할 때마다 경고의 환영을 불러일으키셨을까요? 아마도 치명률이 지극히 높은 수술을 시도할 때, 사망하더라도 의사의 귀책을 물지 않겠다는 각서를 요구하는 것과 비슷하리라 생각합니다. 저는 예수의 입장을 납득했거니와, 그런 두려움조차 없이 순간의 기분으로 서명함으로써 전 세계 사람들을 위험에 빠뜨리기란 어불성설이라 보았지요.

따라서 저 홀로의 방황은 여기에서 마무리됩니다―저는 예수께서 주신 믿음대로, 맘몬의 방식으로, 이 땅의 사람들에게 좋음을 나눠 주고자 마음먹었습니다. 풍요로운 이들에게서 돈을 걷어내어 배고프고 주린 자들을 거둘 수 있다면, 불우한 아이들을 돌볼 수 있다면, 그렇게 풍요로워진 이들이 다른 이들에게 다시금 그렇게 한다면 이 세상은 보다 좋은 곳이 될 터였습니다. 아시다시피 지금은 생각이 달라졌습니다만 당시에는 그것이야말로 제가 바칠 수 있는 최고의 순종이라 여겼지요.

그렇다면 다른 사람들은 어떻게 되었을까요? 다음 날 이도유를 잘 달래어 사정을 들어보니 이런 식이었습니다. 아시다시피 이도유는 감독 직분을 양도받기 전까지는 세상에 분노하던 소년이었지요. 원래는 속설처럼 1999년이 끝날 때 종말을 불러올 작정이었는데, 자신을 우러러보는 사람들에게 둘러싸여 실컷 놀다 보니 삶이 아쉬워지고 만 겁니다. 농원은 진실로 낙원처럼 좋은 곳이었으니까요.

하지만 그 낙원이 어떤 의미로든 조건부라는 사실이 이도유를 괴롭혔습니다. 종말을 불러온다면 수많은 사람이 깊은 고통을 겪고 지옥에 떨어질 공산이 큰데, 그러지 않는다면 농원 사람들이 실망할 게 분명했기 때문입니다. 구 새천년파의 구성원들은 세상 모든 것으로부터 버려지고 떠밀린 사람들이었고, 바깥세상을 향한 분노 또한 그만큼 강했습니다. 환각을 통해 대환난의 공포를 겪었음에도 불구하고, 그럼에도 불구하고 종말이 와야 한다고 믿는 이들이 압도적으로 많았지요.

제게 주어진 소명을 받들기 위해서는 이 문제부터 해결해야만 했습니다.

이때 다행인 점은 이도유가 제 앞에서만 위장을 내려놓았을 뿐 다른 이들에게는 체통을 지켰다는 겁니다. 또한 종말이 유예될 가능성을 아는 것은 저뿐이었습니다. 저는 이도유의 선택을 존중하겠다고, 다만 무엇을 고르더라도 새천년파 사람들이 후회할 일은 없게 도와주겠다고 제안했지요. 그 후 성인 구성원 서른두 명과 여러 차례 대화를 나누었습니다. 저는 그들을 설득하는 측면에서는 나름대로 자신이 있었는데, 대환난이 두려운 경험이라는 점에 대해서는 다들 공감대가 갖추어졌기 때문입니다.

즉 대환난 전날에 새천년파가 다 함께 죽음을 맞이하면 문제가 손쉽게 해결됐습니다. 이도유가 서명하지 않더라도 실망할 사람은 아무도 없거니와, 서명한다면 그들은 대환난의 고통을 피해가는 것이었습니다. 물론 자살은 지옥에 떨어지는 중죄입니다만 그것은 별문제가 아니었습니다. 이도유는 천국과 지옥의 문제에 대해서만큼은 정직했기 때문입니다. 소년은 우리 중 천국에 갈 사람이 아무도 없다고, 그것은 바깥 사람들이라도 마찬가지라고 거듭 말해왔습니다. 대환난을 겪고 지옥에 가느냐, 바로 지옥에 가느냐 하면 단연 후자입니다. 게다가 성경에 근거하여 보면 최후의 심판이 개시되기 전까지는 모든 영혼이 의식 없는 상태로 잠들게 되므로, 종말이 영구히 유예되더라도 그들은 손해 볼 게 없었습니다. 이해득실이 참되게 맞아떨어지는 계산이었습니다!

모두들 기꺼이 동의했지요.

장소가 장소였던지라 동물용 마취제를 대량으로 구비하기는 손쉬웠습니다. 다만 어린아이 열두 명의 처우가 문제로 남았습니다. 대속이 무효로 돌아간 것과 별개로, 순진한 아이들에게는 구원의 가능성이 열려 있었으니까요. 그들은 대환난을 버티기만 하면 무구한 상태로 하늘나라에 거두어질 수 있었습니다.

물론 여기에 대해서도 계획이 있었습니다. 그것은 저 스스로를 위한 계획이기도 했는데, 다른 성인들이 모두 죽음을 택하는 동안 홀로 살아갈 명분을 갖춰야 했기 때문입니다. 저는 아이들을 돌보고 지키는 역할을 자처하기로 했습니다. 순수한 이들이 구원받는 것과 별개로, 시련 속에 아이들을 덩그러니 내버려둬서야 안 되지 않겠습니까? 또한 보호라면 물리적인 것을 포함하기 마련인데, 이런 문제에서라면 젊은 남성 이상의 적임자가 어디 있겠습니까? 기존에 쌓아둔 인망이 있었거니와 덩치도 웬만큼 컸던 덕분에 이 구실은 정확히 먹혀들었지요.

한편 살아남을 아이들은 이런 사정을 몰라야 했으므로, 저는 죽을 이들에게 몇 번이고 비밀 엄수를 당부했습니다. 구실은 대강 이랬습니다. 대환난이 닥쳐오더라도 상황이 어떻게 될지는 분명치 않다, 당장 다음 날부터 아비규환이 펼쳐질 수도 있고 시간이 약간 더 걸릴 수도 있다, 그러나 그 약간이 열흘만 되더라도 나는 경찰에 붙들릴 것이며 아이들은 뿔뿔이 흩어지고 말 것이다. 내가 아이들을 가족처럼 돌보기 위해서는 잠시간만이라도 관계를 끊은 척해야 한다……. 물론 저는 진실로, 예수께 맹세하건대, 그 아이들을 제 가족으로 여길 준비가 되어 있었으며 오래도록 그랬습니다.

그날부로 한 달에 걸쳐 제가 사라지더라도 농원이 돌아갈 수 있도록 체제를 정비하고 별도의 연락 체계를 구축했습니다. 이도유와는 정해진 시간에 공중전화로 통화하고, 생활비는 농원 이외의 장소에 현금 택배를 보내어 전달하기로 했지요. 서울 바깥의 우체국에서, 가명을 써서 말입니다. 이후 저는 계속 서울에 있었고, 비록 신학교로 돌아가지는 않았으나 신부님들과 수녀님들께 그간의 사정을 고백하며 조강현 타대오 형제로서의 정체성을 되찾았습니다. 표면적으로는 말입니다. 그렇게 12월 30일이 왔고, 자정이 지나 12월 31일이 되었습니다. 저는 계속 기다렸습니다. 종말을, 혹은 연락책의 전화를…….

새벽 4시경에 전화가 왔습니다. 곧바로 차를 끌고 내려갔지요. 연락책 역할을 맡은 열일곱 살의 여자아이 외에는 다들 상황을 모른 채 두려워하고만 있었습니다. 이야기를 듣자 하니 네 시간에 걸쳐 일곱 번째 봉인까지 떼어질 뻔했는데, 그동안 아이들은 지독한 환영에 시달렸다더군요. 저는 그 아이들을 달랜 뒤 이도유에게로 갔고, 재회 장소를 정한 후, 경찰에 신고했습니다. 새천년파에 몸담을 당시 알던 동생이 울면서 전화하기에 달려가 봤더니 이렇게 되어 있었다, 하고요. 저는 이미 반년 넘게 연락을 끊은 채로 서울에서 일하던 중이었거니와 그 정황 역시 확실했으므로 어렵잖게 의심을 피했지요.

한편 당시에는 IMF의 여파로 워낙 흉흉한 사건이 많았던 까닭에, 경찰과 언론은 집단 자살 사건을 최대한 축소시키고 싶어 했습니다. 생각해보십시오, 납치범이나 살인범이 선량한 시민들 사이에 끼어 있다면 그것은 진실로 두려운 일입니다. 그런 문제라면 당장에라도 범인을 밝혀내야만 좋습니다. 조직적인 폭력과 노동 착취, 금전 갈취, 협박에 대해서도 마찬가지입니다. 이런 일들은 의분을 불러일으킬 뿐만 아니라 세상 곳곳과 연결되어 있습니다. 하지만 버려진 사람들이 낙원 같은 삶을 누리다가 다 함께, 평안히 죽었을 뿐이라면 산 자들은 무엇을 할 수 있을까요? 없습니다. 기껏해야 헛소문만 부풀고 말지요. 게다가 생존자 아이들은 학대가 아니라 기적과 종말의 환영을 증언하고 있었으니 경찰로서는 건드리기가 난망합니다. 자칫했다가는 후속 컬트들이 양산될지도 모르는 겁니다. 그러니 결정권을 쥔 자들은 애써 쉬쉬할 수밖에 없지요.

바로 이런 경과를 거쳐 저는 예수께 헌신하는 삶을 살게 되었습니다.

그러나 돈의 권세에 합류하는 순간부터 뼈저리게 느끼고 마는 사실이 하나 있습니다. 돈은 인간성의 표현이므로 원죄의 등가물이라는 겁니다. 자율성과, 좋고 나쁨을 분별하여 사랑하는 마음과, 풍부한 욕망 같은 가치들이 돈을 타고 흐릅니다. 그리고 이 흐름은 고삐가 풀리는 순간부터 몹시도 인간적이며 자율적인 방식으로 비인간성과 부자유를 강요하게 되지요. 이러한 모순적인 굴레가 세계를 옥죄고 무너뜨립니다. 자유는 좋습니다. 그러나 자유를 줄 것이라면 무엇이 좋거나 나쁘다 하는 기준점 또한 명확히 세워야만 합니다. 그럼으로써 인의를 쾌락에 앞세울 유인을 제공해야 합니다. 눈앞의 쾌락과 즉물적인 감정보다 더 중요한 것이 있다는 믿음 말입니다—요나의 표징만으로는 부족합니다.

사감을 섞어 말씀드리자면, 지금의 저는 어린 시절의 경험을 용서하게 되었습니다. 시설의 수녀들은 악인이 아니라 다만 불쌍하고 안타까운 사람들이었음을 깨달은 것이지요. 그들에게는 믿음이 부족한 것이 아니라 믿음을 얻을 기회가 없었던 것이며, 온 세상 죄인이 그러합니다. 저는 예수께 이 부

분을 절실히도 따지고 싶은 사람이고, 그러기 위해서는 이도
유가 필요합니다."

❖❖❖

우혁은 생각했다.

누구는 기적을 겪고 알코올중독을 고치는데, 누구는 정확
히 동일한 이유로 도박중독자가 되는구나. 이런 게 사람 팔자
인가?

그리고 이렇게도 생각했다.

결국 회장님이 죽인 거 아닌가요?

그는 소년이 조강현의 이름을 듣자마자 진절머리를 낸 이
유를 이해했고, 사태의 주범에게 음흉한 놈이라는 평가만 내
리고 입을 다무는 것은 상당한 예우라고도 느꼈다. 공범 의
식의 발로든, 옛 동지에 대한 존중이든 간에. 우혁은 현대 문
명에 염증을 느끼는 입장에서 조강현의 명분에 동의했지만,
그라는 인간에 대해서는 미심쩍은 시선을 거두기 어려웠다.

"이해한 대로 정리해보겠습니다. 회장님은 신의 질서에 실
망하고 인간의 자율성을 믿기 시작했지만, 곧 그것만으로는
부족하다는 걸 알게 되신 거죠. 개량주의자가 됐다고나 할까
요, 마키아벨리스트라는 말이 더 적절할까요……. 하여간 전
세계 사람 앞에서 기적을 보여주든, 재림 예수를 9시 뉴스에

내보내든, 대놓고 신권 통치를 하든 간에 신성의 존재를 증명할 필요가 있다는 입장이신 거죠. 비록 그게 허위 광고일지라도, 이 세계가 제대로 작동하려면 그런 게 필요하다. 아무 기준도 없는 돈, 완벽히 자유로운 돈은 오히려 사람을 집어삼키기 때문에. 맞나요?"

"옳습니다."

"일단…… 회장님은 신념과 목표가 확실한 사람이라는 생각이 듭니다. 그리고 목표를 위해 나머지를 모두 굽힐 수 있는 사람이기도 하죠. 제안하시는 방법론도 그렇고, 일전에 출연하신 방송에서는 실상과 완전히 다른 증언을 하셨으니까요."

"가이사의 나라에서는 가이사의 법을 따르라고들 하지 않습니까? 이런 이야기를 곧이곧대로 했다가는 국민 정서에 반하지요."

"그리고 저도 한국인이죠. 평범한 한국인이라면 대화가 끝나자마자 공소시효를 검색한 다음 경찰에게 연락할 테고요. 상황은 알겠고 대의명분도 이해했습니다만 이렇게나 솔직히 말씀하시는 이유가 의아한데요. 뭐, 저야 영광이긴 한데……."

"크게는 두 가지 이유입니다. 우선 첫째로, 인제 와서 저를 기소할 방법이 없을 뿐만 아니라 새천년파가 선생님을 회유하려 할 가능성이 상당하기 때문입니다. 고용주가 뻔한 사정을 숨긴다면 신뢰도만 깎이고 말지요. 최 선생님이 이중간첩

이 될 경우 제가 곤란해집니다. 또한 둘째로는, 우리가 동족이라는 느낌이 들기 때문입니다."

조강현은 우혁을 지그시 바라보았다. 입에는 넉살스러운 웃음이 걸려 있는데 눈은 어둡게 빛나는 것이 진심을 대언하는 듯도 하고 협박 같기도 했다. 지금 들은 이야기를 함부로 떠들고 다니면 후환이 만만찮을 것이다, 하는. 따라서 우혁은 조강현이 드러낸 동지 의식을 곱씹을 수밖에 없었다. 우리, 뜻밖의 만남으로 삶이 뒤바뀌었으며 어딘가에 중독되었을 뿐만 아니라 물질 너머의 관념에 과도하게 집착하는 인간들. 죄책감이 태부족일지라도 자신이 선택한 상대에게는 견고한 충성을 바치는, 그러나 선택이므로 결국에는 조건부인……. 그런 측면에서는 공통점이 많긴 했다. 하지만 공통점만으로는 부족했다.

그는 조강현이 왕홀을 거머쥔 세계가 어떤 곳일까 상상했고, 권오성이 있는 침실을 향해 시선을 던졌다. 30대 초반으로 보이는 단정한 인상의 남자. 여기까지 함께 왔으니 이도유에 얽힌 뒷이야기도 알고 있을 것이다. 그렇다면 권오성은 옛 새천년파 출신일까? 그럴 확률이 높다. 네댓 살 남짓한 어린아이가 직접 경기도 외곽의 농원으로 걸어 들어갈 리는 없으니까, 부모까지도. 부모를 죽음으로 몰아간 남자에게 충성하는 심리가 의아스럽더니 이내 납득이 갔다. 진심은 맹목적인 매혹과 결부되었으며 고결한 순교자는 광신도의 다른 명칭이었다.

진실에 실망한 사람들이 있는 한편, 진실 이상의 진심에 이끌린 사람도 있었다. 이제 우혁이 입장을 정할 차례였다. 지금 당장은 손잡을 수밖에 없겠다는 계산이 섰다. 여기서 돌아섰다가는 몰수 패로 게임이 끝나지만, 말을 듣는 척하면 카드를 한두 장 더 받을 수 있다. 소년을 빼돌려 설악산으로 내달릴지 지상 나라의 충신이 될지(겸사겸사 신형 제네시스도 얻어먹을지) 결정하기 위해서는 우선 손에 쥔 패를 보충해야 하는 것이다.

그리고 솔직히 재밌을 것 같았다.

첩보영화를 찍으면 돈이 생기는 데다 형사 합의까지 된다……?

우혁은 김 형에게 반사적인 미안함을 느끼는 동시에 자기 합리화를 마쳤고, 고개를 끄덕였다.

"최선을 다하겠습니다."

"마음에 드는군요."

곧바로 본론이 시작됐다. 조강현은 품에서 봉투를 꺼내더니 내용물을 탁자에 넓게 펼쳤다. 뒷면에 이름과 직분이 표기된 사진 여섯 장이었다. 새천년파에 잠입한다면 저쪽에서도 감시 역을 붙일 텐데, 치리회 인원이 직접 행차할 수도 있으니 얼굴을 외워두는 편이 나으리라고 했다. 치리회장은 서혜라라는 이름의 여자로 가장 나이가 많아 보였다. 조강현은 굳이 부언하지 않았지만 우혁이 짐작하기에는 서혜라가

1999년의 연락책일 듯했다.

집단 자살 사건의 진상을 처음부터 알았던 생존자는 두 명이었다. 조강현과 그에게 연락한 열일곱 살의 여자아이. 새 천년파 치리회가 조강현에게 등 돌린 이유가 여기에 있으리라는 생각이 들었다. 서혜라는 발언권이 상당했을 테고 자신이 입을 여는 순간 조강현의 입지가 추락하리라는 사실도 알았을 것이다. 그리고 앎을 실천으로 옮겼다. 계기가 뭘까? 알량한 탐욕 때문은 아닐 게 분명했다.

우혁은 혹시나 싶은 마음에 조강현이 직접 밝히기를 기다려봤지만 별 소득이 없었다. 그는 치리회가 열심당원들에게 명령을 내리는 과정을 세세히 설명하면서도 구성원 각개에 대해서는 말을 아꼈다. 치리회장이 엮인 사안이라면 특히. 관계를 물어봤다가는 정말로 경을 치게 될 듯했지만(우혁은 자신이 애진작 선을 넘었다는 사실을 알고 있었다), 그게 오히려 다짐을 굳혔다. 이건 새천년파에게 물어봐서라도 알아내야 할 사안이다.

그런데 설마 남녀 문제면 어떡하지?

엄청 재밌겠다.

기사에 따르면 조강현은 오래전 일반인 배우자와 이혼한 적이 있었다. 머릿속에서 세계의 명운이 걸린 신학적, 정치적, 윤리적 숙고와 남녀상열지사가 교차했다. 긴장감 넘치는 플롯에 싸구려 로맨스를 끼워 넣음으로써 B급을 자처하고 마는 드라마가 연상되더니 그런 키치함이야말로 소프 오페라의 핵심이 아닌가 싶은 생각이 들었다. 현실의 치밀한 긴장으로부터 도망치기 위해서는 허술함이 필요한 것이다. 숨구멍이라고나 할까. 그렇게 시작된 문화 비평이 한참이나 길어지던 도중 조강현의 목소리가 산통을 깼다.

"최 선생님, 듣고 계십니까?"

"아, 예, 당연하죠. 새천년파 비밀 조직의 의사 결정 구조와 행동 강령에 대해 말씀하셨고, 지금까지 설명해주신 내용은 열심당원 출신 배교자들에게서 얻어낸 정보인지라 치리회 내부 상황은 거의 알 수가 없다고 하셨습니다. 큰 명령이 하달되는 시기로 보아 매달 두 번째, 네 번째 목요일이 치리회 모임날로 추정되긴 하지만 그 본거지는 열심당원들도 모를 만큼 폐쇄적이라고요. 또, 얼굴을 기억해둬야 할 사람이 한 명 더 있다고도 하셨는데요."

그는 말하면서도 자신이 이걸 듣고 있었다는 사실에 내심 놀랐다. 조강현은 석연찮다는 표정으로 우혁을 바라보더니 탄산수를 들이켰고, 한동안 침묵했다. 그러더니 품에서 무언가를 꺼내 탁자에 올려놓았다. 지금보다 젊어 보이는 조강현과 교복을 입은 여자아이가 함께 있는 사진이었다. 쌍꺼풀 없는 눈과 시원시원한 이목구비가 왜인지 낯익다고 생각하는 순간 교복 명찰이 주의를 잡아당겼다. 조세희라는 이름이 쓰여 있었다.

"치리회 구성원 여섯 명에 더해, 이 아이까지입니다. 반올림하면 거의 10년 전 사진이긴 해도 이목구비는 거의 바뀌지 않았습니다. 치리회 소속이 아니거니와 발언권이 없는지라 열심당원들도 존재를 모릅니다만, 그렇기 때문에 오히려 앞으로 나설 수 있겠다는 생각이 듭니다. 제가 최 선생님을 고용하듯이, 치리회에게도 장기말이 있는 셈이지요."

"따님인가요?"

조강현은 한쪽 입꼬리를 끌어당겼다. 어느 쪽이냐면, 왼쪽. 웃음은 아니었다. 담배를 악물어야 하는데 지금은 입가에 아무것도 없는 사람의 동작이었다.

"제게는 혈육이 일절 없습니다. 부모는 물론이고 제 피를 물려받은 자식도 없다는 겁니다. 그건 신학생의 관성이고, 제가 어떤 의미에서는 여전히 성직자라는 증명이기도 합니다. 그러나 조세희는 제 딸이 맞습니다. 최 선생님께서 아셔야 하는 건 여기까지입니다."

조강현은 일어나 거실 밖으로 사라졌다. 문 너머에서 다른 문이 열렸다가 닫히는 소리가 희미하게 들렸다. 현관문이었다. 무엇을 위해 나갔는지 알 듯했다. 곧이어 권오성이 들어오더니 우혁의 맞은편에 앉았다.

"이제부터는 저와 상의하시면 됩니다. 앞으로도 제가 연락을 담당할 예정입니다."

권오성과의 대화를 마치자 연락용 휴대전화와 착수금 500만 원이 들어 있는 가방이 생겼다. 모두 5만 원권이었다. 화장실 핑계를 대며 배웅을 빙자한 감시를 회피한 우혁은 변기 칸으로 들어가 돈뭉치를 꺼내 들었다. 진작부터 강원랜드를 드나들며 배운 사실이긴 했지만 지폐 100장의 부피는 시시했다. 한 손에 쥐면 위아래로 길쭉한 스마트폰을 드는 느낌이었고, 무게도 딱 그 정도였다. 그래도 혹시나 싶은 마음에 한 장씩 세어 넘기고 있으려니 얄궂은 느낌이 들었다.

　명색이 대기업 회장님이신데…….

　물론 스파이 업무의 첫 단추는 새천년파 공식 사이트에 들어가 지부 위치를 검색하고 시범학습 신청서를 작성하는 것이었으므로, 말이 착수금이지 실제로는 용돈이나 다름없었다. 조강현은 앞날이 흐릿한 30대 백수―명목상으로는 여전히 보조 강사였고 학원 일도 그럭저럭 해내고 있었지만, 우혁은 김 형이 자신을 자르지 않는 것이야말로 현대의 기적이라고 생각했다―를 안심시키기 위해 돈뭉치를 쥐여준 것이다. 그런 맥락하에서는 차고 넘치는 금액이긴 했다.

　우혁은 저녁 밥값으로 5만 원권 한 장을 빼낸 뒤 나머지를 다시 가방에 넣었고, 로비로 나왔다. 낮에 들어오면서 보았던 빵집이 여전히 그 자리에 있었다. 목돈이 생긴 상황에서도

5,500원짜리 단팥빵은 터무니없는 가격인 듯 느껴졌다. 그렇다면 이걸 어디에 써야 한단 말인가. 빚을 갚거나 만약을 위해 남겨두는 게 옳겠지만 오늘만큼은 비싼 걸 사고 싶었다. 필요한 것도 없는데 돈 쓸 생각부터 하는 걸 보니 갱생은 글러먹었다 싶은 한편, 도박 충동이 저편으로 물러났다는 사실이 생경하게 다가왔다. 이건 부활의 은사인가, 혹은 정반대로 일생일대의 도박에 발을 담근 까닭인가?

웨스틴조선호텔과 명동 롯데백화점은 약 400미터 거리였다. 우혁은 괜스레 롯데백화점 명품관 2층을 어슬렁거리며 태그호이어니 파네라이니 하는 브랜드들을 눈에 담았고, 자신이 돈벌이는 물론이고 소비에조차 아무 소질이 없는 인간임을 실감했다. 금액대를 떠나(오백으로 무슨 명품 시계를 산단 말인가) 사고 싶은 물건이 전혀 없었던 것이다. 돌이켜보건대 그에게 명품은 입고 다닐 수 있는 부동산 이상도 이하도 아니었다. 물건에라도 묶어두지 않으면 돈이 순식간에 사라졌으므로, 되팔아도 가격이 보존되는 브랜드를 애써 사들였을 뿐이다. 상황이 급할 때는 중고 거래를 시도하는 대신 헐값으로 전당포에 넘겨야만 했지만, 그건 정말로 최소한의 적금이고 보험이었다.

보험……

우혁은 정형 행동을 보이는 동물원의 타조처럼 바쉐론 콘스탄틴과 IWC 부티크 사이를 느릿느릿 오갔다. 바쉐론 콘스탄틴 오버시즈 특유의 청판은 한낮의 햇살 아래 폭발하듯 번쩍이던 요트블루색 K5를 연상시켰다. 그 건너편의 파텍 필립 부티크에서는 젊은 남자 셀러가 우혁과 동년배로 보이는 남자의 시착을 돕고 있었다. 수천짜리 시계를 살 정도니까 돈이야 있겠지만 조강현만큼은 아닐 것이다. 조강현의 손목에 걸려 있던 15,000원짜리 카시오 시계가, 사실상의 교주 노릇을 하며 서른두 명을 자살시킨 대기업 회장과 그의 수양딸이 머릿속에서 계속 번쩍거렸다. 우혁이 판단하기에 조강현이라는 인간을 규정하는 것은 고결성을 향한 집념과 가족에 대한 인식이었다. 진본이 부재하므로 완벽한 모사품을 만들어내겠다는 야심 찬 기획과, 결함투성이인 까닭에 도리어 진실된 인간성의 길항작용이 아슬아슬한 균형을 맞추고 있는 것이다.

욕망의 정확한 배분은 알 길이 없었지만 조강현이 가족 놀이나 성자 놀이를 위해 아무나 입양할 사람이라고는 생각하기 어려웠다. 만약 그렇대도 그 아이가 새천년파 일에 개입하게끔 내버려두었을 리가 없었다. 우혁은 K5와 제네시스와 그랜저가 하나로 맞물리던 순간 목격한 환상을 복기했다. 1999년도 4월, 경기도 외곽의 농원에서 아기가 한 명 태어났다. 조강현의 자식은 아니었다. 미혼모의 아이였다. 소년이 직접 지어준 이름으로는, 남세희. 반올림해서 10여 년 전에 고등학생이었다면 지금쯤 20대 중반일 테니 시간대가 맞물렸고, 조강현이 그 아이에게 동지 의식을 느꼈을 가능성 역시 상당했다. 한 살도 되지 않은 아이를 시설에 보내기보다는 자신의 호적에 올려 직접 기르는 편이 나으리라는 믿음이 있었을 것이며, 경찰도 그를 의심하지 않았을 것이다. 20대 초반의 남성이 컬트 공동체에서 혼외자를 얻는 것은 결코 이상한 일이 아니므로.

하지만 이게 무슨 상관이란 말인가? 이 시점에서 확신할 수 있는 부분은 옛 새천년파 생존자들의 내분이 크고 깊었으리라는 것뿐이었다. 10대 후반의 수양딸이 평생 아버지로 여겨온 사람을, 심지어 돈깨나 있는 기업가를 배신하면서까지 새천년파에 붙을 정도로. 그렇다면 다시 질문. 조강현에게 소년을 가져다 바쳐도 되나?

생각이 깊어지는 동안에도 예거 르쿨트르 마스터 컨트롤의 은빛 테두리는 선득하도록 예리한 빛을 발했으며 우혁의 눈은 바늘 개수를 세고 있었다.

시-분, 날짜, 세컨드 타임존, 24시간 인디케이터, 그러니까 바늘이 도합 여덟 개인가?

여덟 개든 열한 개든 간에.

이건 현실도피다. 일종의 자해다…….

자신도 모르게 휘청거리고 있자니 이곳저곳의 부티크 셀러들이 우혁을 힐끔거렸다. 저게 손님인지 불청객인지 가늠해보는 모양새였다. 그는 도망치듯 1층으로 내려가면서, 자신이 이 미친 공간에서 미친 듯 돌아다니고 있는 까닭을 복기해봤다. 호텔에서부터 백화점 명품관에 이르는 물리적인 이동 경로가 아니라, 하필이면 여기에 들어오기로 결정한 이유를 곱씹었다는 말이다. 분명히 로비의 빵집을 마주할 때까지는 제정신이었다. 즐겁기까지 했다. 그러나 호텔에서 나와 붐비는 인파 사이로 몸을 밀어 넣자마자 현실의 중압이 살갗에 와닿았고(강원랜드에서 실컷 즐기고 나온 뒤 사북역까지 갈 차비가 없음을 깨달았을 때처럼), 그 하중이 사소하다고 생각하자 미칠 것만 같은 기분이 들기 시작했다(한밤중의 하이원그랜드호텔은 얼마나 찬란하게 빛나는지, 반면 어둠에 파묻힌 실외 워터슬라이드는 거인의 내장을 뽑아내 둘둘 걸어놓은 듯하고……). 그런 감정의 변화는 이그제큐티브 스위트룸에서의 태도와 비교하면 갑작스러울 정도였지만 어떤 의미에서는 뒤늦은 것이기도 했다.

아주 정교한 시계는 톱니바퀴 한 개의 결함으로 인해 기기 전체가 멈출 수 있었다. 시계는 그랬다. 세상이 이토록 복잡하고 어지러운데도 와지끈 소리를 내며 무너지지 않는다는 사실, 신비로운 평형 같으며 영원 같은 일상이 시간의 흐름을 저 멀리로 밀어내며 유예시키고만 있다는 사실은 우혁에게 오래된 미스터리였다. 충동이기도 했다. 이 자리에서 대뜸 가속페달을 밟으면 무언가 바뀌지 않을까 하는……. 지금까지는 그래봐야 개죽음이고 반나절 내로 시체가 치워지리라는 것을 알았던지라 실행으로 옮기진 않았다. 그러나 이제 우혁은 미스터리의 구조를 알아냈을 뿐만 아니라 거기에 관여

할 수도 있게 되었다.

조강현이 서른두 명을 죽인 것과 별개로 온 세상의 80억 명은 그에게 약간씩이나마 목숨을 빚지고 있다는 것, 이 세계는 1999년 12월 31일에 막을 내릴 뻔했다는 것, 그 결정권자는 애정 결핍에 시달리는 열다섯 살짜리—정신연령만 논하면, 열두 살과 수천 살의 혼합물—소년이었다는 것, 그 소년은 도시에 저항하는 방식으로 도시를 지켜왔다는 것, 한편 자신은 소년을 만난 후과로 오래도록 도시의 표면에서만 서성이며 종말을 고대하는 사람이 되었다는 것. 그리고 이 모든 사태의 핵심에는 주변인을 아끼고 오늘을 행복하게 살아가려는 소박한 심리가 도사려 있다는 것. 그 아이러니의 총체는 우혁에게 답안이 공란으로 남아 있던 시절보다 더한 막막함을 안겨다 줬다.

세계의 향방이 도망치는 소년 한 명에게 달려 있다는 것은 너무한 일이라는 생각이 들었다. 80억 명의 사람들에게나, 소년에게나. 지지부진 망가져가는 세계 자체에 대해서도.

하지만 조강현에게 감독 직분을 넘기면 문제가 해결되나?

새천년파의 주장처럼 심판이 와야만 하는 일인가?

머리가 지끈거리며 아파왔다. 눈앞에 계약서가 있다면 홧김에 서명한 다음 타오르는 명동을 구경할 수 있을 듯했지만, 우혁에게는 그럴 권한이 없었다. 그는 명품관을 빠져나와 롯데리아로 향했다. 햄버거를 포장하기만도 바쁜 점원들

과 벽면에 줄지어 선 키오스크들을 번갈아 보자 5만 원권을
따로 챙긴 의미가 없다는 생각이 들었다. 그러나 아무것도 시
키지 않고 앉아 있더라도 눈치챌 사람은 거의 없을 듯했으므
로, 우혁은 구석진 곳에 자리 잡은 채 매장을 천천히 훑어보
았다.

매대 하단에 설치된 포스터는 두 종류였는데, 하나는 신제
품 햄버거의 확대된 전면 사진이었고 다른 하나는 그 햄버거
를 들고 방긋 웃는 여성 모델을 찍은 것이었다. 두 포스터가
피사체를 대하는 방식에는 아무 차이가 없는 듯했고, 그 피
사체들은 매대 상단의 음료수 냉장고와 본질을 공유하는 듯
했으며, 비슷비슷하게 생긴 사람들이 비슷비슷하게 생긴 식
판을 들고 움직이는 일이 도처에서 반복됐다. 움직이기만 했
다. 그중 죽거나 사랑하거나 소리 지르거나 크게 웃는 사람이
아무도 없었다. 물론 누군가는 테이크아웃한 햄버거를 들고
쓰레기 가득한 집으로 돌아가 마지막 만찬을 즐긴 후 죽을지
도 모르겠지만, 혹은 케첩에 감자튀김 끄트머리를 아주 살짝
만 찍는 노인의 손짓에는 나름대로의 삶이 깃들었겠지만 지
나다니는 사람이 알 바는 아니다. 알 수 없고 알려 해서도 안
된다. 그게 모두에게 좋다. 우혁은 다시 광고로 시선을 옮겼
다. 인쇄된 햄버거의 광택만큼이나, 예거 르쿨트르 마스터 컨
트롤의 은빛 테두리만큼이나, 맑은 벽옥만큼이나 찬란한 모
델의 미소. 그 미소를 한참이나 바라보고 있자니 불현듯 포

스터가 한없이 넓어지며 경계가 모호해지는 느낌이 들었다. 곧이어 진동벨을 든 젊은 남자가 매대로 다가가더니 포스터에 불쑥 손을 집어넣어 햄버거를 꺼냈다. 두 눈을 의심하면서도 강렬한 긴장이 치밀어 자세를 고쳐 앉는데 그 동작이 지반의 미묘한 균형을 건드린 듯 세상이 흔들거리기 시작했다. 천장이 조금 열리며 낯선 빛이 쏟아져 들어왔고 롯데리아의 자동문은 유리 같은 순금으로 변해 있었다. 비틀거리며 일어나 밖으로 나가자 온 사방 거리가 순금이었다. 해도 달도 없었지만 건물들이 내뿜는 광채만으로도 세상이 이미 밝았다.

우혁은 중얼거렸다. 내가 걷고 있다니. 이 상황에서도 걸을 수가 있다니. 혹은 속으로만 생각하고 말하진 않았을지도 몰랐다. 하여간 그는 자신의 몸이 어디쯤에서 정신을 잃고 기절했던 것일까 궁금해하면서 롯데백화점 명품관 2층으로, 웨스틴조선호텔로 갔지만 소득은 없었다. 그는 완벽히 투명해진 상태로 을지로입구역 7번 출구였던 것 앞에 주저앉아 강물처럼 내달리는 자동차들의 행렬을 응시했고, 이건 아마도 개포동역 인근에서 겪었던 것과 비슷한 후유증일 거라고 느꼈다. 이런 젠장, 그렇다면 남들이 보기에 나는 행려병자다. 됐으니 집에 가자.

이 꼴로 집에 갈 수 있나?

조강현은 종말의 문턱에서도 움직였다고 했다. 그는 일어나서 어떻게든 소년의 거처까지 간 뒤 심판을 중단시켰다. 말인즉슨 실제 상황이 아니라 후유증이라면 대처가 훨씬 쉬울 것인데. 어차피 평소부터 학생들이 학원 건물과 함께 산 채로 불타는 장면을 상상하며 지내지 않았던가. 우혁은 자신도 조강현만큼은 미쳤다고 중얼거리며 일어섰고, 용케도 집으로 돌아왔다. 개포동역 6번 출구로 나올 무렵에는 환각이 모두 사라져 있었다. 오후 7시 50분. 순금처럼 보였던 도로는 특색 없는 콘크리트 덩어리로 돌아와 있었으며 대로변의 건물들은 평소와 같은 모습이었다. 우혁은 오늘 저녁에도 어머니가 거실 텔레비전을 보리라 짐작했고, 바로 근처에서 달그락거리며 밥을 먹고 싶진 않다고 느꼈다. 그는 동네를 슬렁슬렁 돌아다니다가 오늘이 출근 날임을 뒤늦게 떠올리고 학원으로 향했다.

#5

믿음, 소망, 사랑

Faith, hope, and love

교통사고가 터진 후로 학원 분위기가 많이 변했다. 강사들의 태도는 서먹해졌고, 박 선생은 왜인지 우혁의 눈치를 보는 듯했으며, 김 형도 다른 사람이 있을 때는 친한 척을 하지 않았다. 덕분에 견제하는 느낌은 사라졌지만 사람 대우도 받지 못하는 듯했다. 껄끄러운 동료에서 공기청정기쯤으로 바뀐 느낌이라고나 할까. 우혁은 자신이 언제까지 여기에서 일할 수 있을까 생각해봤다. 장기적으로든 단기적으로든 회의적일 수밖에 없었다.

대학별 논술고사 일정은 대개 9월 말부터 시작되어 수능 직후까지 이어지다 보니, 논술 특강은 하반기에 몰리곤 했다. 여름방학 특강과 추석 특강, 수능 직후 특강으로 돈을 쓸어 담는 식이었다. 김 형이 우혁을 불러들인 데에도 그런 계산이 작용했음이 분명했다. 상황이 이럴진대 한 달 만에, 그것도 대목을 목전에 두고 재택근무로 전환했으니 면목이 없었다. 여기에 더해 조강현이 시킨 일까지 겹치니 학원 교무실에 앉아 있는 것만으로 의기소침해졌다. 가방에 든 500만 원조차 위안이 되지 않았다. 인생 100세 시대. 서른네 살이면 평생 밑천을 다질 나이인데, 그깟 돈은 케이크 위에서 나풀거리는 초콜릿 슬라이스나 마찬가지다. 달콤하고 입에서 살살 녹지만, 문자 그대로 살살 녹아버리는…….

분명히 아까 전까지는 신학적 고민을 하고 있었던 것 같은데…….

우혁은 도피하듯 논술 답안지 첨삭에 매진했다. 입시 논술의 문항에는 뚜렷한 제약 조건이 달려 있거니와 요구 분량 또한 문항당 600자에서 1,200자 내외인 까닭에 상상력을 발휘할 공간이 거의 없었으므로, 칠교놀이를 하듯 주어진 개념들을 제자리에 끼워 맞추는 것만으로도 합격선에 이를 수 있었다. 그 경직된 패턴과 반복 작업이 도리어 위안이 됐다. 세상의 운명은커녕 자기 자신의 운명조차 감당할 수 없는 인간일지라도 종이 위에서만큼은 압도적인 전능감을 누릴 수 있는 것이다. 물론 우혁은 이 전능감이 시한부라는 사실을 잘 알았다. 다른 강사들이 퇴근한 뒤에는 취조가 시작될 터였다.

답안지가 여덟 장가량 남았을 무렵 김 형이 어깨를 툭툭 쳤다.

"야, 합의는 어떻게 됐냐? 조강현이가 직접 왔어?"

"그게 좀 복잡해요. 어떻게 될지 잘 모르겠어요."

"또 이상한 짓 시작했구나."

"이상한 짓이라뇨. 상황이 상황이라서 그런 거지 내가 잘못한 건 없어요. 형은 나에 대한 신뢰가 하나도 없는 것 같아."

"내가 너 화법을 뻔히 아는데 신뢰는 무슨 신뢰. 잘 풀렸으면 합의 봤다면서 좋아할 거고, 딱 봐도 감옥 가게 생겼으면 징징대면서 밥 사달라고 했겠지. 둘 다 아닌 거 보면 변수가 생긴 거지. 대기업 회장님이 용건도 없는데 괜히 바쁜 시간 빼서 대치동 강사 만날 리도 없고. 그 양반이 뭐라도 시키디?"

"이야기가 좀 긴데, 답안지 다 처리하고 설명해도 돼요?"

"얼마나 기냐?"

"치킨 시켜도 될 정도예요. 피자도 좋고."

김 형은 배달 앱을 열어 치킨을 주문한 뒤 편의점에서 맥주까지 사 왔다. 물방울이 송글송글 맺힌 알루미늄 캔을 보자 사람이 서른두 명이나 죽은 일을 술안주 삼아도 되나 싶었지만, 맨정신으로 이런 이야기를 주고받기란 불가능하다는 생각도 들었다. 우혁은 채점을 마치자마자 숨도 쉬지 않고 맥주 한 캔을 비웠고, 실컷 떠들기 시작했다. 김 형은 흥미롭게 듣는 듯싶더니 이야기의 말미에 이르러서는 더없이 심각한 표정이 되었다.

"최우혁 이 새끼가 사람 곤란하게 만드네. 너는 어쩌자고 이런 소리를 함부로 하고 다니냐."

"혼자 생각해서 결정할 사안이 아니잖아요. 믿을 만한 사람한테는 의견을 구해야……."

"아니야. 온 세상 사람한테 투표 받을 게 아니라면 이런 건 혼자 결정하는 게 맞아. 80억 명에 대한 책임이면 사실상 무한인데, 무한을 1로 나누든 2로 나누든 똑같단 말이야. 이럴 줄 알았으면 처음부터 안 들었지."

김 형은 한숨을 내쉬더니 툭 물었다.

"넌 어쩔 생각이냐?"

"나야 뭐, 계산기만 두드려보면 조강현 말 듣는 게 좋긴 해요. 돈도 받고, 합의도 되고, 새천년파한테 칼 맞을 일도 사라지니까. 그런데 합의 본다고 바로 인생 끝나는 것도 아니고, 남들은 어떨지 모르겠어서 그래요."

"난 의외로 괜찮을 거라고 보긴 하는데. 통치를 제대로 하려면 사람이 덜 돼야 해. 진시황만 해도, 중국을 통일한 거랑 별개로 인성 좋았다는 평가는 하나도 없지 않냐."

"그러다가 쿠데타도 일어나고 암살당하죠. 비텔리우스나 콤모두스처럼……. 자기 수양딸한테 뒤통수 맞은 사람이 멀쩡할 거라는 생각은 안 드는데. 냉혈한이랑 악당은 다른 게 아닌가 싶어요."

"나는 들으면서 조강현이 굉장히 유아적인 인간상이라고 느꼈다만. 악인은 아니야. 미묘하게 다른 거야."

"서른두 명을 죽였는데 악인이 아니에요?"

"우혁아, 이거부터 묻자. 너는 네가 나쁜 사람이라고 생각하냐? 눈치 보지 말고 솔직히 대답해봐라."

"정신머리가 없을 뿐이지 말은 잘 듣죠. 얌전하고, 사람 함부로 안 미워하고, 돈 욕심 크게 안 부리고, 가끔 안 시킨 짓을 하긴 해도……."

"어, 그렇지, 바로 이거지. 대화 끝나자마자 달려와서 조강현 뒤통수를 칠까 말까 고민하고 있으면서 자기가 말을 잘 듣는대. 혼자 떠맡고 죽을 문제랑 아닌 문제를 분간할 능력도 없고, 주변 사람들을 곤란하게 만들면서 자기가 뭘 잘못했는지도 몰라. 그러니까 너는 사실 신의라거나 충성, 명예, 안위, 책임 같은 개념들을 거의 이해하지 못하는 상태고, 그래서 항상 미안하다며 굽실거리면서도 숨 쉬듯이 잘못하고 사는 거야."

우혁은 오늘 채점한 답안지 더미를 힐끔 보았다.

"적어도 칸트나 헤겔 같은 경우는 제가 박 선생보다 이해도가 높은데요."

"그러니까 네가 입만 살았다는 거야. 반성적 판단이니 주관적 합목적성이니 하는 개념 따위를 주야장천 읊어대는 거, 그게 어떤 문장에 어떤 식으로 끼워져 들어가는지 아는 건 사실 퍼즐 놀이랑 다를 바가 없어. 가령 이 동네 초등학생들은 말을 또박또박 하고 심지어 부동산 이슈까지 외우고 다

니거든. 그런데 걔네들이 수서택지 재개발이니 빌라 갭투자
니 하는 단어들의 의미를 실제로 아는 건 아니야. 어른들이
하는 말을 따라 하면 '어린애가 그런 건 어떻게 아느냐'며 추
켜세워주니까 기분이 좋아서 그러고 노는 거야. 칭찬받는 거
좋아하고, 사고 치면 숨기고, 겁먹으면 울고, 기분 좋으면 웃
고, 재밌으면 계속하고, 혼나면 주눅 들고, 잘해주는 사람 따
라다니고, 무서운 사람 싫어하고, 용도를 몰라도 어른들 물건
이라면 일단 만지작거리고 싶어 하는 심리 이상도 이하도 아
니야. 네 행동 패턴이 정확히 그렇고 조강현도 비슷한 유형일
거다. 그게 유아적이라는 거고."

김 형은 믿음이라는 일상어가 두 갈래로 나뉜다고 말했다.
진위를 판단하는 것과 헌신함으로써 행하는 것으로, 외부로
부터 주어지는 것과 스스로 투신하는 것으로, 실체에 대한
것과 실체 너머의 것으로. 쿼크 관측 장치의 정확성을 믿는
일과 자유주의의 이상을 믿는 일이 다르듯이.

"솔직히 말해서 나는 인간이 서른 넘으면 안 바뀐다고 생
각하거든. 그때부터는 남이 뭐라건 살던 대로 살아."

"그런가요?"

"그리고 나는 네가 정신 차리고 살기에는 너무 멀리 왔다
고 본다. 이게 욕이 아니라는 거 알지?"

"그렇군요……."

"사람이 진지하게 이야기하는데 또 귓등으로 듣고 있어. 최

우혁 이 새끼는 진짜 인간이 덜된 새끼야. 그런데 나는 널 믿어보고 싶으니까, 그리고 아주 가끔 기적처럼 변하는 케이스도 있으니까 서른네 살이나 먹은 새끼를 인간 만들어보겠다고 업장까지 데려와서 이 개지랄을 하고 있는 거야. 결국 나는 인간 최우혁을 믿는다기보다는 내 소망을 믿는 것이고 그 소망이 바로 두 번째 믿음의 동력이야. 신학의 설명 틀을 빌리자면, 믿음은 사랑의 문제라고 말하는 게 이거 때문이야. 이 사랑이란 남자랑 여자가 서로 좋아서 하는 것이 아니며 부모가 자기 아이 예뻐하는 것도 아니라 그저 믿음, 소망, 다시 사랑……."

사람은 오직 실체만을 알아보는 상태로 태어났다가 나이가 들어서는 추상과 이상이야말로 실체를 규정하는 요인임을 깨닫게 된다. 이는 바라는 것들의 실상이요 보지 못하는 것들의 증거다. 어디에도 없는 것이 바로 여기에 존재한다고 믿음으로써 허상과 실체를 바꿔치는 기예다. 따라서 믿을 사람이라면 기적을 보기 전에 이미 믿으며 믿지 않을 사람은 무엇을 목격하든 삿된 생각을 품게 된다. 한때 미국과 소련두 나라 중 어디가 먼저 달에 가느냐 하는 것은 세상의 운명을 건 일이었다. 자유주의와 사회주의의 패권 다툼이었다. 모두가 그렇게 믿었으므로 우주 경쟁은 진실로 패권의 문제가되었으며 세상의 돈은 우주로 향했다. 그러나 반세기가 지난지금에 와서는 1969년 7월 20일을 기억하는 사람이 얼마 없다. 음모론자들은 달 착륙 영상이 스탠리 큐브릭이 연출한 단편영화라 믿으며 대치동 고등학생들에게 가장 중요한 문제는 자기 대학이다. 이럴진대 믿음의 기틀이 없는 상태로 대뜸 허공에 예수가 나타나봐야 무슨 소용이 있겠는가 말이야. 당장 눈앞에 불벼락이 떨어져서 반포 아크로리버파크건 래미안 대치팰리스건 박살이 나지 않고서야. 그러니 역설적이게도 가장 강력한 믿음의 소유자는 믿음 자체를 지각하지 못하는 사람, 세계가 사실 너머에서부터 구성된다는 점을 결코 이해하지 못하는 사람이다. 제때 성년에 접어들지 못한 채 영원한 실체의 세계에 머무르는 인간들. 이념과 신념은 그들 앞에서 진위와 수단의 문제로 전락하며 그만큼 견고해진다. 혹은 반대로, 모든 진위와 수단이 희미해진다.

"내가 예전에 이쪽이랑 저쪽 이야기를 했지. 사람들이 살아가는 이승이랑 보이지 않는 저승이 있다고. 그게 바로 이거야. 너는 믿음과 소망의 영역마저 현실이 되어버렸기 때문에 구분선을 모른 채 저 멀리로 나가버리게 된 거고, 그 나이를 먹도록 정신을 못 차리고 사는 거야. 나는 조강현도 표현형이 정반대일 뿐이지 본질은 같다고 본다. 인간이 어디서부터 꼬였는지는 알 수 없겠다만."

"그래도 어쨌든 조강현은 사회생활이 되잖아요. 대기업 회장님이고."

"말 잘했다. 네가 보기엔 조강현이 멀쩡한 회장님 같고 그 인간 회사가 정상으로 보이냐."

"세무조사에도 안 걸리고 검소한데 좋은 거 아닌가요. 인성이야 몰라도 유능한 것 같긴 한데."

"아니야. 최대한 절세하는 게 맞고, 내연녀는 당연히 있어야 하고, 기왕 시계를 찰 거면 롤렉스쯤은 차야 해. 애당초 1999년도에 사이비 종교 실세 노릇 할 때 자기 자식이 하나도 안 생겼다. 허우대 멀쩡한 20대 초반 남자인데 성경이나 읽고 일하면서 술만 깠다. 이게 무슨 의미냐. 조강현이 이성애자가 아니거나 발기부전이거나 둘 다거나야."

"조강현이 이성애자가 아니라고요?"

"수준이 똑같아서인가 이해를 못 하는구나. 말이 그렇다는 거지 그걸 내가 어떻게 알겠냐. 하여간 너도 보자마자 이상하다고 생각했잖아. 아무리 눈앞에서 기적을 봤대도 나이가 50쯤 됐으면, 내가 굴리는 돈이 얼마인데 이 정도쯤은, 하면서 정당화를 시도하는 게 보통이야. 서른두 명을 죽이고 아무 생각이 없을 정도로 수단과 방법을 안 가리는 인간이라면 말할 것도 없지."

"그렇군요."

"그러니까 하던 이야기로 돌아가자. 인간이 원죄에 사로잡혀 있으며 결함으로 가득하다는 것, 그럼에도 불구하고 공의와 정의로 행하며 서로 사랑해야 한다는 것, 믿음으로 의로워진다는 것, 한편 성(聖) 아퀴나스에 의하면 선을 추구하는 과정에 수반되는 나쁨은 도덕적으로 정당화될 수 있다는 것, 이 모든 것은 조강현한테 사실의 문제이자 방법론의 문제야. 그 양반은 교리를 소망이 아니라 실체로 받아들였기 때문에 신학교에 적응하질 못했던 셈이지. 세상 사람 모두가 공평히 소중하다는 말에 '빌 게이츠 딸은 소말리아 아동보다 훨씬 잘사는데 불평등한 거 아닌가요' 하는 어린애들처럼. 어른이라면 주어진 현실과 믿고 싶은 현실 사이에서 균형을 잡아가면서 이 순간에 할 일을 정하지만 어린이는 곧이곧대로 보고 움직이거든. 그래서 조강현은 기적을 마주한 뒤 정말로 카시오 시계나 끼고 다니는 인간이 된 거고, 자신이 믿음으로 의로워졌으니 남들도 마찬가지일 거라고 확신하는 거야. 신성을 뻔히 보여준다면 모두가 예수의 가르침대로 행하기 시작할 것이다……. 그런 접근은 지극한 유아적 동일시라고밖에 평할 수가 없어."

조강현은 고정점을 마련함으로써 돈의 흐름에 최소한의 방향성을 부여해야 한다고, 오직 믿음만으로는 부족하다고 말했다. 가치와 신념의 고정점. 그 마음속에서 어떤 청사진이 그려지고 있을지는 알 길이 없었지만, 우혁은 조강현이 문자 그대로의 신권 통치를 바라지는 않으리라 짐작했다. 예수가 직접 강림해 통치하기 시작한다면 그건 하늘나라의 방식과 진배없거니와 더 나쁘다. 열화판에 불과하다. 즉 조강현은 기적을 명징하게 보여주기만 하면 조작설을 가라앉힐 수 있으리라 믿거나, 조작설을 잠재울 만큼 강력한 기적을 보여줄 수 있으리라 확신하는 셈이다. 혹은 문자 그대로 예수와 담판을 지으려 할지도 모른다. 어느 방향으로든 터무니없다. 하기야 어린이들이 창의적이라는 평가를 받는 것은 망상적인 기질과 순진성이 본질을 공유하는 까닭이다.

우혁은 말없이, 천천히 고개를 끄덕였다.

(그리고 문득 자신의 순진성이 대기업 회장의 연애사를 상상하는 데에나 쓰였다는 사실에 수치심을 느꼈으나 자부심을 가지기로 했다. 망상적인 야심가보다는 망상적인 얼간이가 이롭지 않은가?)

김 형은 그렇군요, 라는 대답을 피해 간 데에 만족한 기색이었다.

"인간성이라는 개념이 포괄하는 성질들을 감안하면 유아는 문자 그대로 인간이 아니야. 오븐에 들어가기를 기다리는 인간 반죽 같은 거지. 다만 나는 요령을 부리는 인간보다는 밑도 끝도 없이 고지식한 유아가 나을지도 모르겠다고 생각하긴 해. 스물두 살에 사법시험을 패스한 천재 정치인보다는 모든 상황에 대한 규칙과 계산식을 갖춘 기계에게 통치를 맡기고 싶은 것처럼. 나는 꽤 많은 사람이 이럴 거라고 본다. 그런데 신경 쓰이는 부분이 뭔지 알아?"

"뭔데요?"

"선생님한테 칭찬받고 싶어서 안달이 났든, 반항을 하든 간에 애는 결국 애야. 잠깐 눈 돌리면 기다렸다는 듯 사고 치고,

뺀질거리고, 꼴에 요령 피우는 초등학생도 어떤 면에서는 애인 게 느껴지거든. 예를 들어보자. 아까 욕한 거랑 별개로 너는 은근히 말을 잘 들어. 저번에, 새벽에 재림 예수인지 뭔지 데려와서 지랄했을 때, 네가 말하기를 이번만 넘어가주면 다음 달까지는 월급 안 받아도 된다고 했잖아. 내가 그러라고 했으면 넌 진짜 두 달 내내 무급 노예로 일했을 거야. 공장에서는 2주 만에 도망치는 새끼라도 그건 지킬 거라고. 맞지."

"그렇죠."

"그러니까 네 문제는 단순히 반사회적인 게 아니야. 이상한 기준이랑 조건이 있고, 그 기준에 들어맞으면 갑자기 미친 짓을 시작한다는 거야. 말을 잘 듣다가도 컵이 하늘색이라는 이유로 울어버리는 네 살짜리들처럼. 그런데 그걸 아무도 막을 수가 없기 때문에 나는 너 때문에 돌아버리고, 너는 사회생활을 멀쩡히 할 수 없는 거야."

"그것도 맞죠."

김 형은 어린아이가 보이는 순종과 충동이 바로 사랑의 원형이라고, 그것이 세월 속에 정련됨으로써 비로소 믿음과 헌신이 만들어진다고 했다. 바로 그 지점에서 어른 말이라면 무엇이건 듣는 아이와 기계의 차이가 발생한다고도. 김 형은 우혁을 오래도록, 빤히 바라보더니 창밖으로 시선을 옮겼다. 중얼거리는 목소리가 어딘지 모를 곳을 향해 흘러갔다.

"조강현도 유아다……. 그렇다면 그 양반은 언제 미칠까?"

둘은 조강현의 콤플렉스가 가족에 한정되진 않았으리라
는 점에 손쉽게 합의했다. 시설에서의 경험과 별개로, 나이가
그쯤 됐으면 출발점 이상을 내다보는 것이 당연하다. 이제는
새천년파 집단 자살 사건으로부터 25년이 지났으며 조강현
은 명망 있는 자산가가 되었다. 보고 겪은 바가 많을 것이며
심경의 변화도 있었을 것이다. 신문 기사를 검색하며 그간의
행적을 쭉 훑던 김 형은 문득 떠올랐다는 듯 질문을 던졌다.
　　"근데 조강현이 동정의 의무를 진짜 문자 그대로 지키는
거야?"
　　"형이 아까 조강현 발기부전이라면서요."
　　"그냥 해본 소리라고 하지 않았냐. 라캉 스타일로 말하자
면 페니스와 팔루스, 실재계와 상징계가…… 어? 이론은 알
지?"
　　"예, 뭐. 신체 건강한 성인 남성인데, 애만 없을 뿐이지 그
정도는 아니지 않을까요? 가톨릭교회가 성직자들한테 결혼
금지시킨 것도, 신부들이 자식한테 직분 물려주면서 지역 토
호 되는 상황 막으려고 그런 거지. 찾아보니까 이혼을 한 번
했던데. 일반인 여자랑……."
　　"내가 그 기사 보고 있어서 하는 소리야. 해외 블로그에 스
크랩된 걸로, 딱 하나 남아 있다. 더 찾아보려 해도 흔적이 없

는데. 새로 결혼했다는 말도 없어."

"돈만 먹이면 기사 내리는 건 일도 아니죠, 뭐. 합의이혼이면 거의 사생활이니까 언론 측도 고집부릴 명분이 없고. 어차피 그거 서혜라일걸요. 예나 지금이나 남자 혼자서는 갓난애 호적에 올리기 어렵고, 길 가는 여자 아무나 붙잡고 결혼해달라고 할 수도 없으니까."

"그러니까 조강현이랑 서혜라가 진짜 부부였냐고."

"그럴 수도 있고 아닐 수도 있지 않을까요. 솔직히 이건 조강현이 아니라 서혜라가 핵심인 문제 같은데. 그 양반 심리가 어떻든 간에 서혜라가 이혼하자고 하면 하는 거죠. 형이 여자면 조강현이랑 살고 싶어요?"

"응."

"진짜요?"

"학원 접고 집에 누워 있을 수 있으면 조강현 마누라가 아니라 가사도우미라도 하겠다, 이 새끼야. 너는 남한테 돈 주면서 일 시켜본 경험이 없으니까 내 마음을 모르지."

"가사도우미면 밥하고 청소하느라 바쁠 텐데 어떻게 누워 있나요."

"말이 그렇다는 거지 하여간 꼬투리 잡기는……."

대화가 지지부진 같은 자리를 맴돌았다. 퍼즐 조각도 없는 주제에 완성될 그림이 어떤 모양일지 상상하는 것과 똑같은 상황이었다. 서혜라와 조세희의 배신은 분명 의미심장한 사건이지만 제삼자가 그 내막을 어떻게 알겠느냔 말이다. 우혁은 눈앞의 문제로 주의를 돌렸다.

"어쨌든 공식 사이트 들어가서 시범학습 신청부터 해야 돼요."

"공식 사이트? 시범학습? 신청?"

김 형은 잠시 뜸 들이더니 아직 배워야 할 단어가 많은 유치원생처럼 되물었다. 우혁은 컴퓨터 모니터에 새천년파 사이트를 띄우는 것으로 대답을 갈음했다. 미국발(發) 회복주의 기독교 종파─모르몬이라거나─특유의 레이아웃과 IT 플랫폼에서 볼 법한 미니멀리즘 디자인이 절묘하게 혼합되어 있었고, 우측 하단의 챗봇 아이콘이 '궁금한 점이 있으신가요?'라며 말풍선을 띄웠다. 말풍선을 누르자 '특별 강의에 참석하려면 어떻게 해야 하나요' 등의 예시 질문이 나열되었다. 인공지능 기술이 적용된 듯 자유 질문도 가능했다.

"단체 명칭이, 디다케. 이거 새천년파 사이트 맞아?"

"맞아요. 열심당원들 포함한 상위 멤버들은 여전히 새천년파라고 부른다던데요. 디다케는 뭐라고나 할까, 간판 같고요. 마치 한나라당이 새누리당, 새누리당이 자유한국당, 자유한국당이 국민의힘 된 것처럼……. 그래도 한나라당 하면 다들 엔간히 알아듣고 국민의힘 말하는구나 하죠."

"그렇다 해도 위장용치고는 꽤 그럴듯한데. 사이비 주제에 디자인도 잘 뽑았고."

"그게요, 엄밀히 말하면 사이비가 아니에요. 종교가 아니라서. 디다케 자체는 건실한 회사고, 검색하면 DART에 사업보고서 제출한 것도 떠요. 지배 구조는 유한책임 회사인 지주사 통해서 회사 전체를 장악하는 식인데, 그렇다 보니 지주사 쪽은 외부감사 의무가 없거니와 본체 연결감사보고서로도 치리회 멤버들이 부각이 안 돼요. 실무상으로 직함 하나씩 챙긴 거랑 별개로, 지배 구조만 보면. 본체 지분 8퍼센트 가지면서 지주사 대표 겸직하는 애가 딱 하나 있고 서혜라 포함한 나머지는 지주사 뒤에 숨은 모양인데. 회사 운영이랑 새천년파 건을 형식적으로는 철저히 분리한다는 증거죠."

"종교가 아니야?"

"진짜 아무것도 모르는구나. 한 번도 안 찾아봤어요?"

"저번에 말했지 않냐. 난 이상한 건 철저히 모르자는 주의야. 학원 보조 강사가 대기업 회장님한테서 스파이 임무 받아 오는 수준이 아니고서야."

"죄송합니다."

"하나도 안 미안한 거 아니까 설명이나 계속해라."

우혁은 멋쩍은 듯 헤헤 웃었다.

"19세기에, 톨스토이 소설 감명 깊이 읽은 사람들이 톨스토이 운동이라는 걸 했죠. 예수의 신성과 기적에 주목해봐야 소용없다, 그 가르침에 따라 사는 것이야말로 핵심이다, 하고. 상업적이긴 하지만 디다케도 그런 계열이에요. 요컨대 성인 대상 인문교양 교육 사업과 출판 사업 및 각종 부대사업을 영위하는 신학적 지식 공동체, 그런 식인데……."

물질을 촉매 삼지 않더라도 매혹과 헌신의 상호작용이 일어난다는 점에서, 종교는 가장 고차원적인 상품이라고 할 만했다. 신흥종교가 이단 딱지를 떼고 사회에 받아들여지기 위해서는 미학과 이념적 정교성과 정치성을 기준점 이상으로 가져가야 했으며, 가장 성공적인 종교 반열에 오르기 위해서는 셋 모두를 극한까지 갈고닦을 필요가 있었다. 차별점 또한 중요했다. 가톨릭에는 의고적이고 장중한 멋이 깃든 반면, 개혁주의 장로교회는 경건성과 냉철한 지성을 트레이드마크 삼았고, 스베덴보리의 새교회는 온건할 정도로만 신비스러운 느낌을 줬다.

말인즉슨 기존 종파와의 차이점을 내세우는 것은 모범적인 시장 개척법이었다. 서혜라의 새천년파는 꽤나 현대적인 방식으로 틈새시장을 파고들었다. 현대사회의 세속화 경향에 적극적으로 영합하며(그러니까, 젊은이들이 교회를 피하는 세태에 발맞추어), 신학과 철학을 팔기 시작한 것이다. 종교 없이 살아오던 지식인들이 중년에 접어들 무렵 태도를 바꾸어, "나는 신을 믿어서가 아니라 삶의 지침을 위해 종교를 가졌다"라며 외치기 시작하는 현상을 상품화한 셈이었다. 그 나이쯤 먹으면 뭐라도 믿어야 한다는 사실을 알게 된다. 매 순간 영점을 새로이 조준하며 세계를 바라보는 작업은 심력을 소모하는 일이기 때문이다. 외롭기까지 하다. 반면 초월적인 관념 하나를 가정함으로써 세상 사람 모두를 용서하고 사랑할 이유를 얻을 수 있다면 얼마나 수지맞는 장사인가.

디다케 회원들은 매주 한 번씩 모임 장소에서 발제문을 읽고 철학·신학 강론을 들은 후 토의했다. 신입 회원을 받아들이고 기초 교리를 안내하는 일은 봉사로 간주됐다. 봉사의 의무는 매달 평균 열두 시간씩 부과되었는데, 담당한 신입이 없을 경우 외부 복지 기관에서 봉사한 것도 승인해주었다. 헌금은 자율적으로 내는 시스템이었지만 발제문을 포함한 교재에는 구독료가 매겨졌다. 종종 유료 특강이 열렸다. 교묘하면서도 합리적인 사업 모델이었다. 자기 계발에 더해 고결한 느낌을 챙겨줄 뿐만 아니라, 외로운 현대인들에게 친교의 기회를 제공했고, 신입 지도에는 봉사의 의무라는 명칭을 붙임으로써 비용 지출을 아꼈다. 고급 강론에 대해서도 마찬가지였다. 말과활아카데미에서 키르케고르를 가르치는 것은 인문학 연구자의 밥벌이였지만, 디다케에서 교사 직분―이는 희랍어 디다스칼로스(didaskalos)의 번역어였다―을 받아 공동체 앞에 서는 것은 영광이었다. 한편 디다케는 교사 직분을 맡은 사람들에게 활동비를 지급했으므로 순전한 착취라고 보기 어려운 면도 있었다. 마치 초기 교회의 이상을 자본주의의 신전 속에 구현한 것만 같은 기이한 조화…….

여기까지 들은 김 형은 대뜸 물었다.

"수능으로도 이런 거 할 수 있을까?"

"수능으로는 안 되죠, 아무래도. 수능은 한 번 치면 끝인데. 나이 서른, 마흔 먹고 수능 성적으로 뭘 할 수 있는 것도 아니고."

"그건 그렇지."

김 형은 맥주를 한 모금 들이켜더니 아쉬운 듯 중얼거렸다.

"이게 결국 수유너머를 신학 버전으로 바꿔서 사업화한 거 아닌가. 내가 먼저 했어야 했는데. 너 데리고 필리핀 드나들게 아니라 벤처 캐피털 찾아다니면서……."

"형도 알겠지만 VC 심사역들이 제정신이면 이런 아이디어에는 투자 안 하죠. 솔직히 말하면 난 이게 한국인들한테 먹혔다는 것부터가 놀라운데. 아무튼 인문 강의랑 독서 모임 좋아하는 20대랑 30대 위주로 알음알음 퍼지다가, 〈교주를 죽여라〉 방송 나간 후로 교세가 확 늘었다 그래요."

"노이즈 마케팅이 됐구나. 조강현이 그런 계산을 못 할 인간은 아닐 텐데, 전 부인한테 마음이 남아 있을지도 모르지. 비록 이혼했지만 멀리서라도 진심을 보내주겠다."

"아니, 난 절대 아니라고 보는데. 만나보면 알아요. 연애 문제면 재밌겠다고 생각하긴 했는데, 객관적으로 보면 절대로 그럴 인간이 아니야. 오히려 반대 아닐까. 디다케의 신학적 입장 자체는 조강현이랑 비슷할 거라고 보거든요. 애당초 생존자들을 챙기고 가르친 게 그 인간이니까. 핵심적인 차이는 내심 종말을 바라느냐 이 세상이 계속되길 원하느냐 하는 건데, 조강현 입장에서는 전자를 찍어 누르기보다는 후자로 편입시키는 게 우월 전략이죠."

"우월 전략?"

"조강현한테 디다케는 없애야 할 적이라기보다는 잃어버린 적금 통장 같은 거예요. 알아서 자기 사상 퍼뜨려주고 있는데 아주 밉진 않겠지. 그런데 마냥 내버려두기엔 껄끄러우니까 한번 길들여줘야죠. 어떻게? 교세를 키워서. 조강현은 사업체 몸집이 커지고 주목받을수록 운신의 폭이 좁아진다는 걸 경험으로 아는 사람이에요. 디다케가 컬트적인 공동체일 때는 열심당원 뽑기가 비교적 쉬웠겠지만 지금처럼 유행 따라 몰려온 애들로 넘쳐나면, 글쎄……. 방송이 나간 판에 대놓고 미친 짓 하기도 어려울 테고요. 사이비 종교들도 공중파 탄 다음에는 한동안 사리죠."

우혁은 설명에 더해 초기 기독교사를 예시로 들었다. 로마는 예수를 반정부 집단의 수괴로 간주했지만, 기독교는 제국의 국교로 공인될 무렵부터 통치의 논리를 제작하기 시작했다. 경전에 무엇이 쓰여 있으며 그들이 어떤 신을 믿느냐 하는 문제와 별개로, 인간 세상에서의 입지는 중요하다. 형식은 본질이 표현되는 통로다.

"적대적 공생인 셈이구나. 그 부분은 납득이 간다만, 어쨌든 K5가 박으러 왔잖아."

"그만큼 급했다는 의미라고 보는데요. 방송은 1년 전에 나갔고, 교통사고가 난 시점에는 이도유가 양양고속도로에 있었으니까. 그런 부분 따져보면 의외로 빨리 해결될 일이라고 생각하긴 해요. 탐색전을 몇 달씩 벌일 필요도 없고, 딱 계기만 생기면 하루아침에라도⋯⋯."

말이 나온 김에, 지금 바로 시범학습 신청을 넣어둬야겠다는 생각이 들었다. 홈페이지에 가입한 후 실명 인증을 마치고, 간략한 자기소개와 디다케에 관심을 가지게 된 계기를 2,000자 이내로 작성하면 연락이 오는 식이었다. 멘토 두 명과 멘티 두 명이 4인 1조 구성을 이루어 2회에서 3회가량 만남을 가진 후, 관심이 생기면 회원 가입 절차를 진행할 수 있었다.

김 형이 치킨 뼈와 맥주 캔을 정리하는 동안 우혁은 자기소개서를 쓰기 시작했다. 체험판 서비스를 얻어내기 위해 자기소개서를 써야 하는 상황이 놀라운 한편, 광고를 보기 위해 돈을 내야 하는 시대가 성큼 다가왔다는 사실이 살갗에 와닿았다. 그는 거의 기계적으로 키보드를 두드렸다. 대학 시절 철학 동아리 소속이었던 데다 신학을 배웠지만 한동안 방황했고, 인생을 열심히 살아봐야겠다는 마음은 항상 있었는데, 그 열심이란 물질적인 풍요만이 아니라 정신적인 측면 역시 포함했으며, 결이 맞는 사람들과 어울리고 싶은 마음 또한 컸으므로, 단발적으로 열리는 인문교양 강의에만 만족하긴 어려워서…… 정리를 마친 김 형은 화면을 보더니 혀를 쯧쯧 찼다.

"이 새끼는 거짓말이 아주 습관이 되어 있어."

"조강현 회장님께서 〈무간도〉 한 편 찍으라길래 서비스 체험 신청합니다, 이렇게 쓸 수는 없잖아요."

"그게 오히려 빠를 수도 있지 않냐. 안 그래도 그 부분이 궁금하긴 하거든. 저쪽에서 이도유를 만나게 해준다는 보장이 어디 있으며, 만약 만나더라도 이도유를 빼올 방법이 있는가."

"감독 직분 계약서를 읽은 사람이 지금으로서는 조강현뿐이에요. 새천년파 입장에서는 기껏 종말 버튼을 구했는데 설명서가 없어서 작동을 못 시키는 상황인 거지."

"그래서?"

"이런 상황에 인간 최우혁이라는 변수가 끼어들었으니까…… 형도 알겠지만 내 행동 패턴이 정상인은 아니죠, 아무래도. 대뜸 자폭 돌격했던 거, 부활하더니 놀라지도 않고 멀쩡히 돌아다니는 거, 경찰 조사관 앞에서는 딴청 피우고 헛소리하는 거, 그런 게 싹 다."

"평소부터 이도유랑 관련이 있었다고 볼 수밖에 없겠구나."

"그런데 내가 이도유를 언제 만났고 무슨 관계인지 아무도 몰라요. 알 수가 없지. 게다가 상황이 상황이다 보니, 실제로 만났다기보다는 일종의…… 영적이고 초월적인 계시로 움직였다고 볼 가능성도 충분해요. 제삼자가 추측하기로는 말에요. 그래서 이걸 블러핑 카드로 쓸 생각이에요. 이도유가 감독이라면 나는 주님의 간택을 받은 예언자다, 나는 이도유를 설득할 수 있다, 만나게 해주면 바로 그 자리에서 심판을 개시해주겠다, 이런 식으로."

"빼낼 방법은 생각해놨어?"

아직은 어렴풋한 발상 수준에 머무르는 계획이었지만, 우혁은 경고의 환각을 이용할 수 있지 않을까 짐작했다. 감독직분, 즉 이도유가 종말을 불러오기 위해서는 일곱 개의 서명이 필요하며 서명 도중에는 주변에 종말론적인 비전이 닥친다. 일부는 견뎌내지만 대개 굳은 듯 멈춰서 벌벌 떨 수밖에 없을 정도의 환각이다. 즉 이도유가 외딴섬에라도 갇힌 게 아니라면 일이 꽤나 쉽게 풀릴 듯싶었다.

"환각 있잖아요, 기본적으로 제정신이 아니어야 그 상황을 버틸 수 있는 것 같아. 조강현도 예전에 그랬고, 나도 아까 환각 보는 상태로 을지로입구역에서 개포동역까지 지하철 타고 왔거든요. 그러면 이도유한테 서명 시작하라고 시킨 다음, 남들은 다 기절해 있는 사이에 빼내올 수도 있겠죠. 도주 방법이야 조강현한테 도와달라고 하면 될 것 같고."

김 형의 표정이 복잡해졌다. 가설에 기대어 터무니없는 계획을 세우고 있다며 욕을 얻어먹을 미래가 마음속에 그려졌다. 겸허한 마음으로 비난을 감내하려던 찰나 질문이 날아들었다.

"심판의 전조를 EMP 폭탄처럼 쓰겠다……. 그런 얘기처럼 들리는데, 맞냐."

"그렇죠."

"신성모독 아니야? 그래도 돼? 이도유가 홧김에 일곱 번째 칸까지 서명하면 어쩌게?"

"아니, 뭐, 그러다가 종말 오면 왔는가 보다 하는 거지. 버튼이 자기 마음대로 눌리는 걸 막을 수가 있나. 그래도 새천년파 치리회한테 잡힌 상황에서도 안 누르고 있으니까, 앞으로도 어지간하면 안 누르지 싶은데요."

김 형은 우혁을 한동안, 말없이 내려다보더니 그의 머리통을 철썩 때렸다. 약간 얼얼할 정도인 게 진심이 느껴졌다.

"그러다가 진짜 종말 오면 내가 너부터 죽인다. 농담 아니고 진짜 죽일 수도 있어. 하지 마. 내가 너한테 2억 돈을 챙겨 줄 수는 없는데, 아무리 그래도 네가 나한테 고마운 마음이 조금이라도 있으면 그딴 짓은 하지 말아야 돼."

"네……."

우혁은 고개가 반사적으로 수그러드는 것을 느꼈지만 이게 진심으로 반성하는 태도인지는 확신할 수 없었다. 김 형이 지적했듯이 재밌으면 계속하고, 혼나면 주눅 들고, 잘해 주는 사람 따라다니는 심리의 발로에 불과한지도 몰랐다. 그렇다면 자신은 정말로 구제 불능이다. 시키는 대로만, 정해진 대로만 하고 살면 되는데. 그게 맞는 건데. 그런데 김 형에게 고맙다는 이유만으로 세상을 이대로 내버려두는 게 옳나?

맞다와 옳다의 뉘앙스는 미묘하게 다른 듯했고, 인간답게 살아야 한다는 사실과 이 세상이 비참으로 가득하다는 사실은 완전히 다른 레일 위에서 구르는 듯했다.

그리고 조강현은……

그 이름을 떠올리는 순간 피가 차갑게 식으며 생각의 흐름이 원점으로 되돌아갔다. 김 형도 비슷한 생각을 한 모양이었다. 낮게 중얼거리는 목소리가 우혁의 머리 위에서 뱅뱅 맴돌았다.

"1997년으로 돌아가보자. 이도유는 어쩌다 보니 감독이 됐고, 내일 세상이 망했으면 좋겠다며 떠드는 사춘기 중학생처럼 심판을 불러오기로 했다. 그 전에 잠깐 놀기로 마음먹고 이곳저곳 돌아다니다가 조강현을 만났다. 농원에서 교주 노릇을 하다 보니 인생이 의외로 재밌다는 걸 깨달았지만, 종말을 미루면 추종자들이 실망할 것 같아서, 이 천국이 무너질 것도 분명해서 겁을 먹었다. 그래서 그 꼴을 보기보다는 심판을 개시하고자 했고, 충동적인 결정마저 겹쳤다. 그 과정에서 조강현이 계약서를 읽게 되었다. 그게 1999년 4월에서 6월 사이의 일이다……"

"예."

"조강현이 설계를 짜서 그 인간들을 죽인 게, 그냥 그러고 싶어서는 아니었겠지. 최종적인 결정권이 이도유한테 있대도,

심적인 부담을 덜어주려면 서른두 명이 일단 죽어야 했던 거야. 최소한 조강현이 믿기로는 그랬다, 맞지?"

"걔 상태를 생각하면, 실제로도 옳은 판단이었을 거라고 보긴 해요."

"이제 이도유를 막아주는 게 뭐라고 생각하냐. 생존자의 절반은 조강현 편이고 나머지 절반은 새천년파인데, 한쪽은 위험하고 다른 쪽은 자기를 죽이려 한단 말이야. 이러면 그냥 서명해도 되거든. 지금까지 줄곧 도망 다녔으니 세상에 같은 편이랄 것도 없고."

우혁은 잠시 고민해봤다.

"여전히 그 서른두 명 때문이겠죠. 심판 직전까지는 지옥에 갈 사람이든 천국에 갈 사람이든 잠자듯 죽어 있어요. 그런데 개시하면, 자기가 좋아했던 사람들을 정말로 지옥에 보내게 되니까. 자식들은 구원받을 수 있게끔 해주겠다는 약속마저도 수포로 돌아갔으니까."

"그리고?"

"딱히 그럴 계기도 없죠. 숨이 턱 막힌다고 해야 하나. 문제가 태산인데 하루하루 살기는 의외로 괜찮은 상황이라면, 원래 그래요. 내 상황도 그랬으니까 잘 알지. 슬슬 은행 빚 정리하고 개인 회생 준비해야 한다는 걸 머리로는 알아도, 엄마 카드 쓰면서 방에 누워 있다 보면 내일 하자, 모레 하자……."

"그런데 네가 이 일에서 아예 빠지더라도 조강현이 멈추진 않겠지. 그 양반이 대놓고 들이박으면 디다케는 공중분해고, 이도유 입장에서는 계속 붙잡혀 있다 보면 스트레스가 쌓이기도 할 거야."

김 형은 이 사태가 본질적으로 다체문제거니와 그 복합성으로 인해 종말이 매 순간 가까워지는 중이라 말하려는 듯했다. 조금이라도 늑장을 부린다면 우혁은 최소한의 영향력조차 잃고 말 것이며, 따라서 작전을 감행하든 신중론을 택하든 위험은 불가피했다. 그리고 그 위험은 김 형의 몫이기도 했다.

우혁은 천천히 고개를 끄덕였다.

"예."

"넌 조강현을 믿냐? 그 인간한테 감독 직분이 넘어가면, 세상이 어떻게 바뀔 것 같아?"

"잘 모르겠어요."

"넌 어쩔래?"

"일단 합의를 보고 싶어요. 그런데 그냥 걔를 데리고 도망쳐서 설악산에 데려다주고 싶기도 해요. 개인적으로는 종말이 와도 상관없어요. 잘 모르겠어요."

기나긴 대화를 통과했지만 여전히 이 대답이 최선이었다. 우혁은 시무룩하니 중얼거렸다. 고개는 들지 않았다. 침묵하던 김 형은 훨씬 차분해진 목소리로 입을 열었다.

"EMP 작전 있지. 만약 다른 방법이 없다 싶으면 먼저 조강현한테 물어보고, 부작용이나 불이익 없는지 다 따져보고 해라. 그건 누가 봐도 어뷰징이야. 인터넷 회선 해약하겠다고 전화 걸면, 상담원이 해약 막겠답시고 선물 주는 거 악용해서 진상 부리는 거랑 똑같아."

◆◆◆

대화를 마치고 나자 거의 2시였다. 우혁은 김 형의 말이 모두 옳다고 생각했으며, 내일 아침이 되면 곧바로 권오성에게 연락해야겠다고 마음먹었으나, 막상 자고 일어나자 말을 꺼낼 엄두가 나지 않았다. 어린 시절 친구네 집에 전화하듯 조강현을 바꿔달라고 말하는 자신을 상상하자 이상한 기분이 들었던 것이다. 그렇게 오후 나절이 되도록 미적거리다 보니 시범학습 일정 안내 메시지가 날아들었다. 당장 내일 저녁 7시였다. 새벽에 신청서를 넣었는데 벌써 승인이 떴다는 사실이 놀라운 한편 협상이 쉽게 풀리겠다는 기대가 커졌다.

만남 장소는 디다케 강동 센터 1층 북카페였다. 주홍빛 조명과 흑갈색 몰딩이 어우러지며 정중앙의 목재 서가를 감싸 안는 공간. 서가에는 디다케 산하 임프린트에서 출간된 책들이 진열되어 있었다. 적당히 학술적인 느낌을 주는 인문교양 서적들로, 인터넷 서점 분류를 논하자면 종교보다는 철학이나 사회과학 카테고리에 속할 듯싶었다. 메인 서가 옆에는 제휴 출판사들을 위한 서가가 마련되어 있었고, '판매용 책이니 취급에 조심해주세요'라는 경고 안내판도 보였다.

벽면에는 두 종류의 포스터가 교대로 붙어 있었는데, 하나는 인테리어용 디자인 포스터였고 다른 하나는 유료 특강 홍보였다. 특강은 비회원이라도 수강할 수 있지만 회원에게는 20퍼센트 할인가가 적용되었다. 우혁은 포스터에 나열된 일정과 김 형의 학원 시간표를 견주어 보다가 디자인 포스터로 시선을 옮겼다. 옅은 세피아톤 망점이 한데 모여 늙은 철학자들의 얼굴을 그렸고, 깔끔한 고딕 폰트—고대비 효과를 위해 검은색에 가까운 흑갈색으로 인쇄된—로 찰스 테일러니 한스 큉 같은 이름이 표기되어 있었다. 물론 영문으로. 이름 옆의 생몰년, 약력, 소개문까지 모두 영어였다. 문법 오류나 어색한 문장은 없었지만 글자가 너무 빼곡한 탓에 읽다 보니 눈이 아파왔다. 애당초 읽으라고 쓴 글이 아닐 것이다.

철두철미하군…….

우혁은 디다케의 비즈니스 정신에 다시금 감탄했다. 21세기의 개신교회와 성당은 말씀을 널리 전하라는 원칙에 경도된 나머지 사람들이 글을 읽기 싫어한다는 사실을 종종 잊어버리는 듯했다. 전단지의 여백을 좋은 말씀으로 채우려 안달복달하는 것이 그 증거였다. 말인즉슨 이 나라에서 한국어는 비즈니스의 언어이며 영어는 디자인의 언어로, 상품과 가격을 한국어로 일목요연하게 적어놓은 뒤 나머지 공간에는 적당히 기품 있는 영문 텍스트를 적어놓는 것이야말로 최적 전략이었다. 지적인 분위기를 연출하는 동시에 텍스트를 읽지 않을 핑계를 함께 안겨다 주는 수법이라고나 할까.

그 점에서 교회 홍보지에 이끌리는 사람과 디다케 광고에 이끌리는 사람은 완전히 다른 유형일 게 틀림없었다. 김 형이 지적했듯 〈교주를 죽여라〉 방송이 도리어 마케팅으로 작용한 비결도 거기에 있을 터였다. 치리회와 열심당원을 제외한 일반 회원들은 철저히 소비자였다. 현대인이었다. 열심당원들도 처음에는 그 소비자들 중 하나였으리라는 사실이 놀랍게 느껴지는 한편, 이제부터 만날 사람들은 누구일지가 궁금해지기 시작했다. 시범학습은 멘토 둘과 멘티 둘 구성으로 진행됐으니 우혁을 제외하면 셋이었다. 최소한 셋 중 하나는 치리회 소속일 확률이 높고, 셋 다 열심당원일 수도 있으리라는 것이 그의 계산이었다. 머릿속으로 가능성의 나무를 뻗어가다 보니 주머니에 넣어둔 휴대전화가 잘게 떨었다. 창가 자리에 앉아 있으니 천천히 오시라는 메시지였다. 서가 너머를 향해 시선을 던지자 입구와 카운터 중간쯤의 탁자에 젊은 여자와 남자가 한 명씩 앉아 있는 게 보였다. 하나는 교재를 주섬주섬 꺼내고 다른 하나는 휴대전화를 만지작거리고 있는 게, 저 사람들인 듯했다. 둘 다 얼굴이 낯선 것을 보면 치리회 소속은 아니었다.

"안녕하세요, 시범학습 신청한 최우혁입니다. 멘토 선생님들 맞으시죠?"

"아, 네, 안녕하세요. 멘토 김희일입니다. 일찍 오신 거 알았으면 빨리 내려왔을 텐데 죄송스럽네요."

"멘토 박은영입니다."

묵례한 여자는 휴대전화를 내려놓았고, 동료 남자를 힐끔 보았다.

"다른 한 분은 30분쯤 늦으신대요. 혜윤 멘티님요."

"자기소개하고 이런저런 얘기 나누다 보면 금방 오시겠네요. 최우혁 멘티님은 저녁에 커피 드시나요?"

"저는 허브티가 좋겠습니다."

카운터에서 주문한 뒤 테이블로 돌아와 서로 통성명을 마치자 진동벨이 울렸다. 우혁이 시킨 캐모마일티는 티백이었다. 그냥 머그잔에 티백을 담은 다음 뜨거운 물을 부어놓은 것이었다. 그는 노골적인 원가절감의 현장 앞에서 디다케의 재무제표를 복기했고, 이런 걸 5,500원에 팔아서 수익금을 기부하는 것은 어떤 종류의 선행일지 생각해봤다(어쨌든 디다케는 적극적인 사회 환원에 나섰다. 그건 부정할 수 없는 사실이었다). 그리고 눈앞의 남녀가 누리는 혜택은 무료 카페 쿠폰 외에 없으리라고도 짐작했다.

영업 사원과 선교사, 노동 착취와 열정 사이의 구분선이 어디에 그어지는지 궁금했다.

열심당원은 얼마 받을까?

이 사람들 열심당원 맞나?

우혁은 잠시 표준적인 30대 남성의 자아를 뒤집어썼다.

"이런 얘기 해도 될지 모르겠지만, 사실 저는 단체가 상당히 체계 없이 돌아가는구나 했거든요. 새벽에 신청 넣자마자 바로 다음 날 일정이 잡혔다 보니 일 처리가 주먹구구식이라는 인상을 받았다고나 할까……. 그런데 막상 와보니까 시설이라든지 인테리어 같은 게 생각보다 훨씬 좋아서 뜻밖입니다."

여자가 가볍게 웃었다.

"저희는 오늘 일정이 일주일 전부터 잡혀 있었거든요. 이틀 전에 갑자기 멘티 한 분이 예약을 취소하셔서 세 명이 진행할 뻔했는데, 최우혁 멘티님께서 때마침 언제든 가능하시다고 신청 넣으셨더라구요. 상황이 잘 맞물린 거죠."

"아하."

"신청서 읽어봤는데 논술학원에서 강의하시더라구요. 논술 강사시면 저희한테 배울 게 있을지 모르겠는데. 오히려 저희가 멘티가 되어야 하는 거 아니에요?"

"아뇨, 뭐, 대학 입학처들 보신주의가 굉장히 심해서, 종교나 현실 정치처럼 학부모 항의 들어올 만한 분야에서는 절대로 출제를 안 해요. 그렇다 보니 맨날 하는 주제만 다루게 되죠. 집에서 책만 읽을 때랑 공부 모임 드나드는 건 느낌이 다르기도 하고요. 사실 사람 만나는 게 핵심 아닐까요."

"맞죠, 사실. 저도 여기에 사람 만나러 오는 건데."

그 말을 시작으로 곡예 줄타기를 하듯 삶의 겉면만 휙휙 훑고 넘어가는 대화가 펼쳐졌다. 누구든 공감할 만한 주제에 사회인 특유의 화법이 더해진 결과물이었다. 20대 초중반까지는 누굴 상대로든 선뜻 친해질 수 있었는데 이제는 기회비용이 너무 크다, 직장 동료들과 친해지기도 어렵고 모임에 나가야 하는데 괜찮은 모임을 찾기가 어렵다, 하는 말들에는 희미한 폐색감마저 묻어나왔다. 출구가 없지만 탈출할 이유도 없는 삶. 이 모든 대화가 연극에 불과할 가능성도 충분했지만 우혁은 상대가 일반 회원일 가능성에 한 표를 던졌다. 진심만큼이나 강력한 연기는 없으니까. 그렇다면 나머지 한 자리가 관건이었다.

　열심당원을 툭 보내기에는 중대 사안이지만 치리회 인원들은 디다케 내에서 한자리씩 차지하고 있다 보니 얼굴이 공공연히 알려져 있었다. 우혁은 빈자리의 주인이 조세희일 가능성에 한 표를 던졌고, 예상이 현실로 드러났을 때는 반전을 아는 미스터리영화를 보듯 시큰둥한 느낌마저 받았다.

　"안녕하세요, 정혜윤입니다."

　회색 터틀넥 스웨터와 검은 면바지를 입은 여자였다. 곧은 검은색 머리카락을 허리까지 길렀고, 쌍꺼풀 없이 쭉 뻗은 눈매와 시원시원한 이목구비가 수묵화로 그린 대나무를 닮았다. 이름이 낯설긴 했지만 얼굴은 사진 그대로였다. 정혜윤은 기존 신청자의 이름일지, 그렇다면 진짜 정혜윤을 멘토링하는 업무는 어떤 센터로 이관됐을지, 조작의 비결은 무엇일지 하는 의문이 얼핏 우혁의 머릿속을 스쳤다. 정답도 함께였다. 전산 시스템을 만지작거릴 수만 있다면 그런 일은 손쉽다.

여기에마저 미스터리가 끼어들 여지가 없음을 깨닫자 김이 샜다. 우혁은 사무적인 태도로 인사를 건네고는 멘토링의 본질에 집중했다. 요컨대 그는 캐모마일티를 홀짝이며 멘토들이 설명해주는 디다케 기초 교리를 흥미롭게 들었으며 조강현과 이도유에 대해서는 결코 생각하지 않았다. 교리에는 고대 그리스철학과 현대 급진 신학의 영향력이 노골적으로 드러났고, 지옥이나 천국 이야기는 결코 포함되지 않았으며, 다만 인간들이 관계 맺고 행하는 방식과 삶의 표준에 대하여…….

대체로 좋은 이야기였으며 고급 특강에서 다루는 내용들은 학부 동아리 수준을 뛰어넘었다.

그런데 새천년파 열심당원의 주 업무는 고문, 스토킹, 살인이 아닌가?

우혁은 현실을 자각하자마자 실로 초현실적인 느낌에 사로잡혔고, 잡담 시간을 손 모아 기다렸다. 두 멘토는 회원 전용 혜택까지 설명한 후 '이 모든 은총을 누리는 구독료가 매달 13만 원이라면 사실상 거저'라며 떠들기 시작했다. 물론 입회전에 반드시 거쳐야 하는 초급반 커리큘럼은 2개월 과정 특강이며 월 수업료는 부가세 포함 225,000원……. 인문학 교양 강의 시장의 평균 시세를 감안하면 폭리라고는 할 수 없었지만…… 우혁은 디다케의 대치동 및 고교논술 사업 진출에 대해 깊이 생각해봤다. 가능성이 있었다.

이렇게 지극히 현실적인 숙고 사이사이에 로마 관료의 가슴팍에 칼을 찔러 넣는 유대인 암살자의 이미지와 종말론적인 비전들이 끼어들었고, 우혁은 발작의 전조를 느꼈다. 다행히 최악의 사태가 터지기 직전 모든 설명이 끝났다. 궁금한 게 있으면 물어보라는 질문이 이토록 반가울 수 없었다. 우혁은 초급 과정을 건너뛸 수 있는지(입회 테스트를 일정 점수 이상으로 통과하면 가능하다고 했다), 혹시 할인이 되는지(제휴 카드사를 통해 결제할 경우 12개월 무이자 할부 혜택이 있었다) 등을 물어보다가 은근슬쩍 〈교주를 죽여라〉로 논제를 틀었다. 조세희의 반응을 떠보고 싶은 마음이 컸지만 일반 회원의 입장이 궁금하기도 했다. 남자 멘토가 한껏 너스레를 떨었다.

"그런 곳 전혀 아니에요. 분위기부터가 다르잖아요. 여기가 천국 가려면 돈 가져다 바쳐라, 돈 내면 병 고쳐주겠다 하는 곳이라면 모르겠습니다만 그렇게 오해받을 여지가 단 하나도 없어서 보는 입장에서도 너무 놀랍고, 오히려 재미있기도 하고……"

그러고는 여자 쪽에서 말을 받았다.

"저는 아직도 무신론자거든요. 학교 다닐 때부터 무신론 연합 동아리 소속이었고, 되게 오래됐어요. 지금도 사람 본성이

변했다는 생각은 안 해요. 나이를 먹은 만큼 좋은 게 좋은 거라고 믿는 사람이 됐을 뿐이죠. 전 그것도 꽤나 큰 차이라고 생각하긴 하는데, 사이비 종교를 대뜸 믿을 만큼 이상한 사람이 된 건 아니다, 이렇게 정리하고 싶어요."

이 사람들은 복지시설 봉사를 다닐 것이며 기부도 많이 할 거라는 생각이 들었다. 디다케의 가르침에 문자 그대로 충실한 삶을 살고 있으리라고도. 우혁은 이 사람들이 심판 앞에서 살아남을 수 있을지, 치리회는 평범하게 선량하지만 자신도 모르는 착취에 가담하고 마는(이는 선진국에 태어난 업이다) 사람들마저 버릴 작정인지 궁금해하다가 툭 질문을 던졌다.

"그러면 대기업 회장이 〈교주를 죽여라〉에 출연한 이유가 뭘까요?"

그러자 멘토 둘이 기다렸다는 듯 떠들기 시작했다.

"그 부분은 저도 궁금하긴 한데…… 앞뒤가 안 맞는다고 해야 하나……. 찾아본 바로는 새천년파 집단 자살 사건이랑 아예 관련이 없는 건 아닌 모양인데, 25년이나 된 일이 지금 상황이랑 얼마나 연관이 있을까 싶은 생각도 들죠."

"저는 사실 물밑에서 깊이 엮인 게 있을 거라고 보긴 합니다. 조강현 그 사람부터가 남다른 면이 있는 사람이고, 이 단체도 이상하죠. 디다케에 종교적 성격이 아예 없다면 거짓말인데, 신흥종교 교리라는 게 보통 엉망진창이잖아요. 슬레이트랑 합판으로 가건물 만들어놓은 다음 시시비비 싸움이 붙으면 유지 보수하는 식으로 교리가 발전하는 게 정석이니까. 반면 여긴 처음부터 기획을 제대로 짜고 시작했다는 인상이 있습니다. 솔직히 이런 기획력으로 다른 거 했으면 돈을 벌어도 한참은 더 벌지 않았을까요. 사실 저는 디다케 초기 자본금이 어디서 나왔는지부터가 궁금하긴 합니다."

"디다케가 기본적으로 출판업이랑 학원업 영위하는 회사니까 자본금은 많이 필요하지 않았겠지만, 핵심적인 부분은 저도 동의해요. 굳이 이런 걸 한다면야 자기 계발 시장이 훨씬 크죠. 니치 마켓을 공략한다는 관점에서는 일리가 있는 사업 모델이라 쳐도, 일반적으로 이런 발상 자체가 가능할까 싶어요. 그 농원에 뭔가 있었던 게 맞다고 봐요. 반드시 초월적인 기적은 아니더라도…… 사람을 안에서부터 바꿔놓을 만한 뭔가요."

"아무래도요. 그런데 솔직히 일개 회사원이 그걸 알아서 뭐 하나 싶은 마음이죠. 전 기적은 아무 관심도 없고요, 일주일에 한 번씩 사람들 만나서 책 읽고 강론 듣는 것만으로도 충분합니다. 아니, 이게 옳다고 봅니다."

남자 멘토의 단언에 여자 멘토가 동의하듯 고개를 끄덕였다. 디다케 핵심 인원이 수상쩍은 집단 자살 사건에 연루되었다는 사실은 불매의 이유가 되지 못하는 듯했다. 사실 치리회 사람들은 가해자라기보다는 유아동 생존자들이니 공격할 명분이 없긴 했다. 우혁은 일반 회원들의 심리는 대체로 이런 식일 것이라 짐작하며 조세희를 향해 고개를 돌렸다. 교리 설명을 듣는 동안에는 간간이 먼저 질문도 던지던 사람이, 〈교주를 죽여라〉가 화제에 오른 다음부터는 줄곧 입을 다문 채 휴대전화를 만지작거리고 있었다.

"혜윤 씨도 방송 보셨죠?"

조세희는 휴대전화 화면을 끄고는 최우혁을 마주 보았다. 눈가에 피곤한 기색이 묻어났다.

"아…… 저는 텔레비전을 안 봐서요. 사실 무슨 이야기인지도 잘 모르겠네요."

"나중에 한번 검색해보세요. 되게 재밌어요."

최우혁은 일부러 밀고 들어갔다.

"우와, 영업 적극적으로 방해하시네. 이거 상도덕에 어긋나는 거 아니에요?"

대답은 조세희가 아니라 맞은편의 멘토들에게서 돌아왔다. 목소리에 웃음기가 섞인 걸 보면 우혁의 발언을 심각하게 여기진 않는 모양이었다.

"방송 나간 후로 회원이 대폭 늘었다던데, 바이럴 마케팅 해드리는 거죠."

"맞아, 맞아. 그거 때문에 신규 회원 엄청 들어왔어요. '이런 것도 있네?' 하면서. 그런데 사실, 많이 남진 않았죠. 솔직히 이런 설명 듣는다고 가입하는 사람은 별로 없고, 초급반 수강까지 끊은 사람들도 재미없다고 절반은 나가서. 그 방송이 사실이었으면 차라리 좋았겠다는 생각이 들 정도라니까요."

"은영 씨, 절반이나 남았다고 합시다. 긍정적으로요."

그렇게 말한 남자 멘토는 우혁을 지그시 바라보았다. 얼굴에는 여전히 유쾌한 웃음이 걸려 있었지만 왜인지 기대하는 마음이 느껴졌다.

"아무튼 최우혁 멘티님은 꼭 가입하셨으면 좋겠습니다. 여기 강사 중 하나가 심각하게 별로거든요. 이 자리에서 자세히 설명드릴 수는 없지만 딕션이라든지 태도 같은 게, 전문 논술 강사가 강의 한번 제대로 해주시면⋯⋯."

"아니, 제가 누구를 가르칠 사람이 전혀 아닌데 너무 고평가를⋯⋯."

우혁은 이야기가 어째서 이런 방향으로 흐르는가 생각하며 손사래 쳤고, 도망치고 싶은 심정으로 조세희를 바라보았다. 그때 조세희는 인공 눈물을 투여하는 결막염 환자처럼 눈을 감고 있었다. 왼손의 검지와 중지가 슬쩍 벌어지며 눈두덩을 지그시 눌렀고, 눈이 천천히 뜨이더니, 다시 감겼다. 그리고 다시 떴다. 그 움직임이 문득 기억 하나를 촉발시켰다. 아무것도 보지 못한 척 고개를 돌리려 했지만 이번에는 정말로 시야가 녹아내렸다. 불길에 휩싸이듯. 불길 한가운데에 선 여자의 얼굴은 시간을 넘나들며 점차 어리게 변해간다. 환등기의 슬라이드 필름을 펼쳐놓은 듯 서로 다른 시간

속에 더불어 존재하는 여자들. 손잡은 여자들이 시야 저편으로 사라지더니 목소리들이 두런두런 들려오기 시작한다.

"그랬다가는 면목이 없게 돼. 원칙은 원칙이야. 죽음은 정말로 아무것도 아니야……"

"죽음에 슬퍼해본 적이 있나? 사랑에 기쁨을 느낀 적은? 당연히 없겠지. 너한테는 차와 아파트가 필요한 것과 같은 방식으로 가족이 필요했던 거야. 하지만 고칠 수 없게 된 차는 당장 폐차해야지. 병적인 자아도취자……"

"거기까지만 해. 값은 충분히 치렀어……"

"그 여자 앞에서도 똑같이 말해보지 그래. 하는 김에 저 애한테도……. 얘야, 네가 지금 죽어야 하는 이유는 사실……"

색조와 채도가 제각기 다른 사진들을 타일 삼아 만들어진 거대한 모자이크화가 갓난아이의 형상을 그린다. 태어나 자라고 죽어가는 아이들. 남자는 사지가 기묘한 각도로 뒤틀린 여자아이를 조심스레 들어 옮기고(가느다란 목이 팔 너머로 꺾이듯 기울어진다) 우혁은 네댓 발짝 떨어진 자리에서 그 뒷모습을 지켜본다. 문득 힘 풀린 손이 물건을 놓치듯 아이의 눈꺼풀이 스르르 벌어지며 충혈된 눈동자를 드러내더니 그 상태로 굳어 멈춘다. 맨들맨들한 암회색 포석에 뚝뚝 떨어지는 핏방울. 건물에는 불이 거의 꺼져 있고……

"최우혁 멘티님?"

"아, 예. 예."

걱정스러운 목소리가 우혁을 현실로 이끌었다. 정신을 놓
치고 있었던 시간이 길지 않았기만을 빌 따름이었다. 여자
멘토가 걱정스러운 표정으로 저혈당 쇼크 이야기를 꺼냈고,
그는 냉큼 고개를 끄덕였다. 그리고 감사한 마음으로 포도당
캔디 한 알을 받아 들었다. 애써 환자 흉내를 내고 있으려니
조세희의 시선이 느껴졌다. 우혁은 눈동자만을 살짝 굴려 노
골적인 탐색전에 응수했고, 의심을 굳혔다. 환각 속의 아이가
죽지 않았더라면 정확히 그런 식으로 눈을 뜨고 세상을 바
라보는 어른으로 자라났을 것이다―그 장면의 주인공은 분
명 조강현과 조세희였다. 만남이 끝나면 곧장 권오성에게 전
화를 걸어야겠다는 계산이 섰다. 기억의 세부를 들먹여봤자
속 시원한 대답이 나올 것 같진 않았지만, 원칙이라는 단어
가 마음에 얹혔다.

◆◆◆

개인 정보 수집·이용약관 동의를 요구하는 현대적 기업체
들이 으레 그러하듯 디다케는 회원들의 개인 정보를 엄격하
게 보호했다. 시범학습에 처음으로 참여한 멘티가 다른 멘티
의 연락처를 공식적인 경로로 알아낼 방법이 없다는 의미였
다. 일 처리 속도를 높이기 위해서는 직접 조세희에게 말을
걸 필요가 있었다. 말인즉슨 우혁은 자신이 34세의 남성이며

상대는 25세의 여성이라는 사실에 맞서야만 했다. 그는 멘토들과 작별 인사를 하며 조세희가 나가는 방향을 눈여겨보았고, 길가의 테이크아웃 카페 앞에서 조세희를 붙잡았다.

"혜윤 씨."

"예?"

"전화번호 좀 알려주시죠."

"그건 왜 물어보세요?"

"전 혜윤 씨한테 관심이 있습니다. 혜윤 씨도 저한테 관심이 많을 겁니다."

"무슨 소리신지 모르겠네요."

"다 압니다. 관심 많으시잖아요."

우혁은 카페 아르바이트생이 자신을 광인 보듯 하는 것을 느꼈다. 곧이어 아르바이트생은 조세희를 향해 고개를 돌리더니 휴대전화를 검지로 톡톡 두드리는 제스처를 취했다. 경찰을 불러야 할지 묻는 모양이었다. 살짝 고개를 내저은 조세희는 우혁을 끌고 한 블록 떨어진 골목으로 자리를 옮겼다.

"무슨 생각이시죠?"

"저 미친 사람 아닙니다."

"저랑 거의 열 살이나 차이 나시잖아요."

"그게 요점이 아니라는 거, 잘 아실 텐데요."

"요점이 뭔데요?"

"우리가 서로에게 심중한 관심이 있다는 겁니다."

"왜요?"

"세계의 운명 때문이죠."

그런 문답을 시작으로 논점이 빙글빙글 돌았다. 상대가 핵심 키워드를 내뱉길 기다리면서 자신의 패는 결코 내보이지 않으려는 사람이 두 명 붙어 있으면 이렇게 될 수밖에 없었다. 그러나 결국 조세희가 타협했다. 성공적으로 번호 교환을 마친 우혁은 자신의 추진력에 감탄하며 집으로 돌아왔고, 곧장 권오성에게 전화를 걸었다. 종말론적 비전을 EMP 폭탄처럼 쓰겠다는 기획을 검수받을 작정이었다.

"예, 최우혁 선생님. 무슨 일이시죠?"

"회장님 바꿔주세요."

"회장님은 바쁘십니다. 용건을 똑바로 말씀하세요."

사무적인 응답이었지만 경멸스러워하는 기색이 묻어났다. 우혁은 어엿한 사회인으로 살아가는 일의 어려움을 느끼며 뒤늦게나마 할 말을 정리했다. 시범학습 자리에 조세희가 등장했다는 것, 저쪽도 자신을 예의 주시하고 있다는 것, 일 처리 속도를 높이려면 치리회 측에도 이중 첩자 신분을 밝히는 편이 나으리라는 것, 다만 그 전에 알아둬야 할 정보가 몇 가지 있다는 것, 더 나아가 '계약서'의 내용에 대해서도 직접 물어볼 부분이 있다는 것. 소명을 끝마치자 권오성은 회장님과 논의해보겠다면서 통화를 끊었다.

30분가량이 지나 조강현에게서 전화가 걸려왔다. 기다리는 동안 노트에 기획을 정리해둔 덕분에 이번의 설명은 꽤나 일목요연했다.

"짧게 요약하겠습니다. 이도유가 뭐라고 떠들고 있을지는 모르겠습니다만, 치리회가 그 말을 모두 믿을 가능성은 낮아요. 반면 회장님도 의구심을 품으셨던 것처럼, 제 정체는 사실상 조커 카드로 남아 있죠. 저는 이 점을 이용해 예언자 행세를 할 작정입니다. 나는 그 계약서를 직접 봤다, 이도유와 만나게만 해준다면 종말 버튼을 눌러주겠다…… 하고 말이죠. 사람들이 환각으로 벌벌 떨고 있는 동안, 목표물을 끌고 내려와 차에 올라탈 수만 있다면 배송은 쉬울 겁니다. 다만 신경 쓰이는 부분이 세 가지 있습니다."

"말씀해보시지요."

"일단 첫째는, 치리회가 이도유를 포획했는데도 종말이 이연되고 있다는 사실 그 자체입니다. 고문을 해서라도 서명을 시킬 수 있었더라면 진작 그랬을 거라고 봐요. 저로서는 다른 조건이 있는 게 아닌가 하는 생각을 하게 되는 거죠. 그리고 둘째와 셋째는, 이 계획의 실현 가능성과 부작용입니다. 예컨대 이도유의 전생 중에는 바르 코크바가 있었던 것으로 알고 있습니다. 유대-로마 전쟁의 유대 측 사령관이죠. 그런데 기적과 환각을 몰고 다닐 힘이 있는데도 로마에 패배했던 것을 보면, 이 역능에는 상당한 제약이 있다는 추측을 할 수밖에 없어요. 최소한 이 셋이 확실해져야만 기획을 추진하든

다른 계획을 짜든 할 수 있겠습니다."

스피커 너머에서 낮은 웃음소리가 울렸다.

"첫 번째는 이유를 단정 짓기 어렵습니다. 그래도 이도유가 감독 계승 방법을 빌미로 역공에 나서고 있다는 추론은 가능하겠군요. 전대 감독이 후대 감독에게 직접 직분을 물려줄 수도 있지만, 후임을 정하지 않고 직분을 포기한다면 전 세계인 중 한 명에게 그 힘이 무작위적으로 주어지지요. 치리회로서는 이런 불확실성을 무릅쓰고 싶지 않을 겁니다."

"그렇군요."

"그리고 두 번째와 세 번째에 대해서는…… 사바타이 츠비를 아십니까?"

"알죠. 그게 이도유의 전생 중 하나였다는 것도 들었습니다."

사바타이 츠비의 삶은 종교적 열망과 돈의 역동을, 그것이 역사를 흔드는 방식을 집약적으로 보여줬다. 그는 오스만제국의 스미르나에서 태어났고, 스무 살 무렵 자신이 메시아임을 천명했다. 팔레스타인과 콘스탄티노플과 예루살렘을 돌아다니며 1666년에 종말이 올 것임을 선언했다. 이때 유대인 고리대금업자와 상인들이 재산을 처분하고 사바타이 츠비를 따라다닌 까닭에 제국의 경제마저 휘청거리기 시작했다. 농원에서의 사건이 훨씬 장대한 스케일로 펼쳐진 셈이었다.

"메흐메트 4세는 사바타이 츠비를 불러 택일을 강요합니다. 이슬람으로 개종하거나, 메시아처럼 순교하라는 것이지요. 물론 또 다른 선택지도 있었습니다. 내친김에 종말을 불러오는 겁니다. 그러나 자기 자신의 죽음을 두려워하는 남자가 감히 그러진 않겠지요. 추종자들의 돈으로 실컷 놀고먹으며 삶을 즐기는 중이었더라면 말할 것도 없고요. 결국 사바타이 츠비는 모두의 믿음을 배반하며 술탄의 문지기가 됩니다만, 이 사태에 대해서는 다른 질문이 가능할 겁니다. 만약 그가 메흐메트 4세의 눈앞에서 기적을 선보였더라면 어떻게 되었을까요? 정말로, 부정할 수 없을 만큼 강력한 기적 말입니다. 마치 구약의 예언자들이 부리던……"

"뭐, 어떤 의미로든 역사가 바뀌었겠죠."

"그것이 바로 제약의 핵심입니다. 감독은 신성을 빌려 쓸수 있지만, 그 신성이 역사의 변곡점에 개입하거나 믿음의 방향을 아예 틀어놓을 정도여서는 안 됩니다. 알기도 전에 믿을 준비가 되어 있는 사람, 세상에 실망하고 버려진 까닭에 무엇이라도 믿고 싶어 하는 사람에게나 소용이 있지요. 따라서 역설적이게도, 감독의 신성은 추종자의 수가 늘고 사회적 입지가 커질수록 줄어들고 맙니다. 물론 군중의 역능이 그 자리를 충당하며, 큰 무리의 믿음은 기적보다 강한 힘을 발휘할 때가 많습니다만, 그 둘은 어쨌거나 다른 유형의 에너지이지 않습니까? 감독 직분에 한계가 있는 이유가 이것이며, 제가 직분을 맡아 바꾸고자 하는 조항 또한 이것입니다."

우혁은 사바타이 츠비가 종말을 예언한 시점으로부터

17년 전에 유대인 집단 학살이 일어났다는 사실을 기억했다. 1648년의 좌절과 비참은 1665년의 열망을 예고했던 셈이다. 한편 그가 이슬람으로 개종한 후에도 일부 추종자는 메시아에 대한 믿음을 고수했으며 사바티아니즘은 19세기까지 잔존했다. 사람들의 믿음은 실상보다 오래갈 뿐만 아니라 실상을 거슬러 내달리기까지 한다. 지도자가 추종자를 이끄는 것이 아니라 그 반대의 현상이 일어나는 셈이다. 그것은 해석의 힘이며 믿고 싶어 하는 마음의 힘이다. 사랑과 소망의 악몽 같은 면이다. 기적만 있다면 나라 하나, 대기업 하나쯤은 손쉽게 차지할 수 있지 않겠느냐는 말에 소년이 회의적인 기색을 내비친 이유가 납득이 갔다.

"따라서 질문 주신 부분에 대해서는, 충분히 시도할 만하다고 답변드리겠습니다. 부작용은…… 계약서를 반쯤 썼다가 찢어버리는 식으로 투정을 부리다 보면 감독 직분이 날아가기 마련입니다만, 사실상 임기가 끝난 상황이니 별 상관은 없겠지요."

"그렇군요."

수긍한 우혁은 내친김에 마지막 궁금증까지 채워보기로 했다.

"그리고 이건 소소하게 궁금한 부분인데요, 새천년과 생존자는 그 제약에서 논외인 건가요?"

"구체적으로 말씀해보시지요."

"예컨대 의사가 말기 암 진단을 내린다고 쳐요. 보통 사람이라면 의사를 믿을 테니 기적의 반경 안으로는 들어오지 못합니다. 그런데 회장님은 예수의 기적을 믿으니까, 이도유에게 부탁해 암을 고치더라도 믿음의 총합이 바뀔 여지는 없겠죠. 똑같은 논리로 생존자 열두 명끼리는 기적을 마음껏 쓸 수 있었던 게 아닌가 싶은 의문이 생기는 겁니다. 이 부분이 어떻게 처리됐는지 여쭙고 싶은데요."

조강현은 잠시 침묵했다.

"약관 조항을 쉽게 풀어 설명한 것이지, 기적의 적용은 그렇게 일률적으로 처리될 일이 아니라고만 말씀드리겠습니다. 한편 생존자들의 경우…… 일고여덟 살만 되어도 주위 상황을 이해합니다. 종말이 코앞까지 다가왔다가 물러난 데에는 마땅한 설명이 필요하겠지요. 게다가 대환난이 오지 않는다면 어른들의 죽음은 헛짓으로 전락하고 맙니다. 이런 부분들을 해명하고 계속 살아갈 이유를 제시하느라 몇 가지 논리가 고안되었지요. 이도유가 죽으면 종말이 온다는 오해도 거기에서 비롯된 것입니다. 당시 논리를 세우는 동안, 저는 기적 자체를 엄금해야겠다는 결론에 이르렀습니다. '암 완치 확률이 얼마여야 기적을 써줄 만한지, 누굴 살리고 누굴 죽도록 내버려둘지'를 사안별로 논증할 바에는 단순히 '이도유는 더 이상 기적을 쓸 수 없다'고 못 박아두어야 분란의 소지가 없다는 겁니다. 사실관계야 어쨌든 간에 말이지요. 그건 원칙이기도 합니다."

마음에 담아둔 낱말이 불쑥 튀어나오니 반가웠다.

"그 원칙 말입니다, 회장님이 돌아가시더라도 똑같이 적용되는 건가요?"

"예외는 없습니다."

대답은 단호했다. 그럼에도 불구하고 조강현은 조세희를 살렸다. 바로 여기에 분열의 핵심이 있는 듯했지만, 이 지점부터는 더 파고들어봤자 역효과일 거라는 계산이 섰다. 새천년파 치리회와 조강현 사이의 갈등을 구체적으로 캐물을 명분도 없었다. 통화를 매듭지은 우혁은 침대에서 잠시 뒤척거리다가 충동적으로 조세희에게 메시지를 보냈다. 내용은 단도직입적이었다. 서로 알 거 다 아는 상황인데, 귀찮게 눈치 보지 말고 할 일이나 빨리 처리하자고, 자신은 재림 예수 수준은 아니라도 예언자쯤은 되는 사람이라고, 지금은 조강현에게 고용되어 있지만 이도유를 만나게 해주면 당신네가 원하는 결말로 이끌겠다고……. 그 후 두어 시간을 기다렸지만 답장이 없었으므로, 우혁은 그냥 썻고 잤다.

갑작스러운 전화벨이 잠을 깨웠다. 낯선 전화번호였다. 시간은 새벽 3시 30분.

우혁은 비몽사몽간에 전화를 끄고 다시 잤다.

전화가 다시 왔다.

이번에도 껐다.

세 번째로 전화가 왔다.

이쯤 되자 짜증이 잠기운을 이겼다. 우혁은 번호를 차단하기 전에 목소리라도 들어볼 요량으로 전화를 받았고, 퍼뜩 정신을 차렸다. 조세희였다.

"최우혁 씨, 지금 바로 뵙죠. 제가 그쪽으로 갈게요."

◆◆◆

조세희와의 만남 장소는 개포주공 6단지 놀이터 벤치였다. 그냥 티셔츠에 반바지를 걸치고 털레털레 내려갔더니 조세희가 있었다는 말이다. 다른 치리회 인원은 없었거니와 엄청난 계략을 숨긴 것 같지도 않았다. 우혁은 혹시 전화벨이 울렸을 때부터 꿈이었던 것일까 의아해하며 상대를 빤히 바라보았다.

"저 원래 이 근처 살아요. 걸어서 30분 거리밖에 안 돼요."

"진짜요?"

"그 질문 무슨 의미예요?"

"조세희 씨가 저랑 사적 만남을 가질 이유를 모르겠다는 의미인데요. 그쪽 어머님께서 부른 게 아니고서야."

"가족 관계를 아시는군요?"

"그쪽이 제 집 주소를 아는 거랑 똑같은 이치죠. 이사도 못 가는데 큰일 났네."

우혁은 크게 하품했으며 조세희는 한숨을 내쉬었다. 정혜윤이 아닌 조세희로서의 자기소개가 뒤이었다. 짐작하다시피 자신은 치리회 인원이 아니고, 완전히 신임받지도 못하는 상태지만, 그래도 열심당원들보다는 사태에 깊이 관여한다고 했다. 다만 따로 부탁할 게 있어 우혁을 만나러 왔다는 거였다.

"부탁 내용이 뭘길래 그래요?"

"좀 까다롭긴 해요. 설명드리기 전에 몇 가지 여쭤봐도 될까요? 이건 치리회 사람들이 궁금해하는 부분이기도 해서, 저한테 미리 말씀해주시는 느낌으로……."

"예, 뭐."

"양양고속도로에서 교통사고 났을 때는 도유 삼촌이 도망치는 걸 적극적으로 도와주셨잖아요. 그런데 이번에는 왜 갑자기 심판에 찬성하시는 건지 모르겠어요."

이건 예상 범위 안의 질문이었으며 소명 내용도 준비되어 있었다.

"뒷조사를 했으면 제가 굉장히 대책 없는 인간이라는 걸 아실 겁니다. 유다왕국 시절, 고대 이집트 시절에나 예언자가 유망 직업이었지 요즘 시대에는 답도 없죠. 부모님 노후 준비도 안 돼 있고, 은행 계좌에는 빚밖에 없어요. 집도 전세고요."

"예언자면 다음 카드도 예언할 수 있어야 하는 거 아닌가요?"

"하느님은 도박 같은 거 안 좋아하십니다."

"그런데 왜 하셨는지……."

"그게 바로 인간 원죄, 인간의 본성적 결함입니다. 이렇게 살고 싶어서 이러는 게 아니란 말입니다. 저도 제 자신이 수치스럽고 부끄럽습니다."

우혁은 짐짓 단호하게 말했고, 추궁이 이어지기 전에 본론으로 되돌아갔다.

"아무튼 그때는 기분이다 싶어서 도와줬는데, 경찰 조사를 겪으니 정신이 퍼뜩 들더라고요. 때마침 그쪽 아버님께서 연락을 주셨고요. 그런데 일단 명령부터 받아놓고 잘 생각해보니 다른 마음이 생기지 뭡니까. 이런 사람을 돕는 게 맞나, 이럴 바엔 그냥 심판을 불러오는 편이 낫지 않나, 어차피 내 인생도 망했고 세상도 망했는데…… 하고요. 그래서 연락을 드렸죠."

"그게 다예요?"

"종말이랑 대환난요, 어차피 저한테는 일상이거든요. 매일 환각을 겪으니 익숙해지던데, 사람들도 막상 그 상황이 닥쳐오면 적응하지 않을까 싶은 거죠."

조세희는 한참이나 망설이더니 주저하며 입을 열었다.

"조심스러운 이야기지만, 혹시 그것 때문에 사회에 부적응하게 되신 거 아닌가 싶어요. 대환난이라는 게 보통 사람들이 견딜 만한 일인지, 그런 환각을 매일 겪고도 정신이 멀쩡히 남아나는지 의아한 마음이……."

"혹시 시비 걸러 오셨나요?"

꼭두새벽에 불려 나와 이런 소리나 듣고 있으려니 미칠 지경이었다. 정말로 꿈이 아닐까 싶기도 했다. 우혁의 태도가 심상찮게 변한 걸 느꼈는지 조세희가 다급하게 본론을 꺼냈다. 말인즉슨 이도유를 빼돌려줄 수 있겠느냐는 거였다. 종말은 원치 않고, 자기 아버지가 감독 직분에 어울리는 사람이라고 생각하지도 않으며, 이도유에 대해서는 안쓰러운 마음이 크다고 했다. 거절한다면 어쩔 수 없지만 승낙할 경우 최선을 다해 돕겠다는 말이 이어졌다.

"아니, 갑자기 이런 제안을 하셔봤자……. 내부 상황이 어떻게 돌아가길래 그래요?"

"우리 중에 본계약서를 본 사람이 그 인간이랑 도유 삼촌 외에 없다는 거 아실 거예요. 그러니까 삼촌을 붙잡아놓더라도 주도권이 없죠. 조금이라도 건드리면 감독 직분을 다른 사람한테 쏴버리겠다고 협박하는 중인데, 이 협박이 사실인지 아닌지를 검증하는 것 자체가 불가능하다 보니 대응할 수도 없어요. 그렇다 보니 우혁 씨가 유의미한 변수가 될 수 있지 않겠느냐는 게 중론이긴 해요."

"이도유, 지금 어디 있는데요?"

"정확한 장소는 저도 몰라요. 계속 만나보고 싶다고 조르는 중인데 허락을 안 해주시거든요. 그런데 우혁 씨가 출발하면 저도 묻어갈 수 있을 것 같아요. 요컨대 주사위가 던져진 상황인 거니까."

계획 자체는 조강현에게 승인을 받은 상황이었다. 조세희가 함께 이동하면서 위치 정보를 전송해준다면 일이 훨씬 쉬워진다. 적진 한가운데에서 폭탄을 터뜨린 다음 곧장 내려와서, 조강현이 보낸 차에 올라타면 되는 것이다. 그 후 뒷좌석에 앉아 강남으로 되돌아오든 차를 빼앗아서 도망치든 간에 우혁에게 유리한 제안임은 분명했다. 너무 유리해서 도리어 의심스러울 지경이었다. 동굴에서 조난당한 사람이 애써 빛줄기를 따라가는데, 생뚱맞게도 엘리베이터를 발견한 기분이라고나 할까.

"이거 혹시 함정수사인가요?"

"진심이에요."

"이걸 저한테 이야기하는 이유는 뭔데요? 제 처지 아시잖아요?"

"그렇긴 한데, 달리 부탁할 사람이 없으니까요. 싫으면 무시하셔도 돼요. 들어가서 주무시든가요. 저도 그냥 해보는 이야기예요."

조세희는 슬쩍 고개를 돌렸다. 우혁은 입장이 난처해지는 것을 느꼈다. 아까는 종말에 찬성표를 던져놓았는데, 갑자기 이도유를 빼돌리겠다며 태도를 바꾼다면 이상했다. 대뜸 미끼를 물었다가 역으로 당할 가능성이 두렵기도 했다. 이윽고 그는 모든 고민이 섣부르다는 결론에 이르렀다. 승리 확률을 제대로 계산하려면 패를 하나라도 더 받아내야 했다.

"진지하게 대답하자면 저는 기분이 가장 중요한 사람이긴 합니다. 이렇게 살 바에는 종말이 낫겠다는 판단이랑 별개로, 세희 씨 입장에 공감이 가면 도와줄 의향이 충분하다는 겁니다. 그런데 지금은 이입할 여지가 아무것도 없습니다. 뭐라도 이야기를 해주셔야죠. 사실 저는 새천년파 치리회가 어쩌다 회장님이랑 갈라섰는지, 인간 조강현은 도대체 어떤 사람인지부터가 궁금하긴 합니다. 아니, 단순히 궁금한 수준이 아니라, 알아야 한다고 봅니다. 여기서 정확한 사정을 모르고 판단부터 하는 건 세계의 운명을 주사위에 내맡기는 것과 다를 바가 없어요."

우혁은 숨 한번 쉬지 않고 말을 쏟아냈다. 그러고는 잠시 뜸을 들였다가 한 발짝 더 깊숙이 들어갔다.

"그리고 세희 씨의 제안을 검토하려면, 세희 씨의 이야기가 필요합니다. 직설적으로 말하죠. 저는 세희 씨가 죽은 걸 봤습니다. 바닥에 암회색 포석이 깔린 장소였는데, 세희 씨는 열두어 살 정도로 보였고, 목이랑 다른 관절이 꺾였죠. 죽을 만큼 꺾였어요. 그런데 제 눈앞에 있는 조세희는 어른이 되어 있으니까, 인간 조강현은 수양딸 조세희를 위해 기적을 썼다는 말이 됩니다. 당신의 어머니는 서혜라가 아니라 남서윤이고 아버지는 누군지도 모를 사람이니까요. 그리고 당신의 부활은 치리회가 조강현과 갈라선 일과도 연관된 것 같습니다. 맞나요?"

조세희의 얼굴이 부쩍 창백해진 게 느껴졌다. 가진 카드를 싹싹 긁어모은 상태로 판돈을 올렸을 뿐인데, 블러핑이 제대로 먹혀든 모양이다. 조세희는 머리를 두 손으로 감싼 채 생각에 잠겼고, 고개를 들어 우혁을 노려보았다.

"그 인간이 그런 것까지 말해줬나요? 아니면 삼촌이?"

"그럴 리가요, 회장님은 이런 과거를 생판 모르는 남한테 떠들어댈 인간이 아니죠. 이도유도 마찬가지고요. 아시다시피. 그냥 제 눈으로 본 거예요. 예언자라니까요. 세상이 와지끈 소리를 내며 무너지는 장면들을 넋 놓고 구경하다 보면 종종 제 몫이 아닌 기억을 마주치게 되죠. 추석 특선 영화 중간에 삽입되는 광고처럼요. 그런데 이 기억들이 정확히 어떤 의미인지는 몰라요. 모르기 때문에 도통 써먹을 수가 없고요. 그쪽이 알려줄 차례예요."

우혁은 매끄럽게 떠들면서도 대답에 어폐가 있다고 생각했다. 엄밀한 용어를 택할 경우 그는 예언자라기보다는 묵시가 (默示家)였다. 예언자의 주 업무는 왕에게 조언하거나 도시 곳곳을 돌아다니며 정치적 선전에 나서는 것이었지만, 묵시가는 환각의 내용을 중얼거리는 게 최선이었다. 묵시가란 본질적으로 헛것을 보는 미치광이에 불과하니까. 뭐, 하지만, 지금은 그 헛것이 효과를 발휘하고 있었다. 그는 간만에 승기를 붙잡은 기분을 즐기며 상대의 항복을 기다렸다. 항복 너머에서 자신을 기다리는 것이 무엇이든지 간에.

"조강현이 자기 비서 탓을 하던가요?"

조세희는 한 차례 더 우혁을 떠보려 했지만 예리하다는 인상은 들지 않았다. 심드렁해진 상태로 아무렇게나 게임용 주사위를 내던지는 듯했다. 그는 정직성을 발휘했다.

"아뇨, 그건 전혀 모르는 일인데요. 애당초 아버님께 가정사 관련해서 귀띔받은 부분은 전혀 없다고 말씀드리죠. 전 아는 것만 안다고 말하는 사람입니다."

조세희는 심호흡을 했다.

"안 믿은 건 미안해요. 그리고 함정수사였던 것도 맞아요. 어쩌다 보니 사태에 휘말렸다고 보기엔 수상쩍지만, 예언자라고 믿기엔 너무 갑작스러웠으니까." 조세희는 그렇게 말하며 주머니 안에서 손을 꼼지락거렸다. 우혁은 거기에 녹음기가 있으리라 생각했고, 치리회에게 들려선 안 될 이야기도 따로 있을 것임을 짐작했다. "하지만 없는 말로 부탁드린 건 아니에요. 아니, 솔직히 그거야말로 제 진심이에요. 제가 도유삼촌을 못 만나고 있다는 거. 빼돌려줬으면 좋겠다는 거. 최대한 돕겠다는 거. 전 종말도 조강현도 싫고 삼촌이 좋거든요. 그러니까…… 무슨 일이었는지 설명할게요."

폴드.

보르네오섬의 오랑우탄을 도시 한복판에 던진 다음 목에 통역기를 달아놓는다고 생각해보라. 통역기는 쉼 없이 "저 커다랗고 네모난 건 뭐죠?(답: 조선일보 사옥)", "'조선일보'가 뭐죠?(답: 한국의 대형 언론사 중 하나)", "언론사가 뭐죠?(답: 사람들이 반드시 알아야 할 정보를 퍼뜨리는 곳)", "어떤 정보가 반드시 알아야 할 정보인가요?(답: 예를 들면 미국 대선 결과라든가……)" 같은 질문을 내뱉게 될 것이다.

미국 대선 결과?(를 우리가 반드시 알아야 하는 이유가 뭘까?)

네 살짜리 어린아이들은 막 통역기를 얻어낸 오랑우탄이며, 유치원은 그 오랑우탄의 입을 꿰매는 공간이다. 하지만 바느질을 할 때는 헐거운 틈을 남겨둬야 한다. 외갓집에 놀러간 일이나, 어제 본 영화나, 스릴 넘치는 롤러코스터에 대해 떠들 수 있도록. 빌딩 안팎에서 재잘거리는 무리의 일원이 될 수 있도록. 만약 두 입술이 너무 단단히 맞붙으면, 수술은 실패다. 나는 실패한 수술의 희생양이 될 운명을 타고났다.

첫 번째 수술이 실패하기 직전, 유치원 선생님은 한 무리의 오랑우탄에게 확장된 가족 개념을 가르치고 있었다. 아빠의 아빠는 할아버지, 엄마의 엄마는 외할머니, 아빠의 형제는 삼촌, 엄마의 자매는 이모. 나한테는 할머니와 할아버지가 없었지만 대신 삼촌과 이모가 아주 많았다. 그것도 두 종류씩이나 됐는데, '그냥' 삼촌 이모들과 '진짜' 삼촌 이모들이었다. 그냥 삼촌 이모들은 늘어나기도 하고 줄어들기도 했다. 한 병이 팔려 나가면 다시 한 병이 채워지는 슈퍼마켓 매대의 콜라처럼, 아무것도 아니었다. 하지만 진짜는 언제나 아홉 명이었으며 그만큼 중요했다.

그리고 정말로 특별한 삼촌도 한 명 있었다. 그건 진짜 이상이었다.

"자, 다들 이제부터 가족을 그리고 옆에 부르는 말을 써봐요. 할머니를 그린 다음 옆에 검정 크레파스로 할머니라고 쓰면 돼요."

나는 선생님이 시키는 대로 했다. 도화지에 열세 명의 사람이 생겼다. 이제 이름을 쓸 차례였다. 검은색 크레파스를 꺼내려는 순간 선생님이 이렇게 말했다.

"세희야, 할머니랑 할아버지도 그려야지. 나이 많으신 분들."

"저희 집에는 그렇게 나이 많은 사람 없어요."

"사람한테는 다 아빠랑 엄마가 있다고 했잖니. 세희 아빠한테도, 세희 엄마한테도 아빠랑 엄마가 있어. 같이 살진 않아도 설날이랑 추석마다 얼굴 보게 되는 어른들 말이야. 한 분씩 그려볼까?"

"진짜 없어요."

"그러면 이 사람들은 누구니?"

"진짜 삼촌이랑 이모들이요. 집에 자주 와요. 저희 집에서 자고 갈 때도 있고 선물도 줘요."

"이 커다란 건 집이야?"

"아빠요. 아빠는 웃다가 갑자기 안 웃을 때가 있어요. 화내다가 안 화내기도 해요. 저한테 화내는 건 아니고 전화할 때 가끔 그래요. 그냥 삼촌들이 집에 오면 웃는데 가자마자 아무 얼굴도 안 지어요. 얼굴이 없어요. 그리고 이건 엄만데……."

선생님의 표정이 이상해졌다. 뭔가 잘못됐다고 느낀 나는 손짓발짓까지 써서 설명했지만, 그럴수록 역효과였다. 바로 다음 순간(이건 물론 과장인데, 부모 상담 일정이 잡히기까지는 며칠이 더 걸렸기 때문이다. 아빠는 바쁜 사람이다) 나는 아빠 옆의 작은 의자에 앉아 발뒤꿈치로 의자 다리를 탁탁 두드리고 있었다. 아빠가 가만히 있으라는 듯 손바닥으로 내 허벅지를 가볍게 내리눌렀다. 나는 멈췄다.

"세희가 그린 그림에 걱정스러운 부분이 있어서 연락드렸어요. 유치원에서도 다른 친구들이랑 잘 못 어울리는 편이에요. 자기 기준이 너무 강해서 그렇게 되는 것 같아요. 이 친구는 가짜, 저 친구는 진짜 하는 기준 말예요. 세희는 자기가 가짜 친구라고 생각하는 애들 앞에서는 아무 반응도 안 해요. 얌전하긴 해도 속으로는 계속 다른 생각을 하는 느낌이고요. 혹시 아버님께서 짚이시는 부분이 있는지……."

이런저런 얘기가 오갔다. 들을수록 다리가 근질거렸지만 아빠가 계속 내 허벅지를 눌렀다. 나는 터무니없이 작은 장난감 상자에 구겨져 갇힌 기분이었다.

"예전에 큰 사고가 있었습니다. 꽤 많은 아이가 그곳에서 부모를 잃었지요. 저를 포함해서 세희가 진짜 삼촌, 이모라고 부르는 사람들이 바로 그 사건의 생존자들입니다. 세희 어머니도 그렇고요. 미리 말씀드리지 않은 잘못이긴 합니다만, 사정이 복잡하다 보니 조심해주셨으면 좋겠습니다."

돌아오는 차 안에서, 내 다리가 자동차 엔진처럼 떨렸다. 나는 금지된 질문의 목록이 유치원에서 배운 것보다 훨씬 길었음을 깨달았지만 거기에 구체적으로 어떤 항목이 들었는지는 몰랐다. 아빠도, 엄마도, 삼촌도, 이모도 나한테 아무것도 알려주지 않았다. 물론 그들이 나를 함부로 대하거나 궁금증 자체를 묵살한 건 아니었다. 단지 사려 깊은 웃음과 함께, "그건 정말이지 큰 사고였단다. 지금 들으면 믿지 못할지도 몰라. 세희가 조금만 더 크면 알려줄게"라며 속삭였을 뿐.

조금만?

다섯 살, 여섯 살, 일곱 살, 여덟 살, 아홉 살······.

한밤중에 잠이 깨면 보이는 게 아무것도 없다. 눈을 감든 뜨든 똑같이 어두컴컴해서, 오히려 안심이 되기도 한다. 하지만 눈이 어둠에 적응하면 옷장과 인형의 윤곽들이 어슴푸레하게나마 보이기 시작하고, 그건 불이 완전히 켜졌을 때와 딴판이다. 테두리만 흐릿하게 나타날 때가 가장 무섭다. 아이들의 시야도 마찬가지다. 초등학교 3학년은 혼자서 소설책을 찾아 읽으며 평범한 가정이 어떤 모습인지 외울 수 있는 나이. 하지만 여전히 모든 게 혼란스럽고 불확실한 나이.

아빠는 훌륭한 만큼 이상했다. 터무니없는 질문에도 성실하게 대답해주었고, 내가 하는 말을 모두 기억했지만, 반대로 나한테 먼저 말을 거는 법은 없었다. 키보드 버튼이 눌리기를 기다리는 프로그램 같았다. 만약 아빠가 내 이름을 부른다면 그럴 만한 용건이 있기 때문이었다. 12시가 되었으니 자라거나, 다리를 떨지 말라거나, 다음 달부터 수학학원에 가라거나. 한편 엄마는 아빠를 '여보'라 부르긴 했지만 마지못해 그러는 듯했고, 집안일은 하지 않았다. 엄마의 직업은 꽤 오랫동안 대학생이었다. 아빠는 엄마의 성적표를 검사했기 때문에(물론 꾸지람한 적은 없다. 그는 언제나 사려 깊은 미소로 우리를 대했다. 심지어 소리를 질러야 할 때조차), 나는 엄마가 사실은 내 언니일지도 모른다고 느꼈다. 그래서 언제는 이렇게 말한 적이 있었다.

"혜라 언니."

"너 지금 뭐라고 했니."

엄마가 나를 세희야, 가 아니라 너, 라고 부른 건 그때가 처음이었다. 나는 묘한 자신감을 느끼며 이렇게 외쳤다. 뿌듯하게, 당당하게, 어른이 몰래 숨겨둔 과자를 발견한 것처럼.

"엄마는 내 언니인 것 같아."

엄마는 미미 인형이 갑자기 진짜 아기로 변해서 놀란 여자

아이 같은 표정을 지었다. 혹은 인형 놀이를 실컷 즐기다가, 어느 순간 쭈그러들어서 인형의 집 한복판에 갇힌 자신을 발견한 듯하기도 했다. 삼촌이랑 이모들이 뭐라고 했니. 그 사람들이 너한테 뭐라고 한 거니. 아무 말도 안 했어. 내가 혼자서 알아낸 거야. 도대체 뭘 알아냈다는 거니. 네가 뭘 안다는 거야. 절대 아니야. 넌 아무것도 몰라. 엄마? 엄마? 내가 도망치듯 방으로 돌아오자마자 문 너머에서 울음소리가 크게 들렸다. 나는 그 모든 눈물이 내게서 시작되었다고 느꼈다.

나는 슬픔, 엄마는 슬픔의 언니, 아빠는 해수욕장 슈퍼마켓 사장님도 한눈에 알아볼 만큼 듬직하고 좋은 사람. 터무니없이 길어지는 질문을 한 시간, 두 시간씩 받아주다가도 때가 되면 슬며시 웃으면서 나를 작은방에 던져 넣는 사람. 인내심이나 애정이 아니라 시간표와 규칙으로 움직이는 사람. 그러니까 아빠는 슬픔의 아빠가 아니다.

나는 그것을 알면서도 결코 말할 수 없었다. 입이 단단히 꿰매진 까닭이었다.

내 입을 꿰맨 사람은 유치원 교사 외에도 많다. 무엇보다도 또래 아이들. 그 애들은 나랑 친해졌다가도 가정사를 들으면 저들끼리 수군거리기 시작했다.

조세희 완전 허언증 아니야?

삼촌들 중 하나가 아빠였더라면 정말 좋았을 텐데.

하지만 그 사람들 앞에서 이렇게 말했다가는 그들도 엄마처럼 울어버릴 것 같아서, 혹은 또래 아이들처럼 비웃기 시작할 것 같아서, 나는 도무지 입을 열 수 없었다. 대신 책을 읽으며 가짜 혀와 입술을 만들어보기로 했다. 그것도 여러 개. 때마침 아빠의 사업이 훨씬, 훨씬 커져서 우리는 다른 동네로 이사를 가게 됐다. 덕분에 나는 부끄러운 시절을 기억하는 애들이 없는 곳에서 새로 태어날 수 있었다.

삼촌과 이모들 앞에서는 일부러 아빠에게 꼭 붙어 다녔다. 학교에서는 명절마다 할머니 댁에 가서 맛있는 요리를 원 없이 먹는 일, 사촌동생에게 한 대 얻어맞았다가 화해한 일 따위를 읊어댔다. 관광지에서 웃고 떠드는 다른 가족들을 볼 때마다, 그리고 아빠와 엄마와 내가 그들과 결코 구분되지 않으리라는 사실을 떠올릴 때마다 나는 세상의 비밀이 여기에 숨어 있는 게 분명하다고 생각했다. 사실 저 애들도 나만큼이나 아슬아슬한 곡예를 벌이고 있을 것이다. 할머니라든지 슬픔이라든지 고무 튜브라든지 사랑 같은 말들을 언제 어떤 자리에 넣어야 알맞은지 항상 고민하고 있을 것이다. 파운드케이크가 파운드케이크인 이유는 밀가루와 설탕과 버터와 계란을 1파운드씩 섞어 굽기 때문이며, 세상은 몇 종류의 흉내와 그 흉내의 배합 비율로만 이루어져 있다. 비율이 어그러지거나 잘못된 재료가 들어가면 못 먹을 물건이 나오고 만다. 친구들이 나를 허언증이라 놀린 건 내가 그 사실을 너무 늦게 배웠기 때문이겠지.

사고?

사고에 대해 굳이 알아야 할까?

세상에는 몰라야 좋은 것, 없어야 좋은 것들이 아주 많다. 사람들이 중요하게 여기는 것일수록 쓸모없을 확률이 높다. 나는 친구가 없으면 편하다는 걸 배웠다. 그런데 신기하게도 그 편리함을 만끽하다 보면 마개를 열어놓은 고무 튜브같은 기분이 들었다. 허리를 꼿꼿이 세우고 정면을 보며 걷는데도 가죽만 남아 흐느적흐느적 하는 느낌. 가슴속 깊은 곳에서 무언가 중요한 게 스르르 빠져나갔다. 종종 이유 없이 쓰러졌다. 쓰러졌지만 아프지 않았다. 그래서 나는 아까 잃어버린 게 아픔인지 슬픔인지 분간하기 위해 커터 칼로 팔뚝을 그어보거나 편의점에서 산 얼음 컵을 얼굴에 부은 채로 하염없이 침대에 누워 있곤 했다. 얼음은 잠시 아픈 느낌을 주다가, 녹고, 증발해서, 약간 구질구질한 옷 주름을 제외하면 아무런 흔적을 남기지 않는다. 모든 감정이 그렇다. 어쩌면 사람까지도.

작은방 삼촌이 없었더라면 난 열 살이 되기 전에 증발했을지도 모른다.

그 삼촌은 말 그대로 특별했다. 원래는 기현이 삼촌과 나이가 비슷했는데 어느 순간 오성이 삼촌과 비슷한 연배가 되어 있었고, 나중 가서는 삼촌들 중 가장 어린 사람이 되었다. 하지만 모두가 그 삼촌 앞에서 깍듯하게 예의를 차렸고, 조심스러워했다. 그리고 나한테는 이렇게 당부했다.

작은방 삼촌에 대해서는 말하지 마라. 선생님이든 친구든 누구한테도 알려서는 안 돼. 그분이 누군지 궁금해할 필요도 없다. 나중에 이야기해줄 테니.

작은방 삼촌이 비밀이라는 것, 그것은 비밀스러운 세계에서 유일하게 분명한 사실이었다. 그래서 나는 작은방 삼촌을 (존재한다고 믿는 동안에는 결코 사라지지 않는, 하지만 때때로 알 수 없는 이유로 몇 달씩 사라지는, 그럼에도 불구하고 결국 다시 돌아오는) 상상 친구처럼 믿고 따를 수 있었다. 물론 그게 아니더라도 삼촌을 좋아할 이유는 많았다. 삼촌은 늦잠이 습관이긴 했지만 집안일 담당이었고 나랑도 놀아주었다. 주말마다 나를 위해 라면을 끓여 주거나 몰래 햄버거를 사 왔고, 함께 게임을 했다. 자주 있는 일은 아니었지만 수틀릴 때는 소리를 질렀으며 내가 귀찮게 굴면 짜증도 부렸다. 그러다가도 두세 시간쯤 지난 뒤에는 불쑥 다가와서 사과했다.

나는 처음에는 화내는 삼촌이 무서웠지만, 문득 안심했다. 화내지 않는다는 건 화해하지도 않겠다는 의미이기 때문이다. 아빠가 그런 것처럼. 그렇다면 아빠가 풀어내지 못한 아쉬움은 모두 어디로 가지?

아빠한테는 남들에게 절대 보여주지 않는 블랙홀이 있었다. 열한 살이었던가, 나는 그 블랙홀을 훔쳐봤다. 갑자기 그냥 삼촌 중 하나가 집에 오지 않게 되고(아빠의 비서였던가?) 엄마도 보이지 않게 되었을 때였다. 새벽에 일어나 화장실에 가려는데 거실에서 두런두런하는 목소리가 들렸다. 나는 문을 아주 살짝 열어놓고서 문틈으로 바깥을 내다보았다. 작은방 삼촌은 거실 테이블 앞에 앉아 술을 홀짝이는 중이었고 아빠는 그 맞은편에 서 있었다. 벽처럼. 말라 죽었지만 여전히 거대한 고목처럼.

"너는 서혜라한테 미안한 줄 알아야 돼."

"이번 건이야 논외로 두고, 사회 통념 수준에서 못 해준 건 결코 없다고 생각한다만. 대학도 잘 보냈고 인생 준비까지 착실히 시켰어. 내가 보기에 그 애는 인재야. 머리가 잘 돌아가고 기획력도 좋아. 강단 없이 남이 시키는 대로만 흐물거리는 게 문제긴 한데, 그 성격만 고치면 훨씬 좋아질 거야."

"네가 준비시킨 건 서혜라의 인생이 아니라 네게 필요한 누군가의 인생이었지……. 그 여자한테 강단이 있었더라면 너부터 찔러 죽였을걸. 바로 이 집에서 말이야."

"나는 서혜라를 인생의 동반자로 대우하고 존중해왔어."

"서혜라가 아니라 어떤 여자라고 하지. 그 자리에 누가 있었든 간에 너는 똑같이 행동했을 테니. 하여간 그 여자는 곧 서른이니까 10년을 넘게 타인의 삶을 떠맡으며 버틴 셈이지. 애인을 사귀면 상대를 어쩔 수 없는 내연남으로 만들어버리고, 비밀을 지키느라 자기 속내조차 털어놓을 수 없게 되고, 어린애의 손에 이끌려 이곳저곳 자리를 옮겨 다니는 레고 피

규어처럼 강제로 한 아이의 엄마가 되었다가 대학생이 되었다가 기획자가 되었다가 하고, 너 같은 자식한테 반평생을 매여 있었다는 게 얼마나 끔찍한 일인지 생각해보란 말이야. 이제라도 풀려났으니 다행이지. 나야 그렇다 쳐도, 그 여자가 지금까지 입을 다물어주고 있는 게 어지간한 각오로 할 수 있는 일이라고 생각해? 정말로?"

"남편이 있는데 외도하는 건 간통이지."

"남편이라니, 넌 아무것도 아니야. 세희 동생을 만들 생각조차 없었던 주제에."

"물론 그럴 수도 있겠지."

"뭐가 그럴 수도 있어?"

"전반적으로."

아빠는 무슨 말이 더 필요하냐는 듯 삼촌을 바라보았다. 삼촌은 계속, 계속 술잔을 홀짝이더니 툭 내뱉었다.

"다른 사람들 앞에서도 이딴 식으로 말하진 않지? 넌 농원에 있을 때까지만 해도 이 정도는 아니었어…… 스스로도 뭐가 문제인지 아는 거지. 알지만 내 앞이니까 편하게 지랄하는 거야……."

"그런데 너도 나한테 그렇긴 하니까……."

삼촌은 아빠를 한참이나, 빤히 노려보더니 컵을 던졌다. 컵은 목표물을 살짝만 스치고는 벽에 부딪혀 깨졌다. 아빠는 깨진 유리 조각을 물끄러미 내려다보더니 청소기를 가져왔고, 삼촌에게 단호한 목소리로 말했다. 내가 식당에서 콜라를 마시고 싶다며 칭얼거릴 때 꾸지람하는 것과 똑같은 어조였다.

"경험자로서 충고하지—알코올은 정신을 흐려. 술을 줄여."

"넌 술을 퍼마실 때가 차라리 나았어. 스스로도 알 텐데."

"그렇군."

"쌍, 내가 술을 마시는 게 문제가 아니야. 네가 술을 입에도 대지 않는 것이야말로 잘못이야. 특히 지금. 너한텐 사실 진짜 가족조차 필요하지 않았다는 증거지. 남의 강아지를 무턱대고 부러워하는 어린애와 다름없어. 자기 성적이 나쁜 것도 친구가 없는 것도 모두 강아지가 없어서라고, 한 마리 사 주면 열심히 공부하고 친구들과도 잘 지낼 거라고 주장하다가, 정작 그렇게 되자마자 싫증이 난 거지. 자기 심리를 부정하느라 애써 산책을 시키는데, 내심 이게 픽 죽어버리기를 바라기도 해. 말 잘 듣는 강아지가 드디어 떠났군."

"나는 농원에 있던 아이들을 가족으로 여기며 부족함 없이 길렀어. 객관적인 사실 아닌가."

"그 농원은 세계이자 네가 마음껏 가지고 놀 수 있는 모형 정원이었지. 아이들은 모형 정원의 흔적이고. 하지만 인제는 신 놀이와 아버지 놀이가 다르다는 걸 배웠을 거다—그러니까 우리 내기 하나 할까? 네가 재혼을 할지로? 직접 선택한 아내와 피가 섞인 딸이라면 진심으로 사랑할 수 있을까?"

아빠는 침묵했지만 자리를 피하지는 않았다. 삼촌의 입에서 쩌렁쩌렁한 웃음이 튀어나왔고, 곧 낯선 울림으로 변했다. 그건 한 사람의 목소리라기보다는 한 사람의 목소리가 깊은 동굴을 통과하며 무수히 불어난 결과 같았다.

"내 나이가 얼마였던가……. 아하, 고작해야 스물여섯이 군. 그래도 난 2,000년이나 살았고 너 같은 놈들도 종종 봤어. 네가 금욕적인 수도자를 참칭하는 건 그래야만 제정신을 부지할 수 있기 때문이겠지. 모두가 탐닉하는 감로조차 네게는 물과 다름없다는 그 사실 하나 때문에……. 온전한 인간이 아니니 남자로서도 반편이 신세지……. 불구로 태어나 영영 날 수 없는 솔개가, 자신이 사냥을 참는 중이랍시고 떠든다면 얼마나 우스운가? 조강현 타대오 형제, 정직히 말해보게. 마지막으로 육욕을 느낀 게 언제였지? 신학교에서 도망칠 구실이 필요했을 때? 지금은 어떤가?"

정적과 고요 속에서 내 심장이 정확히 세 차례 뛰었을 때 아빠가 청소기를 작동시켰다. 맹렬하게 돌아가는 모터가 유리 조각과 먼지를 집어삼켰고, 이내 거실의 공기마저 빨아들였다. 나는 나가기가 무서워져서 침대로 돌아가 눈을 감았다. 일어나자 이불이 오줌으로 흥건했다. 그런데 더 큰 문제는 작은방 삼촌이 하룻밤 만에 사라졌다는 사실이었다. 아직 새벽 5시 50분밖에 되지 않았는데. 나는 이불을 걷는 아빠의 바지 자락을 꽉 붙잡았다.

"삼촌은 어디 갔어?"

"바깥 구경을 한다더구나. 예전에도 이런 일 몇 번 있었지. 조만간 돌아올 테니 걱정하지 말거라."

"엄마는?"

"저번에 설명해줬지 않니. 세희도 학교에서 종종 겪는 일이겠지만, 사람의 마음은 복잡해서 잘못한 사람이 없더라도 서로 거리를 두게 될 때가 있단다. 상대는 나한테 이런 걸 원하는데 나는 그걸 도무지 해줄 수 없을 때는 별수 없이 그렇게 되지. 아빠는 그 부분이 엄마에게 항상 미안했단다."

"삼촌이랑 엄마는 내가 싫은 거야?"

"그럴 리가. 엄마는 지금 마음이 많이 아플 뿐이야. 천천히 기다리다 보면 세희랑 아빠랑 엄마랑 다시 셋이서 만날 수도 있을 거란다. 그리고 작은방 삼촌은…… 삼촌은 정말로 세희를 좋아한단다. 항상 진심으로 걱정하지."

아빠는 그렇게 말하며 부드럽게 웃었다. 불안해하는 딸을 안심시키기 위해 웃어주는 건 좋은 일이었고, 규칙에도 어울렸지만, 나는 아빠가 실수하지 않는 사람이라서 이상했다. 아빠는 최악의 상황을 맞닥뜨리더라도 실수하지 않는 사람인데 그 주위에서는 이상한 일만 일어났다. 먼 옛날 미국에는 메리라는 이름의 요리사가 있었다고 했다. 장티푸스에 감염됐는데 자기 자신은 아무런 증상도 없어서, 이곳저곳 멀쩡히 돌아다니며 고객들에게 병을 퍼뜨린 사람. 그래서 10년 가까이 의심받지 않았던 사람.

그렇다면 아빠는 도대체 무엇의 보균자일까?

머릿속에서 펼쳐지는 퀴즈 쇼.

신과 아빠의 차이는?
신: 우리를 사랑함

~~아빠: 우리를 사랑함~~

아빠의 아내와 딸은?
1. 엄마와 나다.
2. 지금은 없지만 곧 생길 것이다.
3. 영원히 없을 것이다.

아빠는?
1. 인간이 아니다.
2. 남자가 아니다.
3. 제정신이 아니다.

혹은 반대로, 제정신이 아닌 건 내 쪽일지도 모른다. 이렇게 착하고 친절하고 좋은 사람을 의심할 만큼 제정신이 아니라서, 꿈과 현실을 뒤섞고 있는 거다. 작은방 삼촌이 암만 이상하대도 2,000살이나 살았을 리가 없는데.

그래서 나는 내가 모르는 시절을 상상해봤다. 아빠가 스물 네 살, 엄마가 열일곱 살일 때 내가 덜컥 세상에 나왔다. 혼인 신고는 3년이 지나서야 했다지만 둘은 그때부터 이미 부부였 다. 그렇게나 젊은 나이에 아이를 기르면서 피도 안 섞인 동 생들까지 챙겼다니, 둘은 무척이나 책임감이 강했을 거다. 서 로 그만큼 사랑했을 거다. 게다가 아빠는 엄마를 대학에 보 내줬고 집안일도 시키지 않았으니까 무척 소중히 대했다고 볼 수 있었다. 세상에는 아내가 문화센터 꽃꽂이 강의를 듣 는 것조차 질색하는 남편들이 있다고들 하니까. 하지만 여기 까지 생각하고 나면 아빠의 크고 굵은 손이 머릿속에 치밀어 들었다. 그건 정말이지 강렬한 이미지였다. 살가죽과 뼈를 꿰 뚫고 불쑥 들어와서 생각의 톱니바퀴들을 제멋대로 옮기고 바꾸어 원래보다 좋게 만드는 손가락들. 손가락이 한번 왔 다 가면 동요를 웅얼거리던 오르골은 몹시도 뚜렷하고 풍부 한 느낌으로 〈베토벤 교향곡 9번〉 4악장을 연주하기 시작하 지만, 나는 〈나비야〉를 듣고 싶었다고 생각한다. 레고 블록들 도 오늘은 공주고 내일은 과학자이길 바라는 게 아니라, 그 냥 언제나 자기 홀로 레고 블록이기를 바랄 것이다.

하지만 아빠의 손은 언제나 우리보다 훨씬 크고, 나는 어 떤 놀이에도 쓰이지 않는 레고 블록이 어떻게 되는지 상상할 수 없다. 버려질까? 부서질까? 먼지에 갇혀 옴짝달싹할 수 없 게 될까? 집에 돌아와 잠겨버린 작은방 문을 마주할 때면 커

다란 손이 삼촌을 쥐어 정리함에 넣어버리는 장면이 눈앞에
번뜩였다. 그건 처벌도 아니다. 아까 꺼내놓은 장난감이 거슬
려서 정리했을 뿐. 아빠가 우리를 죽여 없앤다면 미워서가 아
니라 다른 놀이를 시작해야 하기 때문일 거다.

그래서 나는 아빠가 언제든 나를 죽일 거라고 생각하기 시
작했으며, 거기에서 오는 두려움은 내가 아빠 앞에서 헛소리
하는 상황을 막아주었다. 그러니까 나는 스스로가 귀찮은
꼬마로 전락하는 상황을 피하기 위해 살인마가 된 아빠를
상상한 거였다. 미안, 아빠. 사실은 별로 안 미안해. 그 상태로
매일매일이 흘렀다. 전반적으로 나쁘지 않았다. 사라진 작은
방 삼촌 대신 가사도우미 아주머니가 집 안에 드나들기 시작
했으며 요리는 그런대로 먹을 만했다. 아빠는 평소처럼 바빴
고 평소처럼 친절했다. 엄마는 소식이 없었다. 이모와 삼촌들
은 나를 보면 약간 우울한 표정을 지었지만 예전처럼 잘 대
해주었다.

그러다가 언제는 이모와 삼촌 여럿이 거실에 모여 이러쿵
저러쿵한 날이 있었다. 아빠는 대화에 잠시 어울려주다가 급
한 연락을 받고 나갔다. 현관문이 닫히자마자 압력솥 뚜껑이
열리듯 사람들의 태도가 돌변했다.

"이걸 우리끼리 얘기해봤자 의미가 있을까 싶네."

"우리끼리라도 떠들어야죠. 나는 솔직히 다른 건 몰라도
형이 그 장례식에 간 건 실수였다고 생각해요."

"그런데 아예 안 갈 수는 없지. 언니 남자친구…… 아니, 남자친구도 아니긴 한데, 아무튼 오빠 입장에서는 자기 비서잖아. 사회 상규로는 가는 게 맞아."

"나는 그냥, 강현 형이 남다른 사람이라서 이렇게 됐다고 본다. 막말로 형이 누나를 사랑했으면 이런 사태가 벌어졌을까. 형은 물론 좋은 사람이지만, 같이 산다고 치면 뭔가가……."

"뭔가가 있긴 한데, 그게 도대체 뭘까?"

"편견 섞인 이야기라 조심스럽다만, 아니, **편견을 감안해서라도 확실히 못 박아두자면**, 시설 출신이라 그렇게 된 건 분명히 아니야. 형은 내심 그렇게 믿는 모양이지만 어디 그런가. 막말로 우리도 고아인 건 매한가지인데, 형이랑은 다르지. 본성적인 차원에서부터 결핍이 있었다고 보는 게 옳아."

"난 그런 논변이 편견보다 잔인하다고 본다만. 남 탓이라도 할 수 있도록 숨통을 열어주는 게 낫지. 물론 그게 시설 문제만이 아니라는 데에는 동의해……. 당시 경험에 영향을 받았을 수야 있겠지만 핵심은 절대 아닐 거야."

"뭐, 상호적이죠. 본성과 환경이라는 건. 도화선에 불이 붙기 전까지는 다이너마이트도 막대기일 뿐이니까. 유별난 기질이 좋게 작용한 쪽이기도 하고."

"어쨌든 존경스러운 사람이긴 하지……."

"……비상식적일 정도로."

나는 한마디라도 덧붙였다가는 쫓겨날 것 같아서 입을 다물었지만, 속으로는 복수의 쾌감을 느꼈다. 증언이 필요하지 않을 만큼 승소가 확실한 재판에 증인으로 참석한 기분이었다. 삼촌과 이모들은 오래도록, 열심히도 아빠의 정신세계를 해부하더니 대화 주제를 획 바꿨다.

"사실 나는 옛날 사건 자체가 찜찜하긴 해. 앞뒤가 안 맞아. 그분께서 정하신 일에 감히 토를 달 수는 없겠다만, 직감이라는 게 있지. 어쨌든 우리는 그걸 코앞에서 겪었잖아."

그 말을 듣자마자 내 입에서 반사적으로 아, 하는 소리가 튀어나왔다. 어른 네 명이 한꺼번에 나를 바라보았다. 세희 언제부터 저기 있었던 거야? 하는 말까지 들렸다. 삼촌 하나가 오성 삼촌을 향해 손짓했다.

"권오성, 세희 데리고 들어가 있어라."

오성이 삼촌은 삼촌들 중에서 가장 어렸다. 아직 고등학생이었다. 만약 어른들끼리 중요한 이야기를 나눠야 할 때면 나랑 같이 쫓겨나기 일쑤였다. 작은방은 잠겼으니까 이제 유배지는 내 방이었다. 삼촌은 바닥에, 나는 침대에 어색하게 걸터앉았다. 어색했지만 기분이 좋았다. 그리고 겁을 먹었다. 과한 욕심을 부렸다는 두려움과, 모두가 숨기던 이야기의 끄트머리를 훔쳐봤다는 기쁨이 뒤섞였다. 그 기분들은 곱씹을수록 점점 더 정교해지더니 죽음에 대한 생각으로 변했다. 그것은 죽음 자체에 대한 것이라기보다는 장례식에 대한 것이었고,

궁극적으로는 아빠에 대한 것이었다.

나는 내 장례식을 상상했다. 열두 살의 조세희, 열다섯 살의 조세희, 스물한 살의 조세희는 흑갈색 액자 속 영정에 갇혀 희미하게 웃고 있다. 상주는 아빠 혼자인데, 이상하게도 아빠 역시 웃고 있다. 아빠는 언젠가 나를 죽일까?

"세희야, 괜찮은 거야? 괜찮아?"

문득 삼촌이 내 어깨를 꽉 붙든 채 가볍게 흔들었다. 그제야 나는 스스로가 웃고 있었다는 걸 깨달았다. 소리 내는 일 없이, 물결치듯이, 계속. 나는 눈을 천천히 감았다가 뜨기를 반복했고, 삼촌의 절박한 표정이 어둠과 교차하는 것을 보며 세상이란 원래 이토록 무섭기 마련이라고 느꼈다. 짐작할 수 없는 것, 짐작하더라도 내다볼 수 없는 것들은 두렵다. 그 조건만 충족된다면 열두 살짜리 여자애조차 남자 고등학생을 겁먹게 만들 수 있다. 나는 비로소 내가 이상한 애가 아니라는 사실에 안도했다. 안도했지만 두려워하고 궁금해하는 마음은 멈출 수 없었으므로, 이렇게만 말했다.

"나 진짜 괜찮아요."

하지만 괜찮지 않았고, 나는 삶이 흉내 이상임을 실감했다. 정해진 재료를 주어진 틀에 부어 넣는 건 기계의 역할이니까. 그래서 나는 학교에 갈 때마다 아빠가 자기를 사랑한다며 떠드는 애들을 눈여겨봤다. 다들 명품 패딩과 명품 운동화를 가지고 있었다. 나는 명품의 가격이 사랑에 대한 값이라는 가설을 세웠다. 단순히 옷감을 박음질하는 것만으로는 결코 생겨나지 않는, 보이지 않는 무언가가 깃든……. 명품을 사달라고 조르자 아빠는 나를 거실에 앉혀놓고 이런저런 이야기를 해주었다. 자기는 물론 세희를 사랑하지만 그 마음을 물건으로 증명하고 싶지는 않다고, 차라리 시간이나 추억을 바란다면 그건 가능하다고 했다. 동화 속에서 걸어 나온 아빠처럼. 하지만 동화 속 사람들은 진짜 사람이 아니지 않나?

"아빠는 돈 많이 벌잖아. 진짜 많이 벌잖아. 운동화 하나쯤은 진짜로 아무것도 아닌데 왜 못 해주겠다는 거야?"

"세희야, 학교에는 친구들이 있고 마트에는 손님들이 있듯이 세상은 홀로 사는 게 아니란다. 그렇기 때문에 타인에게 바랄 수 있는 것과 바라도 되는 것 사이에 적당한 선을 그을 줄 알아야 해. 무엇을 바라야만 좋은지도 배워야 하고. 아빠는 세희가 원하는 것이라면 뭐든 해주는 게 아니라, 그 기준과 논리를 알려주는 게 바로 사랑이라고 믿는다."

"그래도 친구들은 다 가지고 있는데."

"하지만 세희가 다니는 학교 바깥에는 가지지 않은 사람이 훨씬 많지. 세상 사람들은 다 함께 살아가고, 그래서 우리는 스스로도 모르는 사이에 누군가에게 빚을 지고 만단다. 운동화를 살 돈이면 지구 반대편의 어린이들을 수십 명이나 살릴 수 있다는 사실을 생각해보렴. 세상에 세희의 몫을 더할 방법으로는 그게 훨씬 좋지 않겠니. 이 세상에 진 빚을 덜어내는 것은 공로를 쌓는 일이고, 그 공로야말로 평생 가는 보물이란다."

나는 아빠의 말이 옳을 거라고 생각했지만(아빠는 정말 논리적이고 똑똑했다) 이해가 하나도 안 갔다. 그래서 무턱대고 억지를 부렸고, 소리도 질렀으며, 하는 김에 물건까지 던졌다. 작은방 삼촌처럼. 아빠는 나를 유심히 바라보더니 살짝 달라진 어조로 운을 뗐다.

"세희야, 나는 사람들에게 최선을 다하려 노력한단다. 그런데 가끔, 어떤 사람은 내가 화내고 소리 지르기를 바라는 것 같아. 친하고 가까운 사이일수록 자주 그렇지. 세희도 혹시 그런 생각을 하고 있는 걸까?"

"아니."

나는 그렇다고 말하고 싶었지만 두려웠다. 아빠가 내 눈을 유심히 들여다보았다.

"다행이구나. 혹시라도 그런 마음이 든다면 편히 이야기하렴. 맞물리지 않는 톱니바퀴가 함께 놓이면 서로가 서로를 망가뜨리듯, 사람의 마음도 그렇단다. 적당한 거리가 필요할 때가 있지. 상대에게서 분노를 얻어내려는 것은 특히 나쁜 징조야. 그러니까 캐나다나 미국이나 지방의 대안학교 같은 곳에서 시간을 보내는 편이 좋을지도 몰라. 그건 명품 운동화보다 비싼 시간이기도 하지. 만약 세희가 여전히 돈 자체에 사랑이 깃든다고 믿는다면, 미국 유학이 좋은 대안이 될 수 있을 것 같구나. 나는 세희가 항상 행복하고 만족하기를 바란단다."

나는 그 자리에서 토했다. 불가항력이었다. 아빠는 나를 직접 화장실에 데려가 씻긴 뒤 침대에 뉘었고, 그동안 가사도우미 아주머니가 거실을 정리했다. 문 너머에서 아무 소리도 들리지 않게 되었을 때부터 나는 시간을 쟀다. 21분 12초가 지났지만 아빠는 내 방에 오지 않았다. 나는 온 집 안이 울릴 만큼 큰 소리로 울기 시작했다. 그제야 아빠가 와서 나를 안아주었다.

사랑이란 뭘까?

사랑은 오래 참는다. 사랑은 친절하다. 사랑은 시기하지 않는다. 사랑은 자랑하지 않는다. 사랑은 교만하지 않다. 사랑은 무례하지 않다. 사랑은 사욕을 품지 않는다. 사랑은 성을 내지 않는다. 사랑은 앙심을 품지 않는다.

~~아빠는 분명히 우리를 사랑한다.~~

나는 그때 정말로 증발할 뻔했다.

하지만 별다른 방법이 없었으므로, 나는 동화 속에나 나올 법한 딸로 되돌아갔다. 명품이나 미국 유학 이야기는 결코 하지 않았고, 내 처지가 비참하게 느껴지면 지구 반대편에서 굶어 죽어가는 어린아이들을 생각했다. 아빠는 수백 만원짜리 운동화를 사 주진 않아도 편안하고 튼튼한 운동화, 어디 가서 놀림받지 않을 운동화를 사 주는 사람이다. 그런데 그건 비서 아저씨(죽은 줄 알았는데, 어디선가 새로 생겼다. 그리고 이 제부터는 아저씨였다)가 골라주는 거잖아.

다음 날 나는 아빠한테 아주 커다란 곰 인형을 사달라고, 지금 당장 내 눈앞에서 고르라고 부탁했다. 아빠는 인터넷 쇼핑몰에 검색어를 띄워놓더니 자꾸 내 의견을 물어봤다.

"난 몰라. 아빠가 보기에 제일 좋은 걸로 골라줘."

아빠가 고른 건 내 마음에 하나도 안 들었다. 사실 고민하는 기색부터가 없었다. 그래도 조강현 씨는 피도 안 섞인 여자애가 귀찮게 칭얼거리는 것까지 들어줄 만큼 선량한 사람이니까 내가 뭐라고 할 주제는 안 되는 거야.

씨발!

취소. 나는 욕 같은 건 안 하는 착한 애다.

아빠는 이튿날부터 열흘간 해외 출장을 갔다. 부모 역할은 가사도우미 아주머니와 비서 아저씨가 각각 나누어 가졌다.

물론 아빠는 일하러 간 거다. 나도 안다.

씨발.

나는 착한 애였다가, 귀찮은 애였다가, 나쁜 애였다가 했다. 언제는 비서 아저씨를 따돌리고 아주 먼 동네로 도망쳐서 물건을 훔쳤다. 들킬까 두근거리지는 않았다. 주인이 빤히 볼 수 있도록, 최대한 카운터와 가까운 곳에서 훔쳤기 때문이다. 부모님 연락처를 말하라기에 비서 아저씨 대신 아빠 휴대전화 번호를 읊었다. 직통 번호로. 한 시간 뒤, 근처 대학교에 다니는 삼촌이 헐레벌떡 달려오더니 가게 주인과 대화를 나눴다. 주인은 내가 어른들의 관심을 끌려는 것 같다며, 걱정스레 말했다. 딱 봐도 곱게 자란 애 같은데…… 삼촌은 똑같이 걱정스러운 표정으로, 내 엄마랑 아빠가 최근 이혼했다고 말했다.

둘 다 나를 혼내지 않았다.

정말이지 패배한 기분이었다.

그로부터 두어 달이 지나 작은방 삼촌이 돌아왔다. 삼촌은 나랑 잠깐 이야기하더니 아빠랑 싸우기 시작했는데, 기쁘긴 했지만 솔직히 기대되지는 않았다. 어차피 아빠가 이길 게 분명했기 때문이다. 대신 나는 가족여행(국내 여행이라서 작은방 삼촌과 아빠는 선글라스를 썼다. 삼촌은 '희귀병 때문에' 배나 비행기를 탈 수 없기 때문이었다. 물론 나는 아빠랑 단둘이서 괌에 가는 것보다 셋이서 동해에 가는 게 훨씬 좋았고, 애당초 아빠는 괌을 여행지로 정한 적이 한 번도 없었다. 바하마나 홋카이도나 샌프란시스코에 대해서도 마찬가지였다. 아빠는 마땅한 용건이 없는데 놀기 위해 비행기를 타는 것은 명백한 방종이자 죄이며 해외 출장과 같이 마땅한 용건이 있더라도 여전히 죄라고 말했다. 말이 자꾸 길어진다. 정말 미치겠다) 도중 반격의 기회를 발견했다. 아빠랑 들른 기념품 가게에서 물건을 훔치는 거였다. 가격이 상당한 것으로, 아주 태연하게. 도둑질이 손버릇인 것처럼. 지나가던 손님이 나를 붙잡았고, 점주가 왔다.

그 상황은 아빠가 카드를 꺼내 쓸모없지만 비싼 장식품을 몇 개 사는 것으로 해결되었다. 포스기 화면을 넘겨다보자 금액 총합은 80만 원이 살짝 넘었다. 나는 아빠가 나 때문에 돈을 썼다는 사실이 기뻤지만, 내가 치러야 할 대가도 그만큼은 있을 것임을 예감했다. 아빠가 남은 일정 내내 사근사근하게 굴었기 때문이다. 심지어 솜사탕 노점을 보더니 하나 먹고 싶지 않으냐며 먼저 물어봐주기까지 했다! 그렇게 숙소로 돌아오자마자 대화가 시작되었다. 흠씬 얻어맞고 끝낼 수 있으면 정말 좋을 텐데, 아빠는 절대 그래주지 않았다. 심지어 잘못했다고 빌어도 마찬가지였다.

"아니, 아빠가 미안하구나. 세희한테 충분히 신경 쓰지 못한 듯해서⋯⋯. 이런 시간이 늘어나면 괜찮을까? 세희는 어떻게 생각하니? 세희는 자기 자신에게 부족한 것이 무엇이라고 생각해?"

아빠는 진심으로 내 문제를 이해하길 원했다. 나는 아빠가 바로 문제라고 느꼈다.

"그런데 내가 죽어도 아빠는 절대 안 울 거지? 슬프지도 않지?"

"왜 갑자기 그런 질문을 하는지 모르겠구나."

"엄마도 똑같겠지?"

엄마가 사라지기 며칠 전에, 난 엄마가 거실에서 펑펑 우는 걸 봤다. 한낮이었다. 가까이 다가가자 엄마는 죽일 듯한 표정으로 나를 노려보았는데, 아주 긴 시간 동안은 아니었지만 어쩐지 영원 같았다. 영화를 일시 정지하면 등장인물들은 단단히 굳은 채로 무엇을 느낄까? 뭔가 느끼긴 하겠지. 난 뭔가를 느꼈고, 엄마도 그랬다. 엄마의 표정이 파스스 부스러지더니 완전히 사라졌다. 그리고 나를 끌어안은 채 미안하다며 중얼거렸다.

미안해, 세희야, 그런데 내가 너무 힘들어.

왜?

모르겠어.

무슨 일이 있었는지는 알 수 없었지만, 난 그게 끝이라는 걸 이해했고, 정말로 끝이었다. 엄마는 내가 죽을 때 절대 울지 않을 거였다. 물론 아빠랑은 완전히 다른 이유였다. 엄마는 우는 법을 알았지만 나를 위해서는 아니었고, 아빠는 그러는 법 자체를 몰랐다.

"어쩌다 그런 생각을 하게 된 거니?"

내게로 차례가 넘어왔다. 그런데 도대체 무슨 말을 해야 하지? 타이머가 째깍거렸다. 3분, 2분 59초, 58초…… 시간이 끝나면 다시 아빠 차례가 될 테고, 아빠가 하는 말은 뭐든 간에 싫을 거였다. 나는 곰곰이 생각해보다가 베란다로 달려갔다. 투숙한 리조트는 7층짜리였고 우리 객실도 7층이었다. 어젯밤에 확인해본 덕분에, 나는 방충망이 끝까지 열린다는 걸 알고 있었다. 나는 난간을 완전히 뛰어넘기 직전에 힐끔 뒤를 돌아보았고, 아빠가 소파에서 벌떡 일어났다는 사실에 미약한 승리감을 느꼈다. 그리고 기억이 훅 뒤엉켰다. 아주 아팠던 듯도 했고, 아무것도 느끼지 못한 듯도 했으며, 바깥의 찬 공기를 들이마신 듯도 했다. 하지만 결국에는 침대 위에서 눈을 떴다. 잠옷이 바뀌었고 삼촌이 사라진 걸 제외하면 어제와 똑같았다.

"삼촌은 어디 갔어?"

"급한 일이 생겨서 먼저 서울로 올라갔단다. 아침 먹으러 갈까?"

조식 뷔페는 정말 맛있었고 남은 일정도 완벽했다. 하지만 난 리조트 뒤편 바닥에서 핏자국을 봤다. 고개를 들어 건물을 올려다보면 딱 우리 객실이 있는 위치였다. 이윽고 나는 이곳이 저승일 거라는 결론에 도달했다. 이승과 똑같지만 있을 리 없는 저승. 그런데 저승에서 한 번 더 죽으면 어떻게 될까? 나는 오성이 삼촌과 단둘이서 밥을 먹다가 그 이야기를 꺼냈고, 며칠 지나 학교에 엄마가 찾아왔다. 엄마는 나를 근사한 식당에 데려가더니 리조트에서 무슨 일이 있었느냐며 물었다. 그 절박한 표정은 예전에 오성이 삼촌이 지었던 것과 비슷해서, 엄마가 진심으로 두려워하고 기대하고 좌절하고 있다는 것이 느껴져서, 나는 기뻤다. 그리고 내가 아는 것을 모두 털어놓음으로써 기쁨에 대한 값을 치렀다.

엄마는 그렇구나, 라고 했다. 그건 아빠가 자주 하는 말이었지만 엄마에게서 들으니 완전히 다른 느낌이었다. 실제로도 다른 의미일 것이다.

그렇구나.

세희야, 솔직히 말해줘서 고마워.

엄마는 나를 꼭 끌어안은 채로 한참이나 멈춰 있었다. 나는 배시시 웃었고, 남은 하루 동안에는 엄마랑 이곳저곳 돌아다녔다. 엄마는 약간 슬퍼 보였지만 내가 사달라고 하는 거라면 뭐든 사 주었다. 그 주 주말에는 또 엄마와 아빠가 나를 데리고 멀리로 놀러 갔다. 정말이지 신났다. 그런데 너무 놀아서인가 집으로 돌아오자마자 몸이 아프기 시작했고, 월요일부터는 아예 학교에 가지 못할 지경이 됐다. 수요일이 되도록 몸이 나을 기미가 없어서, 나는 그날 오후 나절까지 잤다. 그러다가 번쩍 깨어났다. 눈보다 귀가 먼저 뜨였다. 거실에서 목소리들이 웅성거렸다. 나는 문틈에 귀를 붙이고 목소리를 들었다.

"조강현 언제 온대?"

이건 삼촌 중 하나다.

"분위기가 너무 과열된 것 같은데, 다들 진정하십시다. 그때 상황이 그랬다는데 어떻게 해요. 강현이 형이 사람 죽여놓고 나 몰라라 한 것도 아니고, 우릴 키워줬는데. 그게 어디 쉬운 일인가. 굳이 잘못을 따지면 이도유가 잘못한 거지."

이건 이모 중 하나다.

"씨팔, 부모 찔러 죽인 연쇄 살인마가 애 납치해서 길렀으

340

니까 표창장 주겠단 거지. 그딴 소리나 지껄일 거면 왜 따라
왔어?"

처음에 말한 삼촌.

"난리 났다길래 연락받고 온 거지 다른 이유 없어요. 저는
일단 강현이 오빠 편이에요."

다른 이모.

"야, 너, 그딴 소리 할 거면 꺼져. 지금 어디서……."

잔뜩 화난, 또 다른 이모.

"여긴 오빠네 거실인데 나가고 싶으면 언니가 나가야죠. 애
당초 의견이 하나로 모인 것도 아니잖아요. 솔직히 난 농원에
서도 아버지가 제일 무서웠고, 그 개자식이 아예 죽어서 고
마워요. 언니 의견을 나한테 강요하는 건 월권이라 봐요. 솔
직히 언니는 가출한 상태로 거기 있었던 거고, 부모도 멀쩡
히 살아 있는데 왜 그렇게 화내는지 모르겠어요. 난 진짜 이
해가 안 가는데. 애초에 강현이 오빠 아니었으면 언니가 대학
멀쩡히 갔을 거 같아요? 그런 식으로 나올 거면 지금까지 받
아먹은 학비 다 뱉어야 하는 거 아니에요?"

아까 말한 이모.

"조심스럽지만 제 생각을 말씀드리겠습니다. 저는 부모님
두 분께서 농원 일로 돌아가셨으니까 발언권이 충분히 있으
리라 생각되고요, 당시 열세 살이었으니까 기억도 꽤 남아 있
는 편이죠. 객관적으로 판단하건대 종말을 미룬 대가가 서른

두 명의 목숨이라면 꽤나 싸게 먹힌 거라고 봅니다. 대표님이 나쁜 짓 하면서 살고 있다면 모를까, 오히려 선량한 사람이죠. 대표님이 죽인 사람보다는 살린 사람이 훨씬 많을걸요."

평소부터 이상했던 삼촌.

"그 소리 예상했다. 우리 중에서 네가 제일 그 새끼랑 닮은 거 알지?"

난 웃었다.

"그거 칭찬이죠? 세상 사람 붙잡고 물어보세요, 내가 좋은 사람인가 형이 좋은 사람인가. 나는 지금껏 나쁜 사람이란 소리를 들어본 적이 없어요. 형은 자기 결핍 과소비로 채우는 것부터 고칩시다. 도대체 뭐가 부족한진 몰라도……."

웃음이 소리로 변하려 해서, 나는 손으로 입을 막았다. 숨도 참았다. 그러는 동안 태도와 높낮이가 제각기 다른 목소리들이 계속 파도쳤다.

"기본적으로 나는 두 입장이 다 이해되긴 한다. 조강현이 서른두 명 죽였다는 것도 알겠고, 왜 그랬는지도 대강 이해가 되고, 혜라 누나가 상심한 것도 알겠다. 그런데 그게 결국 사감이지 않나. 자기를 위해서는 해준 게 없고 세희는 살려줘서 기분이 나빠진 건데…… 그렇게 따지면 세희는 자기 딸 아닌가? 자기 딸 한 번 못 살려줄 게 뭐 있길래?"

"딸이라니, 떠맡은 거지. 세희한테는 미안한 얘기지만 사실상 떠맡았다고 봐야지. 그리고 누나 성격 알잖아. 그 사람이 조강현 앞에서 강하게 자기주장을 할 수나 있었겠어? 그리고 윤건희 너, 부모 둘 다 죽었답시고 유세 떨 작정이면 나도 못 할 거 없어. 똑바로 생각하고 입 열어."

"그게 살인이라는 건 부정할 수가 없다만, 난 터뜨린 이유가 사적 감정 때문이라는 게 마음에 걸린단 말이다. 죄책감이나 정의감이 핵심이었으면 진작 그랬을 텐데, 줄곧 공범으로 지내다가 자기 연애사 얽히니까 이제야……. 난 그건 싫다. 안쓰러운 거랑 별개로 싫단 말이다."

"싫다는 것도 결국 자기 기분이지. 난 인간적인 도의가 중요하다고 봐요."

"그나저나 지금 화내는 분들은 그때 종말이라도 왔어야 한다는 말씀이세요?"

"사리 판단을 논하면 그게 맞지 않니? 종말을 미룬 값으로 서른두 명을 바쳤다, 이게 아니라 서른두 명이나 죽었고 심판까지 미뤄졌다는 관점이 옳아. 우리가 살아 있는 게 대국적으로 결코 좋은 상황이 아니야."

"야, 야, 권오성 너도 한마디 해라."

"저는 그냥…… 여기 계시는 건 아니지만…… 형님과 누님 두 분께 죄송합니다. 세희가 걱정돼서 말씀드렸던 건데, 생각이 짧았던 것 같습니다. 이렇게 될 줄은 정말 몰랐습니다. 죄송합니다."

오성이 삼촌은 나처럼 훌쩍이고 있었다. 아마 얼굴도 새빨

개져 있을 것이다. 나는 숨이든 웃음이든 참지 못할 지경이 됐다. 그때 비로소 이 말이 들렸다.

"괜히 오성이 괴롭힐 건 없고, 세희한테도 말해야 돼. 재도 언젠가는 알아야 했던 일이잖아."

평생토록 기다려왔던 게 저 너머에서 날 기다리고 있었다. 나는 활짝 문을 열어젖히고 밖으로 나갔다. 어쨌거나 시작될 대화였지만 이건 내가 스스로의 삶을 처음으로 결정한 순간 이었고, 그래서 뜻깊었다.

◆◆◆

본가로 돌아와 빈둥거리던 시절, 우혁은 매일 한 권씩 책을 읽었으며 두 편씩 영화를 봤다. 개중 〈위플래시〉가 있었다. 음 악대학의 폭군으로 군림하는 교수 플레처와 신입생 앤드루 의 이야기였다. 우혁은 영화가 학대와 훈육의 아슬아슬한 경 계를, 치명적인 성공을 예술적으로 형상화했다고 생각했으나 이런 의문도 품었다. 주인공 인생이 망한 것은 늦잠을 자느라 지각한 데다 교통사고까지 내서 그런 것 아닌가? 왜 늦잠을 잤으며 왜 난폭 운전을 했을까? 중요한 공연을 앞두고서도 그러는 놈이 평소에는 어땠을까? 이 영화는 사실 앤드루의 왜곡된 인지 도식이 현실을 자의적으로 편집한 결과물이며, 실제로는 플레처 교수가 그간 참아준 부분이 꽤나 많으리라는 추측이 가능…….

　물론 그렇게 생각한 것은 우혁이 앤드루의 동족이기 때문이다.

　하지만 우혁이 무엇이든 간에 현실은 현실이다.

　영화가 현실이라면 앤드루는 무조건 찜찜한 진실을 숨기고 있었다.

　그때와 비슷한 기분이었다.

　조세희의 이야기를 모두 들은 우혁은 인의와 통치가 다른 개념이라는 사실, 사랑이라는 단어에는 실로 많은 감정이 뭉뚱그려져 있으며 그 세부는 종종 충돌한다는 사실을 재인식했다. 자애와 욕망은 상이하거니와, 친절로 열정을 충당할 수도 없다. 또한 그렇기 때문에 인간은 사랑으로 인해 고통받거나 삶의 불꽃을 틔우며, 심지어는 둘을 동시에 하기까지 한다. 그 점을 집약적으로 드러낸다는 점에서는 정말 뜻깊은 삽화다.

　하지만 이런 숙고는 결코 핵심이 아니라는 생각이 거셌다.

　우혁은 아버지가 수양딸을 위해 기적을 부탁하는 일에는 감동이 있어야 한다고 생각했다.

　부활은 그런 집에서 자라는 고통을 벌충할 만큼 짜릿한 경험이다.

　겪어보면 안다!

　"그렇군요. 하지만 여전히 이해가 가지 않는 점이 있습니다.

아버님은 세희 씨를 살려준 셈인데, 왜 배신을 하셨는지 모르겠어서…… 전 그 상황이라면 엄청 고마울 것 같은데요. 제 아버지는 절대 안 그러실 거거든요. 참고로 제 부친께서는 생물학적으로도 아버지입니다."

"더 자세히 말씀드려야 하나요? 이 정도만으로도 제 입장은 충분히 해명된다고 생각하는데요."

"세희 씨 지시를 따른다면 저는 최소한 2억을 손해 보게 됩니다. 2억을 포기하라고 부탁할 거라면 최대한 솔직해지셔야 하는 거 아닌가요."

"그건 정말 할 말이 없어요. 뭐라고 설명해야 할지도 모르겠어요. 그냥 있었던 일을 솔직히 말씀드릴 수밖에 없는데, 저는 그게……."

"범죄라도 당하신 건가요?"

"그런 건 아니에요. 그런 건 정말 아니에요. 저는 다만 그런 일들에 대해 생각할 때마다……. 어릴 때는 차라리 쉬웠어요. 하지만 지금은 마음을 정하기 어려워요. 그 인간을 속 편히 싫어할 수 있었더라면 이런 부탁을 드리지도 않았겠지만, 끔찍하도록 싫은 것 또한 사실이에요."

"혹시 아버님께 여쭤봐도 되나요?"

"진심은 아니죠?"

"여쭤봐도 되면 그러려고 하는데요. 진짜 궁금해서 이러는 겁니다."

"하지 마세요. 그냥 제가 말씀드릴게요."

단호한 어조와 달리 조세희는 본론으로 들어가기 어려운 듯 뜸을 들였다. 우혁은 상대가 자신의 안위를 걱정해주는 것인지, 혹은 정말로 껄끄러운 진실을 숨기고 있는 것인지 고민해봤다. 이것마저 함정수사의 연장선상일 가능성에 대해서도. 하지만 지금의 머뭇거림에는 선명한 진심이 깃들어 있었다. 긴 정적 끝에 조세희는 전화가 왔다면서 자리를 비웠고, 게임 테이블에는 우혁만 남았다. 생각이 계속 이어지더니 실용주의적인 결론에 가닿았다.

사태의 진상이 무엇이든 간에 결정권은 우혁에게 있었으며 최종적인 행동은 이도유와 만날 때까지 미뤄질 수 있었다. 거기에서 그냥 종말을 불러오라고 꼬드길지, 차를 타고 조강현에게 합류할지, 혹은 운전자에게서 차 열쇠를 빼앗아 설악산으로 내달릴지. 나머지 80억 명의 입장을 논외로 두고 계산할 경우 전자는 우혁에게 좋았고, 중간은 조강현에게 좋았으며, 마지막은 김 형과 조세희와 소년에게 좋았다.

김 형에게 보은하고 싶은 마음만큼은 확실했다.

소년에게도.

하지만 김 형은 내게 2억 원을 주지 않거니와, 주식 종목을 점지받더라도 투자금이 없다…….

곧 조세희가 돌아왔다. 결심을 다진 우혁은 무겁고 진중한 목소리로 운을 뗐다.

"그나저나 돈 많으시죠."

"네?"

"고민해봤는데, 자세한 사정은 넘어가는 편이 낫겠다는 생각이 들었습니다. 대뜸 종말을 불러오면 지인들에게 미안한 것도 사실입니다. 지금 들은 내용만으로도 충분히 공감할 수 있다는 겁니다. 하지만 3억이 없으면 저는 죽습니다. 3억을 주세요. 양도세는 별도입니다."

1억을 높여 부른 것은 노후 대비를 위해서였다. 만약 실형을 살고 나오면 거의 마흔일 텐데, 그때가 되면 논술학원 보조 강사 일조차 불가능해졌다. 목돈을 밑천 삼아 프랜차이즈 치킨집을 차리는 수밖에 없었다.

"뭐라구요?"

"여기에 대해 진실된 답을 하라는 이야기가 아니에요. 공증이나 각서를 요구하는 것도 아니고요. 그냥 내가 3억이 없으면 죽으니까, 일단 주겠다고 말하라는 겁니다. 재벌 딸이잖아요. 그러면 절연을 했대도 강남 오피스텔 하나쯤은 자기 명의로 있을 거 아닌가요. 없어도 있다고 해야 해요. 그래야만 내가 이 일을 맡을 수 있어요. 만약 도망을 원하는 게 아니라면 이것마저 함정수사라고 말해요. 그러지 않는다면 나는 지금 들은 말이 진짜이며 세희 씨가 나한테 3억을 줄 예정이라고 믿을 거예요. 진위를 떠나서 그렇게 믿을 테니, 세희 씨는 그렇다고 말만 하면 돼요─그러면 나는 당신이 원하는 일을 할 수 있고 당신이 바라는 일을 할 수 있어요."

　온건한 호소로 시작된 문장들은 마지막 대목에 이르러 흐느낌에 가까운 애걸로 변했고, 우혁은 열 살이나 어린 사람 앞에서 이러고 있다는 사실에 비참해졌다. 그러면서도 김 형이 자신을 믿는다는 것이 어떤 의미인지 영혼 깊이 이해되기 시작했다. 실체 너머로부터 시작되는 믿음만이 실체를 바꿀 수 있으며 그것은 충동과 완전히 다른 유형의 힘이라는 사실. 3억짜리 믿음은 미학적으로나 현실적으로나 추레하기 그지없었지만 이 순간에는 최선이었다. 조세희는 다리가 부러져 바르작거리는 거미를 연민하듯 우혁을 바라보았고, 중얼거렸다.

　"3억, 줄게요. 그러니까 다시 만날 때는 모른 척해야 돼요."

#6

많은 사람의 죄

Sins of the many

그러고는 예상할 만한 일들이 일어났다. 5분의 3 구간까지만 보면 결말까지의 전개를 짐작할 수 있는 B급 영화처럼. 우혁은 조강현 측에 보고했으며, 임시로 조세희와 손잡았지만 최종적으로는 서울로 돌아올 것임을 약속했고(다만 약속을 잘 지키겠다는 약속은 하지 않았고), 권오성과 조세희를 중개한 다음, 치리회 사람들 앞에서 늘어놓을 거짓말을 연습했다. 그런 것들은 아무런 변수가 없을 만큼 사무적인 과정이었으므로 길게 설명할 필요 또한 없었다. 최우혁은 기묘하도록 순탄하게 흘러가는 상황 속에서, 어둠을 이기고 떠오르는 새벽 해를 바라보며, 이렇게 자문했다.

이게 맞나?

당연하게도 삶이 순탄한 것은 진정한 문제가 유예되고 있기 때문이다. 인식론적인, 가치론적인, 존재론적인, 아무튼 본질적인 문제…….

치리회 사람들을 만나러 가기 직전, 김 형에게 전화를 걸어 의견을 구할 짬이 생겼다. 김 형은 상황을 대강 듣더니 이렇게 말했다.

"이 새끼는 저번에 끝낸 얘기를 또 중얼거리고 있네. 그러면 이걸 투표로 정하냐? 그건 대책도 뭣도 아니야. 지금 선택지가 셋이지. 신권 통치냐, 심판이냐, 도망이냐. 만약 34대 33대 33이 뜬다고 쳐봐. 나머지 66퍼센트는 무슨 이유로 34퍼센트의 의견을 따라야 하냐고. 여기서 민주주의적으로 가겠다 하는 건 책임질 사람을 분산시키는 것 외에 아무 의미도 없어."

"그런데 인간 최우혁이 결단할 일도 아니라는 게 핵심이죠. 애당초 내가 아니더라도, 이런 책임을 한 명이 질 수 있나."

"못 지지. 투표도 안 되고, 사람 한 명 목매달아서 끝낼 문제도 아니니까 영영 시작을 안 하고 미루게 되는 거지. 그건 최소한 인간끼리의 세상이 지속되는 동안에는 해결을 볼 일이 아니야. 그렇기 때문에 심판이 신의 몫인 거고."

"그래도 어쨌든 이번에는 내가 선택해야 해요. 지금 당장요. 이젠 더 못 미뤄요."

"달리 말하면, 세상 일이란 원래 그런 식이야. 말이 책임이지 도대체 누가 역사를 온전히 책임져왔냔 말이야. 민주주의를 하든, 독재자가 이래라저래라 하든, 아예 주사위로 결정하든 이거저거 흘리면서 가는 게 사람이 하는 일 아니겠냐. 치열하게 고민한다 쳐도 어쩔 수 없는 부분은 생기기 마련이야. 솔직히 나는 여전히 종말이 안 오길 바라는 마음인데, 네 입장은 다를 테니까, 잘 고민해서 결정해라. 어쨌든 칸트랑 헤겔은 네가 학원에서 제일 잘 알지 않냐. 말 나온 김에 덧붙이자면 박 선생이 내달부터 관둔다더라. 강사를 새로 뽑을지 너한테 전임을 맡길지 고민 중인데, 이 부분도 생각해봐."

"뭐라고 했어요? 형? 지금 그게 도대체 무슨 소리예요? 오늘 세상이 안 망하면 나는 감옥에 가는데, 박 선생이 뭐……. 내가 무슨 전임강사를 맡는다고……. 시키면 하겠다만, 아니, 도대체……."

정적.

"……끊어졌네."

김 형과의 마지막 통화는 이런 식으로 끝났다. 이제 우혁은 몸수색을 당하고 이런저런 질문에 실컷 시달린 상태로 치리회 사람들 앞에 앉아 있었다. 서혜라는 당장에라도 먼지가 되어 흩어질 듯 색채가 흐릿한 여자였는데, 목소리만큼은 또렷한 까닭에 오래된 저예산 만화영화가 연상됐다. 수채화로 그려진, 정적인 배경 위를 뛰어다니는 셀식 애니메이션 캐릭터들. 이미 다 알고 있는 이야기들과 정규 방영 시간을 놓친 바람에 재방송분을 처음인 듯 즐기게 되는 에피소드들.

우혁은 다른 사람들 앞에서 실컷 떠든 이야기를 되풀이했고, 소년의 주장과 우혁의 주장이 충돌하는 부분에 대해서는 뻔뻔함을 발휘했다. 이도유가 최우혁을 무엇으로 기억하든 간에 그는 명실상부한 묵시가였다. 그렇게 한 시간 정도를 떠들고 나자 우혁에게 차례가 넘어왔다. 이 모든 관문을 통과했으니 질문 몇 개쯤은 받아주겠다는 것처럼. 우혁은 마구잡이로 나타났다가 사라지기를 반복하는 궁금증의 포말을 몇 갈래로 압축했다.

"일단 종말을 그토록 고대하시는 이유부터 듣고 싶은데요. 80억 명이니, 전 지구적인 고통이니 하는 추상적인 이유들 말고요, 구체적인 심리요. 농원처럼 완전히 고립된 소규모 공동체라면 모를까, 디다케는 완전히 현대적이고 자본주의적인 사업체니까요. 원가절감 노력에 마케팅까지 완벽하죠. 사회 환원은 말할 것도 없고요."

"추상적인 이유를 배제하라고 이야기했지만, 우리네 입장에서 그걸 뺄 수 있을 것 같진 않습니다. 우리는 분명히 최선을 다하고 있으나 그것은 세계의 고통에 비하면 초라하며, 더 나아가 이 세계의 영광 자체가 초라합니다. 비극의 절정에서 삶이 끝나는 것이 아니라 어떻게든 이어진다는 것, 인간은 구렁텅이 한가운데에서조차 새로운 기쁨을 발견할 힘이 있다는 것, 그럼에도 불구하고 고통과 기쁨의 대차대조표가 존재한다는 것, 그것이야말로 인간사를 추동하는 동력이자 비참의 근원입니다……. 이로 인해, 우리 인간은 첫맛만 달고 아주 쓴 술을 계속 마시듯 삶에 중독되고 맙니다. 따라서 우리는 인간의 최선이 신의 최악일 수밖에 없다고 믿는 것입니다."

"하지만 디다케의 가르침은 그것과 다르다고 생각하는데요. 뭐랄까, 세속적인 면이 크죠. 현세적이라고 할까요."

"조강현은 그런 기대를 품는 것은 철저히 도피적인 사고방식이며, 심판이 닥쳐오지 않더라도 이미 심판을 겪은 듯 살아갈 수 있어야 한다고 말하곤 했습니다. 우리는 기본적으로 그 말에 동의할 수밖에 없도록 가르침받았습니다. 분명 우리는 아직 이 세계에 갇혀 있으며, 태어난 사람들은 계속 살아가야만 합니다. 심지어 대환난 속에서도 삶은 계속됩니다……. 우리는 심판의 순간에 조금이라도 더 많은 사람들이 구원받기를, 혹은 심판이 오지 않더라도 그에 조금이나마 가까워질 수 있기를 바라므로 이렇게 하는 것입니다."

"열심당원들이 흘린 피는 어쩔 수 없는 셈 치는 건가요?"

"글쎄요, 그건 어디까지나 현실적인 문제입니다. **현실적인 문제요**—이도유가 가출할 때마다 새로운 목격자가 생겼고, 그중 일부는 망상적인 열정을 불태우거나 탐욕에 사로잡히게 되었습니다. 그리고 그런 마음은 또 다른 추종자를 불러오기 마련입니다. 그들을 솎아내고 목표물을 회수하는 것은 우리가 조강현을 따를 때부터 줄곧 해오던 일이며, 법적으로는 죄일 수 있겠으나 실제로는 아무 죄가 아닙니다."

"K5가 절 들이받으려 한 것도요?"

"그럼요."

정말이지 명쾌했다. 우혁은 서혜라의 대답이 조강현의 태도를 빼다 박았다고 느꼈고, 헛웃음을 삼켰다. 새천년파가 쾌락 살인마 집단일 리는 없지만 그렇다고 해서 비폭력주의 노선을 택한 것도 아니니까, 손에 망치가 들려 있으면 휘두르고 싶어지는 게 자연스러운 심리니까, 사태의 진상은 〈교주를 죽여라〉 방송과 서혜라의 자기 진술 사이 어딘가에서 진동할 터였다. 죽어 마땅한 놈이 있으면 억울하게 휘말린 희생자도 있겠지. 혹은 자신을 희생시킬 각오로 K5를 몰고 나간 누군가도 있을 테고……. 그 점에서 우혁은 조강현과 서혜라의 관점이 결국엔 하나의 지평을 공유한다는 인상을 받았다. 인간의 염증에 진저리가 난 인간이, 고개를 왼쪽으로 틀거나 오른쪽으로 튼 정도의 차이만이 있는 것이다. 시야가 비스듬하게 틀어져 있는데 무엇이 제대로 보이겠는가. 이 모든 삶이 우리네 욕망의 총합이며 일상이란 끈덕진 호흡과 슬픈 갈망이 한데 모여 교착상태에 들어간 결과물임을 받아들이지 않는다면. 그러나 감히 틀리지 않으려 한다면 어디에도 갈 수 없게 되고, 그래서, 우혁은 서혜라의 진술이 실패를 예감하면서도 그 실패에 기대를 걸어보는 과격론자들의 논변처럼 들린다고 생각했다. 사바타이 츠비의 추종자들은 믿음이 좌절당하는 순간 뭐라고 말했을까?

"심판이 오지 않는다면, 이번 회차는 물론이고 다음번 기회까지 완전히 날아가서 계속 살아야만 한다면 어쩌실 생각이신지 듣고 싶습니다. 다른 누군가에게 기회가 주어질지도 모르지만, 그 누군가가 치리회 사람은 아니라면요."

"살아야겠지요. 자세한 입장은 앞서 드린 말씀으로 갈음하겠습니다."

"치리회장님은 절 믿으시나요?"

"기껏해야 도박 수일 겁니다."

우혁은 조강현에게 똑같은 질문을 던진다면 어떤 답이 돌아왔을까 궁금해졌다. 그리고 살짝 의기소침해진 목소리로 중얼거렸다.

"그건 저한테도 마찬가지입니다. 저는 항상 제가 믿음직스러운 사람이기를 바랐고, 최소한 저 자신이라도 스스로를 믿을 수 있었으면 했습니다. 그런데 모두 실패해서 여기까지 오게 됐죠. 될 대로 되라는 식으로 아무렇게나 판돈을 걸거나, 남이 짜놓은 레일을 따라 미끄러지다가 탈선해서 어쩔 줄 몰라 하거나, 그때그때 기분대로 돌아다녔던 겁니다. 제가 실패했던 부분이 뭔지 이제야 조금 알 듯하고, 여기에 있는 것이 어떤 면에서는 영광이라고 생각하지만, 깨우침을 실습해보기엔 많이 늦었다는 느낌도 듭니다. 전 그렇습니다."

그는 동시에 자문했다. 내가 도대체 누구 앞에서 무슨 말을 떠들어대고 있는 거지?

"현명하게 판단하세요."

서혜라는 짧게만 답했고, 그것으로 끝이었다. 언제나 그랬던 것처럼 우혁의 행동에 각주를 달고 정답을 첨삭해줄 어른은 존재하지 않았다. 이미 오래전부터 그는 어른이었으며 스스로의 행동을 결정하고 책임지는 법을 배워야만 했다. 그 책임이 어디에서 시작되어 어떻게 끝날지 모르는 상태로도. 물론 결정이란 의지가 수반되는 작용이며 의지란 충동 이상이라는 논평은 가능할 것이다. 딱 거기까지였다. 생각이 한 바퀴 돌아 직전의 중얼거림으로 되돌아갔다.

우혁은 이렇게 외치고 싶었다. 난 아직 마음의 준비가 안 됐는데!

혹은 이렇게 외칠 수도 있었다.

도박 수라니, 두고 봅시다. 다른 사람이 나보다 잘할 것 같아요?

정말로 외쳤더라면 상황이 달라졌을지도 모르지만, 그는 외치지조차 못했다. 사람들이 시키는 대로 순순히 옷을 갈아입고, 안대를 쓴 채, 차종이 분명치 않은 자동차 뒷좌석에 적재되어 어디론가 실려 갈 뿐이었다. 바로 옆에는 조세희가 앉아 있었다. 그는 자동차 특유의 진동에 감싸인 채 꿈으로 도피했다. 혼란스러운 상징과 비전이 잇달아 샘솟던 끝에 새하얀 나이키 에어맥스 운동화의 형상이 뇌리를 얼핏 스쳤고, 우혁은 깨어났다. 여전히 시야가 안대로 가려진 상태였다.

누군지도 모를 사람을 따라 한동안 걷고서야 이도유를 마주할 수 있었다. 우혁을 데려온 사람은 안대를 풀어주더니 편히 이야기하라는 말과 함께 떠났다. 별다른 특색이 없다는 것이야말로 특색인 공간이었다. 바깥으로 난 창문 바로 앞에 베이지색 면직 소파가 놓여 있었고, 소파에는 소년이 비스듬한 자세로 누워 있었으며, 소파 앞에는 생수와 크래커가 놓인 테이블과 스툴이 있었다. 다시 그 앞에 우혁이 있었다. 그는 스툴에 걸터앉은 뒤 생수를 비틀어 땄고, 크래커를 한 입 먹었다. 용수철이 팽팽해지다 못해 끊어지고 만 저울처럼 평안한 기분이었다. 소년이 불퉁한 목소리로 내뱉었다.

"온다는 얘기를 듣긴 했다만, 허풍을 제대로 쳤군."

"거짓말을 한 건 아니야. 내가 뭔가를 보는 건 확실하니까. 정체를 뒤늦게 깨달았을 뿐이지, 항상 낯선 걸 보고 지내긴 했어. 그렇지 않다면 내가 왜 이렇게 살아왔겠어?"

언제나 그랬듯이 절반은 거짓말이고 절반은 진실이다.

"그렇다고 치자. 과자나 먹으러 온 건 아닐 텐데, 앞으로는 어쩔 거냐?"

"내 쪽에서 물어보고 싶은 질문이긴 한데. 왜 아직도 서명하지 않은 거야? 남은 게 아무것도 없잖아."

"맡겨두기라도 한 것처럼……"

"넌 어떻게 하고 싶어?"

소년은 잠시 뜸 들이더니 일어나 앉았다.

"이게 모두 꿈이고, 눈을 뜨면 열한 살 때로 돌아가 있기를 바라지. 감독 직분이라는 것이 모두 내 착각이기를 바라고, 만약 이 저주가 다른 사람에게 넘어간다면 내가 이 세상에서 씻긴 듯 사라지기를 바란다. 머릿속에서 매 순간 후회하거나, 부끄러워하거나, 꾸짖거나, 의욕을 잃지 못하고 참견하거나 하는 목소리들의 대열에 끼어드는 것만큼 괴로운 일은 없지. 거기에 영원히 붙박여 있어야 한다면, 더더욱……. 역사책의 초상화들이 50페이지 뒤를 넘겨다볼 수 있다면 어떤 기분일까? 난 그걸 항상 상상하게 된다. 상상만 하고 말아. 어차피 모두가 죽게 된다면 이런저런 선택에는 아무 의미가 없는 거야, 그렇지? 내가 여기에 천년만년 드러누워 있더라도 세상은 계속 세상일 테니."

"현실을 보라고. 우리 모두가 최종적으로는 죽는다 해도, 지금 당장 누가 어떻게 죽느냐 하는 건 각각의 삶에서는 중대 사안이야. 그리고 세상이 계속 세상이라면, 그런 까닭에라도 뭐든 해야 하지. 행동하지 않는 것조차 일종의 행동이니까."

"무슨 소리를 하고 싶어 그러냐?"

어딘가에 감시 카메라가 있을까? 우혁은 닫힌 문 바로 위의 모서리에서 둥근 렌즈가 번쩍이는 것을 확인했다. 도청기도 있을 터였다. 그는 테이블 너머로 왼팔을 뻗었고, 귓가에 속삭일 수 있도록 소년의 어깨를 둘러 안았다. 작전 설명에는 긴 시간이 필요하지 않았다.

"서명을 시작해. 중간에 멈출지, 끝까지 갈지는 여전히 네

자유야."

"25년 전에도 정확히 똑같은 말을 한 놈이 있었지."

우혁은 언제나처럼 헤헤 웃어버리고 싶었지만 그럴 수 없었다. 자신이 비열하게 굴고 있음을 자각한 까닭이었다. 물론 그 비열성은 소년이 평생토록 끌어온 것이기도 했다. 품에서 풀려난 소년은 품에서 구깃구깃 눌린 담뱃갑과 라이터를 꺼냈다. 침묵 속에서 담배 세 개비가 잇달아 타들어갔다. 자욱한 연기 너머로 흐릿한 실루엣이 담배를 소파에 눌러 끄는 모습이 보였다. 베이지색 면직에 검은 구멍이 생기는 듯싶더니 화염이 일었다. 굵다란 불기둥이 하늘 높이 치솟았다가 훅 무너졌고, 그 잔해가 뒷걸음질 치듯 물러나며 거대한 불의 고리를 이루었다. 고리 한복판에 서 있는 어린양.

우혁은 양을 둘러업고 뛰쳐나갔다.

◆◆◆

솔직히 인정하건대 우혁은 환각 한복판에서 어찌저찌 2020년식 소나타를 발견할 때까지도 마음을 정하지 못했다. 무엇보다 권오성과 몸싸움을 벌여 이길 자신이 없었다. 자동차를 탈취하려면 일단 그럴 능력이 있어야 할 게 아닌가?

그러나 핸들에 이마를 처박은 채 식은땀을 흘려대는 권오성을 보자 마음속에서 무언가가 꿈틀거렸다. 우혁은 뒷좌석에 어린양을 던져 넣은 뒤 권오성을 운전석에서 끌어냈고, 최대한 먼 곳에 가져다 버렸다. 지명을 읊자면 나사렛 남서쪽 산(왼쪽 시야 기준, 불타오르는 중)와 천안시 목천읍(오른쪽 기준, 얼핏 본 내비게이션 화면이 옳다면) 사이 어딘가였다. 그러니까 씨발 도대체 어디인지 알 수가 없었다. 자동차를 후진시키려다가 180마력의 힘으로 녀석의 다리를 깔아뭉개는 불상사를 피하고 싶을 뿐이었다.

권오성이 다 죽어가는 군견처럼 으르렁댔다.

"제정신이 아닌 줄은 알았지만 기어코 최악의 수를 두는구나."

"습관이야. 고치려 노력했는데 어쩔 수가 없더라."

"봐줄 테니 돌아가자. 내가 운전대를 잡아야 해."

"왜?"

"안 그러면 후회할 거다."

"후회라……. 그것도 내 습관이야. 기분대로 일을 벌여놓고 후회하는 거. 그런데 실은 후회하는 법조차 모르는 것 같아. 모르니까 또 이러는 거지. 사람은 서른 넘으면 정말 안 바뀌나 봐. 나도 미안해."

하지만 미안하지 않았다. 그런 감정을 느끼기에는 머리가 끔찍하게도 아팠고, 시야는 혼란스러웠다. 므깃도산의 불길과 오후 2시의 햇살. 2020년식 녹턴그레이 색상 소나타와 암회색 털의 맹수. 피와 검은 기름. 시동을 거는 순간 기름이 핸들을 통해 핏줄에 주입되고……. 젠장, 이건 환각이다…….
왼쪽 눈에 보이는 것은 환각, 오른쪽 눈에 보이는 것은 진짜
세계…… 편광판이 부분적으로 파손된 모니터를 통해 세상
을 바라보는 듯했다. 내비게이션이 운전석의 오른쪽에 설치
된 것이 불행 중 다행이었다. 우혁은 왼손으로 눈을 가린 뒤
오른손으로는 핸들을 쥐었고, 차를 출발시켰다.

설악산까지 가는 길을 묻자 내비게이션은 경부고속도로를
타고 올라가다가 동탄분기점에서 꺾어 서용인 톨게이트로 빠
져나가는 경로를 추천했다. 아이보리색, 회색, 초록색 도형들
로 이루어진(그것이 천안시 목천읍의 땅 한 뙈기를 표상한다고 주장하
는) 디지털 지도는 왼쪽 눈과 오른쪽 눈 어디에도 속하지 않
은 듯 낯설었고, 그래서 도리어 믿게 됐다. 믿는 수밖에 없었
다. 비록 서혜라가 우혁을 믿지 않으며 우혁 또한 스스로를
믿지 않을지라도. 그나저나 조강현은 우혁을 얼마나 믿고 있
을까?

이 질문은 이렇게 바꾸어 쓸 수도 있었다.

조강현은 소년을 어디까지 믿을까?

우혁이 소년을 빼돌리거나 소년이 홧김에 일곱 번째 서명
까지 마친다면 계획은 실패였다. 그런 리스크를 감수하고서
라도 도박 수를 던진 것일지, 나름의 방비책을 세워두었을
지 긴가민가했다. 조강현의 성격을 감안하면 후자일 거라고
는 생각했으나 도대체 어떤 방식일지 감이 잡히지 않았다. 의

문이 거세지는 가운데 권오성의 엄포가 귓전에서 되살아났고, 그게 문득 야수의 거친 숨결로 변하더니, 눈구멍이 소리를 쏟아내기 시작했다. 급속도로. 이제 우혁은 시속 106킬로미터의 속력으로 경부고속도로 위를 이동하고 있었으므로 소리의 빠르기 또한 그와 같았다. 기억을 더듬어보건대 지인의 집에 놀러갔다가 턴테이블을 구경하게 된 적이 있었다. 바늘이 레코드판 표면의 나선형 골을 더듬으며 1947년에 5월 27일 녹음된 〈베토벤 교향곡 5번〉을 연주하기 시작했을 때 우혁은 머릿골이 간질거리는 것을 느꼈다. 시각과 촉각과 청각이 절묘하게 맞붙으며 하나의 세계를 손끝에서부터 혹은 귓가에서부터 쌓아 올리는 느낌. 이제는 손바닥으로 눈을 가리는 노력조차 소용없었다. 내비게이션의 지도가 LCD 평판 바깥으로 확장되어 중국과 미국을, 미국과 두바이를, 두바이와 남아프리카공화국을 잇는 하늘길을 그리기 시작했으며, 우혁은 어디에도 없지만 언제나 존재했던 풍요 속에 휩쓸려 갔다.

그는 이코노미석 특유의 비좁은 좌석에 적재되어 불어터진 파스타를 먹었다.

그는 폭격기 조종사가 되어 지상에 불벼락을 내렸다.

그는 아시아발 미국행 항공 화물 운임지수 그래프처럼 비틀거렸다.

금과 값진 보석과 진주로 번쩍이는 큰 도시여!

도시의 풍경이 녹아내리며 뼈대를 드러낸다. 금과 은, 테릴
렌 단섬유, 5나노 EUV 공정이 적용된 반도체 칩과 H빔과 구
리와 니켈과 팔라듐, 온갖 목재와 브렌트유와 WTI유와 가솔
린과 천연가스, 대두유와 미국 소맥과 옥수수와 대두박, 소
와 돼지와 닭과 노예(정치적으로 올바른 용어를 빌리자면, 인간이라고
도 부른다)(아니, 네 영혼이다!), 즉 **숫자**들이 거기에 있다. 숫자들
은 일정한 축을 따라 배열되며 커튼월 공법을 적용한 마천루
로 변하고, 거대한 쓰레기 산이 되더니, 문득 카메라가 휙 돌
아가 산꼭대기에 선 넝마주이를 비춘다. 아직 어린아이다. 더
럽지만 빨아 말리면 금방 새것이 될 듯한 옷 더미 사이에서,
아이는 열심히도 전자 기기를 찾아다닌다. 남아시아의 습하
고 밀도 높은 공기는 햇살을 꽉 끌어안고 도무지 놓아주지
않는다. 아지랑이가 층층이 쌓이는 가운데 온도가 상승한다.
정오가 되어 태양의 높이가 절정에 이르는 순간 쓰레기 산에
불이 붙는다. 아이가 연기 속에서 몸부림치고, 스타니슬라우
스 강둑을 배회하는 사금 채취꾼의 이미지와 대형 마트의 매
대에서 파스타 소스를 고르는 손의 이미지가 그 위에 겹친
다. 다시 보자 그 손의 주인은 우혁 자신이다. 그냥 토마토,
유기농 토마토, 로제, 머시룸투움바, 알리오올리오, 구운 마
늘과 양파, 명란크림, 카르보나라, 트러플포르치니, 아라비아
타, 크랩&랍스터 비스크, 생크림&치즈 알프레도, 안초비, 마
늘을 곁들인 베이컨, 봉골레, 볼로네제, 그리고 다른 회사의

제품으로 토마토부터 다시 반복, 하여간 종류가 너무 많아서 마음을 정하기 어렵다. 이토록 많은 소스가 도대체 누구를 위해 필요한 걸까? 이 유리병들은 도대체 어디에서 찍혀나와 어디로 가는 걸까? 출발지도 종착지도 없지만 모든 것을 죽여버리는 순환을 상상하자 구역감에 가까운 현기증이 치민다. 도망치듯이 고개를 돌리지만 탄산음료와 옷과 향수와 템플스테이 명상 패키지와 유료 회원제 독서 모임과 스토아철학 강좌와 더 많은 상품에 대해 **씨발** 완벽히 똑같은 광경이 반복되고, **씨발같이** 화목한 가족도 하나 보인다. 그리고 돌연 이 모든 사물과 인간이 **씨발** 녹아내리더니 검은 기름이 범람한다.

또다시 도망치듯이 대형 마트에서 뛰쳐나와 한참을 걷는다. 그러나 보이는 것은 새카만 강처럼 뻗은 도로와 철근콘크리트 건물뿐이고, 종종 등장하는 대단지 아파트의 건설 현장은 친구의 메신저 프로필에서 마주친 아기 사진만큼이나(아니, 결혼을 해서 애까지 생겼다고? 신혼집 집값이……) 생경하고 두려운 느낌을 준다. 기중기의 기다란 팔이 모빌처럼 흔들거리고 건설 현장 꼭대기에서 누군가가 떨어져 죽는다. 그래서인지 어디에선가 뛰쳐나온 아우디 Q8이 화목한 가족의 아이를 짓뭉개 죽이는 장면조차 별다른 감흥 없이 다가온다. 서둘러 달려온 청소부들이 바닥에 달라붙은 살점을 긁어내 쓰레기봉투에 담고 핏자국은 물로 닦는다. 쓰레기차는 쓰레기봉투를 신고 소각장으로 출발한다. 오늘 소각장에서 불탈 사람과 화기애애한 저녁 식사를 즐길 사람은 사실상 무작위로 결정되는 듯 보인다. 그러나 누군가는 반드시 그렇게 된다.

이 확률론적이고 결정론적인…… 미쳐 돌아가는…… 질서 정연한 세계.

정말로 영원 같은 세월이 지나고서야 야생적인 화단으로 변모한 인도가 나타난다. 보도블록을 뚫고 무릎 높이로까지 자라난 잡풀 무리와 켜지지 않는 신호등, 텅 비어 공허한 3차선로에 쏟아지는 저녁 햇살. 그제야 우혁은 자신이 소년을 뒷좌석에 태우고 경부고속도로를 달리던 중이었음을 상기했다. 현실에서는 어떤 일이 벌어지고 있을까? 서명은 어디까지 진행됐을까? 우혁은 등을 돌려 파르테논 신전처럼 고고하게 서 있는 코스트코 건물을 바라보았고, 차라리 일곱 번째 서명까지 마무리되었으면 좋겠다고 생각했다. 자신이 그 입장에 선다고 치면 여전히 서명할 자신이 없었지만 남이 그래준다면 기꺼이 운명을 받아들이고 싶었다. 아니면 마트의 매대 사이로 돌아가 뭐라도 사거나. 이 환각에는 먹을거리와 놀거리가 태산처럼 쌓여 있으니까, 평생토록 여기에 갇히는 것도 나쁘지 않을 테다.

우혁은 마음을 정하지 못한 상태로 잡풀들 사이에 하염없이 멈춰 있었다. 언젠가는 앞으로 나아가거나 뒤로 돌아가야겠지만 아직은 결정을 미룰 수 있다는 느낌. 문득 도로가 8차

선으로 확장되며 오른쪽에서 불쑥 나타난 대형 화물 트럭이 소형차와 세단을 짓이기고 나아가는 광경이 눈앞에 펼쳐졌다. 암청색 모닝이 프레스기에 짓눌린 홀토마토 캔처럼 찌그러지며 붉은 액체를 내뿜었고, 차간거리가 무너지며 멀찍이 있던 자동차들마저 소란에 휘말렸으며, 비명과 고함과 경적 소리가 사방에서 울렸다. 불길이 치솟았다. 그런데 오른쪽?

오른쪽이라면 현실이었다.

격렬한 통증과 함께 우혁의 존재가 한 점으로, 소나타의 운전석으로 모여들었다. 그는 거친 기침을 터뜨리다가 퍼뜩 정신을 차리고 상황을 살폈다. 내비게이션에 따르면 여기는 안성IC로부터 5킬로미터가량 지나온 지점이었고, 자동차는 멈춰 있었다. 창밖으로 시선을 던지는 순간 심장이 뚝 떨어졌다. 그는 후회할 것을 예감하면서도 창문을 내렸다. 새까만 아스팔트에 얇게 도포된 다짐육은 슈퍼마켓 정육 코너에 진열된 후지 다짐육과 사뭇 다른 느낌이었고, 참사 현장 한복판에 선 대형 물류 트럭은 컨테이너 옆면에 익숙한 회사의 로고를 붙이고 있었다. 조강현이 운영하는 그룹의······.

조강현 진짜 미쳤나?

K5를 향해 돌진하는 건 즐거운 경험이었지만 육편과 고철의 바다 한복판에 갇히는 상황은 끔찍하기만 했다. 암살자와 무고한 사람들은 달랐고, 3명과 100여 명 역시 같을 수 없었다. 우혁은 클랙슨에 머리를 박았다. 경적 소리가 귀를 먹먹

하게 만들며 미칠 듯한 소음을 몰아냈다. 이제 묵상하기에 좋은 환경이었다. 물류 트럭이 자신을 죽이러 온 게 아니라는 점은 자명했다. 다중 추돌 사고가 단순한 복수만은 아니리라는 점도—경과를 돌이켜보건대 이 끔찍함은 의도된 것일 수밖에 없었다. 빌어먹을 조강현 타대오 형제는 경부고속도로 한복판에 대규모 부활의 기적이 임하기를 기다리는 것이다.

우혁은 뒤를 돌아보았다. 소년은 지겹다는 표정으로 창밖을 응시하고 있었다.

"어떻게든 해봐."

"뭘 하라는 거냐?"

"부활. 계약서가 문제면 가서 예수님이랑 토론이라도 해."

"사람은 죽는다. 지금도 전 세계적으로……."

"아니, 지금 눈앞에서 죽고 있잖아. 한둘도 아니야. 이 정도면 100명 넘게 죽었을 것 같은데."

소년은 미간을 찌푸렸고, 잠시 침묵했다. 곧이어 발작적인 질문이 터져 나왔다.

"수백 수천만이 안 보이는 데에서 죽는 건 괜찮은데 100명이 눈앞에서 죽는 건 충격적이란 말이냐? 내가 지금까지 죽인 사람이 몇 명인지 읊어줄까? 바르 코크바였을 때는 거의 70만 명이었고, 홍수전이었을 때는 4000만 명쯤 됐지……. 하지만 씨팔, 매 순간 태어나 죽어갈 사람들의 수를 감안하면 그것조차 아무것도 아니야! 애당초 100명 따위가 한 번에 죽어봤자 비좁은 나라에서 한두 달쯤 떠들썩하다가 잊히고, 자잘하게 죽은 1,000명의 목숨에 신경 쓰는 사람은 정말로 거의 없다고! 그런데 왜 갑자기 발광인지 설명해봐. 그러지 않으면 당장 아무한테나 직분을 넘길 테니."

이런 상황에 이딴 대답을 들으니 우혁은 미칠 지경이 됐다. 소년에게 도의적인 고마움을 느끼는 것과, 100명을 죽도록 내버려두겠다는 결정에 가담하는 건 완전히 별개였다. 물론 대규모 참사 소식을 뉴스로만 접하는 입장이었더라면 반응이 달랐겠지만, 솔직히 인정하건대 죽은 사람이 없었더라면 화장실로 달려갈 생각부터 했겠지만, 우혁은 대치동 사거리가 아니라 지금 여기에 있었다. 지금 여기에서 피 냄새를 호흡하며 비명을 듣고 있었다. 식은땀이 잔뜩 데워진 등판을 뒤덮고 있었다⋯⋯.

"이런 쌍, 협박을 하시는구만. 설명해주지. 내가 발광하는 건 인간이 자기중심적이고 간사하기 때문이야. 어제까지는 아무 생각이 없었는데 오늘 눈앞에서 이 꼴이 나니까 갑자기 수백 수천만이 죽는 것도 심각하게 느껴지기 시작했어. 혹은 이 광경이 뉴스 헤드라인 하나로 압축될 거라는 사실, 인간이 80억 명이나 살아 있다는 사실부터가 끔찍한 것 같아. 하여간 난 이런 상황을 보고도 넘어갈 인간은 못 돼. 사람이 어차피 죽는 것과 별개로, 살릴 수 있는 상대라면 살리고 싶단 말이야. 그러니까 뭐라도 해봐! 예수랑 싸워서 대규모 부활을 선보이든, 아니면 심판을 시작시키든 해!"

"네가 해라."

"뭐?"

우혁은 온몸으로 그 의미를 깨달았다. 마흔다섯 개의 기억
과 그 이상의 시간이 그를 압도해왔다. 만화경처럼 휘도는 과
거와 미래 사이에서 유독 선명한 빛을 발하는 두 조각의 시
간…….

◆◆◆

급히 엘리베이터를 타고 내려가 조세희의 주검을 마주했
을 때, 조강현은 의외로 기분이 나쁘지 않았다. 물론 스스로
의 결함을 새삼 느끼게 되어 언짢긴 했으나 자기 연민에 사로
잡히기엔 살아온 세월이 길었다. 익숙해지기도 했다. 중요한
것은 형평이었다. 아이의 죽음은 물론 슬퍼해야 마땅한 사건
이지만, 세상 곳곳에서는 언제나 아이가 죽지 않는가? 기아
로, 가난으로, 질병으로, 전쟁으로, 심지어 페니실린 한 알이
없어서…….

"되살리지 그래?"

"그랬다가는 면목이 없게 돼. 원칙은 원칙이야. 죽음은 정
말로 아무것도 아니야."

"진심으로 하는 소리냐? 입 다물면 아무도 몰라. 이 애는

꿈이라고만 생각할 거야."

"물론 진심이지. 내가 이런 문제를 허투루 대한 적 있나?"

이도유는 조강현을 뚫어져라 바라보았고, 이죽거렸다.

"죽음에 슬퍼해본 적이 있나? 사랑에 기쁨을 느낀 적은? 당연히 없겠지. 너한테는 차와 아파트가 필요한 것과 같은 방식으로 가족이 필요했던 거야. 하지만 고칠 수 없게 된 차는 당장 폐차해야지. 병적인 자아도취자……."

"거기까지만 해. 값은 충분히 치렀어."

"그 여자 앞에서도 똑같이 말해보지 그래. 하는 김에 저 애한테도……. 얘야, 네가 지금 죽어야 하는 이유는 사실……."

"사실?"

"넌 지금 무척이나 기쁘고 반가울 거다. 몇 달간 슬픈 척을 하는 것만으로 10년, 20년 갈 골칫덩어리를 치워버릴 수 있게 되었으니. 내 말이 틀려?"

"글쎄, 사람은 대체로 귀찮지. 나는 사람들이 바라는 걸 건네고 싶은데, 다들 진심을 바라고, 그런 종류의 진심을 만들어내려면 공력이 들어가거든. 물론 그 공력은 내가 마땅히 지불해야 하는 비용이긴 해. 그런 맥락에서 세희를 다른 사람보다 더 부담스럽게 여긴 적은 없다고 말해두지."

"그래도 비용이 줄어든 건 사실이군."

"그렇지."

이도유는 사람이 맺는 관계란 비용 이상이라고, 조강현이 인간으로서는 턱없이 부족한 존재지만 조세희를 살린다면 사랑의 진정한 의미를 배울 수 있으리라 주장했다.

조강현은 그가 기적을 일으킬 명분을 만들기 위해 억지를 부린다고 생각했으나, 내심 그 억지가 진실이기를 바랐다.

그는 한 번쯤 인간이 되어보고 싶었다. 후회하며 다시는 그러지 않겠다는 결의를 다지기 위해서라도. 혹은 몹시 오래된 숙원을 위해서라도. 조씨 성을 가진 아버지란 직분도 상태도 아니고 인간됨 그 자체를 일컫는 관념이었음을 그는 너무 늦게 알았고, 그 값은 컸다. 이도유의 제안을 받아들이고 모두가 기억하는 일들이 벌어지는 동안 조강현은 침묵했다.

그러나 그 전에 한 차례 솔직해진 적이 있었다. 서혜라가 조세희의 학교에 찾아간 날로부터 며칠이 채 지나지 않은 주말이었고, 이혼한 부부가 딸을 위해 시간을 낸 날이었다.

◆◆◆

놀이공원 약속은 리조트 사건이 벌어지기 전부터 잡혀 있었다. 준비 기간이 길었던 만큼 연극은 성공적이었다. 둘은 주말 내내 사이 좋은 부부처럼 붙어 다녔으며 세희는 당장 얼마 전에, 7층에서 뛰어내린 아이라고는 믿기 어려울 만큼 발랄했다. 그러나 돌아오는 차 안에서 서혜라가 꺼낸 질문은 예상 밖이었다.

"그 부분은 나중에 따로 만나 이야기하지. 아이가 들어."

"세희는 자고 있어. 그냥 지금 해. 나는 당신 얼굴이라면 보기조차 싫단 말이야."

"그렇다면."

"나는 당신이 고작해야 그런 이유로 결정을 내렸다는 걸 믿을 수가 없어. 그 사람이 죽어갈 때도 당신은 원칙 이야기를 했었는데. 내가 그토록 애걸했는데도. 남은 평생을 걸겠다 했는데도. 정말로 절실했던 은총이 당신한테는 학습용 교보재나 마찬가지였다는 게, 그만큼 사소했다는 게, 진심조차 없었다는 게…… 그게 어떤 종류의 모멸감인지 알아? 상상이 돼?"

"내가 잘못 판단했어. 미안해."

"솔직히 말해봐. 무슨 생각이 들어?"

"나는 당신한테 평생 갈 죄를 지은 것 같아."

"솔직해지라고 했잖아. 내가 듣고 싶어 하는 말, 나한테 필요한 말이 아니라 정말로 당신 마음속에 있는 거. 당신 머릿속에서 꿈틀거리는 걸 그대로 꺼내봐."

조강현은 오래도록 침묵했고, 한층 심각해진 목소리로 입을 열었다.

"나는 당신에게 도움받은 부분이 참 많지. 당신은 내게 깊이 헌신해온 데다가 선량한 사람이기도 해. 따라서 인간적으로 그 공로에 보답할 필요가 있다고 믿어. 그러니까 이제라도 세희가 다시 죽는다면 당신 마음이 편해질까? 둘 다 원칙을 따르게 됐으니까?"

"세희를 죽이겠단 거야?"

"원한다면. 하지만 당신이 그걸 원하지 않으리라는 것도 알아."

"딸―아무리 그래도 자기 딸이라는 인식이 없어? 그 정도야?"

"이 대화에서 내 입장이 중요하다는 생각은 들지 않아. 나는 당신에 대해 말하는 중이야. 또한 나는 세희에게 최선을 다해 삶의 표준을 가르치고 있기도 해. 그건 피가 섞였거나 섞이지 않았거나, 내가 아버지거나 아버지 흉내를 내는 무언가이거나 간에 중요한 일이야. 그 점에서 나는 세희의 성장과 발달을 깊이 염려한다고 볼 수 있어."

"넌 항상 그런 식이야. 방정식이 있다. 이 방정식에 7이 들어가느냐 4가 들어가느냐 하는 건 절차상의 차이일 뿐이다. 원하는 값을 얻어내기 위해 정확한 숫자를 고르는 것이 중요하다……. 네 모든 노력은 그 규칙을 연마하고 더 많은 숫자를 수집하는 작업일 뿐이지. 남들 앞에서는 가면을 뒤집어쓴 채 멀쩡한 척 하지만, 속으로는……."

"원래 자기 수양이라는 것은 그런 노력이 아니던가? 그런데 방정식들을 아무리 정교하게 짜더라도 이율배반을 피하기란 불가능한 것 같아. 사람 마음이 얽힌 부분에서는 특히 그렇고. 이런 식으로 말하면 안 된다는 걸 알아. 하지만 부탁을 들었으니까……. 나는 손해를 감수하고서라도 당신이 원하는 걸 해주고 싶은 사람이고, 아니, 이해득실을 떠나 당신 앞에서는 기꺼이 나 자신일 수 있고, 그래서 당신은 태엽 장치 너머를 본 두 번째 사람이 된 거야."

조강현은 잠시 쉬었다가 덧붙였다.

"예전에, 우리가 부부로서 사랑하는 게 맞냐고 물어봤었지. 그때는 모르겠다고 했지만 지금은 알 것 같기도 해. 나는 당신을 깊이 사랑하는 모양이야."

"아니야, 전혀 아니야. 넌 아무것도 몰라. 여기서는 계속 입을 다물고 미안하다는 말만 중얼거리는 게 맞아. 완전히 틀렸단 말이야! 날 정말로 사랑한다면 그랬어야 해!"

"하지만 정확히 그리했더라도 당신은 나를 원망했을 텐데. 나는 알지……."

차내에 침묵이 내려앉았다. 그 침묵이 엔진의 진동과 맞물리며 잠든 딸과, 이혼한 부부와, 철제 프레임과, 가로등의 행렬과, 이 시간 전체를 하나의 덩어리로 묶어냈다. 문득 홀가분한 무력감이 엄습했다. 조강현은 자신도 모르게 중얼거리기 시작했으며 의식은 그 내용을 한 발짝 늦게 뒤쫓을 뿐이었다.

"나는 선을 추구하고자 노력하는 동시에 나의 최선이 기껏해야 차악이라는 것을 알아. 내가 씻을 수 없는 죄인임을 알고, 일상을 살아가는 매 순간 죄에 연루되고 있음을 인지하고, 내게 존경받을 자격이 없음을 이해하지. 내가 지금 물질적으로 누리는 것들이 과분하다는 것 또한 알아. 가령 나는 당신의 반응으로 인해 마음이 아프지만 그 마음 아픔이 지금 당장 전쟁으로 괴로워하는 어린아이들의 고통보다 값지다고는 결코 말할 수 없을 거야. 그렇기 때문에 나는 세상이 더 좋은 곳이 될 수 있도록 힘써야만 한다고 믿어. 그리고 지금 문득 든 생각으로는, 이 일을 수월하게 해내기 위해서는 사사로운 애정과 애욕으로부터 한 발짝 거리를 두는 편이 좋을 듯해. 도유는 내게 그걸 가르쳐주려 했던 게 아닌가 싶어."

"그만, 그만!"

서혜라는 비명을 내질렀다.

"만약 네가 최선의 인간이라면, 너는 신의 열화판이고 인간은 구제 불능인 족속이야. 나를 포함해서. 그리고 넌 아무 교훈도 얻지 못한 거야."

그때 조세희는 자고 있지 않았다.

◆◆◆

굶주린 아이는 빵과 물을 통해 평안해졌다. 정의와 공의로 행하며 서로를 존중하는 사람들 또한 평안을 누렸다. 그러나 인간의 마음에는 물질로는 채우지 못하거니와 맹목적이기까지 한 사랑이, 애덕과는 완전히 다른 갈망이 병든 개처럼 웅크려 있기 마련이었다. 애정이나 애욕이라 부를 만한 것이⋯⋯.

조강현은 그러한 욕구야말로 기쁨과 고통의 원천임을 절감했다. 배의 허기는 밀가루로도 귀리로도 쌀로도 채워질 수 있으나 애욕의 갈증을 메우기 위해서는 적확한 형태의 사랑이 필요하다. 혹은 그 사랑이 주어지면 더한 마음을 원하게 된다. 이리하여 인간은 타고난 병증에 사로잡히므로 항상 죄지으며 살아가고 만다. 하지만 문자 그대로, 모든 인간이 애덕을 삶의 첫째 자리에 두어 애욕하게끔 할 수 있다면 얼마나 좋을까?

조강현은 그렇게 생각했다.

야산 생활을 하던 이도유가 방송 내용에 항의하기 위해 본사로 찾아왔을 때, 그는 오랜만에 함께 바다 구경을 하러 간 다음 설득을 시도했다. 이도유는 도망쳤고 새천년파가 끼어들었다. 추레한 34세의 논술 강사 또한. 조강현은 1999년에 그랬던 것처럼 몇 가지 카드들을 만지작거리기 시작했다. 당시 그가 할 수 있었던 것은 말 몇 마디뿐이었지만 이제는 더 많은 도구가 생겼으므로 구상은 결코 어렵지 않았다. 계획은 하나의 스페이스 레일 장난감이었으며 쇠구슬에는 언제나 마땅한 흐름이 준비되어 있었다. 갈림길을 만난 쇠구슬이 왼쪽으로 꺾어지거나 오른쪽으로 꺾어지는 것, 그러한 우연들이 중첩된 결과 출발점을 공유하는 쇠구슬이 최종적으로는 완전히 다른 종착지를 마주하는 것은 자연스러웠다. 그는 구슬들이 레일을 따라 움직이는 한 세부적인 방향 따위는 신경 쓰지 않았고, 그 외의 이변은 설계의 결함이므로 누군가를 탓할 수 없었다.

조강현은 종종 서혜라가 이런 태도를 소름 끼쳐 했음을 떠올렸다. 하지만 그것은 하늘나라의 신이 아니더라도 누군가는 맡아야 하는 일이었으며, 역사적으로는 왕과 사제와 장군이, 현대적으로는 정치가와 금융가와 기업가가 그렇게 했다―물질 세계에 대해, 세속에 대해, 행정과 재무과 인구에 대해. 그들은 언제나 셈하고 계산하며 최적의 해를 내놓으려 애썼다. 그러지 않는다면 도대체 무엇이 가능하단 말인가?

◆◆◆

엄격한 셈법을 적용할 경우, 조강현이 살린 사람은 죽인 사람보다 여전히 많다. 비록 그가 지금 이 순간 경부고속도로 한복판에서 100여 명을 갈아버렸을지라도…….

신은 셈법 바깥의 은총을 내리는 존재이므로 이 세계에 거하지 않는다. 오직 그림자뿐이다. 따라서 그는 수많은 사람을 살리는 동시에 죽도록 내버려둔다.

우혁은 일전의 그 공간에서 자신을 발견했다. 바로 앞에 스툴이, 스툴 너머에는 계약서와 볼펜이 놓인 테이블이, 테이블 너머에는 베이지색 면직 소파가, 소파 너머에는 바깥을 향해 트인 창이 있었다. 그리고 창문 너머에는 온 세계가 펼쳐지고 있었다. 우혁은 소파에 앉아 서명을 시작했다. 아주 빠르게. 손의 움직임이 생각에 따라잡히지 않도록. 잠깐이라도 멈춘다면 다른 마음을 품게 될 테니까.

그렇게 일곱 차례 이름을 쓰자 사람 그림자가 테이블에 드리웠다. 우혁은 고개를 들어 상대를 똑바로 바라보았다. 그 형상은 남자인지 여자인지, 나이는 얼마인지, 키가 어떻게 되고 외모는 어떠한지 파악할 수 없을 만큼 모호했지만 누구인지는 바로 알 수 있었다. 사람은 한 손을 계약서에 올려놓은 상태로 우혁을 물끄러미 바라보았다. 이대로 끝내도 괜찮겠냐 묻는 듯했다. 괜찮을 리가 없었다. 미뤄뒀던 생각들이 몰려오면서 조강현이 신학교를 그만둔 이유, 서혜라와 조세희가 조강현을 견딜 수 없어 했던 이유, 그럼에도 불구하고 자신이 지금 여기에서 발언해야 하는 이유를 상기시켰다.

"예수님, 이 계약서는 일단 제출하지 말아주십시오. 저는 역시 심판을 바라지 않습니다."

우혁은 그 말로 운을 뗐고, 심호흡한 후, 기나긴 변론을 시작했다.

"그건 김 형이 시켰기 때문이기도 하지만, 역설적이게도, 저 스스로가 지금 당장의 경험을 통해 하느님 은총과 섭리가 엿 같다는 사실을 통감했기 때문입니다. 정말입니다. 예수님 앞에서 신학을 들먹이려니 부끄럽습니다만, 신학자들이 설명하기를 하느님의 섭리란 순전한 결정론과는 다르다고들 합니다. 레일을 왼편으로 기울인 상태로 쇠구슬을 굴리면, 일부 구슬은 서로 충돌해 오른쪽으로 튀어 나가지만 대개는 왼편으로 가듯이 말입니다. 즉 하느님은 구슬들의 경로를 일일이 지정하는 것이 아니라 법칙과 경향을 만드는 분이십니다. 그렇지요?

하지만 이런 식으로나마 자유와 인간 공로가 보장된다 해도 거시적으로는 터무니없습니다. 막말로 저 바깥의 시체들을 보십시오. 지금의 고난은 우연일 뿐이며 하느님은 마지막 날에 무고한 이들을 돌봐주실 것이다 하는 말은, 어차피 되살아날 테니 경부고속도로 한복판에서 갑자기 피범벅이 돼도 어쩔 수 없다 하는 말과 무엇이 다릅니까? 하나는 일개 인간이고 다른 하나는 이 세상의 주권자니 다르긴 할 겁니다—그러나 인간 한 명에게 당해도 이렇게 공포스러운데 절대자는 어떻겠습니까? 신에 대한 사랑에는 마땅히 두려움이 깃들어야 한다지만, 역시 인간으로서는 받아들이기 어렵습니다.

즉 저는 하느님 섭리가 두려우며, 그 섭리에 의해 최종적인 구원과 심판이 온다는 것도 이해하기 어렵고, 만약 그리 되더라도 심판 이후의 세상은 도대체 어떤 식일까 염려하게 됩니다. 반항할 필요가 없고, 그럴 수도 없으며, 오직 올바르고 행복한 세상 말입니다. 그건 정말 이상할 것 같습니다. 비슷한 이유로 저는 100여 명을 조각난 상태로 내버려둠으로써 조강현을 엿 먹이는 것이야말로 최선이 아닐까, 싶은 생각도 하고 있습니다. 미치광이의 계획에 이리저리 놀아날 바에는 그냥 반항하겠다는 마음이 있는 겁니다.

다만 자유와 반항에는 정도라는 게 있기 마련이고, 저는 이런 상황이 됐는데도 애처럼 굴 만큼 건방진 인간이 아닙니다. 조강현의 명분에 동의하는 심리가 있기도 합니다. 저는 지구 반대편에서 30만 명이 굶어 죽더라도 오늘 저녁을 맛있게 먹을 수 있습니다만, 눈앞에서 100명이 죽는 건 견디지 못합니다. 무고한 사람이라면 100명이 아니라 10명이라도 어렵습니다. 이러한 격차는 정말로 질병처럼 느껴지긴 합니다. 따라서 저는 기준점을 잡음으로써 격차를 보정할 필요가 있다는 데에 동의합니다. 예컨대 이 자리에서 죽은 사람들 모두가 되살아나고, 덤으로 고질병도 고치고, 당신께서 하늘에 나타나 8K 화질에 7.1채널 사운드 시스템 정도의 명징함으로 덕담 한마디 해주신다면, 회심하는 사람이 여럿 생길 거라고 봅니다. 덕담이라고 하면, 뭐, 죽어서 지옥에 떨어질 미래를 들먹인다면 오히려 역효과겠고, 천국 이야기는 꺼내지도 않아야 하고, 그냥 이 세상이야말로 우리의 평생이니 그 삶을 지옥으로 만들진 말아라 정도로⋯⋯.

이 제안이 순진한 이야기라는 건 압니다. 사람의 믿음과 신념은 이런 식으로는 바뀌지 않고, 역사적으로 수많은 기적이 기록되었음에도 세상 사람들은 지금처럼 살아갑니다. 하지만 이게 순진한 장난에 불과하다면 그 하찮음을 보아 그냥 한번 해주실 수 있을 것 같으며, 만약 정말로 효과가 있다면 명백히 시도할 가치가 있다고 생각하게 됩니다. 이러나저러나 걸어볼 만한 겁니다. 블랙잭에서 A 두 장이 함께 손에 잡히면 스플릿부터 해야 하듯 말입니다. 그리고 만약 해주실 마음이 없다면 당신 아버지를 불러 세상 자체를 끝장내시길 바랍니다. 도박꾼들은 최종적으로 모두 잃고 만다지만, 지금 당장 덤벼서 이길 생각조차 않는다면 뭣 하러 카지노에 갑니까? 또 반대로, 카지노 입장에서도 종종 잭팟을 터뜨려주지 않는다면 어떻게 모객하겠습니까? 우리 인간의 삶이, 세상이 원래 그런 식 아니겠습니까?

이토록 진지한 자리에서 삿된 비유를 연발해서 송구합니다만 저는 도박중독자 나부랭이고 예수님은 하느님의 독생자시니까 양해해주시겠지요. 어차피 둘 다 돌아가지도 못할 탕아 신세라는 점에서는 공감과 연대의 여지가 있으리라고도 생각합니다. 우리 서로는 삶에 옴짝달싹할 수 없이 갇힌 셈이지요. 그래도 저는 감독이 된 김에 제대로 살아보려 합니다. 일단 김 형한테 도움을 많이 받았으니까 저 또한 누군가에게 그런 사람이 되어보고 싶은 마음이 큽니다.

제 입장은 여기까지입니다. 감사합니다."

한편 말을 마치는 순간 이런 생각이 떠올랐다. 버려진 세계에서 인간이 스스로의 길을 다잡아야 한다는 것은 얼마나 두려운 일인가? 그런데 삶이란 어떤 의미로든 공포를 무릅쓰는 과정인 듯했고, 최우혁은 조강현을 두려워하는 일과 하느님을 두려워하는 일 사이에서 애매한 입장을 취했다. 그 애매함은 그에게만큼은 명징했다.

테이블에서 계약서가 치워졌다. 또다시 심판이 미뤄졌다. 이 시대에 하루가 더해졌다. 우혁은 고작해야 100여 명을 살리겠다는 알량한 정의감으로, 절대자보다는 인간을 두려워하며 자기 자신의 두려움으로 살아가겠다는 자기 위안으로, 80억 명의 사람을 고통으로 밀어 넣었다. 고통이 있으므로 그만큼의 기쁨 또한 있을 것이었다. 그런데 이렇게 되기까지 도대체 어떤 요인들이 작용한 것일까? 우혁은 조강현이 신형 제네시스를 던져줄지도 모른다는(혹은 조세희에게 강남 오피스텔이 있으리라는) 희망이 간사하게도 반짝이는 것을 느꼈으며, 그 섬광은 추첨 방송이 시작되기 직전 서둘러 복권을 사는 사람의 심리와 비슷했다. 하지만 1등에 당첨되는 미래를 확신하며 그러는 사람은 거의 없으니까, 지금의 선택은 스스로 판단한 결과일 것이다.

우혁은 그렇게 믿어야만 했고, 믿었고, 눈을 떴다. 다시 경부고속도로 위였다. 뒷좌석에는 아무도 없었거니와 도로 역시 깨끗하게 치워져 있었다. 되살아난 사람과 고쳐진 사람 모두가 차에서 내린 채 홀린 듯이 하늘을 올려다보는 중이었다. 우혁도 따라 내렸다. 저물어가는 저녁 하늘을 배경으로 수정처럼 맑고 찬란한 오색의 빛이 치솟았으며, 그 빛무리는 하늘 왕국의 환영을 그려냈다. 실로 아름답고 장엄한 광경이었다.

◆◆◆

그런데 베르나데트 수비루가 루르드의 성모를 만난 일이 프랑스-프로이센 전쟁을 막았던가? 키베호의 성모는 르완다에 피의 강이 흐르는 미래를 경고하며 사랑을 권했지만 결국엔 내전이 일어나지 않았던가? 그 경과가 좋든 나쁘든 인간은 언제나 인간의 셈법에 당하며 살아오지 않았나?

따라서 우혁은 눈앞의 기적이 연예계의 가십과, 정치적 음모론과, 번영이라는 명목 아래 신앙을 돈으로 바꾸는 목회자들과, 원자재 시장의 요동 앞에 완전히 무력할 것임을 예감하면서도 자신의 마음에서만큼은 영원할 것임을 알았으며, 그것을 영원으로 택하겠다는 일념이야말로 진정한 기적임을 느꼈다. 일상의 관성 앞에서는 초라한 반면, 인간 한 명이 감당하기에는 광기에 가깝고, 이따금 수많은 사람에게 들불처럼 퍼짐으로써 세상을 바꾸기도 하지만, 막상 그 순간에는 미래를 확언할 수 없는…….

이 기묘한 감각에는 한없는 슬픔과 기쁨이 공존했다.

#7

제네시스
Genesis

이건 결국 내 이야기니까, 후일담은 직접 읊도록 하겠다.

나는 최우혁이다. 곧 서른다섯이 되겠지만 아직 서른넷이고, 학원에서는 전임강사가 되었으며, 디다케는 계속 다닌다. 서혜라를 비롯한 치리회의 존재는 껄끄럽지만 일반 회원들은 진지하며 선량한 사람들이고, 함께 있으면 나도 그런 사람이 되는 기분이 든다. 최소한 그런 척 분위기를 탈 수 있다. 양양고속도로 교통사고 건은 합의를 봤으며 아버지께도 신형 제네시스를 안겨다 드렸다. 자금 출처를 궁금해하시기에 솔직히 말씀드렸더니 당신께서는 그저 모른 척하셨다. 강원랜드에서 잭팟을 터뜨려서 도박 빚을 갚았다는 말이라도 들은 것처럼. 부모님은 내 변화에 반가움과 반감을 동시에 느끼고 계신 모양인데 신뢰를 되찾으려면 최소한 몇 해가 더 필요할 거라는 생각이 든다.

그리고 당연하게도, 경부고속도로 한복판에서 100여 명이 되살아났다고 해서 전 세계의 전쟁이 멈추거나 빈곤이 종식되지는 않았다. 그래도 그건 아폴로 11호가 달에 착륙한 정도의 문화적 사건이 되긴 했다. 그때 우주인들이 뭐라고 말했더라? 바로 여기, 지구로부터 온 이들이 달에 첫 걸음을 내디뎠다. 우리는 온 인류를 위해 평화의 뜻으로 왔다. 좋다, 이 문장을 고쳐 쓰도록 하자. 저승으로부터 살아 돌아온 이들이 여기에 있다. 우리는 온 인류가 평화로 연합할 수 있다는 소망을 가지고 왔다.

소망?

전 세계에서 성지순례객이 몰려온 까닭에 가뜩이나 붐비던 경부고속도로는 터무니없을 정도의 정체를 겪기 시작했고, 한국의 자랑인 익일 배송 시스템에도 균열이 생겼다. 순례객 규제가 필요하다는 여론이 형성되면서 외국인 혐오 풍조가 강해졌다. 물론 예수 보유국 국민으로서 관용과 자비를 보여주어야 한다는 의견도 그만큼은 있었으므로, 둘을 상계하면 후자가 살짝 우세했다. 한편 법적 문제를 논하자면 특별법 이슈를 빼놓을 수 없었다. 예수께서는 사망자들은 물론이고 깡통처럼 찌그러진 모닝마저 감쪽같이 고쳐주셨으므로, 화물차 운전기사들(나중에 알기로는, 두 명이었다. 조강현의 곁에는 그만큼이나 미친 인간이 최소한 둘 있었던 것이다. 둘은 저들이 신의 계시를 받아 행동했으므로 사실상의 심신미약 상태였다 주장했고, 이 와

중 조강현은 돈의 권세를 증명하듯 법망 바깥에 있었다)의 혐의는 더없이 모호해졌다. 죽은 사람이 되살아났음에도 불구하고 살인죄로 기소하여야 하는가? 물질적 손해가 없는데 손해배상을 요구할 수 있는가? 이런저런 수수께끼에 대해 법리적 해석이 치열하게 경합했고, 미래의 기적을 대비하려면 지금부터 준비해야 한다는 목소리도 거셌다. 덕분에 정치인들 몇몇이 종교계와 손잡고 기적 특별법 입법을 시도하고 있었다. 한편 과학계는 사고에 휩쓸린 차량을 연구 자료로 활용할 수 있도록 국가에 귀속시켜야 한다고 주장했다.

　감독으로서 한마디 하자면, 헛짓이다. 계약서를 고치기란 언감생심이거니와, 예수의 신성을 변호사나 과학자의 '차세대 먹거리'로 던져주고 싶지도 않다는 의미다. 난 예수님과 종종 대화하는데 그분은 벌써 후회하는 기색이다. 환멸에 가까울지도 모르겠다. 실망할 것임을 예상한 상태로도, 예상 그대로의 실망이 눈앞에 펼쳐지면 더더욱 허탈해지는 법이다. 물론 그분은 주류 교회들의 반응에 대해서는 별다른 감흥이 없으셨다. 기적을 두고 이러쿵저러쿵하는 일은 수천 년 내리 반복되었거니와, 교황청은 이미 반세기 전에 2차 바티칸 공의회를 열었기 때문이다. 당시 두 명의 교황은 형제 교파들(루터교회, 정교회, 성공회 등)과의 연합을 약속했다. 믿음을 지니기만 한다면 세부 해석쯤은 다를 수 있다는 것이다. 비록 경부고속도로 설교의 내용에 따라 살짝 풀 죽은 곳과 기세등등해진 곳이 나뉘긴 했지만, 어쨌거나 다들 기적을 반겼다. 반면 사기꾼과 작가 무리의 반응은 훨씬 격렬했다. 이 둘은 매혹적인 허구를 재료로 한탕 해보려 한다는 점에서 본질을 공유한다. 각종 상품이 쏟아져 나왔다. 다큐멘터리, 실화 기반 영화, 회고록, 소설, 간증 비디오, 사이비 종교. 심지어 의류, 식음료, 캐릭터 산업마저 가세했다. 스타벅스 예수 머천다이즈라니!

참, 음모론자들을 빼놓을 수 없다. 이 부류는 너무 다종다양한 까닭에 설명하기조차 어렵다. 기적은 사실 사탄 마귀의 짓이다, 외계인이 인류 역사에 개입하려는 시도다, 비밀스러운 세계 정부가 퍼뜨린 조작 영상에 불과하다, 기타 등등. 믿지 않을 증거를 발견하기 위해 현장 영상을 픽셀 단위로 돌려보는 인간들이 한둘이 아니다.

다행히 좋은 소식도 있다. 단기적인 통계에 따르면 범죄율이 낮아졌으며 1인당 평균 기부액 및 봉사 시간은 증가했다. 예수주의 유행 덕분에, 섣불리 돌을 던지기보다는 관용을 보이고 서로를 믿어야 한다는 여론이 강해졌다. 어쨌거나 예수는 율법을 거듭 해석하면서도 정작 고통의 역학은 해석하지 않으려는 사람들을 미워했다. 그러나 바리새인처럼 행동하는 기질은 민족성이라기보다는 인간 본성이라서, 관용을 말하는 방식으로 비관용을 행하는 사람도 여럿 생겼다.

말인즉슨 인간에게는 진리를 추구하며 정의롭고자 하는

마음과, 보기에 기껍고 편한 것을 사랑하는 마음과, 둘 사이에서 오락가락하며 스스로를 설득하는 마음이 각각 있다. 마지막 마음은 정말이지 어려운 방식으로 작동하고, 그래서 사람들이 본질적으로 선량해졌는지 아닌지도 확신하기 어려웠다. 그건 정말로 소망의 영역이다. 덕분에 나는 소망과 실상의 경계면을 뚫어져라 바라보는 습관이 생겼다. 11시 59분이 12시 00분으로 바뀌는 순간을 정확히 포착하려는 어린아이처럼. 그런데 그런 노력은 아무 소용이 없다. 다들 알잖은가?

두 눈으로 노려보지 않더라도 시곗바늘은 계속 움직이고, 움직이지 않는다면 그 시계는 고장 난 것이다. 또한 어떤 시계는 특정 구간을 무한히 반복함으로써 멀쩡한 듯 착시를 불러일으키는데, 그것도 결국엔 고장 난 것이다. 이때 시계는 열두 시간마다 한 바퀴를 돌거니와 하나로 족하다. 그러나 80억 명의 인간 각각에게는 80년의 세월이 있고, 그 세월의 영점은 저마다 다르다. 그들의 시계가 멀쩡한지, 바늘이 각각 어느 지점을 통과하고 있는지, 그 총합은 어떠한지 내가 어떻게 알겠느냔 말이다. 눈앞을 스치는 사람은커녕 자신의 상태조차 똑바로 파악할 수 없는데.

그러니까 소용없는 이야기는 관두고 현실에 대해서만 떠들도록 하겠다. 현실에서 객관적으로 일어난 일들. 나는 경부고속도로에서 풀려나 서울로 돌아오자마자 김 형에게 연락했다. 형은 실시간 속보 영상에서 내 얼굴을 본 상태였다.

◆◆◆

교통 흐름이 재정비된 과정을 일일이 설명할 필요는 없을
테고, 설명할 능력도 없다. 교통경찰들이 시키는 대로 이합집
산을 반복하다 보니 다시 운전대를 잡을 수 있게 되었던 것이
다. 문제는 내가 몰고 있는 소나타가 도난 차량이라는 거였다.
심지어 휴대전화는 조강현에게서 받은 것과 평소에 쓰던 것,
둘 다 몸수색을 피하느라 집에 놓아두고 온 상태였다. 나는
어쩔 줄 몰라 하다가 개포주공 6단지 앞에서 멈췄고, 집으로
달려 들어갔다. 그리고 권오성에게 차 댄 곳을 문자로 알려준
후 김 형에게 전화했다(김 형은 물론이고 친구들에게도 문자 메시지
와 부재중 전화가 여럿 온 상태였다).

"형, 뉴스 봤어요?"

"너 얼굴도 봤다. 줌인으로 잡혔어. 지금 어디냐?"

"집인데요."

"그걸 보내줘? 경찰들이 붙잡아놓지 않아?"

"다친 사람도 없고 손상 차량도 없는데 무슨 명분으로 그
래요. 상황이 상황이라 경찰들도 얼탄 모양이고, 사람들이
난리 치니까 그냥 보내주던데요. 죽었다 되살아난 사람들뿐
만 아니라 뒤에 밀린 차량까지 합하면 1,000대도 넘을 테고,
그 시간에 경부고속도로 타고 올라가는 중이면 다들 바쁜 신
세지. 신분증을 보여달라길래, 지금 당장은 없다 하고 이름이

랑 주민번호만 쓰고 말았어요."

"무슨 법 같은 거 없어?"

"있을 리가……. 참, 화물차 끌고 와서 밀어버린 놈은 어떻게 됐을지 모르겠네. 죽인 사람이 부활해도 살인죄인가?"

김 형은 10시쯤 자기네 집에서 따로 대화를 나누자고 했다. 장소 선정에는 그런 이야기를 이자카야에서 읊을 수 없으리라는 계산이 작용했을 것이다. 나는 부모님이 속보를 봤는지 안 봤는지 몰랐지만 도무지 집에서 뒹굴고 있을 자신이 없어서, 또 조강현의 부하들이 문 앞에 들이닥칠까 걱정스럽기도 해서 형네 집 비밀번호를 받자마자 냉큼 도망쳤다. 그런 와중에도 전화와 문자가 멈추질 않았다. 연락처에 있는 번호라면 수신 거부만 하고 아니라면 바로바로 차단했다. 거실 소파에 드러누워 사건 반응을 찾아보고 있으려니 현관문이 열렸다.

"최우혁 이 새끼야, 여기가 니 집 거실이냐?"

"혹시 모르니까 당분간 누워서 안정을 취하라던데요."

"하여간 입은 살아가지고. 저녁 아직 안 먹었지? 뭐 먹을래?"

"피자 시키죠. 치킨이랑 같이."

나는 아는 바를 모두 털어놓았다. 정신 나간 대기업 회장의 가정사와, 환각과, 경부고속도로에서의 참극과, 예수님과의 만남과, 죽음, 부활, 영원한 생명에 대해 실컷 떠들어댔다는 말이다. 인제 와서 인정하건대 나는 확실히 입이 싸다. 하지만 김 형은 입이 유별나게 무거운 편이니까, 괜찮을 것이다.
설명이 끝나자 김 형은 생각을 가다듬듯이 중얼거렸다.

"유아에게 근본적으로 부재한 것은 타자에 대한 인식이자
불가해한 것을 불가해한 것으로 내버려두는 태도고, 절대자
또한 그래. 절대자에게는 진정한 의미에서의 타자라는 게 있
을 수가 없지. 이 세상에 피조물들을 초대했다고 해도 그건
결국 피조물이니까. 절대자에게는 원하는 것과 사실인 것 사
이의 구분이 마땅치 않으니까……. 그러나 인간이 될 수 없다
면 신이라도 되려 하는 것은 일종의 광기란 말이야, 광기……."

저번에 나눈 대화의 연장선상이었다. 예수는 인성과 신성
을 동시에 지닌 존재이므로 기적을 내릴 역능이 있으며, 인간
에게는 의로워지기를 바라는 마음이 있고, 아퀴나스에 따르
면 선을 추구하는 과정에 수반되는 나쁨은 도덕적으로 정당
화될 수 있다. 조강현에게 그건 수학적 공리계를 이루는 명
제들이었다. 그 사람은 수리논리학 문제를 하나 만들어서 풀
었는데(특히 아퀴나스의 논변에는 몇 가지 제약조건이 붙어 있으므로, 그
걸 돌파하고서 경부고속도로를 피바다로 만들려면 논리적 곡예가 필요했을
것이다) 거기에 공교롭게도 최우혁처럼 생긴 기호가 포함됐던
것이다. 인간이 아니라 공리계의 표준을 따르는 기호다. 나는
조강현이 문자 그대로 미친 사람이라고 생각했지만 광기 덕
분에 기적이 임한 것도 사실이었으므로, 의견을 정하기가 어
려웠다. 그래서 다른 논제로 도망쳤다.

"그런데 난 좀 다른 이야기를 하고 싶긴 해요."

"해봐라."

"나는 그때 정말로 세상을 끝장낼 수도 있었어요. 눈 딱 감고 계약서를 넘기면 그만이었다고요. 그러지 않은 데에는 다양한 이유가 있겠지만 역시 형의 영향이 제일 컸다는 생각을 해요. 난 작년까지만 해도 진짜 죽는 게 낫겠다고 느꼈거든. 아니, 올해 초까지만 해도…… 방에서 뒹굴거리는데 갑자기 감독 직분이 날아왔으면, 심심풀이로 서명해버렸을지도 모르지. 그런데 형이 날 학원에 데려왔고, 내가 미친 소리를 해도 들어주고, 미친 짓을 벌여도 계속 믿어줬으니까 나는 그러지 않은 거야. 그러니까 사람이 사람을 믿는다는 건 정말 신기한 일이라는 생각을 하게 돼요. 물론 이 믿음이라는 것 때문에 나쁜 일들도 벌어지고 그러죠. 하지만 세상을 망치는 힘이랑, 망가진 상태를 고착시키는 힘이랑, 역으로 고치는 힘은 본질적으로 동일하다는 거, 그건 정말 신기한 일이고…… 나는 이걸 낭떠러지 바로 앞에서, 형한테 배운 것 같아. 물론 씨발 형이 나한테 도박 가르쳐서 이 지경까지 온 거긴 한데……. 형은 이렇게 착하고 똑똑한데 왜 도박 같은 거 하고 살았지?"

김 형은 감동받은 표정으로 나를 물끄러미 바라보다가, 욕했다.

"이 새끼야, 난 끊어야 할 때 딱 끊었잖아. 난 그게 되는 사람이니까 한 거야. 넌 아니었던 거고. 인제 와서 솔직히 말하면 넌 혼자서도 인생 말아먹을 새끼였어. 누가 가르쳐주지 않더라도 잘 찾아서 했을 거야. 근데 하필 내가 지뢰를 밟았으니까 책임지고 케어한 거지."

"이러나저러나 형이 은인 맞네. 고마워요."

"말이라도 못하면 밉지나 않지. 그래서 앞으로는 뭐 하고 살 생각이냐? 감독 직분 단 김에 종교라도 하나 차릴래?"

"고민 중이에요. 잘해봐야겠다는 생각은 있는데, 구체적으로 떠오르는 건 없고 그래요."

"그러면 일단 일을 해. 멀쩡한 일. 너는 〈무간도〉는 찍을 줄 알아도 〈중경삼림〉은 흉내도 못 내는 녀석인데, 보통 사람들의 삶은 후자에 가깝단 말이야. 요세푸스로 살다가 죽든 바르 코크바가 되려 하든 일단 세상을 알아야 하고, 21세기의 한국은 로마가 아니야. 몇 년쯤 인생을 겪어본 뒤에 결정해도 충분해."

"음…… 그렇네요."

"그러면 전임 강의 맡을 거지?"

"진심으로 한 이야기였어요? 난 그때 형이 무슨 농담을 하나 했어."

"사람들이 종종 말하기를, 상대가 잘되는 게 바로 보답이라고들 하잖아. 그게 부담 덜어주려고 괜히 하는 소리가 아니야. 돈이 필요하면 주식에 투자하면 되고, 강사가 필요하면 공고를 내면 돼. 그런데 타인을 기꺼이 돕는 일에는 물질적인 게 아니라 정신적인 타산이 작용한단 말이야. 내가 준 신뢰에 의미가 있고, 내 기대가 옳았다는 것을 증명받고 싶다 하는 마음. 신이 엮인 일이라면 몰라도, 사람 사이의 일에는 증명이 필요하긴 해. 인간이 인간인 이상 대체로 그럴 수밖에 없어. 나는 네가 멀쩡히 사는 꼬라지를 이젠 정말로 보고 싶고, 그걸 볼 때가 됐다고 생각한다."

나는 잠시 생각하다가 대답했다.

"박 선생이 내달 나간다고 했지. 양양고속도로 건 합의 보면 전임 맡을게요. 내가 강의 한두 달 뛰다가 구치소로 떨어지면 형도 곤란하겠지. 뭐, 볼 장 다 본 상황이니까 며칠 내로 결판날 거예요. 확실해지면 그때 다시 이야기해요."

김 형은 나를 빤히 바라보더니 낄낄 웃었다.

"우혁아, 이거 아냐?"

"뭘요?"

"네가 냉큼 하겠다며 헤헤 웃었으면 난 욕을 했을 거야."

형은 그러더니 또 나한테 술을 먹였다. 강요는 아니었다. 뒤늦게나마 인간이 된 기념으로 축하주 한잔 따라주겠다고 했다. 그런데 복잡하며 훌륭한 개념들을 마음 깊이 받아들이는 건 주량이랑 아무 관련도 없는 일이라서, 나는 토했다. 앞으로는 정말 아무것도 마시지 말아야겠다. 형이 시켜도 안 마실 작정이다.

나는 형네 집에서 잔 다음 함께 출근했다. 목요일이었던지라 스페어 강의를 뛰어야 했던 것이다. 그러나 학원 건물 앞에 멀뚱하니 서 있는 권오성을 보자마자 정신이 혹 돌아왔다. 나는 모르는 전화번호를 모두 차단한 상태였거니와 문자메시지도 읽지 않았고, 집에도 없었다. 결국 희박한 가능성에라도 기대어 학원에 찾아온 모양이었다. 권오성은 자리를 옮기자며 제안했고 나는 오늘 강의가 있다고 대꾸했다. 끝날 때까지 기다리겠다는 답이 돌아왔다. 결국 나는 수업을 마치자마자 일전의 소나타에 올라타서 조강현을 만나러 가고 있었다. 권오성이 계속 말을 걸었다.

"정확히 무슨 일이 있었는지 여쭤보고 싶군요. 이도유는 어떻게 된 겁니까?"

"기적이 일어났고 감독 직분은 어디론가 날아갔죠. 다 알면서 귀찮게 굴고 있어⋯⋯. 오히려 질문은 내가 해야겠는데요. 화물차 말입니다, 원래부터 계획에 있었던 겁니까?"

내가 대놓고 투덜거리자 권오성은 한동안 뜸을 들였다. 그러더니 훨씬 부드러운 목소리로 입을 열었다. 체념한 것 같기도 했다.

"도망치면 무슨 일이 벌어질지 알았으니 경고했던 거죠. 선생님은 안 들었지만 말입니다."

"경고할 거라면 제대로 설명했어야지. 도대체 운전자가 누구예요?"

"생존자들끼리 파벌이 어떻게 갈렸는지는 대강 아실 겁니다. 대표님 밑에 남은 사람은 저 외에 형님이 두 분, 누님이 한 분인데 다들 정말 이상해요. 말이 거의 안 통하죠. 논리나 상식이 망가졌다기보다는, 문자 그대로 외계인이나 기계랑 대화를 시도하는 느낌으로."

"조강현이랑은 말이 통해요?"

"전혀 아니죠."

"그런데 왜 이러고 사는 겁니까?"

이번의 망설임은 훨씬 길었다.

"인간의 실수라는 것과 거리를 두고 싶기 때문입니다. 저는 생존자들 중에서는 세희 다음으로 어렸고, 그래서 실수를 많이 했어요. 속죄가 필요하다는 생각을 떨쳐내기가 어렵죠."

권오성은 1999년의 겨울에, 이도유가 농원의 아이들과 일일이 대화를 나누었다고 말했다. 권오성과의 질답은 요약하자면 이런 식이었다.

너는 사는 게 좋으냐?

나는 형들, 누나들, 어른들이 좋다. 평생 이렇게만 살 수 있으면 좋겠다.

만약 이 농원이 아니라 바깥에서 살아가야만 한다면 어떻겠느냐?

다른 사람들도 함께인가?

어른들은 없을 수도 있다. 하지만 다른 아이들은 확실히 남을 것이다.

그러면 괜찮다. 형들과 누나들만 있어도 계속 재밌고 좋을 것 같다.

이도유는 고개를 끄덕이더니 거처로 돌아갔다.

"나중에 알기로는, 싫거나 두렵다고 말한 아이가 넷이었고 괜찮겠다고 말한 아이는 여섯이었습니다. 만약 제가 무서워했더라면 5대5가 되었을 테고, 인류는 12월 31일에 심판을 맞이했을지도 모르죠. 가능성일 뿐이지만요. 저는 당시 다섯 살이었고 상황 자체를 이해하지 못했지만, 어느 순간부터는 저 때문에 심판이 유예된 것이 아닐까 두려워지기 시작했습니다. 때문에 계속 그날의 대화를 후회하게 됩니다. 세희가 겪은 일에 대해서도 비슷한 마음입니다."

"뭐, 다섯 살짜리한테 의견을 묻는 건 주사위를 던지는 거나 똑같죠. 게다가 유일한 결정권자도 아니고 열 명 중 한 명이었는데 그렇게까지 깊은 책임감을 느낄 필요는 없지 않을까요."

"이런 감각은 상당히 병적이긴 해요. 제 심리는…… 복잡하고요. 저는 심판을 고대하고 있으며 디다케로 떠난 사람들과 인간적으로 친하지만, 그렇다고 해서 감독 직분을 받들거나 누군가에게 명령을 내릴 만한 입장은 아니에요. 쓸모 있는 부품이 되는 게 최선의 속죄겠죠. 따라서 저는 디다케의 부품이 되느냐, 회장님의 부품이 되느냐 하는 문제에서 후자를 고른 겁니다."

권오성은 서혜라의 관점을 언급했다. 조강현이 그러하듯 신을 흉내 내려는 인간은 기껏해야 모조품이고 열화판인 것이 사실이지만, 그건 징그럽기까지 하지만, 다른 선택지가 없으면 모조품에라도 기대고 싶다는 것이 그의 입장이었다. 한숨처럼 들리는 중얼거림이 들려왔다.

"징그럽고 무섭죠. 인간 대 인간으로는 절대 상종하고 싶지 않아요. 하지만 대중이나 군중 같은 관념들을 떠올릴 때면, 각각의 얼굴보다는 거대한 덩어리나 숫자 같은 형태로 지각되는 무언가를 생각하면, 친절이나 애정과는 다른 힘이 필요하다는 점을 느끼게 됩니다. 그리고 실제로도……."

인의와 통치는 분명 다르다. 단순히 다르기만 한 수준이 아니라 종종 모순되기까지 한다. 또한 돈과 욕망의 흐름에는 곧잘 통치가 필요하다. 나는 여기에 대해서도 참 어려운 일이라는 논평을 내릴 수밖에 없었다. 이 자리에서 직분을 밝힌 다음 종말을 불러와서는 안 될 노릇 아닌가?

"맞다, 조세희는 이중 첩자가 아니었던 거죠?"

"아니에요. 세희는 몇 해 전에 가출해서 회장님과 연을 끊었죠. 하지만 저랑 친한 것도 사실이고요. 그러니까 누님도 사태가 끝나기 직전까지는 이도유와 만나지 못하게 막은 거죠. 혹시 모르니 말입니다."

나는 작게 웃었다.

"이게 다 집안싸움이군요?"

"세상 모든 일은 본질적으로 집안싸움이죠. 인간이 하는 일이라면 뭐든지요."

나는 이게 도대체 무슨 농담인가 고민해봤고, 농담이 아닐 거라는 결론에 이르렀다. 그건 진실이었다. 그래서 한 번 더 웃었다. 때마침 차가 멈췄다.

◆◆◆

조강현 앞에서 어떤 태도를 취할지가 문제였다. 얼굴을 보자마자 미쳤냐면서 펄펄 뛸지, 적당히 비위를 맞춰주면서 합의를 노릴지. 후자를 택했다. 싸워봐야 내 속만 답답해지고 말 거라는 느낌이 왔다. 예상대로였다. 그는 지금의 결말이 복권으로 치면 4등 정도의 승리라고 여기는 듯했다. 4등이라니? 적어도 2등은 된다. 내가 빙퉁그러진 심사의 소유자였거나, 세상을 사랑하지 않았더라면 어떤 참사가 일어났을지 상상해보란 말이다. 조강현은 꿈과 현실을 구분할 줄 모르고, 그래서 자신의 꿈이 더없이 거창하다는 것조차 모르는 사람이다. 이번에는 운이 좋았다는 걸 알아둬야 한다.

그래도 조강현은 나를 인간 대 인간으로 좋아하는 것 같다(내가 감독 직분을 물려받았다는 사실은 숨기고 있다. 그걸 들키면 어떻게 될지 감도 안 잡힌다). 단순히 합의를 봤으며 수고비도 그럭저럭 타냈다는 수준에서 그칠 이야기가 아니란 말이다. 그 작자는 심심할 때마다 나를 불러내서 잡담을 나눈 다음 수당을 쳐준다. 시급은 내가 강사로 일하며 버는 돈과 비슷한 수준인데, 두어 번쯤 받고부터는 그냥 거절하고 있다. 조강현은 최 선생님도 바쁘시지 않고, 소속 임직원도 아니거니와 아는 사이도 아닌데 받으셔야 하는 게 아니냐고 말한다. 하지만 이런저런 경험을 공유하고 있다면 충분히 아는 사이고, 인터넷 서점 세일즈 포인트가 500을 하회하는 신학책을 읽은 후 독서 토론을 세 번씩이나 하는 중이라면 말할 것도 없다. 나는 가끔 이 작자에게, 기업가 조강현이나 조강현 타대오 형제가 아니라 보통 사람 조강현에게 친구가 있을까 생각해본다. 먼 과거에는 한 명이 있었던 모양인데 조강현은 그런 관계를 친구라 부른다는 사실을 몰랐고, 그래서 어느 순간부터는 친구가 아니게 되었다. 한편 그 친구는 내게도 소중했다. 고작해야 서너 시간짜리 만남이었을 뿐이고 다시 만난 소년은 내가 꿈꿔왔던 존재가 아니었지만, 그간의 세월이 무의미했다고는 결코 말할 수 없다.

그래서 나는 상실을 공유하는 동지로서 기꺼이 친구 역할을 맡는다. 섬망에 사로잡혀 간병인을 가족과 혼동하는 노인의 수발을 들어주듯이. 물론 열여섯 살이나 많은 중년 남성과 떠드는 건 객관적으로 즐거운 일이 아니긴 하다. 그 남자가 기이할 정도의 경건주의자라면 더더욱 그렇다. 강제로 두꺼운 책을 읽고 독서 토론을 하는 상황은 차라리 양반이다. 내가 살아온 이야기를 털어놓으면 이 사람은 잔소리를 한다. 고백자 막시무스를 인용하며 사랑을 운운하든 아우구스티누스의 회심을 들먹이든 간에 그건 본질적으로 잔소리가 맞다. 회사에서 이런 식으로 떠들어낼 기회는 아예 없을 게 분명하거니와 수양딸마저 도망갔으니까, 그간 쌓인 걸 나한테 푸는 모양이다. 뭐, 나는 잔소리를 좀 듣고 살아야 한다. 그래도 가끔은 진짜 돌아버리겠다.

그나마 고마운 점이 있다면 조강현이 새천년파 치리회 문제를 대신 해결해줬다는 것이다. 서혜라 쪽 사람들을 떠올리기만 해도 속이 쓰려서, 조강현을 다시 만나기 전까지 그 부분에 대해서는 아예 생각을 않고 지냈다. 나는 계약을 불이행한 데다가 종말 버튼을 어딘가로 날려버린 개자식이고, 저쪽은 내 집 주소를 안단 말이다. 조강현이 양양고속도로 건을 흔쾌히 처리해줄 기미를 보이기에 치리회 건까지 함께 부탁했다. 그는 잠시 묵상하더니, 이렇게 된 이상 자신도 서혜라 측과 풀어낼 은원이 있는 건 마찬가지라고 답했다. 당연히 있을 것이다. 아주 많이. 나는 이 장구한 집안싸움이 잘 봉합되기를 기원했다.

자세한 사정은 몰라도 기다리다 보니 대강 봉합이 됐다. 낌

새를 보아하니 디다케는 조강현식 진리 추구의 전초기지가 된 모양인데, 큰 기대는 없다. 디다케가 그럭저럭 괜찮은 단체일지라도 그렇다. 예수의 기독교와 로마의 국교인 기독교는 다른 종교였고, 디다케가 세계를 뒤덮을 정도로 성장한다면 그건 정말로 평범한 교양 교육업체나 대형 종파로 전락해버릴 것이다. 그래도 나는 디다케에 계속 나가는 중이다. 아무도 나를 막지 않았거니와 멘토 둘이 아쉬운 기색을 내비쳤기 때문이다. 입회 테스트에서 고득점을 거둔 덕분에 매달 225,000원씩을 내며 초급 과정을 밟는 상황은 피했다. 내년 말쯤에는 강단에 설 수 있을 듯하다—서혜라가 나를 쫓아내지 않는다면.

한편 조세희와는 다시 만나지 못했다. 그 애한테 강남 오피스텔이 없으리라는 것쯤은 짐작하고 있었다. 그래도 열 살이나 어린 상대에게 빌고 빌어서 3억을 받아내는 30대 중반 남성 신세를 피했으니 그 점은 다행이었다.

◆◆◆

서두로 돌아가자. 나한테는 이런 일이 일어났으며 세계는 좋아질락 말락 한다. 기아, 질병, 전쟁, 환경 파괴, 빈부 격차, 무엇보다도 **피와 기름과 숫자들**. 언제 어디서나 환각이 보인다. 다이소에 가면 매대의 상품들이 녹아내리고 흘러넘치는 이미지에 압도당하고, 정신을 다잡은 후 다시 보면 액체는 꼭두각시 줄로 변해 사람들의 정수리를 꿰뚫고 있다. 즉 나는 아직도 정신을 못 차렸다.

그 사실이 워낙 뼈저리다 보니 도리어 내가 옳을 가능성을 점치게 된다. 그럴 확률이 꽤 높다. 씨발 정말이지 단체로 세뇌당한 게 아니라면 핼러윈이랍시고 호박 모양 플라스틱 쓰레기들을 그렇게나 많이 사 갈 리가 없기 때문이다. 아름다운 인간을 인쇄한 폴리염화비닐 카드나 귀여운 캐릭터 모양을 한 아크릴 판때기도 모두 마찬가지다. 아니, 이런 것들은 단편적인 예시일 뿐이다. 뭐든 간에 웃으면서 돈 쓸 구석이 질식할 정도로 많다. 영화, 게임, 드라마, 스포츠 중계, 포르노, 책, 음악, 옷, 각종 취미 용품……. 이런 와중 대형 마트의 매대는 여전히 각종 파스타 소스로 뒤덮여 있다(심지어 지난달에 신제품이 추가됐다). 나는 조강현의 견지에 좀 더 분명히 동의하기 시작했다. 인간이 무언가를 사랑하고 바라는 것은 어쩔 수 없이 끔찍한 일이다.

그렇다면 전지전능하며 오직 선하신 하느님 아버지는 이 부서지고 상처 입은 세계를 내려다보면서 무슨 생각을 하고 계실까? 맘몬과 손잡은 아들에 대해서는?

잘 모르겠다. 언제 한번 잔소리를 해야겠다 생각하실지도 모르고, 예전에 아버지가 내게 5000만 원을 턱 건넸던 것처럼 죄를 씻어줄지도 모르고, 아니면 그냥 아들자식을 게헨나

한구석으로 내쫓고 세계를 닫아버릴지도 모른다. 나는 사실 80억 명의 피가 흐르는 환각이 진실인지조차 확신하지 못했다. 그건 예수님이 보여준 것이지 하느님의 것은 아니다. 두려움과 실상이 극적으로 다른 상황이 종종 있잖은가. 아버지에게 잔뜩 혼나고 얻어맞기까지 할 미래를 예감하면서 벌벌 떠는데, 막상 그때가 닥쳐오니 가벼운 꾸중만 듣고 마는 상황.

그러니까, 하느님께서는 아무것도 하지 않으신다. 지난 2,000년간 심판이 오지 않은 것처럼 그날은 여전히 미뤄지고만 있다. 무관심할 정도의 관용과 자비로. 아니, 이것조차 모르겠다. 지상을 가만히 내려다보는 태도야말로 최고의 형벌일 수 있다. 세상은 이미 그리고 아직 지옥 같다.

예수님과 대화하는 동안, 나는 당신마저 이 세계를 지긋지긋하게 느낀다는 인상을 받았다. 당신께서는 이렇게 말씀하셨다. 세상엔 음식이 넘쳐흐르며 옛 왕들조차 즐기지 못한 진기한 놀이가 가득하다. 나는 인간에게 풍요와 자유를 안겨다 줬다—심지어 나를 욕보일 자유마저도. 그런데 무엇이 문제일까? 왜 이들은 가지지 못한 것으로 끊임없이 불행해하고, 그러면서도 자신이 가진 것을 나눌 줄 모를까?

인간의 문제는, 빵을 얻어낸 후에는 케이크마저 바라는 마음을 물질 본연의 문제와 혼동한다는 거다.

그리고 내 문제는, 머릿속에 마흔다섯 명의 과거가 들어 있다는 거다.

나는 가끔 소년과 대화한다. 살아 있을 적에 비하면 훨씬 평안해 보이는 데다가 앳된 느낌을 풍긴다. 세월의 일부가 됨으로써 비로소 다른 시간들과 분리되었기 때문일 것이다. 그 사실은 내게 감독 이도유가 아닌 인간 이도유의 삶을 곱씹게끔 만든다. 집안 사정이 나쁜 소년의 유일한 행복은, 비슷하게 처지가 나쁜 형들과 함께 뒷산에서 본드를 부는 것이었다. 그런데 어느 날 걸인이 환각을 뚫고 다가와 물었다.

만약 네가 세상을 끝장낼 수 있으면, 그러고 싶으냐?

당연하죠.

그래줄 테냐?

그럼요.

그러고는 새천년과 생존자들과 내가 겪은 일들이 벌어졌다. 이럴 수가!

소년의 생애를 곱씹을 때마다 나는 새삼스럽게도 놀란다. 다른 목소리들도 놀랍기는 마찬가지다. 대형 사고를 쳐놓은 주제에 재도전의 기회를 노리는 놈들, 후대가 자신의 업적을 망쳤다고 주장하며 서로를 헐뜯는 놈들, 더 잘할 수 있었다며 후회하는 놈들, 그저 속죄하고 싶어 하는 놈들, 그리고 이미 죽었음에도 불구하고 하염없이 죽음을 바라는 놈들. 선택 다음에는 새로운 선택의 순간이 닥쳐온다. 또한 한 명이 죽더라도 다음에 태어날 이들이 있거니와 그들이 누릴 세계는 이전 세대로부터 물려받은 것이라는 점에서, 최종 판결은 영원히 유예된다. 그건 다행인 동시에 두려운 일이다. 나는 그들 중 하나가 되고 싶지 않아서 현실에 몰두했고, 그 현실이 너무 범박하게 느껴지면 꿈을 꿨다. 혹은 **진짜** 현실을 바라보았다. 그 시선의 처음과 끝에는 언제나 이 질문 하나가 놓여 있었다.

이제 뭘 하고 살지?

답이야 사람마다 다르겠지만, 내 경우에는 역시 아이들을 대하는 일이 아닐까 싶다. 논술 강사로 지내면서 적당히 좋은 어른이 되겠다는 말이 아니다. 여기서 가르치는 아이들은, 강사 한 명이 잘해주지 않더라도 어딘가에서는 실컷 예쁨받을 부류다. 나는 대신 세상에 기대할 여지가 없다고 믿는 아이들을 돕고 싶다. 이 세상이 정말로 고통뿐이라 해도, 그 고통에서 희망을 찾아내는 법을 알려주고 싶다. 아니면 서른세 살의 나처럼, 완전히 낭떠러지 앞까지 도착한 사람들을 붙잡아 세우는 일을 해보고 싶기도 하다. 그런데 엉망진창으로 살아가는 사람들의 생애를 역산해보면 그 출발점에는 유년기가 있기 마련이니까, 두 개의 소망은 본질적으로 동일하다고도 말할 수 있겠다.

당연하게도 이 소망의 출발점에는 김 형과 소년이 있다. 대개는 애정이 있어야만 애덕으로 나아갈 수 있다는 것은 인간의 끔찍한 점이지만, 그 한계가 어쩔 수 없는 조건으로 주어져 있다면, 애정에도 매혹적인 의의가 있는 셈이다—나는 망가진 세상을 하릴없이 돌아다니는 병든 개고, 이 개는 갓 태어난 개들에게 뼈다귀를 물어다 준다. 언젠가는 거대한 손이 나타나 우릴 보호소로 데려가거나 그저 죽이겠지만 지금은 아니기 때문에, 나는 그러고 살기로 했다.

작가의 말

    윤리학은 징그럽습니다: 해부학이 징그러운 것과 같은 이치로, 정신의 힘줄과 뼈를 뜯어내서 그 세부적인 작동을 살피기 때문입니다.

    신학은 무섭습니다: 이 세계가 고통과 죄로 이루어져 있다는 사실, 인간이 본연의 결함으로 인해 숨 쉬듯 죄짓고 있다는 사실을 정면으로 바라보게끔 하면서 세계 바깥으로부터의 종말(혹은 회복)을 공수표처럼 뿌려놓기 때문입니다.

    정치철학과 법철학은 징그럽고 무섭습니다: 사람 정신에서 뜯어낸 힘줄과 뼈를 이리저리 짜맞춰서, 신학의 논리를 아교 삼아 국토에 결합시킨 키메라를 신이라 주장하기 때문입니다.

    시장과 기술은 무섭습니다: 이 세계에 현존하는 신이기 때문입니다. 그건 사람들에게 인격적 힘을 행사하고, 세계를 물리적인 수준에서 바꾸며, 그 내부에서 믿음의 체계를 형성함으로써 구원을 약속하지요.

세속과 정치

    위는 《피와 기름》을 쓰면서 지인들과 제일 많이 한 농담입니다. 인간 통치는 불완전하지만 그것이 작동하는 방식은 신이 하는 일을 닮아 있고, 그래서 두렵습니다. 가령 '한강의 기적'이라는 말이 드러내듯 성공적인 통치는 그 자체로 기적인데, 그 기적을 유지시키기 위한 셈법하에서 누군가는 죽도록 방치당하며 누군가는 더욱 풍요로워지게 됩니다. 그런 것들은 개개인의 삶에 대해서는 거의 우연적이지만 누군가는 반드시 그렇게 됩니다. 시장이 작동하는 방식 또한 비슷하지요.

그렇다면 각 개인은 어떤 태도를 취해야 좋을까요? 진짜 신이 내려와 심판을 행하고 정의와 공의로 통치한다면 좋겠습니다만, 그 미래를 지금 이 순간의 실체로 믿는 사람은 미치광이 이상도 이하도 아닙니다. 그리고 반대로, 이 만들어진 신(혹은 이 시대의 신)이 초월적인 실체라고 믿는다면(그래서 국가가 국가라는 사실만으로 그것에게 주권과 면책특권이 부여된다고 믿는다면—혹은 시장이 그 자체로 옳음을 담보할 수 있다고 믿거나, 역으로 시장 논리상의 옳음을 인간에게 투사해버린다면) 그 사람도 잘못 판단하는 것입니다.

즉 신화적 폭력이든 신적 폭력이든 이를 자연주의적으로 수용하는 것은 광신이고…… 작중의 플롯에는 두 종류의 광신이 중첩되고 있지요. 조강현은 세속의 사도로서 통속적인 윤리관 이상의 결단을 통해 기적을 현현시킨 사람입니다. 이런 결단에 대한 반응은 두려움과 떨림일 수밖에 없지만, 그 명세는 '세속'에 초점을 맞추느냐 '사도'에 초점을 맞추느냐에 따라 다를 겁니다. 다만 후자로 초점을 옮기기 전에《피와 기름》의 장르부터 이야기하는 편이 좋겠습니다.

장르?

플롯만을 논할 경우《피와 기름》의 골조는 영미 미스터리·스릴러에 기반해 있고, 최우혁은 인간사의 진상과 세계의 진상을 동시에 추적하는 탐정으로 이해될 만합니다. 탐정이라 하면, 루 아처나 필립 말로보다는 매튜 스커더에 가깝지요. 원본보다 훨씬 얼빠졌는데 마이크 해머가 되기에는 묘하게 얌전한 매튜 스커더입니다.

그런데 최우혁이 다뤄야 하는 세계의 진상이란 검은 돈의 행방 수준이 아닙니다. 문자 그대로의 세계입니다. 이 지점에서 소설은 SF의 기법—외삽과 사변—을 동원하며 신학에 육박하기 시작하지요. 이때 과학은 세계의 구성 방식에 대한 논리적 틀이며 신학 또한 그렇습니다(제가 종교나 신앙이 아니라 신학에 대해 이야기하고 있음을 못 박아둡니다). 즉《피와 기름》은 과학 대신 신학을 동력원으로 삼은 SF인 셈입니다. Science Fiction은 될 수 없을지라도 Speculative Fiction이라는 점은 명백하지요. 그리고 바로 이러한 이유로 인해, 소설에서 제시된 신학적 담론들을 실제의 학문과 혼동해서는 안 됩니다. 그 뿌리는 학문에 있을지라도, 소설에 드러나는 것은 결국 문학적 상상력을 덧입은 열매이기 때문입니다. 이는 문학이 사유의 측면에서 무능하다는 이야기가 아니라, 《쿼런틴》으로 양자역학을 배울 수 없고 《블라인드 사이트》로 생명공학을 이해하지 못하는 것, 《비잔티움의 첩자》를 통해 동로마의 역사를 배워서는 안 되는 것과 동일한 이치입니다.

신학?

조금 더 자세히 설명해보겠습니다. 《피와 기름》에서 외삽과 사변의 핵심이 되는 아이디어는 예수를 맘몬의 파트너로 두는 가정인데, 이는 고전적인 신학적 문제들에 맞서기 위한 허상의 대들보입니다. 이를 주축으로 소설은 내적 일관성을 지닌 체계를 형성하며 믿음에 대한 사유를 펼치게 되지요. 그러나 이 대들보는 결국 허구이므로(알타이저도 예수가 맘몬과 손잡았다고는 말하지 않았습니다) 거기에 얽힌 사변들도 엄밀한 신학적 맥락으로부터 다소간 벗어날 수밖에 없습니다. 이건 뭐라고나 할까, 이 시계에서 크랭크를, 저 시계에서 톱니바퀴를 뜯어온 다음 임시 부품을 덧대어 만든 태엽 인형과 비슷합니다. 비록 시간을 정밀하게 재는 기능이 없을지라도, 이 태엽 인형은 구경거리가 되어줍니다. 믿음과 사랑과 도약에 대한, 현대와 현세를 고루 지배하는 두 신에 대한, 메시아 콤플렉스에 대한, 인간 실존에 대한⋯⋯.

그러나 앞서 말했듯 태엽 인형을 이루는 부품 각각이 기존과 완벽히 동일한 맥락에서 작동한다고 믿어서는 안 되거니와 그것만이 크랭크의 유일한 형상이라 믿어서도 안 됩니다. 가령 작중의 의화(혹은 칭의) 문제는 논의가 굉장히 분분한 주제거니와, 아우구스티누스와 아퀴나스와 칼뱅과 아르미니우스 등의 관점은 제각기 다르고, 이에 따라 가톨릭과 여타 개신교회 종파들에는 고유하며 특징적인 입장들이 존재케 되는데, 어쨌든 이건 소설입니다. 소설은 신학 서적이 아니니까 적당한 지점에서 디테일을 툭 잘라냈지요(비슷한 이유로 원죄에 대한 논의도 파편적으로만 소개되었고, 사바타이 츠비의 추종자들이 벌인 논리적 곡예와 그 의의에 대해서도 직접적으로 읊진 않았습니다).

게다가 《피와 기름》의 세계는 마르키온 이단의 대전제 위에 세워져 있으며, 1960년대 급진 신학의 영향력 또한 뚜렷이 드러난다는 점에서도 정통 조직신학과는 다소간 거리가 있게 됩니다. 예컨대 조강현은 몰트만을 인용하며 성부와 성자의 분리를 구약의 신과 신약의 신의 분리로 확장시키는데, 최우혁을 통해 언급됐다시피 전자와 후자는 사실 완전히 다른 이야기입니다. 몰트만은 정통파지만 후자는 명백한 마르키온 이단이지요. 만물회복설이 아니라 선별구원론의 뉘앙스를 강하게 깔고 가는 것도 그 일환이고요. 따라서 이 소설을 읽고 신학에 관심을 가지게 되었다면, 여기에서 소개된 각론은 파편적인(그리고 굉장히 부분적인) 인덱스로만 받아들이는 편이 좋겠습니다.

실존주의?

한편 이것은 신학소설이기도 하지만 실존주의소설이기도 하고, 동시에 둘의 중합체입니다. 알타이저와 마르키온과 하비 콕스를 불경하게 뒤섞은 느낌의 표면 뒤편에는 키르케고르의 뉘앙스가 견고한 토대로 깔려 있지요. 따라서 실존주의에 무게를 두어 독해할 경우 《피와 기름》은 최우혁이 인간됨의 의미를 깨닫고 도약하는 법을 배우는(그럼으로써 어른이 되는) 성장소설일 겁니다. 단적으로 말해 초반부의 우혁을 이끄는 것은 원형적인 형태의 죽음 충동입니다. 작중의 서술을 빌리자면, 유아적이지요. 그러나 조강현과의 만남을 겪고 김 형과의 대화를 거치며, 우혁은 자신을 무언가로 만들 준비를 시작합니다.

한편 이런 자기 제작의 과정은 조강현이 과거에 이미 겪었던 것이기도 합니다. 택한 길이 다를지라도, 둘은 공통점이 많지요. 여기에 대해서는 펠라기우스적 인물이라는 라벨을 붙일 수 있으리라 생각합니다. 펠라기우스는 우리가 (비록 은총이 없더라도) 공로와 행위를 통해 완전한 인간을 모방하고 선을 택할 수 있다고 주장한 4세기의 수도자입니다. 비록 이단으로 정죄당하긴 했지만 저는 아우구스티누스보다 펠라기우스가 좋고, 부디 펠라기우스가 옳기를 바라고, 그래서 소설을 쓸 때마다 그를 떠올리게 됩니다. 수치심을 짊어진 채, 달리 믿을 바 없이, 오직 견고한 의지를 통해 자신을 만들어나가는 인물들은 자기 제작과 세계 제작에 대하여 인간 의지의 힘을(혹은 인간적 결함에 의한, 다종다양한 실패를) 보여주는 가능성의 무대로 기능합니다.

요컨대 사람이 타고나길 선하게 태어나서, 자신을 바꾸어나갈 필요조차 거의 없이, 충동과 기분의 수준에서부터 옳은 판단을 할 수 있다면 좋겠습니다만, 대개는 그렇지 않습니다(또한 어떤 사람들은 정말로 그렇지 않습니다). 그러나 넌 이렇게 태어났으니 구제 불능이라고 낙인을 찍어서는 안 될 일이고, 본연의 결함을 변명 삼아 마음 가는 대로만 살아서도 안 될 일입니다. 즉 옳은 일을 행하기보다는 옳은 사람처럼 보이고자 하는 충동, 자신의 결정이 옳다고 합리화하려는 충동, 해로운 것에 이끌리고 마는 충동 따위를 정련하여 삶의 표준을 견고한 성처럼 쌓는 노력이야말로 인간의 힘이자 업일 것입니다.

돈의 권세?

한편 《피와 기름》은 인간 실존과 믿음에만 초점을 맞추는 글은 아닙니다. 기발표작인 《인버스》와 《케이크 손》에서 거듭 표현되었다시피, 인간 실존과 윤리에는, 또한 세계의 지속에는 물질의 문제가 강력하게 얽혀 있습니다. 그리고 그것은 현대사회에 이르러서는 금권의 문제와 거의 동치가 되었지요. 돈은 언어가 그러하듯 표현을 매개하며 그 자체로 수행성을 없습니다. 돈은 사람을 소외시킵니다. 그러나 돈은 사람을 돕습니다. 또한 돈은 인격적 힘을 지닙니다. 돈은 곧잘 사람을 매혹하고 지배합니다. 우리는 돈을 쓰는 동시에 돈에 의해 쓰입니다. 이건 정말이지 어려운 문제입니다!

《피와 기름》 본문에서 조강현이 펼치는 신학적 교설은 뒤틀린 번영복음(신자가 부유해지는 것이야말로 신의 은총이라는……)을 연상시키는 동시에 신약 윤리에 대한 고전적 이해를 상기시키기도 합니다. 앨런 버히 같은 신학자들이 지적했듯이, 누가는 돈의 사용을 믿음에 대한 반응이자 자아의 외연화로도, 인간 실존의 증거로도 이해했습니다. 이 둘 사이의 긴장에서 난점이 발생하지요. 요컨대 책을 사랑하는 사람에게 큰 돈이 주어진다면 그 사람은 출판사를 차리거나 작가를 후원하게 될 것이며, 세계의 빈궁에 마음 아파하는 사람이라면 관련 활동에 나서게 될 것입니다. 하지만 그 사람은 돈의 사용으로 인해 불가피하게 금권의 제도에 휘말리게 되고(가령 대다수 국부 펀드는 비윤리적 투자 문제에 휘말려 있고, 이는 노후를 준비하는 건실한 노동자들의 업이기도 합니다), 최종적인 목표를 위해서는 일단 돈을 더 많이 벌어야 한다는 믿음에 사로잡힐 수도 있습니다. 이때 돈 자체에 대한 사랑과 신념에 대한 사랑을 동시에 택할 수 없다는 사실은 자명합니다. 그렇다면 믿음과 믿음 사이의 균형은, 주(主)와 종(從)의 구분은 어떻게 취득될 수 있는 것일까요……?

여기에 대해서는 오직 질문만이 가능할 것입니다.

종교?

이 소설이 자리잡은 신학·종교비평적 지평과 별개로, 성서 자체에 대한 인용은 최대한 절제했습니다. 가령 김 형과 우혁이 믿음의 본성을 논하는 대목에서는 나사의 달 착륙이 언급되었는데, 그 자리에는 사실 〈요한복음〉 9장의 '맹인과 바리새인' 이야기가 들어갈 수 있었을 겁니다. 그러나 결국 달 착륙 이야기를 하게 된 것은, 《피와 기름》이 이 시대에 속한 모든 사람들에게 장벽 없이 다가가기를 바라는 까닭입니다. 물론 독특한 즐거움을 위한 뉘앙스는 어느 정도 남겨놓았습니다. 단편적인 상징과 이미지에서 그치기보다는 보다 유기적인 의미망을 만들 수 있을 정도지요. 요컨대 작중의 요소들은 현대 문명의 맥락과 초기 그리스도교의 맥락을 동시에 참조하고, 여기에 소설적 상상력이 더해짐으로써 기존의 의미망이 교란되며 중첩됩니다.

가령 조강현을 봅시다. 조강현은 자신이 타대오 형제라고 믿는 모양이지만 행적을 보면 그 사도의 본명을 생각할 수밖에 없게 됩니다. 동시에 조강현은 계약서를 본(이것은 분명히 맘몬의 은총일지라도, 은총입니다, 그렇지 않습니까?) 유일한 인간으로서 그것을 해석해 현실에 투사하고, '임박한 종말'의 뉘앙스를 보다 현세적인 것으로 바꾸어놓기까지 합니다. 아하, 이것은 바울이군요. 마찬가지로 최우혁에게도 몇 가지의 역할이 중첩되어 있습니다. 이러한 상태들이 서로 맞물려 변화하거나 어떻게든 공존하는 양태를 포착하면 재미있는 그림이 나타나지요. 저에게는 이 그림에 대한 나름의 총체적이고 정합적인 해석이 있지만 그걸 이 자리에서 일일이 밝히는 일은 적절치 못하고, 다만 독자분들께서도 참여해보시길 바라는 마음이 큽니다. 이런 놀이는 문학의 트레이드마크니까요.

부끄러움

친구에게 초고를 보여주자 흥미로워하는 반응 절반, 떨떠름한 반응 절반이 돌아왔습니다. 여러가지 이유가 있겠으나 일단은 마르키온적 세계관이 마뜩잖다고 하더군요. 그래서인가 성소자와 목회자들이 이 소설을 읽는다고 상상하면, 오데마 피게의 시계공들에게 태엽 인형을 보여주는 것과 같은 부끄러움에 사로잡히게 됩니다.

철학이 신학의 하인이라면 문학(그리고 시학)은 신학의 허랑방탕한 이복동생이고, 그 동생은 재미있는 친구입니다만 종종 터무니없는 짓을 합니다. 그런지라 기회만 된다면 "소설 설정과 별개로 저는 카를 바르트의 견해를 따르는 편이며…… 다만 이 시대에 우리는 일상에 충실한 것만으로도 맘몬의 권세에 굴종하게 되는데……" 같은 말을 반나절 넘게 떠들 수 있을 듯합니다. 하지만 여기에서는 그러지 않는 편이 좋겠지요.

한편 신학적 쟁점들 외에도, 이 글에 대한 부끄러움이 두 개 더 있습니다.

일단 하나는 현실의 양양고속도로가 경부고속도로에 비하면 폭이 좁다는 것입니다. 처음에는 이 문제로 인해 충돌 시 속도를 시속 150킬로미터로 설정했는데 스릴감 있게 시속 200킬로미터로 가자는 지인의 피드백을 받았고, 살짝만 올렸지요.

그리고 다른 하나는 (기발표작인 《케이크 손》이나 《한 개의 머리가 있는 방》 등에서 이미 제시된 테마긴 합니다만) 제가 결국 책임과 신념과 윤리가, 믿음과 실존이 결부된 이야기를(더 나아가, 믿음과 사랑과 표징의 관계에 대한 이야기를) 쓰게 되었다는 겁니다. 순수하고 영원불멸한 관념을 절실히 바라는 동시에 그 관념으로 인간의 생을 온전히 이해하고자 하므로 둘 중 어디에도 속하지 못한 채 방황하는, 그러다가 어느 순간 삶의 순수성과 불멸성이 믿음을 통해서만 취득된다는 진리를 깨닫는 인간 유형은 정말로 존재하는 모양이지요……. 물론 제가 교회 제도를 중심으로 하는 일련의 신념 체계에 기대는 것은 아닙니다. 인격신의 존재는 처음부터 믿지 못했고요, 천국과 지옥에 대해서는 결코 생각하지 않고요, 기도를 하지 않은 지는 15년에 가까워져갑니다.

《개의 설계사》 인터뷰에서 "솔직해지자…… 그렇게 써도 된다는 확답 얻어"라고 말하긴 했지만 사실은 외면하는 마음이 여전했습니다. 스스로가 기술을 두려워하면서도 매혹되는 실존주의자라는 건 인정할 수 있었지만, 신학적 실존주의자라는 건 절대 받아들이고 싶지 않았지요. 다만 이제는 《피와 기름》을 썼으니 솔직해지자는 말을 진심으로 되풀이할 수 있을 듯합니다. 신이라는 개념을 견디지 못했으며 지금도 마찬가지라는 사실, 그럼에도 불구하고 신을(그리고 스스로의 죄와 결함을) 계속 생각하게 된다는 사실에 수치스러워할 시기는 지난 겁니다. 물론 고전적인 관점을 빌리자면 시학은 예언술이며 작가란 뮤즈의 사제입니다만……. 어쩌면 뮤즈는 제가 진실로 감각하고 견딜 수 있는 유일한 신일지도 모르겠다는 생각이 듭니다. 그 신은 여전히, 어떤 의미에서든지, 사랑의 신입니다.

추천의 말

《피와 기름》은 도전적이고 논쟁적이며 대담하다. 쓰나미처럼 몰아치는 사건과 플롯, 과거와 현재, 인물과 역사, 묵시와 환상, 신학과 윤리, 철학, 시장, 교육, 현실, 돈, 구원, 종말…… 전쟁터의 포화 같은 언어의 안개와 불꽃 속에서 인물들의 끝없는 사변과 궤변을 따라가다 보면 우리는 어느새 도박중독자들처럼 작가가 던져줄 다음 코인만을 애타게 기다리는 신세가 된다. 소설 쓰기에서 재능이란 가장 나중에 고려할 대상이라고, 그것보다는 열심과 성실이 좋은 작품을 가져다준다고 나는 여태껏 믿고 말해왔지만, 진짜 재능을 만나게 되면 그 앞에선 그저 입을 다물고 경탄할 수밖에 없다. 달리 뭘 할 수 있겠는가? 단요의 소설은 압도적이다.

—문지혁(소설가)

피와 기름
단요 장편소설

초판 1쇄   2024년 11월 22일

지은이 | 단요

발행인 | 문태진
본부장 | 서금선
책임편집 | 장서원   래빗홀 | 최지인 이은지

기획편집팀 | 한성수 임은선 임선아 허문선 이준환 송은하 김광연 송현경 원지연
마케팅팀 | 김동준 이재성 박병국 문무현 김윤희 김은지 이지현 조용환 전지혜
디자인팀 | 김현철 손성규   저작권팀 | 정선주
경영지원팀 | 노강희 윤현성 정헌준 조샘 이지연 조희연 김기현
강연팀 | 장진항 조은빛 신유리 김수연 송해인

펴낸곳 | ㈜인플루엔셜
출판신고 | 2012년 5월 18일 제300-2012-1043호
주소 | (06619) 서울특별시 서초구 서초대로 398 BnK디지털타워 11층
전화 | 02)720-1034(기획편집) 02)720-1024(마케팅) 02)720-1042(강연섭외)
팩스 | 02)720-1043   전자우편 | books@influential.co.kr
홈페이지 | www.influential.co.kr

ⓒ단요, 2024

ISBN 979-11-6834-240-8   (03810)